文化艺术出版社
Culture and Art Publishing House

名 家 · 名 篇 · 名 译

英国·爱尔兰
经典中篇小说

主编 | 盛宁　选编 | 冯季庆

THE WORLD

-

CLASSICAL

-

NOVELLAS

序言

盛　宁

十年前，我们曾选编过一套《世界经典短篇小说》，我在那套书的序言里说到，随着现代生活节奏的不断加快，加之各种新兴科技手段和媒体形式的介入，人们在这个世界上的生存方式，包括我们对所处世界的整个认识方式，都已发生了极大的变化。变化带来的负面影响之一，就是一些曾有过辉煌显赫历史的艺术形式无可挽回地式微衰落了，尽管我们费尽心力去抢救，它们仍不以人的意志为转移地飞离我们普通人的日常视野，沦为仅供少数人观赏把玩的"藏品"。于是"文学已经衰亡"，"纸介印刷物必将被数字出版物取代"一类的哀歌，彼落此起地响彻文坛。

这些说法所引发的悲观情绪很快蔓延到了学界。记得那年美国著名的文学批评家 J. 希利斯·米勒曾来华讲演，他很坦诚地诉说了自己五味杂陈的内心感受，那篇讲稿后来在美国著名学刊《辨析》上发表，他又将讲话稿的标题改为"废墟上的文学研究"，其悲悼之情溢于言表。

转眼十年过去。情况又发生了什么变化呢？在千千万万令人眼花缭乱的事件中，移动通讯手段的革命性更新拔得头筹。手机的普及，特别是集通讯、浏览、搜索等功能为一体的 iPhone 的问世，将 2010 年推入所谓的"微博"年。据最新统计，中国网民规模现已达到 4.85 亿，"微博"用户的数量则爆发增长到近 2 亿，成为用户增长最快的互联网应用模式。"微博"突如其来的出现，且规模如此之大，它立刻给大众阅读习惯带来了谁也不曾料到的冲击。几乎就在一夜之间，这种带有"娱乐化"、"碎片化"特点的资讯消费形式，变成了时下最流行的大众阅读方式。所谓"娱乐化"，就是阅读活动除实现资讯传递的目的外，还带有一种搞笑逗乐的"狂欢"色彩；而所谓的"碎片化"，则是指人们在快节奏的日常生活中，利用各种活动的间隙或空当来完成阅读，使阅读一改过去那种连续、专注的特点，而变成一种时断时续、见缝插针式的消遣。

这样的一种阅读形式，对需要长时间静坐默读的长篇小说来说，显然是要排斥的。而从这个角度想下去，传统意义上的文学似乎很快就没有了自己的位置。但实际情况却并没有糟到这般田地。说来也颇值得玩味，据美国全国文学艺术基金会历年的调查报告，自上个世纪80年代起，美国青年和成人中阅读文学作品的读者比例接连二十多年持续下滑，17岁年龄段中完全不读文学书的人数，2004年比1984年足足翻了一番，达到了百分之二十左右；然而，2009年的调查报告称，由于各级教育机构的努力，18～24岁年龄段阅读文学书籍的人数竟在2008年出现了拐点，首次大幅度回升，增加了三百多万人。而中国的情况非但不像文学消亡论者所描述的那么悲观，甚至比上述美国报道更令人鼓舞。仅就最近十年的情况统计看，纸介印刷读物并未显出"退市"的意思，非但没有，这些年的全国图书出版总量还一直保持着10%左右的年增率，其中文学读物年增率也达到了9%。仅以2009年为例，文学类图书出版总数达25万种（其中初版新书为18万种），总码洋8.3亿元，居然还高于经济类的图书。尤其值得注意的是，再版文学书竟占了文学出版总量的四分之一，而据从事文学图书出版的人士说，再版书基本属于文学经典名著一类的"长销书"，也就是说，文学经典名著仍占据四分之一左右的文学类图书市场。

这一串数据有点枯燥，但至少可说明两点：其一，"文学"没有消亡。所谓"消亡"一说，实在是个伪命题。因为"文学"本是个后设的、集合性概念，它是对某一类你认为应该命名为"文学"的文字的界定，既然它的内涵是人为的，流变的，它能不断吐故纳新，所以也就谈不上消亡。而最终会消亡的，只是某个具体的文学形式（体裁、文类），这种文学形式由于存在条件的变化或丧失，则可能发生嬗变或消亡，但没准什么时候它又会重新萌生，中外文学史上可找到许多这样的实例。

其二，以往被笼统看待的大众读者群，现已按接受教育的层次、专业兴趣和审美品味等进一步分化为一个个"小众"读者群。这也就是说，尽管有相当数量的读者投靠新兴媒体，转而采取了网上浏览、微博短信一类新的阅读方式，但这个世界上仍还有相当数量的读者（其中也包括一部分网民读者）保持着通过纸介读物来获取知讯的传统阅读习惯，更何况网上读库中也搜罗了大量的纸介读物的电子版。对于这些电子版读物的读者来说，读物载体发生了变化，读物的内容却未变。由此看来，我们说文学类读物至今仍拥有相当大的读者群也没有什么不对。而每年有一大批文学经典或名著的再版，则说明新生代年轻人中仍有大批喜爱文学的读者，而新生代读者群的逐年更新则为文学经典的传承提供了保证。

正是基于这样的考虑——文学经典仍有不小的市场，新生代读者对文学经典仍有相当大的需求，我们也就满怀信心地选编了这套"外国经典中篇小说"丛书。有读者或许会问，你们将选本称之为"经典"，那你们心目中的"经典"应该是怎样一个标准呢？坦率地说，有关"经典"的定义确实是众说纷纭，要找一个大家都认可的界定还真有点困难。在我所看到的有关"经典"的各种界说中，我最欣赏的是意大利著名作家卡尔维诺对"经典"所作十几条定义中的两条："一部经典作品是一本每次重读都像初读那样带来发现的书；一部经典作品是一本即使我们初读也好像是在重温的书。"前一条定义强调了经典常读常新的特点——经典必须经得起重读，因为它涵义隽永，因此总能新意迭出，让读者获得新的发现；而后一条定义则强调，经典提供的经验必须具有某种普遍、永恒的价值。它所讲述的道理，你也许在别处也曾听说过，但是你读后会发现，你原先所听说的那些道理，其实是由这部经典文本首先说出，而且它比任何后来者都表述得更加全面，更加深刻。

不过严格说来，卡尔维诺的定义或许更是一种对思想理论经典的概括，文学经典恐怕还另有一些自己的特性：它无意直接提出具有永恒意义的理论命题，它更擅长的是在想象的层面，通过故事的叙述和人物的刻画来表现带有普遍性的人类生存经验。因此，衡量和判断一部作品能否跻身于文学经典，最基本的一条必须要讲一个好故事，再就是要看作品是否塑造了扣人魂魄、令人过目不忘的人物形象。除此之外，文学还有另一个与其他类别不同的特点：它是一门语言的艺术。文学的"文"，既是"人文"的"文"，又是"语文"的"文"。古语说："言而无文，行之不远"。文学语言不仅是反映生活的语言，更应该是高于生活、能为生活效仿的语言。在这个意义上，文学经典还必须在语言上具有示范的作用。我们现在的这个选本不是小说原作，而是译作。因此对译文的讲究、推敲，它是否忠于原作，能否再现原作的艺术风格，也就成了我们挑选作品时很重要、很实际的关注。

写到这里，读者或许会觉得我对眼下文学的处境并无太大的忧虑，甚至还隐隐流露出一点激动或亢奋。其实，恰恰相反。尽管从出版数字看文学似乎还有不小的市场，然而我深知，文学在当今社会所发挥的作用，文学对读者所产生的影响，则与过去完全不可同日而语。这其中的道理很简单，我指的是，与广播、电视、电影、流行音乐、特别是现在的互联网这些媒体相比，今天的"文学"在影响人的精神面貌、价值观方面，在向人们的头脑中灌输想象这个世界的各种参照方面，已再也不能像过去那样发挥一种主导性的作用了。也正是在这个意义上，我们说文学已被彻底地边缘化了，这已是毋庸争辩的一个事实。这与文学是否还占有一定的市场实际上毫无关系，因为两者说的根本不是同一个层面的意思。

文学之所以会边缘化，其原因也不难找。主要就是因为"文学"在今天的商业社会中再也不能快速地带来直接的财富，因而遭到了冷落，说得再直白一点，就是"无用"。这些年，不止一次有从事文学研究的青年学者跟我说，他们为申请出国留学基金而去面试时，有些从事自然科学的专家评审官，往往提的第一个问题就是"你这搞文学的，出去有什么用？"毫无疑问，"文学"在他们眼里，就像人身上的阑尾一样，一无所用！然而，他们怎不想想，人之所以为"人"，除了四肢五官以外，更主要是因为人具有任何其他动物都不具有的复杂的思想和崇高的精神！人的气质、禀赋、情怀、修养，人对于真、善、美的洞察力、鉴别力、感悟力，以及人所特有的复杂的语言表达力，等等，所有这些决定人之所以为"人"的素质和能力，都不是从娘胎里带来，而是需要通过后天的陶冶和训练才能习得。而就在人习得上述素质和能力的过程中，"文学"不仅在发挥作用，而且发挥的是一种不可替代的作用。

文学究竟有用无用，有什么用？不妨再听一听两位诺贝尔文学奖的得主是怎么说的。早在 1933 年，T. S. 艾略特在《诗的作用和批评的作用》一文中说："一个不再关心其文学传承的民族就会变得野蛮；一个民族如果停止了生产文学，它的思想和感受力就会止步不前。一个民族的诗歌……代表了它的意识的最高点，代表了它最强大的力量，也代表了它最为纤细敏锐的感受力。"很显然，在艾略特看来，"文学"是衡量一个民族文明程度高低的标识，而一个不再关心自己文学传承的民族，停止了文学生产，就会变得野蛮，变得粗鄙，而当下严酷的社会现实已一再为此提供了有力的佐证。

1987 年诺贝尔文学奖得主约瑟夫·布罗茨基似乎对今日的现状则早就有预见，他在授奖仪式上致答辞时指出，"……尽管我们能够谴责对文学的践踏和压制——对于作家的迫害，文字审查，焚书等，然而，当不读书这种最糟的事情真的来临时，我们则毫无办法了。如若这不读书的罪过是由某个人犯下，那他将终生受到惩罚；如这个罪过是由一个民族犯下，这个民族将为此受到历史的惩罚。"布罗茨基认为，文学总是在不断地创造一种审美的现实，因此它往往是超前的——赶在"进步"之前，赶在"历史"之前。因此他认为，人们在选择自己的领袖时，最好应该先了解一下他们的文学阅读经验，对那些执掌我们未来命运的人，我们应首先问一问他们对司汤达、狄更斯、陀思妥耶夫斯基是什么态度，而不是他们的施政纲领，这样的话，这个世界上的痛苦就会减少许多。

布罗茨基这番话，或许有点让人觉得过于书生气。但我想他的本意并不是要让文学家去从政，充任各国的领导人。他其实只是在用他诗人的方式，来解释文学对于铸造一个人的心灵会起到怎样的作用。我们都知道，司汤达、狄更斯、陀思妥耶夫斯基也好，任何其他文学大师也好，他们并不提供解决社会问题的具体方案，即使退一万步说他们提出了某种方案，生活在特定现实中的我们也不可能去照抄照搬，如法炮制。那么，文学的作用到底是什么呢？我认为，真正能够称得起是"文学"的，它的最大的作用就是它会提问——提出各种对我们具有挑战性、能迫使我们进行思考的问题。所以文学作品能否成为经典，看来还应该加上一条，那就是它的提问是否具有这样一种独特的价值。从这个意义上说，文学的作用就是搭建起一个思想平台，让我们在这个平台上对人性、对道德、对历史、对公民社会、对各种智识性的问题展开论辩，而最难能可贵的是，这种论辩还包括了对我们自身的反省。通过这样的论辩，我们从中找到自己所认为是正确的答案。

　　关于我们这套丛书所选作品在思想内容上还有什么具体的社会意义，在写作风格和写作技巧上又如何出类拔萃等等，这里就没有必要再一一介绍了，我们还是请读者自己来品尝一下"开卷有益"的乐趣吧。因为我们相信，只要你翻开这套丛书中的任何一本，阅读其中的任何一篇，你都会从中发现一个与你的生活全然不同的世界，它一定会唤起你强烈的求知欲望，而当你阅读了这些作品之后，如果你对所读作品的作者及相关背景还有遏制不住的兴趣，那你完全可以从任何一部文学百科全书或名著导读中，毫不费力地找到所需要的信息。而现在，作为读者的你，只需迈出这关键的第一步：打开丛书，开始阅读吧。

2011 年 8 月 2 日识于蓝旗营

目 录

牧师情史

[英国] 乔治·爱略特　著

张　玲　译

　　乔治·爱略特（George Eliot，1819—1880）英国维多利亚小说代表作家，本名玛丽·安·埃文斯（Mary Ann Evans），生于英国中部沃里克郡，她才学过人，通晓法、意、德等多种语言，翻译过施特劳斯《耶稣传》和斯宾诺莎的《神学政治论文》，曾任《威斯敏斯特评论》编辑。她的生活伴侣是著名学者乔治·亨利·刘易斯，后者鼓励爱略特走上了文学道路。

　　爱略特一生创作的主要作品是三部中篇组成的《教会生活场景》（1858）和七部长篇小说：《亚当·比德》（1859）、《弗洛斯河上的磨坊》（1860）、《织工马南》（1861）、《罗慕拉》（1862—1863）、《费利克斯·霍尔特》（1866）、《米德尔马契》（1871—1872）和《丹尼尔·狄隆达》（1876）。《米德尔马契》以复杂的网状结构将男女主人公利德盖特、多萝西娅的命运置于新兴的工商资产阶级和古老的英格兰世家及各色人等的关系之中，探索社会环境、人物性格和心灵与人的自由意志、道德理想实现之间的交互作用。中篇小说《牧师情史》出自《教会生活场景》，是以一个外国姑娘为主角讲述的爱情悲剧故事，反映了作家本人对宗教道德观念的思考。

第一章

三十年前，吉鲁费鲁老先生去世的时候，设坡屯一带真是人人哀悼。如果布道台和读经案未能按照他外甥和主要继承人的安排披黑戴孝，那他的教民们一定也会自愿掏腰包筹措必需的款项，而绝不会让这样一种表示尊敬的礼节缺而不备。所有农人的妻子都亮出她们的黑哔叽长袍。住在码头那儿的任宁斯太太，在吉鲁费鲁先生去世后第一个礼拜天露面的时候，竟因为系橘红色丝带、围绿色披肩而激起极其严厉的批评。当然啦，任宁斯太太新来乍到，又是城里长大的，所以就几乎不能指望她会清清楚楚地懂得什么才算得体。但是正像希根斯太太从教堂里出来的时候低声对派若特太太说的那样，"她丈夫可是在这个教区里生的，本来是可以跟她交代得更清楚明白的。"照希根斯太太的看法，凡是遇到该穿黑衣服的时候却来不及穿，还不到该脱的时候又赶忙脱掉，都表明一个人生性轻浮得有招来非议的危险，都到了不懂最起码事理的地步。

"有些人就是舍不得脱下五颜六色的衣服，"她说，"可是我家里从来都不这样。哎，派若特太太，从我结婚那时候起，直到希根斯先生去世，就是到下一个圣烛节①为止这九年工夫，我压根儿就没有连着两年脱过孝服。"

"唉，"派若特太太说，她感到在这方面自愧不如，"还没有多少人家有像你们家这么多丧事的呢，希根斯太太。"

希根斯太太是位快上岁数的寡妇，"丈夫死后，给她留下不少的钱，"她带着怡然自得的神气心里琢磨，派若特太太这个话，就得算是说得恰如其分了，而且任宁斯太太那一家子总得说是没有过什么丧葬大事值得一提。

就连极少上教堂的那个腌臜德姆·弗瑞普也到海科特太太那儿去讨了一小块旧黑纱，把这个表示哀悼的标记别在她那煤斗形的软帽上，当众面对读经案屈膝行礼。德姆·弗瑞普对吉鲁费鲁致这种追悼的敬礼，一点儿也不是出自什么信仰的关系。这是由几年以前发生的一件事引起的。说起来我也颇以为憾，这件事对于这位脏老太太就像往常一样，并没把她引到什么敬神信教的路上去。德姆·弗瑞普养着蚂蟥，而且对这些不服调理的小虫子有一种非常特殊的感应之力，能驱使它们在最没有希望的情况之下去咬人放血，所以，尽管人们往往不肯用她的蚂蟥，因为他们怀疑她的蚂蟥没有胃口，可是却常有这种情况：每次那位聪明大夫皮鲁格瑞姆先生有哪一个顶肯花钱的病人发生炎症的时候，人们就总是把德姆·弗瑞普请去，让她用从皮鲁格瑞姆先生外科诊疗所里弄来更活跃的蚂蟥治病。这一来，德姆·弗瑞普每个礼拜

---

① Candlemas，为基督教节日，时间在每年2月2日。

除了由她这份"家当"提供不下半克朗①的进项之外，还有一笔职业性收入。据邻居们粗略估计，这些钱加在一起都是"几镑几镑"的。除此之外，她还做着一笔兴旺的小生意，把糖球卖给嘴特别馋的小顽童。这些孩子买起这些奢侈品来花钱毫不在乎，她就漫天要价，成倍赚钱。不过，尽管有这样一些名声不雅的经济来源，这个不知羞臊的老婆子还是不断哭穷，向海科特太太家乞讨残羹剩饭。海科特太太尽管也总是说，弗瑞普太太"像两面人一样虚假"，而且简直就是个吝啬鬼和异教徒，可她还是因为德姆·弗瑞普是老邻居而向着她。

"你看那个没皮没脸、没心没肝的丑老婆子又要乏茶叶来了，"海科特太太常说，"我真够愚蠢的，把那些东西给了她，可赛雷还一直想要了去拖地板用呢！"

就是这么个德姆·弗瑞普，在一个温暖的星期天下午叫吉鲁费鲁先生看见了。那时候他穿着马靴，戴着马刺，在涅伯里执行完教职，正悠闲自在地骑着马往回走。德姆·弗瑞普当时正坐在自己那所小房儿附近一条干水沟里，身边还躺着一口大猪，它带着一副至诚的友谊之中才有的那种自在无间、推心置腹的神态，把头枕在她的大腿上，除了偶尔哼哼一声之外，再也不做任何努力来取悦于人。

"哎，弗瑞普太太，"牧师说，"我还不知道你有这么好的一口猪呢。圣诞节的时候你就会有难得的腌猪肉了！"

"哎呀，最好还是别价！我儿子两年前把他给了我，打那以后，他一直都跟我就伴儿。我就是再也尝不着肥咸肉的滋味儿，也没有一丁点儿要跟他掰的意思。"

"哎，那他非把你吃穷了不可。你哪能一直养着口猪，可又不拿他来做些什么好东西呢？"

"嗯，他自己用嘴拱地找点东西，在外边我也给他点子东西吃吃，再加上他为了享跟我就伴儿这份儿福，就到处跟着我。我要是跟他说话，他就哼哼，真像个正经八百的教徒似的。"

吉鲁费鲁先生笑起来了。我不得不承认，他向德姆·弗瑞普告别，也没问她为什么不上教堂去，也没稍稍花一点力气让她受些宗教意识方面的精神开导。可是第二天，他就派自己的仆人大卫给她送了一大块咸肉，还带了口

---

① half a crown 按英国旧币制，等于两先令六便士。

信，说是牧师让弗瑞普太太一定得再尝尝肥咸肉的滋味。就是因为这个，吉鲁费鲁先生死的时候，德姆·弗瑞普用我已经提到过的那样一种简直是腌臜的办法表示了一下她的感激和尊敬。

你们可能已经在怀疑，这位牧师在履行教职当中，并未干出什么特别漂亮的事情来；而且确实在这方面，我最多也只能说，他履行职务向来不违背简短从事、迅速了结的原则。他有一大堆讲道词书，边儿上都已发黄揉烂了，他每个礼拜天从中抽出两份，抽到哪两份就是哪两份，保证绝对公平，从不考虑它们的题目是什么，早晨拿其中的一份在设坡屯宣讲完毕，随后就匆匆跨上马，把另一份揣在衣兜里到涅伯里去，在那儿一个美妙的小教堂里履行教职。这座小教堂有用花砖铺的路，过去一度在这条路上曾经响过戎装僧侣①的马刺；那高高的屋顶上还耸立着一簇簇的徽号和鼻子都已脱落的大理石雕武士以及他们妻子的像，占了这里的大部分地盘；那里墙上的壁画画着十二个门徒，都把头歪扭在一边，手里拿着写有训诫之言的绶带。在这里，吉鲁费鲁先生很容易心不在焉，有时就忘了穿白法衣之前先摘掉马刺，而只是迈步走向读经案，感到有什么东西暗暗拽他这件袍子下摆的时候，才发觉自己的粗疏大意。不过，要是让涅伯里的农人批评他们的牧师，那就像让他们批评月亮一样。他的一切言行都是理所当然的，就像市场上、路卡子纳税门和银行的脏钞票一样理所当然地要有；而且作为牧师，他要求他们对他的敬意，从来也没因为他对他们的腰包提出令人腻烦的要求而被抵消掉。他们当中有些人，不是那些整天坐着没弹簧的带篷大车到处逛的，总比往常提早半小时——就是十二点——吃饭，为的是好有时间走过一条条泥泞的篱路，在两点钟准时到达，好赶上欧丁泡特先生和菲利希亚夫人这两位简直把涅伯里教堂当做家庙的人，在他们的仆众点头哈腰、列队让路的当口从容走进，来至圣坛里带雕花和华盖的席位上。这两位一边走着，一边向这个教区全体教民嗅觉不灵的鼻孔散发名贵的印度玫瑰香水的气味。

农人的妻子儿女都坐在黑魆魆的橡木板凳上，男人们却常在十二门徒像下边选个显贵席位。等祈祷和应答——交互作过之后，声音单调得令人感到愉快的布道演说开始了。这时候就可以看见或听见这些一家之主在那儿舒舒服服地打盹儿了，等到最后在一阵赞颂上帝声中，他们就会准时无误地醒过来。然后，他们又回头走过一条条泥泞的篱路回去。很可能，他们在这种每

---

① 欧洲中古时代，基督教僧侣直接参政并参战。

周一次的简单仪式里对他们所了解的真与善的赞颂，远比现在那些并不打盹，而且时常吹毛求疵的教徒所做的还要多。

吉鲁费鲁先生在他的晚年也常径自回家，因为他改变了礼拜天在涅伯里教堂进餐的习惯。说起来也抱憾，这是因为有一个礼拜天他和欧丁泡特先生大吵了一架。这位欧丁泡特先生是阿莫斯·巴吞牧师①那时候显赫一时的欧丁泡特先生的堂兄和授产人。这场架吵得实在可惜，因为双方比较年轻那阵儿，有好多时间总是一块逐猎，而且在他们友好相处那时候，有不少好打猎的人羡慕欧丁泡特先生和牧师之间这样一种了不起的关系。因为正如杰斯帕·斯特威鲁老爷所说的："除了自己老婆之外，再也没有比牧师更令人讨厌的麻烦了，总是在你家里你的鼻子尖儿底下转。"

我猜想，起初导致他们绝交的分歧是微不足道的。不过吉鲁费鲁先生有一种喜欢辛辣讽刺的脾气，他的讽刺别具一格，这在他的讲道词里是绝对没有的；而欧丁泡特先生那副良知良德的铠甲，又是显而易见有相当多漏洞的，所以牧师谈锋犀利的辩驳可能伤人太深，使他无法宽恕。至少，这是海科特先生对这件事所表示的观点，而且他对这件事了解的程度，是不亚于随便哪一个第三者的。就在吵了嘴的那个礼拜里，在欧丁泡特城徽饭店，检举罪犯协会举办了一年一度的宴会，他在宴会上告诉同道们，"牧师用他舌头带刺的那一面把乡绅舐了一下"。他在那个场合就是以这种方式给狂欢纵饮的人们助兴的。他这一番话，比据传找到了赶走派若特先生牛犊的那个人（或许不止一个人）的消息更受设坡屯佃农们的欢迎。在这些佃农中间，欧丁泡特先生是个声名狼藉的地主，尽管物价都在下降，他却不断抬高田租，而且看到地方报纸的消息说，尊贵的奥古斯特·波外鲁先生或者布莱瑟子爵在上一个交租日已经将他们的田租减少了百分之十，他也丝毫不为所动，考虑考虑是否跟他们比赛。事实上，欧丁泡特先生一点也没有打算竞选议会议员，不过却甚为急切地打算增加他那份未定继承人的产业。这一来，设坡屯的农人们听说牧师对乡绅老爷的善举发出了讥讽之言，无不像喝了掺烈酒的柠檬汁一样痛快，因为他那些善举，也不过像是一个人偷了别人的鹅，又拿杂碎去救济人家。你可以看出来，设坡屯这地方，情况与涅伯里相反，简直是处于阿提刻文化②的气氛之中。既然像毕欧夏③一般的涅伯里没有卡子路

---

① 巴吞牧师为作者于此小说之前同年发表的第一部作品《不走运的巴吞牧师》中之主角。
② Attic culture, 即所谓古希腊时之雅典文化，以自由、民主、文明著称。
③ Boeotian, 为古希腊一城邦，野蛮、落后，适与阿提刻相反。

车道和公众舆论，人们的脑筋也就像大车一样，总是沿着最深、最老的车辙转动了，所以他们抱怨地主也就像抱怨天气、象鼻虫和芜菁蝇一样了，这些都是非有不可、无可更改的魔障。

如此说来，在设坡屯地方，牧师同欧丁泡特先生绝交只是促进了牧师和他属下教民之间相互了解的良好关系。这种良好关系早就存在，从四分之一个世纪以前牧师给他们的孩子取教名的那一代人开始，一直到以汤梅·邦德为代表很有希望的这代人为止。汤梅最近脱掉了长袍和裤子①，换上了紧身的灯芯绒套服，衣服上还钉着许多铜扣子。汤梅是个愣小子，根本不懂得尊重别人，而且没命地爱抽响陀螺，爱弹石头弹子，他惯常总是带着这两桩玩意儿，把那些灯芯绒衣兜塞得鼓鼓囊囊。一天，他正在庭院的甬道上抽陀螺，看见牧师一直朝它走过来了，可是这时候陀螺正转到最带劲儿的关头，开始快得像定住了似地，这孩子就用尽肺腔子里的全部气力大喊起来——"站住！别把我的陀螺碰倒了，喂！"从这天起，这个"小灯芯绒"就受到了吉鲁费鲁先生特别的宠爱。牧师喜欢故意提出一些问题，让汤梅觉得他很不聪明，马上就表示出看不起他，并且感到奇怪：

"喂，小灯芯绒，今天他们挤鹅奶了吗？"

"挤鹅奶！唉，他们才不挤鹅奶呢，你这个傻瓜！"

"不挤！我的心肝！唉，那么那些小鹅可怎么活呀？"

关于小鹅的营养，可真超出了汤梅观察大自然历史的范围。他装作知道这个问题，而且十分肯定，毫无疑问，然后又全神贯注在抽他的陀螺上去了。

"啊，我知道你不清楚小鹅怎么活着！可是你留神昨天下雨的时候下起蜜饯梅子来了吗？"（说到这儿汤梅开始注意了。）"哎，我骑着马往前走的时候，它们掉到我衣兜里来了。你看看我衣兜里是不是有？"

汤梅等不及研究刚才这一番话的前提是否有道理，就不失时机地要弄清眼前这个令人感兴趣的结论了。因为他坚信不疑，伸手到牧师的衣兜里一定会得到好处。吉鲁费鲁先生把它叫做神兜，因为他喜欢告诉那些"小家伙"和"两只鞋"——所有的男孩子和女孩子，他都是这样叫的——不管什么时候他把几个便士一装进那里边去，它们就会变成蜜饯梅子或是姜饼，或是什么别的好东西。确实，小贝西·派若特这个淡黄头发、脖子又白又胖的"两

---

① 此为当时英国一般儿童常穿的服装。

只鞋",总是带着那么值得称道的坦率和真诚用这样的问话向他致意——"嘟嘟里有什么?"

那么你就可以想得出来了,在那些受洗宴会上,因为有牧师在场,是不会不增添情趣的。农人们特别喜欢和他交往,因为他不但一边抽着烟袋,一边用好多刻薄的笑话和谚语把教区里的事情一条条讲得妙趣横生,而且,邦德先生说得好,说到养牛养马,没人比牧师知道得更多了。他自己有一块放牧用的草地,大约在五英里地以外,有个形式上是佃农的代理人在他指导下种这块地;现在他打猎的时代已经过去了,骑着马走来走去,照看照看牲畜买进卖出,就成了这位老先生主要的消遣。听他谈论得文夏①种畜和短角牛各自的长处,或是谈论治安法官最近做出处理贫民的愚蠢决定,一个观察事物浮皮潦草的人除了能看到他那超人一等的精明练达之外,简直看不出来他与他那些淳朴自然、恬淡安适的教民之间有什么差别;因为他有一种习惯,就是让他自己说话的音调和方式接近他们的,无疑这是由于他认为,跟习惯于说"尖毛猪"和"五羊"的人说"剪毛猪"和"母羊",只能破坏语言的效果。不过,尽管如此,农人们可完全清楚他们与牧师之间的差别,而且一点也不因为他说话随便、没有架子,就减轻对这位既有身份又有教职的人的信任。派若特太太一见牧师走过来,就要急急忙忙地扯平围裙,拉正帽子,向他深深屈膝行礼;而且每逢圣诞节都要准备好一只肥火鸡,连同她那份"应尽之礼"一起给他送去。和吉鲁费鲁先生随便瞎聊的时候,你也可以看出,不管是男人还是女人都"很讲究字眼儿",而且对他所赞许的,从来不会不加理睬。

他直接履行教职时,也同样受到尊敬。大家都认为,从施行洗礼所得到的恩惠,不论如何也总和吉鲁费鲁先生本人分不开,把一个人和他的教职分开,真是一个不切实际的想法,对设坡屯一个规规矩矩信教的人来说,听起来简直格格不入,他会觉得那多少总有点儿背离国教的味道。赛林娜·派若特小姐因为刚好碰上吉鲁费鲁先生犯了风湿病,把婚期整整推迟了一个月,她宁可这样,也不肯让米勒贝副牧师来代为主持婚礼。

"今天早上我们听了一次很好的布道演说。"人们听完那些旧得发黄的布道词书之后,常常这样说。因为它已经让人听了二十次了,所以令人听来更加满意。就设坡屯人的水平而论,产生异常强烈效果的是重复而不是新奇,

---

① 英国一郡名,盛产牲畜。

那些词句就像曲调一样，经过一段长时间就在人们脑子里扎下了根。

吉鲁费鲁先生的布道词，正如你可以想得出的，并没有高深奥妙的主义，更缺乏神学辩论的味道。它们可能并不十分着力于探讨良知良能、道德是非。你总还记得派吞太太听讲道已经三十年了，可是对她宣布说她心灵有罪，那就好像是失礼的异端邪说一样；可是在另一方面，这些布道词对设坡屯地方人的智力方面，并不作非分的要求——顶多只不过发挥一下这样一些简单的教义：恶有恶报，善有善报。对于恶行的特征，只不过在特别的布道词里有所揭示，诸如当面说谎、背后中伤、动辄发怒、懒散怠惰等等；善行则解释为坦诚、忠实、仁慈、勤奋以及其他一般美德，都是就生活表面而言，很少牵涉到高深的教义。派吞太太知道，假若她出产压坏了的乳酪，就会有报应等着她；可是对于布道词上所说的背后中伤却并没有特别注意。海科特太太表示布道词上所说的坦诚使她深受启发，以分量不够和磅秤不准为例所做的说明，她觉得特别明白易懂，这是因为最近她刚和杂货商吵了一架；可是我却没察觉到布道词上所讲的动辄发怒这一点使她受到了多少感动。

至于怀疑吉鲁费鲁先生没有传播纯粹的福音，或是非难他宣讲的教义和宣讲的方式，这类想法从未光临设坡屯教民的脑海；而恰恰就是这里这些教民，在十年或十五年以后，对巴吞先生的讲道和举止却严加挑剔。不过，在那个时候，他们已经尝到了危险的知识之果①——改革，它已经家喻户晓，甚至是在一种令人不快的情况下，打开人们的眼界。在现在这个时候，挑布道词里的毛病，人家会认为这几乎等于挑宗教本身的毛病。一个星期天，海科特先生的外甥汤姆·斯透恩少爷，一个不讲礼貌的城市青年，声称他能写布道词写得像吉鲁费鲁先生一样好，把他那些贵亲都惊呆了，因此，海科特先生为了要让这个胆大妄为的年轻人出出洋相，就应许只要他能实现他所吹嘘的大话，就给他一英镑。不过，这份布道词还是写出来了；尽管不论在哪方面也没达到吉鲁费鲁先生的水平，它还是出乎人意料之外，确实像是一篇布道词：有一个主题，分三个部分，还有一段结尾的训诫词，以"如今，吾手足兄弟"作为开头。那一英镑，虽然他正式说不要，但还是非正式地给了他。在斯透恩少爷转身走了的时候，大家称赞这篇布道词是"一桩不同寻常的聪明玩意儿"。

---

① 指《圣经·创世记》中所说夏娃受诱惑而食禁果，食后即目明，眼界大开。

原锡安教派的人退出这个教派，只凭充沛洋溢的信心而没有足够的资金，就创立起一个新锡安独立会①。这个独立会的皮卡特大法师在拉瑟贝布道，筹款偿还新锡安独立会建会时所欠的债。在那次的布道词里确实说过，他所在的那个教区里的牧师非常"愚昧无知"，而且在他自己那一派教民举行祈祷的时候，他总把凡是不属于自己那一派的教民一概暗指为迦流一类人，"对这些事都不管。"② 不过，我也用不着交代，上教堂的人谁也没有走进能够听到皮卡特先生这些话的地方。

不但设坡屯的农人乐于和吉鲁费鲁先生交往，而且他也是这一带乡间一些上等人家备受欢迎的嘉宾。杰斯帕·斯特威鲁老爷很愿意每礼拜接待他一次。你要是看见他挽着斯特威鲁夫人走进饭厅用饭的情景，或是听到他对她说话时那种虽然古怪但却优雅的殷勤派头，你就会推断出，他早年一定是在一个比在设坡屯所能找到的更加堂皇显赫的社交界里度过的；他那种谈吐自然、无拘无束的气派也正像一块质地优良的大理石，虽然年深日久受到风雨剥蚀，但却仍能让你看到上面到处有细致的纹理，和原来那种晶莹的色泽。不过，到了晚年，诸如此类的拜访对这位老先生来说已经有点太麻烦了，在他教区范围以外的不论什么晚会上，都很少能看见他——通常，他总是坐在自己起居室的壁炉旁边，抽着烟斗，并且不时呷一口掺水的杜松子酒来调剂干枯与湿润，自得其乐。

说到这儿我才想起来，我恐怕是把我这些高雅的读者女士③都疏远了；她们可能急于知道吉鲁费鲁先生爱情故事的细枝末节，而我恐怕是使她们完全败兴了。"掺水的杜松子酒！去吧！你还不如让我们对一个蜡烛商人的浪漫史去发生兴趣呢，他能把他爱人的形象跟浇的蜡烛还有模子铸出来的蜡烛掺和到一块儿。"

不过，亲爱的女士们，首先请允许我解释，这种掺水杜松子酒像发胖或是秃头和痛风一样，并不排斥过去发生的大量浪漫史，就像你可以有时候戴上梳理得光光的假发，并不排斥你有现在这种花费较少的发带一样。哎呀！哎呀！我们这些可怜的凡夫俗子总不过是与草木灰同朽——从草木灰里绝看

---

① Independent Meeting，为对英国国教持不同教旨的教会。

② 《新约·使徒传》第十八章第十七节说："迦流作亚该亚的方伯，犹太人同心起来攻击保罗"，在迦流面前告状，迦流不管。"众人便揪住管会堂的所提尼，在堂前打他。这些事迦流都不管。"

③ 英国维多利亚时代，小说创作一般主要供中等以上阶级、特别是其中之妇女阅读，故说主要读者对象为女士。

不到树汁、清新的树叶和绽开的蓓蕾这些东西的一点痕迹，不过，不管我们在什么地方看到草木灰，我们就知道，早年它们一定曾经都是生趣盎然的。至少，我只要看见了弓腰老叟或是皱面老妇，我就不会在心里看不见他们的过去。而现在，他们只是过去那种形貌抽缩了的残余痕迹，而他们那个红颜明眸时代尚未了结的浪漫史和他们那希望与爱情的戏剧比较起来，有时就显得无关宏旨、兴味索然了；那场戏早已演到大难临头的地方，使他们那可怜的灵魂变得像一个阴暗尘封的舞台，原先舞台上漂亮的花园布景和优美的远方景物，都已翻捣得七零八落，面目全非了。

第二点，我向你担保，吉鲁费鲁先生的掺水杜松子酒是很淡的，他的鼻子一点也不红；恰恰相反，他满头白发苍苍，脸色苍白，显得年高德劭。我觉得，他喝这东西，主要是由于它便宜；而且，在这里，我觉得我这是偶尔触到了这位牧师的另一个弱点。假如我想给他画一幅肖像，为了向他阿谀逢迎而不考虑如何酷似本人，那我就会把这点遮掩起来。无可否认，随着年事日高，吉鲁费鲁先生变得像海科特先生说的那样，越来越"手紧"了；尽管这种嗜好主要表现在他个人生活习惯方面变得小气吝啬了，而非在济贫方面袖手旁观。他正在为他的外甥储蓄——这件事他自己对自己是这样叫法的。这外甥是他姐姐的独子，吉鲁费鲁先生一生当中，除了一个人之外，这外甥就是他最亲爱的人了。"这小子，"他想，"会在开始立业的时候就有一笔相当不错的小小资财，而且有朝一日会带着他那年轻漂亮的太太来看看他这个老舅舅长眠的地方。我这个家只有我独自一人，可能对他那个家更有好处。"

那么，吉鲁费鲁先生是个单身汉吗？

假如你曾经走进他的起居室，你得出的结论可能就是这样的。这个屋子里光秃秃的桌子、宽大的老式马棕垫椅子、不断让烟熏的磨掉了毛的土耳其毯子似乎都表明这是一种没有妻室的生活。同时，这里也没有一点儿和这些相反的情况，没有一张画像，没有一块刺绣，没有一点儿退了色的漂亮小玩意儿，能使人想起纤纤十指和女性的小小奢求。就是在这儿，吉鲁费鲁先生度过了他的每一个晚上，除了他那只棕色长毛猎狗朋托之外，很少与他人来往。这条狗总是伸长身子爬在地毯上，把鼻子放在两条前腿之间，一会儿皱皱眉毛，一会抬抬眼皮，和他主人交换一下相互了解的眼神。但是，在设坡屯牧师住宅里，还有一间内室，却是与那间光秃秃、阴凄凄的饭厅毫不相同的。这间内室除了吉鲁费鲁先生和管家老玛莎之外，谁也没进去过。吉鲁费鲁先生和玛莎，还有玛莎的丈夫大卫，那个马夫兼园丁，就是牧师家的全体成员。这间内室的百叶窗总是放下来的，只是每个季度有一次例外，那时玛莎进去给它通通风，打扫打扫。她总是跟吉鲁费鲁先生要钥匙，他把钥匙一直锁在办公室的桌子里，等干完活以后，她又把它还给吉鲁费鲁先生。

每次玛莎打开百叶窗，拉开厚窗帘，打开哥特式突窗上的窗门，明亮的阳光照进屋里来的时候，这间屋里的景象真是动人！在那个小梳妆台上有一个带雕花烫金框子的精致镜子，蜡头还一直插在朝两边分权的蜡烛孔里。在其中一个分权上还挂着一块带花边的小黑头巾；一个褪了色的缎子针插，插在上边的针都锈了，桌子上放着一瓶香水，还有一把大绿扇子。在镜子旁边梳妆匣上边，是个针线筐，里边还放着一顶没完工的婴儿帽，时间很久，已经发黄。门后的钉子上挂着两件长袍，式样早已过时；还有一双小巧的红色便鞋，端端正正摆在床脚边，鞋上绣的一点银线绣花已经发乌。两三幅画着那不勒斯①风景的水彩画挂在墙上；壁炉上面摆着几件贵重的古瓷器，瓷器上方有两幅镶在椭圆形镜框里的小型画像。其中一幅是个大约二十七岁的年轻人，红光满面，嘴唇饱满，灰色的眼睛清朗坦率，另一幅像是个女孩子，可能不到十八岁，五官细巧，面颊清瘦，带着像南方人②那种苍白的肤色，眼珠又黑又大。这位先生扑着粉，女士的黑发统统挽到脑后，一顶带樱桃红色蝴蝶结的小帽子扣在头顶上——这是一种很风流俏皮的头饰，但是那对眼睛所"说"出来的却是忧愁而不是卖弄风情。

这就是玛莎从二十岁年华的姑娘时开始，每年有四次要打扫和透透风的东西；而她如今，在吉鲁费鲁先生最后十年的岁月里，毫无疑问已经五十开外了。这就是吉鲁费鲁先生最后十年里房门深锁的这间内室，这是他心灵深处那间秘密内室的一种肉眼得见的象征，他早就把早年的希望和早年的愁烦锁在那里了，把他一生所有的热情和诗意永远关在那里了。

在这个教区，除了玛莎，并没有多少人对吉鲁费鲁先生的太太留有什么清楚的印象，除了在牧师家属席③那儿立了一小块大理石碑，上边刻着纪念她的拉丁文铭文这件事之外，确实也没有多少人还知道有关她的什么事情。那些年纪大的教民，可能记得她来到这里的情况，可是一般又都并非天赋描写才能的人，所以你能从他们那里打听到的顶多不过是：吉鲁费鲁太太看起来像个"外国人，长着那么一对眼睛，让你没法儿琢磨，还有那么一副嗓

---

① 意大利著名城市。
② 欧洲人把南欧一带（意大利、西班牙等）叫做南方。
③ 指教堂里各家专用的席位。

子，在教堂里唱起歌来，能从你脑顶门钻进去，从脚掌心钻出来"。唯一的例外是派吞太太，她那种顽强的记忆力和纵谈他人私事的嗜好使她成为设坡屯口头传说的重要源泉。海科特先生是直到吉鲁费鲁太太死后十年才到这个教区的，他常常拿那些老问题问派吞太太，为的是得到那老是千篇一律的答案。这些答案总是让海科特先生听得津津有味，就像一个学识渊博的人在欣赏他爱读的书里和他熟知的戏里那些精彩片段时那样津津有味。

"啊，你清清楚楚地记得吉鲁费鲁太太第一次到教堂去的那个礼拜天吧，啊？派吞太太？"

"我当然记得，那是一个普通常见的艳阳天，正是开始收干草的时候。那天是塔伯特先生布道，吉鲁费鲁先生和他太太坐在坐席里。我觉得他现在还在我眼前，他领着她走上教堂座位中间的走道，她的头顶比他的胳膊肘高不了多少。她是一个娇小苍白的女人，眼珠黑得像野李子似的，看上去恍恍忽忽的，仿佛她什么东西也没看见。"

"我敢保她身上穿的是结婚礼服吧？"海科特先生问。

"没什么特别漂亮显眼的东西——只戴了一顶宽边白帽子，帽带系在下巴颏下边，穿了一件印度薄棉纱长袍。可是你不知道吉鲁费鲁先生在那些时候是什么样子。在你到这个教区来之前他很健康，后来就大改样儿了。那时候他面色红润，两只眼睛可有神呢，让你看了心里就痛快。那个礼拜天他显得不同寻常，十分快活；可是不管怎么样，我可觉着那不会长。我对外国人没什么好感①，海科特先生，因为我年轻时候跟我们夫人到他们国家旅行过，也看够了他们那些吃食和他们那种讨人厌的样子。"

"吉鲁费鲁太太是从意大利来的，是吧！"

"我估摸是这样，可是从来没听人一准这样说过。吉鲁费鲁先生从来不跟别人谈她的事，而别人什么事也都不知道。不过，她想必是相当小的时候就来了，因为她说英语和你我说得一样好。就是他们意大利人才有那样的好嗓子，吉鲁费鲁太太唱起歌来呀，你就从来没听见过那样的。一天下午，吉鲁费鲁先生带她上这儿来和我一块儿吃茶点，还像他平常那样高高兴兴地说：'派吞太太，现在我想让吉鲁费鲁太太见识见识全设坡屯最整洁的一家子，喝一杯最好的茶；你得让她看看你的制奶房和干酪室，然后她就给你唱一个歌！'后来她确实唱了。她那嗓音，有时候好像在整个屋子里响，随后

---

① 按英国当时习俗，一般人多倚恃自己为强大帝国而歧视外国人。

变得又轻微，又柔和，仿佛贴在你心上说悄悄话。"

"你以后再也没听过她唱了吧，我想？"

"没有，那时候她就病病歪歪的了，几个月以后就死了。她到这个教区总共待了半年，再多也多不了多少。那天下午，她显得一点也不活泛。我能看出来，她既不关心制奶房，也不留意干酪室。她只是做做样子，好让吉鲁费鲁先生高兴。可是吉鲁费鲁先生呢，我从来没见过一个男人对一个女人这样细心在意的。他看着她的样子好像崇拜她似的，还好像总想把她从地上提起来，好让她省掉走路的麻烦。可怜的人，可怜的人！她死了的时候，真像是要了他的命一样，不过他从来也没到支撑不住的份儿上，接茬儿还是骑马、布道。不过他已经给折磨得好像只剩下一个影儿了，那眼神儿看着就像死了的一样——你都认不出是他了。"

"她没给他带财产过来吗？"

"没有。吉鲁费鲁先生的财产，全都是他母亲家那边留下来的。他在那一边儿，又有家世，又有钱财。像他这样的婚事，真是万分可惜——像他这样体面的一个人，本来可以尽着全郡挑最好的对象。要是那样，如今也早该子孙满堂了。他又是那么喜欢孩子。"

派吞太太就常用这样一种方式结束她对吉鲁费鲁太太的回忆。你可想而知，她所知道的也不过如此而已。显而易见，这个饶舌的老太太对吉鲁费鲁太太到设坡屯来以前的历史一点也说不出来，她也不熟悉吉鲁费鲁先生的爱情故事。

但是，亲爱的读者，我也像派吞太太一样饶舌，而且知道得比她多得多，所以，如果你想再知道一些牧师求婚、结婚的事，只需把你的想象上溯至前个世纪末，然后再往下看下边一章。

第二章

一七八八年六月二十一日傍晚，天气晴朗而闷热。太阳还得有一个多小时才能下山；可是它的光线已经都让园囿周围榆树纵横交织的枝叶挡住了，所以那两位女士就不再怕晒得慌，带着她们的垫子和绣活来到外面，坐到谢沃瑞鲁庄园前面的草坪上做活儿。那位年轻女子身量矮小，身材纤细，长着一双成年人当中最小的脚，走起路来步履轻盈，但是芊芊细草还是随着她那翩跹如仙的脚步而向两边倒下。她一路轻盈地在那位年长夫人前头走去，拿着垫子，把它们放在她俩心爱的地方，那刚好在斜坡上一丛月桂树旁边。在这儿，她们能看见日光在睡莲中间晶莹闪烁，别的人也可以透过饭厅的窗户看见她们。这位年轻女子先放好了垫子，现在正转过身来，站在那儿等那位姗姗而来的年长夫人，因此你就可以把她全身打量一番了。你一下子就会让她那对大黑眼睛吸引住。这对眼睛天真烂漫，对自己的美丽并不自觉，和小鹿的眼睛一样。你得特别细心才会注意到，她那年轻的脸颊并不显得娇艳。她那细细的脖颈和小脸蛋儿都带有南方人那种微微发黄的颜色，露在黑色带花边的小头巾上边，缓和了她的肤色和她那白纱长袍之间的鲜明对比。她那乌黑的头发都往上梳拢起来，罩在头顶上还有一颗樱桃红色蝴蝶结歪在一边的小软帽下边，一点也没披散到脸上，因此她那对大黑眼睛就显得更吸引人了。

那位正朝着垫子走来的年长夫人，完全是用另一种妇人的模子铸造出来的。她身材很高，由于那扑着粉的头发往后拢着，盘在假发上面，头发上边又戴着花边和发带，她看着显得更高。她已经将近五十了，可是肤色仍然鲜亮、好看，是个白肤棕发的美人儿。她那傲然撅起的嘴唇，她那走起路来微微向后扬着的脑袋，都露着一种妄自尊大的样子，她那对冷漠的灰眼珠和她这副傲气正好相配。她那角儿塞在衣服里边的领巾，都披在蓝色袍子紧身的上半部，让她的前胸显出一副威仪俨然的姿势。她踏着草地，仿佛她就是昭受厄·瑞纳兹爵士①笔下一位显贵的夫人，这时候突然从自己的像框子里走出来，好在这傍晚时分乘乘凉。

"把垫子再往低处放放，凯特润娜，那样就不会有这么多太阳光照在我们身上了。"她离得还相当远的时候，就带着命令的口气喊。

凯特润娜照她的话办了，她们就坐下来，以月桂树和草坪为绿色背景，作成两块一个是红白色、一个是蓝色的画面。尽管这两位女士当中有一位的心相当冷酷；另一位的心相当难过，此情此景仍然构成了一幅相当美丽的图画。

谢沃瑞鲁庄园那天傍晚当真大可以画成一幅迷人的图画，假如有一位英国的华托②在那儿画的话。那所灰色石头盖的城堡式厅厦，有闪闪发光的阳光透过各式各样镶在石头窗棂上的窗玻璃，形成一束束金色的光线；一棵大

---

① Joshua Reynolds (1723—1792)，英国著名肖像画家。
② Wetteau (1684—1721)，法国著名画家。

山毛榉横倚在一个侧翼的塔楼上，它那些平伸的黑色枝权，打破了大厦前脸过于齐整呆板的平衡；一条石子宽甬道蜿蜒通向右侧，甬道旁边沿着水池子有一排松树——左侧一条岔道通向隆起的青草萋萋的山丘，上面长满一丛丛树木。苏格兰冷杉红色的树干在夕阳照耀下通红耀眼，与翠绿色的菩提和刺槐交相辉映；大水池中，一对天鹅在悠然游动，把一只腿缩到翅膀底下，盛开的睡莲静卧水上，默默享受闪闪阳光的亲吻；平坦翠绿的草坪倾斜向下直通园圃里面长着的较为蓬乱的褐色杂草，从园圃这里不大容易看出有一条小溪围着草地流出，这条小溪从水池蜿蜒而来，到远处游戏场上一座木桥下就看不见了；在这块草坪上，我们那两位女士已经成为这幅风景画的一部分，如果站在园圃里适于取景的地点，画家只用一点红的和白的还有蓝的颜色就可以把她们表现出来。

从饭厅里那些哥特式的大窗户向外看，在那三位在那儿呷红葡萄酒的绅士眼里，这两位女士更加轮廓分明，清晰可见，因为这两位姣好女士是这三位绅士私下里都很关注的。这三位绅士是值得注意观察的，不过不管谁第一次进入这间饭厅，他恐怕都会更加密切注意这屋子本身。这里边家具这样少，人们自然会对它那美的本身留下深刻印象，就像对教堂一样。一溜地席从一扇门通到又一扇门，一块磨掉毛的毯子放在餐桌下面，餐具架安在一个深深的壁龛里，这些东西都不能使人把目光从高高的带穹棱和挂着大量雕饰的天花板上移开。这些雕饰都是一色乳白，这儿那儿地有描金陪衬。在一侧，这高高的天花板由柱子和拱架支撑着，再往前去，还有一层较低的天花板，和那层高的一模一样，不过是缩小了而已。在它下面，是那个方凸，上边有三个带尖角的大窗户，组成了这所建筑的中心部分。这间屋子看起来并不像是个在里边吃饭的地方，而更像仅仅只是为了美丽的轮廓而圈起来的一块地方，至于那张小餐桌，旁边围坐着那几个人，仿佛是偶然加上、无足轻重的东西，与这套房子建造的初衷毫无瓜葛。

不过，仔细考察起来，这伙人却远非无足轻重：最年长的那位正在看报上法国国会最近那些重大的法律行动[①]，还时时转过身对他年轻的同伴发表一点评论。他是在那个令人尊敬的三角帽和辫子时代很容易找到的那种英国老绅士当中的一个典型范例。他那对黑色的眼珠在高耸的眉毛下闪闪发光，他那两道斑白的浓眉使他那对眼睛显得更为突出；但是那锐利的目光和略带

---

① 本故事所叙述的一七八八年，正值法国大革命前夕，法国议会内斗争激烈。

鹰钩形的鼻子，激起人一种严厉的感觉，而嘴边那些柔和的线条却减轻了这种严厉给人造成的畏惧之感。这位老绅士虽然已经度过六十个春秋，却仍保持着全口牙齿，从他的嘴唇仍能看出他充沛的精力。他眉毛高耸，前额略低，那清瘦的轮廓，在扑着大量白粉、梳到后边编成辫子的头发衬托之下，很是引人注目。他坐在一把小硬椅子上，这种椅子一点也赶不上安乐椅，可是对于保持他腰板平直和展宽胸部有好处。实际上，克瑞斯多夫·谢沃瑞鲁爵士是位很神气的老绅士，这一点，随便哪位走进谢沃瑞鲁庄园的客厅一看便知，在那儿，克瑞斯多夫·谢沃瑞鲁爵士五十岁时候的全身像和他夫人（就是草坪上坐着的那位很有气派的夫人）的像并排挂着。

你一看见克瑞斯多夫爵士，很自然就会希望他有一个长大成人的儿子作继承人；不过也许你并不希望坐在他右手的年轻人就是。这个年轻人的鼻子和眉宇之间，很像这位从男爵，表明他与这一家好像有血缘关系。如果说这个年轻人本人不是非常优雅的话，那人们就要说他那一身装束打扮是够优雅的。不过他那颀长匀称的身材十分完美，引人注目，因此只有裁缝才会去注意他那天鹅绒褂子裁剪合体、缝工精巧；他那白白的小手上面露出青蓝色的血管，手指又细又长，使那些打着褶子的花边都相形见绌。不过，尽管如此，他那副面孔，很难说为什么，却实在不能令人愉快。他那白皮肤是再娇嫩也没有了，可是还让那扑粉的头发衬托得色泽更加光洁。他那露着青色血管的眼皮也是再娇嫩也没有了，但是它们又让那浅褐色的眼珠露出一种慵懒的神色；他那透明的鼻子和短短的上唇的轮廓再细致也没有了。那下巴和下巴颏如果从轮廓完美无缺的角度来要求或许显得太小了点；但那缺点也只能归咎于纤弱细致和精心细作：而这却正是整个这个人突出的特点；也正因如此，他才长了那样两道清晰如弓的褐色眉毛和大理石一样光滑的前额。不能说这副面貌不是绝顶漂亮，但是在大多数男子和女子眼里，还是缺少魅力。女子不喜欢这种看来只会慵懒地接受崇拜而不显出崇拜的眼睛；而男子，尤其是鼻子和脚脖子都长得臃肿的那一类人，总倾向于把这个梳辫子的安蒂纳乌斯①看做一个"讨厌的混小子"。我想，这正是坐在桌子对面的梅纳德·吉鲁费鲁牧师心里不时感叹的话，尽管吉鲁费鲁先生的腿和他整个的轮廓一点也不属于对无礼、轻浮等个人特点极为敏感那类人的。他那健康开朗的面孔和强壮矫捷的四肢则属于最适于日夜操劳的那种类型，而且，照贝茨先生

① Antinous，为罗马皇帝哈德瑞恩（Hadrian，76—138）的男宠。

这位北方乡村园丁的说法，尤其配穿军服，比韦布尧上尉那副"尖嘴猴腮"的样子和瘦骨嶙峋的体形好得多；尽管这位年轻绅士，作为克瑞斯多夫爵士的外甥和命定的继承人，有最大的世袭特权要受这位园丁的尊敬，而且四肢长得都很匀称，可是，唉！人类的强烈想望总是毫无缘由地固执；而且在一个人因为馋桃子流口水的时候，你给他最大的菜瓜吃，那也是枉然。吉鲁费鲁先生并不在乎贝茨先生有什么看法，可是他却对另外一个人的看法极其在乎，而这个人却一点也不欣赏贝茨先生的爱好。

这另外一个人究竟是谁，明眼人只要一看那个穿白的小小身影带着垫子从草坪上走过，吉鲁费鲁先生投在她身上那十分热切的目光，便无需再作猜测。韦布尧上尉也正在朝这同一个方向观看，不过他那漂亮的面孔仍然是很漂亮的——仅此而已。

"哎，"克瑞斯多夫爵士说着，从报纸上抬起眼睛来，"我的夫人在哪儿呢，打铃叫咖啡，安托尼；我们要上她那儿去，那个小猴儿蒂娜得给咱们唱个歌儿了。"

咖啡很快就来了，但不是像往常那样由穿红黄相间号衣的听差送来的，而是由年长的总管家端来的。他穿着黑衣服，虽然磨旧了，但是仔细刷过。他一边把咖啡放在桌子上一边说："回克瑞斯多夫爵士，寡妇哈特普在储藏室里哭着要见你。"

"寡妇哈特普的事，我已经详细吩咐过马肯姆了。"克瑞斯多夫爵士用一种斩钉截铁的语气说，"我对她已经没有什么可说的了。"

"你老，"总管搓着手，更加谦卑讨好地说，"这个可怜的女人已经完全挺不住了，她说她要是见不到你，她在这个倒霉的夜里就不用想合一合眼了，她还请求你原谅她这样随随便便地在这个时间就来，她哭得心都要碎了。"

"唉，唉，眼泪当不了租子。好了，带她到藏书室去吧。"

咖啡匆忙喝完，两个年轻人从敞开的落地窗走出来，到草坪上两位女士那儿去了。这时候，克瑞斯多夫爵士向藏书室走去，他心爱的大猎犬日阿波特很神气地跟在后边。它惯常总待在从男爵右边，开饭的时候表现得极为文雅有礼；可是一旦桌布撤了，就总是钻到桌子下边不见了。很显然，它认为红葡萄酒罐不过是人类的一个弱点，它对它虽然装作不理不睬，但却大不以为然。

书房离饭厅只有三步远，在走廊式的铺了垫子的过道的另一头。椭圆形的窗户让大山毛榉遮住了。由于这个缘故，再加上到处雕花的平天花板和靠墙摆着那么些暗色的旧书，这间屋子显得很暗，特别是从那间有显得高爽的各种弧形描金构架和奶油色格子的饭厅走到这里，这种感觉更加明显。克瑞斯多夫爵士打开门，有一束比较亮的光线照到一个寡妇穿戴的女人身上。她站在屋子正中，克瑞斯多夫爵士走进来的时候，她行了一个很深很深的屈膝礼。她是个体态丰满的女人，将近四十岁，两眼红红的，眼泪汪汪。很显然，她一直用右手攥着的一块已经湿成一团的手帕擦眼泪。

"喂，哈特普太太，"克瑞斯多夫爵士一边说一边掏出他那金鼻烟盒，把它按开，"你有什么要跟我说的？我想马肯姆已经给你下通知让你走了吧？"

"嗯，是啊，爵士，我就是为这个来的。我盼着你老能改改主意，不要把我和我可怜的孩子们赶出我们种的那块地，我丈夫总是一次不落按时交租的。"

"废话！我倒是想知道知道，你不把牲畜卖掉，到一处能把钱存起来的小地方去，却非得和孩子们留在这块地上，赔上你丈夫留给你们的每一个小钱儿，这究竟有什么好处？我的每一个佃农都知道得非常清楚，我从来不允许寡妇留在她丈夫的那块地上。"

"哎，克瑞斯多夫爵士，请你想想：等我卖了干草和谷子，再卖掉所有的牲畜，还了债，再加上些花销，我们还咋能活命呢。那我还咋养活我那些小子，咋供他们学徒呢？他们就非打短工不可了，他们爸爸这个人可是要什么有什么，能赶上你老爷这座庄子上任什么人的。他从来不在麦子还没堆垛的时候打场，也从来不无缘无故地就把麦秸卖到外边去，别的事他也不干。请你打听打听这附近所有的农人，上瑞普斯透恩市场去的时候，那儿有没有比我丈夫更稳妥可靠、滴酒不沾的人了。他还说：'贝丝'，他说——这是他临死说的话——'你可以想办法经管这块地，要是克瑞斯多夫爵士让你接着待下去的话。'"

"得了，得了，"克瑞斯多夫爵士说。这时候哈特普太太已经泣不成声了。"现在听我说，你得尽量懂点儿普通情理。你经管那块地，顶多也只能像你最好的奶牛一样，你没法儿就得找一个经管的人，这个人要么得把你的钱骗走，要么得哄你跟他结婚。"

"哎呀，老爷，我绝不是那种女人，从来也没人那样看我。"

"多半没有，因为你以前从来没作过寡妇。女人本来就够蠢的了，可是一旦她戴上了寡妇的孝帽子，她就成了十足的大傻瓜。现在你先问问自己看：假设你在这儿待上四年，把全部钱都花光了，把地都种荒了，还落下一半租子；再不就得弄个大草包作丈夫，骂你，踢你的孩子，那你待在你们种的那块地上究竟有什么好处？"

"真格的，克瑞斯多夫爵士，好多庄稼活儿我都懂，你可以这么说，我就是干最苦最累的庄稼活儿长大的。我丈夫有个姑婆就会种庄稼，她种了二十年地，还给她所有的侄子、侄女都留了遗产，连我丈夫都有，当时他还是个没下生的孩子呢。"

"吓！一个六英尺高的女人，一对斜眼，两只胳膊专会扒拉人，简直是个穿裙子的男人。那不是像你这样长着红脸蛋儿的寡妇，哈特普太太。"

"真格的，爵士，我从来没听说过她是个斜眼儿，人家还说她本来可以一次又一次地结婚，还都不让人觉得是在图她的钱。"

"唉，唉，这就是你们大家所想的了，每个看到你的男人都想娶你，还希望你孩子越多钱越少越好。可是说这些没用，哭也没用。我这样安排自有我的道理，永远也不会改变。你所要做的就是尽量把你的牲畜安排好，然后找个什么小地方，等你离开山坳①的时候好到那儿去。现在回白拉梅太太屋子里去吧，让她给你杯茶喝。"

哈特普太太从克瑞斯多夫爵士口气里听得出来，他是毫不动摇的，于是深深屈膝行礼，离开了藏书室。这时候，这位从男爵就在椭圆形的窗户下桌子旁边落座，写了下边这封信：

> 马肯姆先生：出租乌鸦爪农舍事请先勿进行，待哈特普寡妇离开她那块地之时，我拟在该处予以安置；如你星期六上午十一时来此，我将与你骑马巡视一趟，安排修葺事宜，同时考虑如何增添一小块租地，因她想养母牛一头、猪数口。——克瑞斯多夫·谢沃瑞鲁谨上

打过铃，叫人把这封信送走以后，克瑞斯多夫爵士走出来，到草坪上那伙人那儿去了。可是他看见垫子空放着。于是就继续往厅厦东面前脸走去，那里靠近正门旁边有个凸窗，正对一条石子路开着，极目可以看到远处一片起伏不平的草地，以高树界断。这些树，仿佛与绿色的草场和穿过一座种植园的长草的大道连成一气，一直通到远远那座哥特式拱门为止。凸窗是开

---

① 哈特普太太租种的那块地的地名。

着的，克瑞斯多夫爵士迈步走进，看到他找的那几个人正在察看还没有完工的天花板。这里和饭厅一样，是那种华丽的带尖角哥特式风格的，但是花纹更细致，像是精选各种颜色编织的已经变硬了的花边手工。这天花板大约有四分之一的部分还没有上色，所以下边有一些脚手架、梯子和工具。除了这些以外，这间高大宽敞的客厅没摆家具，空空荡荡，好像是个哥特式大天篷，专门为这五个人而设的。

"弗朗西斯科最近一两天好点儿了，"克瑞斯多夫爵士走到他们这儿的时候说，"他是个没法办的懒家伙，我觉得他好像有一种本领，能站在那里手里拿着刷子就睡着了。不过我得催着他快接着干，不然，新娘子来了我们可能还撤不干净脚手架呢。你在求婚方面是不是能显出你的雄才大略呢，安托尼，嗯？那你很快就会攻下你的马德堡①了。"

"啊，老爷，谁都知道围攻是战争中最沉闷乏味的活动。"韦布尧上尉说着，恬然一笑。

"城内要是有一个心软的背叛者，那就不会了。再说，假如碧垂爱丝不仅像她妈妈那样美貌，而且还像她妈妈那样温柔，那就会发生这种情况。"

"克瑞斯多夫爵士，"谢沃瑞鲁夫人说，她丈夫一提到这儿，她似乎有点畏惧回避。"我们挂画儿的时候是不是把圭尔齐诺②的《女巫师》放在门上边？那张画挂在我的起居室里简直是浪费。"

"很好，我亲爱的，"克瑞斯多夫爵士答道，语气中间带着一种体贴周到的感情，"你要是愿意割爱，把自己屋子里的东西挂在这儿，那可大好了。约书亚爵士③给我们画的像挂在窗子对面，那张《耶稣幻化图》放在那头。你看，安托尼，我在墙上没留下什么好地方给你和你太太了。我们要把你们的脸转过来对着回廊的墙，你们可以慢慢地报复我们。"

他们正在这样谈话的时候，吉鲁费鲁先生转向凯特润娜说——

"这个窗户外边的风景比屋子里其他窗户外边的都更叫我喜欢。"

她没有回答，他看到她眼睛里满含眼泪，因此又加上一句："咱们是不是出去走一走，克瑞斯多夫爵士和夫人好像都有事缠身。"

凯特润娜默默地听从了，他们就转过一道铺着碎石的小道，这条小道在大树和那片草地中间弯来绕去，最后才绕到一个让园篱界断的大花园。他们

---

① 德国著名古城。为全国工业，商业、运输中心之一。

② Guercino（1590—1666），意大利画家。

③ Sir Joshua（1723—1792），英国著名肖像画家。

一声不响地款步而行，吉鲁费鲁先生知道，凯特润娜的心思并不在他身上。长期以来，她已经习惯于让他承受这种态度造成的压力，而对其他人，她总是把这种态度小心翼翼地掩藏起来。

他们到了花园，机械呆板地拐进园门。这道门穿过一道又高又厚的树篱，对着前面一片宽敞的大太阳地。他们刚经过那一片绿树浓荫，这时看到阳光，真像火苗一样晃眼。前边那一片像波浪一样起伏的草地，更加强了这种感觉。这片草地从进口处开始慢慢低下去，然后又高起来，一直通到对面那一头。到尽头处是一片橘林。花儿在夕阳的灿烂光辉之中显得鲜艳夺目，马鞭草和金盏草放送着芳菲之气。这里仿佛过喜庆节日一样，到处都是欢快光明，悲愁惨淡简直无法容身。这种情景，在凯特润娜看来就是如此。她在那些金色、蓝色和粉色花床之间迤逦而行的时候，那些花朵仿佛都瞪着小精灵似的眼睛惊奇地看着她，无忧无虑，而她却深感身世孤寂悲凉，原来眼泪还只是顺着苍白的脸颊缓缓下流，这时则伴着呜咽有如泉涌。不过近在她身边还有一个爱她的人，他为她心疼，他觉得她十分可怜，但又爱莫能助，无法安慰她。而凯特润娜想到他和自己的希望截然不同又甚为恼火，因为他是宁愿因为凯特润娜心怀这些愚不可及的希望而难过，也不愿因为这些希望终将落空而难过，这些希望要是落了空，她就无法从他的同情里得到任何安慰了。凯特润娜像我们之中别的人一样，躲避同情，因为她疑心这里边总夹杂着贬责。这正像孩子躲着糖果甜食，因为他疑心那里边掺了药。

“亲爱的凯特润娜，我们觉得听见人声了，”吉鲁费鲁先生说，“他们可能朝这儿来了。”

她像一个惯于掩饰自己感情的人那样控制住了自己，而且很快地跑到了花园的另一头，装作在聚精会神地采玫瑰花。一会儿，谢沃瑞鲁夫人就挽着韦布尧上尉的胳膊进来了，后面跟着克瑞斯多夫爵士。这一行人停下来赞美靠近进口处的一排石蜡红，这时候凯特润娜手里拿着一朵苔萼玫瑰花骨朵轻轻跑回来，朝克瑞斯多夫爵士走上去说：“噢，恩主①，这朵玫瑰花插在你的扣眼儿上正合适。”

“哎，你这个黑眼珠的小猴儿，”他爱怜地拍着她的脸蛋儿说。“原来你是跟着梅纳德跑了，这要不是想折磨他，就是想逗引他再加深一两分爱情。来，来，我想让你在我们坐下玩皮克牌以前给我们唱个《我失去了》。你知

————————

① 原文为意大利文。

道，安托尼明天就要走了，你得唱得让他真成了个情思缭绕、多愁善感的恋人似的，这样他就会在巴斯①尽心守职了。"他拉起她的小胳膊夹在自己胳膊下边，朝谢沃瑞鲁夫人叫道："来，海瑞埃塔！"于是就带头朝屋子里走去。

这一行人进入了小客厅。这间带椭圆形落地窗的屋子和那一厢那个藏书室刚好是一对，天花板也是平的，有大量雕刻和彩饰；不过那窗户没让树荫遮住，墙上还挂着骑士和贵妇人的全身画像，都穿着带鲜红、白色和金黄颜色的衣服，所以这间屋子没有给人像藏书室那种阴暗的感觉。有一张挂着的画像，是安托尼·谢沃瑞鲁爵士的，他在查理第二王朝时代是这个家族荣耀的中兴者；这个家族当初跟着胜利王②耀武扬威，随后衰败了一阵儿，有一位非常露脸的人物就是这位安托尼爵士，他一只手叉腰站着，一条模样很好的腿和脚向前伸着，明显地露出对他自己那些生前身后之人都很满意的样子。你要是摘掉他的假发，脱掉披在他背后的大红斗篷，也不会减损他那威仪俨然的神气。他还知道怎样选择妻子，他那位夫人，挂在他的对面，面目端正和善，后头用带子拢着光泽的栗色头发，还有两绺又长又粗的发卷垂在微微歪着的粉颈上面。这样的粉颈，使她那白缎子长袍都感到自愧不如。这是位"大片土地"继承人最理想的母亲。

他们在这间屋子里用茶点。每天晚上，就像院子里那口大钟准确地敲出九下从容不迫的低音一样，克瑞斯多夫爵士和谢沃瑞鲁夫人在这儿准时坐下来打皮克牌，一直打到十点半，然后由吉鲁费鲁先生在家里的小礼拜堂给聚在一起的全体家庭成员念祈祷文。

可是现在还不到九点，凯特润娜得对着大键琴坐下，唱克瑞斯多夫爵士喜欢的由格吕克和帕爱兹爱娄③作曲的歌。他们的歌剧，为了当时那一代人的快乐，就要在伦敦舞台上演出了。在《灯塔照不见攸瑞迪乞》和《我失去了那美丽的容颜》这两首歌里，唱歌人都尽情倾吐了他对逝去了的爱人的怀念。歌曲里的这种情绪，与凯特润娜自己的感情非常相近。不过她的情绪不但没有妨碍她唱歌，反而给她增添了力量。她唱得从来也没有这样好过；这正是她优越高超的一点，在这方面，她多半会胜过安托尼要去求婚的那位出身高贵的美人儿。她的爱情，她的嫉妒，她的高傲，她对自己命运的反抗，形成一股感情之流，汇成她那深沉饱满的嗓音的无尽源泉。她是个难得

---

① Bath，英国西南部一避暑胜地。
② 指威廉一世（1027—1087），本为法国诺曼底公爵，1066年打败英国，做了英国国王。
③ Gluck（1714—1787），Paesiello（1741—1816）分别为德国和意大利作曲家。

的女低音，音乐赏鉴力极高的谢沃瑞鲁夫人曾经精心地叫她保养，不要喊坏。

"好极了，凯特润娜，"谢沃瑞鲁夫人说。在"灯塔"这个长长的优美拖腔之后刚好停了一下，"我从来也没听见过你唱得这样好，再来一次！"

这首歌又重复了一次；然后又唱了《我失去了》，尽管时钟已敲了九下，克瑞斯多夫爵士又要她再来了一次。等那最后的歌声消失了的时候，他说——

"真是个聪明的黑眼珠小猴儿。现在摆开桌子来打皮克牌吧。"

凯特润娜拉出桌子，摆好纸牌，然后以她那敏捷轻快的动作突然双膝跪下，抓住克瑞斯多夫爵士的膝头。他弯下身子，拍着她的脸蛋儿微笑。

"凯特润娜，别那么傻里傻气的，"谢沃瑞鲁夫人说，"我希望你去掉那些舞台演员的怪相。"

她跳起来，收拾好大键琴上的乐谱，看到从男爵和他夫人坐在那儿玩皮克牌了，就悄悄溜出屋外。

唱歌的时候韦布尧上尉一直靠在离大键琴很近的地方，牧师则坐在屋子尽头一个沙发上。现在他们俩各拿起一本书。吉鲁费鲁挑了本最近一期的《绅士杂志》；韦布尧上尉则伸开四肢躺在靠门的一把长椅子上，打开一本《弗布拉斯》；这间屋子这时就鸦雀无声了，十分钟以前，凯特润娜深情的歌声还在这里抑扬回荡。

凯特润娜沿着那些走廊式的过道往前走，现在这里到处都让一盏盏小油灯照亮了。她走到大厅正面的大楼梯那儿，这里直通环绕厅厦整个右厢的一道长廊。每次她想单独待着的时候，她就一个人到这儿散步。皎洁的月光透过窗户照进来，照在靠墙一溜摆设的各式各样东西上面，投下光怪陆离的光亮和影子。这些陈设有希腊雕像和罗马皇帝的胸像；装满天然珍品和文物古玩的低柜橱；热带鸟和大兽角、印度神像和奇形怪伏的贝壳；长剑和匕首，还有锁子甲的碎片，罗马灯和希腊寺庙的小模型；最重要的还是这个不同寻常的古老世家的画像——一度曾经是谢沃瑞鲁家有希望的小男孩和小女孩们的画像。他们那剪得短短的头发都紧紧卡在打褶的硬领里　还有粉红脸蛋上了岁数的夫人们的画像，她们的身躯发育不全，而头饰却高度发达——还有豪迈绅士的画像，他们臀部高高的，肩膀高高的，红色的胡子修得尖尖的。

白天下雨的时候，克瑞斯多夫爵士和他夫人在这儿散步，打台球；可是晚上，除了凯特润娜以外——不过有时候还有另外一个人——所有人都不再理会这个地方。

凯特润娜在月光下来回踱着。她脸色苍白，穿着薄薄的白长袍，那样子使她看起来像是谢沃瑞鲁家过去一位夫人的鬼魂重新光临，来观赏月色。

她慢慢在门厅上边的大窗户前面停下来，观看外边伸向远方的草地和树木，现在在月光下，这景色显得很是凄凉冷清。

突然，仿佛有一股温馨的呼吸向她飘来，随后，一只胳膊偷偷地轻轻搂住她的腰，同时一只手拿起她的纤纤细指。凯特润娜感到像触电一样为之一震，但是很长一会儿一动不动；随后，她推开那胳膊和手，转过身来，满眼含情带嗔，抬头看着上面那张正俯视着她的脸。那小鹿一般毫无意识的样子没有了，在这一顾盼当中，有可怜的小凯特润娜天性中的基调——强烈的爱情和可怕的嫉妒。

"你为什么把我推开呢，蒂娜？"韦布尧上尉几乎耳语似的说，"是因为那倒霉的厄运强加在我头上的东西而生我的气吗？你想让我违背我舅舅最大的好意吗？他为咱们俩尽了多么大的力啊。你知道我有义务，——咱们俩都有义务——在这种义务面前，必须牺牲感情。"

"好了，好了，"凯特润娜一边顿着脚，一边把头扭开说，"我已经知道的事，就不用跟我说了。"

在她的心里，有一个声音在说，她还从来没有让这个声音吐露出来过。这个声音接连不断地说："为什么他让我爱上了他——如果他一直都知道他并不能为了我而无所畏惧地面对一切，他为什么要让我知道他爱上了我？"随后，爱情回答道："他那是受了一时感情冲动的支配，正像你一样，凯特润娜，现在你该帮他改邪归正。"随后那个声音又反驳道："对他来说，这是小事一桩。把你放弃，他是不大在乎的。他很快就会爱上那个漂亮女人，把你这个苍白的小可怜忘掉。"

于是爱情、愤恨和嫉妒在这个幼小的心灵中激烈交锋。

"再说，蒂娜，"韦布尧上尉继续说，语气更加柔顺温存，"我不会成功的，爱舍小姐很像是喜欢另外一个什么人，你知道，世界上没有任何人像我这样满心希望失败的，到头来我会是个可怜的光棍——也许会看到，你已经嫁给了那个好看的牧师，他爱你爱得都晕头转向了。可怜的克瑞斯多夫爵士已经下定决心要你得到吉鲁费鲁。"

"你怎么会这么说？这是因为你没有感情你才这样说。躲开我。"

"让咱们别赌着气分开，蒂娜。所有这些都会过去的，很可能我跟谁也不会结婚。这种心动过速的毛病会把我抓走的，到那时候你知道了谁的新郎我也没当成，就该满意了。谁知道会发生什么事呢？我在缔结神圣的婚约之前也许能自己做自己的主，也许还能选择我这歌喉婉转的小鸟呢。咱们干吗要事先就自寻烦恼呢？"

"你既是没有感情，说起来自然轻巧。"凯特润娜一边说着，泪如雨下，"不管将来怎么样，现在可真是难以忍受。可是你并不关心我的痛苦。"

"我不关心吗，蒂娜！"安托尼以他最温存不过的声音说着，又偷偷用胳膊搂住她的腰，把她拉到自己怀里。可怜的蒂娜成了这种声音和拥抱的奴隶。悲伤怨恨，回顾展望，都化为乌有——安托尼把他的嘴唇压在了她的嘴唇上，这时候，过去和将来的一切都消融在这幸福的一刻了。

韦布尧上尉想："可怜的小蒂娜！她要是得到我会非常快活的。不过她是一个疯疯癫癫的小东西。"

正在这一刹那，一阵很响的铃声把凯特润娜从幸福的迷梦中惊醒，这是在召集祈祷的人到礼拜堂去。于是她匆匆离开这儿，韦布尧上尉则慢慢跟在后面。

这是一个美丽的场面，全家人集合在小礼拜堂里祈祷。礼拜堂里点着一对蜡烛，向跪在那里的人投出幽暗、柔和的亮光。读经案那儿是吉鲁费鲁先生，脸上比往日更增添了一层愁云。在他的右首，这一家的男女主人跪在红丝绒垫子上，显出一种长者的庄重之美。在他的左首，是年轻优雅的安托尼和凯特润娜，两个人的肤色形成强烈对比——安托尼，轮廓精细，完美无瑕，像一位仪态威严的神仙；凯特润娜，发肤色黑，身形细小，像吉卜赛人偷换后留下的孩子①。然后是家院仆众，跪在盖红的凳子上——女人以白拉梅太太为首。这位整洁的小老管家婆，戴着雪白的帽子，穿着讲究；男人以总管白拉梅先生为首，随后是渥润先生这位克瑞斯多夫爵士可尊敬的贴身男仆。

从晚祷词中摘出来的那些段落都是吉鲁费鲁先生念惯了的，结束时念的是这样一句简单的祈祷词；"照亮我们的黑暗之处。"

然后他们都站起来，仆人们行屈膝礼或鞠躬礼之后走出去。家里人回到小客厅彼此道别，随后就各自分散了——全都立刻安睡，但只有两人例外。

———————

① 欧洲传说云，吉卜赛人常常偷入人家，把人家的孩子换走。

凯特润娜哭到钟敲十二点以后才睡着，吉鲁费鲁先生躺下睡不着的时间更长，想到凯特润娜多半在哭。

韦布尧上尉十一点就打发走他的贴身仆人，立刻进入轻柔的梦乡，他的脸看着很像用纹理细密的浮雕石雕成的一尊轮廓分明的头像，放在略微凹下去的枕头上面。

第三章

上一章已经给眼光敏锐的读者提供了足以窥见一七八八年夏天谢沃瑞鲁庄园内情底里的场面。我们知道，在这个夏天，法兰西这个伟大国家正为各种互相抗争的思想、情绪所困扰，动荡不安①，而这还不过是忧患苦难的开始。在我们凯特润娜小小的胸膛里，也展开了激烈的搏斗。这只可怜的小鸟开始振翅鼓翼，徒然用她那柔嫩的胸膛顶撞那些冷酷无情、无法逃脱的铁栏，而我们又明显地看到了这样一种危险：假如这内心的苦痛继续加剧而无所减缓，那么这颗剧烈跳动的心就会受到致命的伤害。

同时我还想，如果你们对凯特润娜和她在谢沃瑞鲁庄园的伙伴们感兴趣的话，可能就要发问：她怎么会到这儿来的？这个瘦小纤细、眼珠漆黑的南方孩子，她那张脸使人立刻会联想到长满橄榄的起伏山峦和那点点灯火的圣堂神庙，她到这儿以这所宏伟壮丽的英国庄园为家，和白肤棕发的监护人谢沃瑞鲁夫人为伴——这简直好像是一只小小的蜂鸟栖息在大园子里一棵榆树上，与夫人阁下一只漂亮的大嗉鸽子为伴一样，而这究竟是怎么回事？她怎么还说得一口很准确的英语，还和新教徒一起祈祷②？她必定是很小的时候就抱养过来，带回英国的。她就是的。

十五年以前，克瑞斯多夫爵士偕夫人最后一次游意大利，他们有一段时间在米兰居留。其时克瑞斯多夫爵士正热衷于哥特式建筑，心存把他家族那座普通灰砖宅邸改建成近代哥特式厅厦的意图。因此他在米兰就专心研讨那座大理石建造的奇观——米兰大教堂的细部。在这里，谢沃瑞鲁夫人像在其他一些意大利城市作较长逗留时一样，聘请了一位音乐教师给她教授声乐，因为那时节她不仅具有优美的音乐趣味，而且具有一副优美的女高音嗓子。

---

① 此指正在酝酿的一七八九年的法国大革命。
② 意大利人多信天主教（旧教）。

在那个大阔人使用手抄乐谱的时代，很多人不是在别的方面像让·雅克①，而是像他一样，靠整页整页抄写乐谱为生。谢沃瑞鲁夫人因为需要找人抄写，阿鲁巴尼老师就告诉她，他要给她找一个他认识的穷人，他的手抄稿据他所知是抄写得最整洁无误的。可惜的是，这个穷人不能总是精力很集中的，因此有时抄得相当慢。不过，美丽的夫人把雇用这个可怜的萨蒂当做一项基督徒的善举，还是值得的。

第二天早晨，沙普太太，当时她还是一个三十三岁正当盛年的贴身使女，走进夫人的卧室说："启禀夫人，有一个你从没见过那么又脏又臭、破破烂烂的人在外边候着，他跟渥润先生说，是那位音乐老师派他来见夫人的。可是我想你恐怕不大会愿意他上这儿来，他可能只是个乞丐。"

"哦，我知道了，立刻带他进来。"

沙普太太退出屋去，嘴里嘟哝着"跳蚤还有更糟的东西"之类的话。她是不大有可能赞美奥叟尼亚②的美景和当地居民的。虽然她对克瑞斯多夫爵士和他的夫人毕恭毕敬，她也禁不住要对这些有身份的贵人怎么会选择在这样一些罗马天主教徒中间留居表示惊奇。"这些人住在这么一个国家，连块床单也没处晾，身上的大蒜味儿都能把你熏倒。"

尽管如此，她还是很快就引着一个瘦骨嶙峋的小个子男人进来了。他脸色蜡黄，邋里邋遢，呆板无神的眼睛里带着困惑不安的表情，打躬屈膝中间显着过分胆怯，让人感到他像是受过长期监禁的囚犯。不过，尽管他这样穷困潦倒，但他年纪尚轻，早年面貌清秀，这些仍然都隐约可辨。谢沃瑞鲁夫人尽管不是个软心肠的人，更不是个容易动感情的人，但根本上是和善的，而且喜欢像女神那样对那些匍匐在她圣堂前面的盲跛残废大发慈悲，分施恩惠。看到萨蒂那样一副样子，她心生怜悯，大受震动。他之所以打动她，是因为他正像一艘大船，可能曾经在出洋当中一度耀武扬威，鼓乐齐鸣，而今却不过是残存的碎片了。她很和气地和他讲话，把她想让他抄的歌剧选段指给他看。他仿佛沐浴在她那金色光辉仪容的阳光下，所以他胳膊底下夹着乐谱本子告退，躬身施礼的时候，虽然仍旧毕恭毕敬，但却不像开始那样胆怯了。

萨蒂至少有十年没见到像谢沃瑞鲁夫人这样光彩照人、华贵美丽的人

---

① Jean Jacques，系法国启蒙主义思想家卢梭的名字。他早年贫寒，曾以抄写乐谱谋生。

② Ausonia，意大利古地名。

了。他曾满身锦缎羽饰登上舞台，担任首席男高音，而那个昙花一现的季节距今已经相当久远了。在那个演出季节过后的冬天，他的嗓子完全哑了，从此再也没有恢复，比一把只配当柴烧的破提琴也强不了多少。他像许多意大利歌唱演员一样，对于教课又一无所知，要不是因为他有抄写才能，他和他那穷苦无告的年轻妻子恐怕早就饿死了。后来，就在他们生了第三个孩子的时候，热病袭来，将多病的母亲和两个大孩子席卷而去，也扫上了萨蒂本人。后来他筋疲力尽地从病床上挣扎起来，怀里还抱着个未满四个月的小婴儿。他住在一家水果铺楼上，开铺子的是个彪形悍妇，喜欢高声喧哗，性情暴戾，但是她自己生过孩子，所以细心照看这个小小、黄黄的黑眼珠小妮子。萨蒂继续住在这儿，靠抄写乐谱的工作挣点填不饱肚子的吃食养活他自己和他那小东西。他抄的乐谱，主要是阿鲁巴尼老师交给他的。他似乎单只是为了这个孩子才活着的：他照料她，把她举上举下地逗着玩，跟她说话，和她单独住在水果铺上面他那一间屋子里。他出去取乐谱的短暂时刻，只让房东太太照顾这个小猕猴。这个水果铺的常客不时看到小不点儿凯特润娜坐在地板上，把两只腿插到一堆豌豆里，她喜欢踢它们玩；也可能会看见她像只小猫咪一样，藏到一个大水桶里，好不受伤害。

不过，有时候萨蒂也把他的小东西交给另外一种女保护人。他对教会非常尽责，每周三次到大教堂做礼拜，还带着凯特润娜。在这里，早晨红日高照，晒暖了教堂外边许许多多闪闪发光的尖塔顶，而在教堂内浓郁的背景前面，就可以看见这个抱着孩子的男人的影子，吃力地匆匆穿过那些移动比较慢的柱子和窗棂的影子，走向靠近唱诗班一个比较僻静地方挂着的一个贴金小圣母像。面对这座宏伟神圣的教堂，可怜的萨蒂仅只把这个贴金圣母像视为神授怜悯和福祉的象征——这正好像一个孩子，在巨大的景物面前对风姿万变的树木和天空视而不见，却一心只关注偶然飘游到他跟前的那片羽毛或小虫子。就在这里，萨蒂礼拜、祈祷，把凯特润娜放在他身旁的地板上。常常有些时候，他要去的某个地方就在教堂附近，而他又不愿意带她去，那他就把她放在这个贴金圣母像前面，凯特润娜就坐在那儿，自由自在，自得其乐，咿咿呀呀地说笑，小身子上上下下前前后后地摇晃。等萨蒂回来了，他发现这位吉祥的圣母总是把凯特润娜照顾得好好的。

这就是萨蒂的身世概略。他把谢沃瑞鲁夫人的活儿完成得很好，所以又让他带去一大堆新乐谱。可是这一次，过了一周又一周，他既没有露面，也没有把交给他的乐谱送回来。谢沃瑞鲁夫人慢慢有些着急了，她想派渥润按照萨蒂给她的地址去打听打听，就在这时候，有一天她准备好正要乘车外出，那个男仆拿进来一个小纸条。他说这是一个送水果的男人让交给夫人的。这张纸条上只有颤颤巍巍地用意大利文写的三行字：

"夫人阁下，不知可否为了上帝之爱怜悯一个垂死的人，并枉驾一顾。"

尽管条子上的字迹颤颤巍巍的，谢沃瑞鲁夫人还是认出那是萨蒂的笔迹，于是她走向马车，吩咐那个米兰车夫把车赶到昆克杰斯玛街十号。马车停在了拉·帕兹尼太太水果铺前面肮脏狭窄的街道上，那个女性庞然怪物立即出现在门口，引起沙普太太极大的反感。她私下对渥润先生说，帕兹尼太太是条"难看的大鲸鱼"。这个卖水果的女人对尊贵的夫人满脸赔笑，不断屈膝行礼，可是夫人不太懂米兰方言，只简略交谈数语就让她立刻带路上萨蒂先生那儿去。帕兹尼太太在前边带着她上了黑暗狭窄的楼梯，打开一扇门，请夫人从这儿进去。正对房门，萨蒂躺在一张破烂不堪的床上。他目光呆滞，一动不动，好像并不知道她们进来。

在床的下首坐着一个小不点儿孩子，很显然还不到三岁，头上戴着一顶亚麻布帽子，脚上穿着一双皮靴子，靴勒上边露着两条又黄又细的小光腿。一件用本来很好看的花绸做的长衫，是她身上唯一的一件衣服。她那对大黑眼珠在那不同寻常的小脸儿上忽悠忽悠地闪着光，仿佛是镶在旧象牙古雕像上的两颗宝石。她手里拿着一个空药瓶子，一个人在那里玩，一会儿把瓶塞塞上，一会儿又把瓶塞拔出来，听它那噗噗的响声。

帕兹尼太太走到床边说："快看这位最高贵的夫人来了。"[①] 但是紧接着就尖叫起来："圣母呀，他已经死了！"

情况就是如此。萨蒂没来得及按他所打算的那样，恳求这位高贵的英国夫人照顾他的凯特润娜。从他开始担心自己会病死的时候起，这种想法就总是在他那精力衰竭的脑子里盘旋。她有钱——她和善——她肯定会为这个可怜的孤儿做点事。于是，他终于送去了那张破纸条，使他实现了他的祈愿，虽然他没有活到亲口把它说出来。谢沃瑞鲁夫人付给帕兹尼太太一笔钱，好为死人办理后事，然后把凯特润娜带走，打算和克瑞斯多夫爵士商量该拿她怎么办。连沙普太太也被她亲眼所见凄惨可怜的情景打动，叫她上楼去领凯特润娜的时候，甚至还洒了一小滴眼泪，尽管她平时一向没有这种弱点；确实如此，她原则上是避免这种行为的，因为她自己常常说，谁都知道这是对

---

① 此处原文为意大利文。

眼睛最最糟糕的事儿。

在回旅馆的路上，谢沃瑞鲁夫人脑子里盘旋着有关凯特润娜的种种设想，不过最后有一个办法占了上风，压倒了其余一切办法。为什么不能把这个孩子带到英国去，在那儿把她教养大呢？他们已经结婚十二年了，谢沃瑞鲁庄园还没有让小孩子的欢声笑语闹得更加活跃起来，这座古老的宅邸要有一点这种乐音就会变得更好了。另外，把一个小罗马天主教徒调理成一个很好的新教徒，尽量在意大利砧木上嫁接英国果树接穗，这还是一桩基督教的功德。

克瑞斯多夫爵士满心顺从地听完了这一计划。他爱孩子，而且很快就喜欢上这个黑眼珠的小猴儿——在凯特润娜那短暂的一生当中，他都是这样叫她的。但是不管是他还是谢沃瑞鲁夫人，都没有想把她当做女儿收养，把他们自己的封号给她。他们都太英国气、太贵族气了，不会那么罗曼蒂克地考虑任何问题的。不会的！这孩子可以当做一个被保护人在谢沃瑞鲁庄园教养成人，最后总能派上用场，也许可以配配毛线，理理账目，念念书报，要不，等夫人老眼昏花了，她还可以告诉夫人眼镜放在什么地方。

这一来沙普太太就得费心去张罗崭新的衣帽，好换掉亚麻布帽子、印花长衫和皮靴。小凯特润娜活了三十个月，无知无识、懵里懵懂地受了许多罪之后，说也奇怪，这时候竟第一次开始懂得种种麻烦了。"蒙昧就是一种没有痛苦的受罪"，这是阿杰克斯①说过的；所以我想，对一张尘垢满面却习以为常的笑脸来说，肮脏也是一种没有痛苦的受罪。不管什么人洗脸的时候，让人用中指上还戴着戒指的无情的手狠狠搓洗，那管保他也会认为，不管怎么说，整洁有时候确也是一种痛苦的享福。读者如果你还不懂得这样一种刚开始受的苦难，那也就不能指望你会想象得出凯特润娜在沙普太太新施予她的肥皂搓再加水洗时所受的是什么罪了。有幸的是，这样的涤罪，在她的小脑筋里，很快就径直和一个舒服的地方——谢沃瑞鲁夫人起居室里的沙发联系起来了。在那里，有玩具可以摔打，在克瑞斯多夫爵士的膝盖上可以骑马，而那只无可奈何的狮毛狗也得准备毫不畏缩地受一阵小小的蹂躏。

① 引自古希腊索福克勒斯的剧本《阿杰克斯》。

第四章

抱养凯特润娜还不到三个月，也就是一七六三年的晚秋，谢沃瑞鲁庄园的烟囱就没断过冒烟，这可是不大常见的。仆役们一直兴奋地等待男女主人离别两年后归来。渥润先生从马车里抱出一个黑眼珠小孩子的时候，管家白拉梅太太的惊诧真是非同小可；那些上等仆人那天晚上聚在管家屋子里舒舒服服地喝掺水白酒，听沙普太太详细叙述凯特润娜的身世，中间加进去许许多多评论，此时沙普太太讲那些高级新闻和经历的优越感也非同小可。

那是一间很舒服的屋子，随便哪一伙人在寒冷的十一月份的夜晚都乐于聚在这种屋子里边的。单只壁炉就是一幅画：在又深又宽的炉膛正中，有一个砖砌的矮台子，上边整段整段的大木头冒出许多火星，冲到昏暗的烟筒口里。在炉膛前脸的上头，有一个大柱顶线盘，刻着古体英文字母的铭文"敬畏上帝，尊崇国王"。这一伙人，在明亮的炉火前面用椅子和布置得很好的桌子围成一个半月形。从形象构图来说，这是一幅多么好的明暗对比空间图啊！一直伸到屋子尽头的那张橡木桌子，高得足以供奉荷马的神灵，有四个粗大的桌腿，还雕刻成圆球形和弧形，真像一个雕花的大瓮！还有，靠远处墙边是一溜多大的碗柜，可以想见里边装了多少吃不完的杏子酱和管家分内应得的赏赐等等乱七八糟的东西！有一两幅没地方挂的图画也在这里找到了地方，成了暗黄色墙上很协调的暗褐色补缀。在回音很大的双层门上边高高地挂着一幅，从那上面黑乎乎颜色中显出来好像面孔似的东西，再加上人为的努力，可以看出那是马德林①。在比较低的地方挂着的一幅，好像是一顶帽子和一些羽毛似的东西，还有皱领上的很多褶子。据白拉梅太太宣称，这是发明火药的弗软西斯·贝肯②爵士的像，而且照她的看法，"他本来应该干比这更好的行当"。

不过那天晚上，这位沃茹兰姆的伟大人物只吸引了人们些微的注意，而且大家是这样一种心情，认为一个已死的哲学家不如一个活着的园丁更有意思，而这位园丁就坐在这个围着壁炉的半月形当中。贝茨先生是管家屋中夜

---

① 《圣经·马可福音》中之人物，为一弃邪归正之妇女。
② 弗软西斯·贝肯（1561—1626），英国作家及哲学家，生于沃茹兰姆（Verulam）；另有一日阿吉尔·贝肯（1214？—1294），为英国僧侣及哲学家，相传善炼丹术，为巫师之流人物。此处为白拉梅太太信口雌黄。

晚聚会时的常客，他喜欢在这里与人交往这种乐趣，而不愿坐在他那迷人的茅草屋中他那把单身汉的椅子上：这种交往是闲谈的盛筵、烈酒的源流，而在小岛上的茅草屋那儿，一切声音都离得很远，只有乌鸦聒噪，大雁悲鸣，当然，这些声音毫无疑问都极富诗情雅意，但从一般人之常情来说，却并不欢快热闹。

贝茨先生可是一个不能不加以特别关注就轻易放过的平常人物。他是个结实的约克夏①壮汉，年近四十。造物之主仿佛在匆忙之间涂抹了他这副脸相，未及考虑细致的色度搭配，所以从他领巾以上露出来的部分，每一英寸地方都是浓淡一致的红色。如果他站在相当远的地方，你可以任意想象，把他的嘴唇安放在鼻子和下巴之间的随便什么地方都行。靠近一些看，那个有特别缺口的地方就是嘴唇，而且我觉得，这总还跟他那方言的特点有点关系。这种特点，我们一听就会了然，那特点与其说是地方特性，倒不如说是个人特性。贝茨先生还有更突出的特点，使他不同凡响，就是他那一对不断眨巴的眼睛。这么一对眼睛，再加上他皮肤的那么一种玫瑰红色，还有他那走起路来向前探着头、还摇来摆去的那么一副姿势，活像是系着蓝围裙的巴契斯②，他眼下在这个范围缩小了的奥林帕斯山③上，酒后不失德性。不过，正如嘴馋贪吃的人往往面黄肌瘦一样，饮食适度的人常常面色红润，贝茨先生是饮食适度的，就是那种颇有丈夫气概的、英国式的、像基督徒一样的饮食适度，适度到肚子里灌下了几杯酒以后，脑子就不那么清醒了。

"真他妈丧气！"贝茨先生说。在沙普太太说到结尾的时候，贝茨先生觉得不由自主地要表示他的强烈反应，"我可不愿意克瑞西夫爵士和咱们夫人带个外国孩子到乡下来，不管你们和我似不似活到看得见，我都敢包，这都总归没好处。我头一遭干活的地方——那似一个又古又老的寺院，还带着一个苹果和梨树园子，你们从来都没见过比这再大的了——那儿就有一个专管衣裳的法国男仆，他偷丝袜子，偷衬衫，偷戒指，凡似他的手够得着的东西他都偷，到头连太太的珠宝匣子都拿上跑了。他们都似一路货，这些外国人，他们那似胎里带来的。"

"得了，"沙普太太用思想开通的口吻说，不过她知道该在什么地方划清界限，"我不是要护着外国人，不过我有很好的理由把他们看做和大多数人

----

① 英国北方一郡名。
② 希腊神话中司酒之神。
③ 希腊神话中诸神聚居之神山。

一样，除了隔壁的异教徒，你们从来也没听我说过他们，他们吃东西的时候吃的那种油，足足能让随便哪个基督徒吃了都翻胃。不过因为所有那些事——因为所有那些一路上落在我头上梳洗安顿的麻烦事——我什么也不能说，只能说咱们夫人和克瑞斯多夫爵士把这个没罪的孩子带回来是做对了，因为在她还分不清左手和右手的时候就带了来，她会在这儿学着说些东西，总比说那些叽里咕噜的外国话好，还可以让她在真正的宗教教育下长大。再说那些外国教堂，克瑞斯多夫爵士对它们那么让人莫名其妙地着迷，那里边那些男人和女人的画，一个个都和上帝当初造他们的时候一模一样①，我觉得，照我看，上那些地方去简直有罪。"

"不管怎么说，你还是得跟不少外国人打交道，"渥润先生说，他喜欢故意用话激那位园丁，"因为克瑞斯多夫爵士雇了一些意大利工人来帮着改建房子。"

"改建房子！"白拉梅太太惊慌地喊道。

"哎，"渥润先生回答道，"据我所知，克瑞斯多夫爵士要把这所老宅邸里里外外都盖成新样子，还弄了满满一大皮包计划和图纸就要来了。那得用石头砌成哥特式的——我想是和你知道的那些教堂差不离儿的。那天花板得超出这一带所能看到的所有天花板。克瑞斯多夫爵士对这个做了很多研究。"

"我的乖乖！"白拉梅太太说，"咱们得让石灰和泥浆给圈起来了。屋子里到处都会是工人，和使女们勾勾搭搭，闹些没完没了的是非。"

"你可以拿你这条命来打赌，白拉梅太太。"贝茨先生说，"不过我并不是不承认哥特式的很好看，那些石匠刻的菠萝、酢浆草和玫瑰像真的一样，甭提多美了。我敢说克瑞斯多夫爵士会把宅邸造得漂漂亮亮的。在咱们这个郡，哪个绅士的宅子也不会比得上咱们这个，有这样的花园，有那么好看的游戏场，还有果树篱墙，就似乔治王也会觉着得意的。"

"好了，我想不出来哥特式不哥特式怎么就会让这房子变得更好，"白拉梅太太说，"再有三个星期到迦米勒节②，我就在这里做了十四年泡菜和果酱了。可是咱们夫人对这事儿是怎么说的？"

"咱们夫人知道，克瑞斯多夫爵士一心要干的，最好是不要拗着他。"白拉梅先生说，他反对谈话中那种批评的口吻，"克瑞斯多夫爵士自有他自己

---

① 指为裸体。
② Michaelmas，九月二十九日，为英国四大结账日之一。

的主意，这点你尽管可以发誓，他还总是做得对。可是来吧，贝茨先生，把你的酒杯斟满，咱们来为咱们的爵士和夫人干杯，祝他们健康、幸福，然后你给我们唱个歌。克瑞斯多夫爵士可不是米（每）天晚上都从意大利回家的。"

这样一种合情合理的意见，贝茨先生当然毫不犹疑地接受下来，作为干杯的缘由，但他显而易见是认为他唱歌却并非同样顺理成章一定要做的事，所以对白拉梅先生建议的第二部分不予理睬。于是，沙普太太又催他施行白拉梅先生的倡议。尽管贝茨先生是个"懂事的、气色鲜润的男人，正是很多女人争夺的丈夫"，可是有人却听见这位沙普太太说，她可一点也没有要嫁给他的意思。①

"来一个吧，贝茨先生，给我们唱个《若埃的老婆》② 听。我就是愿意听这种老歌。那些意大利歌再好我也不爱听。"

贝茨先生受到如此奉承催促，于是把两只大拇指从腋下插到背心袖口里，身子向后靠在椅背上，脑袋扬到能够直望到天的位置，然后开始断断续续毫不连贯地唱起"阿底外劳赫地方若埃的老婆"来了。这首歌肯定是给加上了过多的重复，但恰恰是这些重复，得到在场听众最高的赞扬，因为他们觉得这样一来，跟着帮腔就更加容易了。虽然贝茨先生的发音只能让他们听清楚一点，那就是若埃的老婆"偏"③ 她丈夫，——不管是在园子里出产东西的事情上，还是在日用杂货上都"偏"他；而且虽然贝茨先生不知为什么一唱到她名字的时候，总得得意扬扬地不断重复，还带着一种美滋滋的神秘味儿，可是听的那些人的高兴劲儿却一点也没减弱。

贝茨先生的歌声把晚会上美好的友谊推向高潮，随后就宴散席终——白拉梅太太可能梦见生石灰在她的蜜饯罐子之间飞，也可能梦见那些害相思病的使女疏忽大意忘了打扫墙角——沙普太太则沉浸于独立自主地在贝茨先生茅草屋里主持家务的快乐幻想之中，在那儿不用老得听主人打铃召唤，还能随意处理水果和蔬菜。

凯特润娜很快就克服了人们对她那外国血统的偏见。哪里会有什么偏见能坚持反对孤苦无告的孩子或是断断续续的孩儿话呢？她成了全家人的爱宠，克瑞斯多夫爵士当时正受宠的那只长毛狗、白拉梅太太的两只金丝雀和

---

① 这里语含幽默，恰与字面上之意相反。
② *Roy's Wife of Aldivalioch*，为一首著名的苏格兰歌。
③ 原文 chated 为 cheated（骗）之讹音。

贝茨先生最大的那只道科英①母鸡，都让凯特润娜给挤到了次要地位。结果是，在一个炎炎夏日，她一连串见识领教了许多东西。先是沙普太太训育当中那些多少带些酸溜溜的好意，随后是夫人起居室里注重气派的奢华，可能还有骑在克瑞斯多夫爵士腿上那样一种尊荣，有时候，她接着就跟他到马厩去观光。在这儿，凯特润娜很快就学会听见那几只锁着的大猎狗嗥叫而不哭，还假装勇敢，一边始终抓着克瑞斯多夫爵士的腿不放，一边说："不咬蒂娜。"然后，白拉梅太太可能就会出来采玫瑰花瓣和薄荷，蒂娜因为得到允许能抓一把放在兜裙里带回去，就会觉得又得意又高兴。还有更高兴的是把这些玫瑰花瓣和薄荷摊在单子上晾干的时候：她就可以像个青蛙似的蹲在它们当中，把它们往身上洒，造成阵阵香雨。另外一桩高兴事是跟着贝茨先生在菜园和暖房转一圈，那密密层层的绿色和紫色葡萄从房顶垂下来，她不由得要伸出小黄手去够，但又远远够不着，不过这只小手总归还是一定会得到一点味美可口的水果或是香气袭人的鲜花而满足的。确实，在这乡间大宅邸里终日单调闲散的生活当中，你敢保总会有人觉得和蒂娜一起玩比干别的什么事都好。就这样，这只南方的小鸟在北方有了自己的小窝儿，用温柔、怜惜、亲吻、抚爱以及许多美丽的东西构筑起来的小窝儿，在这样一种教养之下，那类懂得爱人的敏感天性好像特别容易增强它那易于感受的特性，因此，它本来就难以适应所遭遇到的苦难，甚至还对于鲁莽粗劣和毫无慈爱的各种戒律时时露出猛烈反抗。只有在一种事情上，凯特润娜显示出她的早熟，那就是善于报复。她五岁大的时候，因为沙普太太禁止她做什么事，让她很不高兴，她就把墨水倒在沙普太太的针线篓里来报复她。还有一次，因为她亲热地吻自己的玩具娃娃，把它脸上的油彩都舔了下来，谢沃瑞鲁夫人于是把娃娃拿走了，这个调皮的小丫头就一直爬到椅子上，把摆在托架上的一个花瓶扔了下来。差不多就只有这一次，她的愤怒压倒了她对谢沃瑞鲁夫人的敬畏。夫人一向总是显得极为和善，但这种和善永远不会化为抚爱；她总是很严厉而又一贯仁慈的。

谢沃瑞鲁庄园那种愉快单调的气氛，像渥润先生早就说过的那样，渐渐打破了。庭院里的车道让从附近采石场运石头来的货车压坏了，绿色的场院蒙上了石灰，安静的厅厦响起锤子斧头的声音。随后这十年的岁月，克瑞斯多夫爵士全神贯注于他那老宅邸的改建工程。由于他的个人嗜好，促使他先

① Dorking，英格兰一地名。以产良种鸡而知名。

于他人一反机械模仿帕拉第奥式①建筑，而使哥特式建筑复兴，这是一种普遍的风气，是十八世纪结束的标志。他把心思都放在这种事情上边，专心致志，始终不渝，他那些猎狐的邻居对此不能说没有轻视之意。他们都大惑不解：一个血管里流着英国有数几家高贵血统的血液的人为什么这样吝啬，要在自己家的地窖中实行节约②，为什么他把他马厩里的牲口减少到只剩两匹拉车的老马，一匹骑马玩的坐骑，而却当起建筑师来。这些人的妻子并未对地窖和马厩之事多所指责，但却喋喋于同情可怜的谢沃瑞鲁夫人，她马上就得住到不过三间的屋子里，得受各种嘈杂声音的吵闹，她的玉体还会受到有害健康的种种怪味的损害。这跟有个得哮喘病的丈夫一样糟糕。为什么克瑞斯多夫爵士不在巴斯为她弄所房子；或者，如果他必须花费时间监督工人，那么至少可以在宅邸附近什么地方为她弄所房子吧。这种同情是毫无道理的，大多数充分的同情总是如此；因为谢沃瑞鲁夫人尽管没有她丈夫那种对建筑的热情，但她恪守妇道，而且对克瑞斯多夫爵士深深尊重，并不把恭顺服从视为痛苦。至于克瑞斯多夫爵士，他对批评毫不理睬。"顽固不化、想入非非"，邻居们这样说他。不过，因为他把谢沃瑞鲁庄园传给了继承人，所以我看见过这座庄园。我倒是认为，他经过长年按部就班的个人努力，坚持始终，设计并实施他的建筑目标，都是出于某种天生的热情，以及坚定不移的意志。我走过这些房间，看到那里堂皇富丽的天花板和寥寥无几的家具（这些东西说明，他们把所有的钱花得一个不剩，完全没有考虑如何用于个人的舒服享受），我于是感觉到，这位英国老从男爵身上有点崇高的精神：能分清什么是艺术，什么是奢侈；崇尚美好而贬抑淫逸。

随着谢沃瑞鲁庄园由丑变美，凯特润娜也由一个黄黄的小东西长成了一个少女。她变白了，确实很难说得上美丽，但是带有一种轻盈活泼的优雅，再加上她长了一对解语动人的大黑眼睛，还有一副低沉温柔、使人想起对对家鸽喁喁情话的嗓音，这就赋予了她更加不同寻常的魅力。不过，凯特润娜的成长不同于这座厅厦，她不是井然有序、精雕细刻的成果。她的成长很像樱草花，这种花在园子里生长，园丁见了不会不开心，但是又用不着费力去栽培。谢沃瑞鲁夫人教她读书识字，教她教义问答；渥润先生是个很好的会计，按照夫人的主意，教她算术；沙普太太则给她传授各种针黹女红的奥

---

① Palladian，为十六世纪兴起的一种新古典主义建筑形式，由意大利建筑师帕拉第奥所创。
② 英国人家一般以地窖贮酒，此指节制饮酒宴请。

秘。可是有很长时期，没有打算让她受更加精心安排的教育。很可能，一直到凯特润娜死的那天，她还认为地球静止不动，而太阳星星却围着它转；不过，对于这些事，海伦、狄度、苔丝第蒙娜和朱丽叶①也和凯特润娜一样，因此我想你不会认为我的凯特润娜就不配做这部记述当中的女主角。实际上，只有一点例外，就是她那唯一的才能在于爱人；在这方面，很可能绝大多数妇女都无法超过她。虽然她身为孤儿和被保护人，这种过人的才能却在谢沃瑞鲁庄园得到了充分的锻炼，凯特润娜比很多在富贵温柔之乡过着优裕生活的少爷小姐有更多的人让她去爱。我觉得，她那幼稚的心灵中，第一个位置是给了克瑞多夫爵士的，因为小女孩总是向着身边最好看的绅士，特别是因为他又从来不拘礼法。仅次于克瑞斯多夫爵士的，就是道卡斯，这个活泼的红颜少女是沙普太太育儿室里的副手，她的作用就等于一剂泻药里的葡萄干②。道卡斯出嫁那天对凯特润娜来说就是一个黑煞之日，她嫁给了一个赶马车的，带着高踞世人之上的强烈感觉当上了斯娄坡喧阗市镇上一座酒店的统领。道卡斯送给凯特润娜一个小瓷盒作为纪念，上边刻着"斯人远离，相思愈深"的铭文，十年以后，凯特润娜还一直把它列为自己的珍藏。

另外一种特殊的才能，你们已经猜出，就是音乐。凯特润娜有一副特别好的耳音，更有一副特别好的嗓子，这件事一引起谢沃瑞鲁夫人的注意，她和克瑞斯多夫爵士就对这一发现大为高兴。凯特润娜的音乐教育立即成为一桩有趣的事。谢沃瑞鲁夫人为此付出很多时间，蒂娜进步迅速，大大超过了他们的期望。一位意大利歌唱家被聘请来，有好几年的时间，每年在谢沃瑞鲁庄园和大家一起过几个月。这种出人意料的天赋使凯特润娜的地位大为改变。一般小女孩在经过最初几年被视为小狗小猫似的爱物那个阶段，接着就到了不大看得出来她们还有什么好处的阶段，特别是在她们像凯特润娜那样，没有显出会有什么特别的聪明或是美貌的时候；在这样一种索然无味的阶段，对她将来的地位没作什么特殊打算，这也并不奇怪。假定她干别的事都不合适，她长大成人以后可以做沙普太太的帮手；可是现在，她这种少有的音乐天赋使她受到爱音乐比什么都厉害的谢沃瑞鲁夫人的喜爱，这就立刻把她和起居室里的欢愉联系在了一起。不知不觉地，她渐渐被看做是这个家庭中的一员，仆役们也开始明白，萨蒂小姐终归要成为一个上等人。

---

① 海伦、狄度分别为古希腊、古罗马传说中之著名美人。苔丝第蒙娜和朱丽叶分别为莎士比亚名剧《奥赛罗》和《罗密欧与朱丽叶》中之女主角。

② 旧时药剂无糖衣，给儿童喂药时以葡萄干作诱饵。此处作者以道卡斯与白拉梅太太对比。

"她也有权利成为上等人，"贝茨先生说，"她压根儿不似给自个挣面包吃的材料，她像桃花那么娇嫩细巧——活活像只红雀，她那身子骨只够对付她那副嗓子的。"

不过，早在蒂娜进入她生活当中这个时期之前，由于来了一个同伴，比到那时为止她结识的人都年轻的，她就开始了一个新的生活阶段。在她未满七岁的时候，克瑞斯多夫爵士的一个被监护人——一个十五岁的小伙子，名叫梅纳德·吉鲁费鲁——开始到谢沃瑞鲁庄园来过假期。他发觉这儿没有别的游伴像凯特润娜那样非常合他的心意。梅纳德是个重感情的小伙子，一直还对小白兔、小松鼠和豚鼠有特殊喜好。在他这样的年龄，一般有身份的小少爷通常都看不起这些好玩的东西，把它们视为幼稚玩意儿，所以也许他的这种爱好有点儿和年龄不大相称。他也常常钓鱼、做木工，把这作为一种精美的技艺，毫无实用功利之心。而在所有这些有趣的活动当中，他都喜欢让凯特润娜跟他做伴。他叫她的小名和爱称，回答她感到奇怪的问题，还让她连跑带跳地跟在他后面，就像你看见的一只长耳朵狮毛狗跟在一只大猎狗后边一样。每逢梅纳德回学校的时候，就出现一个小小的分别场面。

"在我还没再回来的时候，你不会忘了我吧，蒂娜？我把咱们编的鞭绳都留给你；还有别让豚鼠死了。来，吻我一下，答应我别忘了我。"

随着岁月流逝，梅纳德中小学毕业升入大学，从一个细瘦的小伙子长成高大魁梧的青年。他们在假期相互为伴必须采取不同方式了，但仍然保持着兄妹手足之情。在梅纳德这方面，这种孩子式的感情在不知不觉当中长成为热烈的爱慕之情。在各种各样类型的初恋当中，始于两小无猜的这种恋情最为强烈，也最为持久：当激情集结力量形成经久不散的感情，爱情就来到了它的春暖花开之季。梅纳德·吉鲁费鲁的爱情就是那种宁愿忍受凯特润娜折磨而不愿享受最仁慈的魔术家所能为他安排的、除了凯特润娜之外的任何欢乐。从参孙①以来那些长手长脚的梢长大汉都是如此。至于蒂娜，这个调皮的小女孩儿心里完全明白，梅纳德是她的奴隶；世界上只有他一个人是她爱怎样对待就怎样对待的；我也无需告诉你，梅纳德认为这是一种情窦未开的表现，因为一个感情丰富的女子的爱情，总是笼罩着恐惧忧虑的阴影。

梅纳德·吉鲁费鲁照自己的理解诠释凯特润娜的感情时，并未欺骗自己，但他小心翼翼地期待着有朝一日凯特润娜至少会对他垂青，能够接受他

---

① 古代以色列力士，事见《圣经》《旧约·士师记》。

的爱。他就这样耐心等待着有那么一天，他可以斗胆说出："凯特润娜，我爱你！"你看，他的要求是很容易满足的，他是那样一种人，他们一辈子也不为自己声嘶力竭地大吹大擂，他觉得衣服的样式、羹汤的味道、仆人鞠躬的精确度数都无所谓。他以为——像一般情人所喜欢想的那样，其实也真够傻的——他到谢沃瑞鲁庄园担任主持宗教事务的牧师和附近教区的副牧师，是一个吉兆。以他自己的事情为例来说，他是错误地认为习惯和感情最可能就是通向爱情的大道。克瑞斯多夫爵士让梅纳德作家庭牧师，在几个方面都得到了感情上的满足。他喜欢这种一向都是用来表示尊贵的家庭依附物；他喜欢有他的被监护人做伴；而且，因为梅纳德个人有点财产，他可以随便在这个舒适宜人的家庭里过日子，养活他的猎兽，遵行教职人员的简朴生活方式，直到他在坎伯莫就任牧师职位，能在庄园附近安家的时候。"还要娶凯特润娜做太太，"克瑞斯多夫爵士很快就开始这样想了，因为虽然这位好心的从男爵完全不善于察觉他这样一些得体的想法会有令人不快和遭人反对之处，可是他却善于看出那些和他的计划恰相吻合之处；而且他首先猜测出来，随后又通过直截了当的提问弄清了梅纳德的真实情感。他立刻下了这样的结论：凯特润娜也有同样想法，至少等她长到适当年龄的时候，会有同样的想法。不过要是在这个时候就明确地说什么或做什么，为时尚嫌过早。

正在这个时候，又发生了新的情况，这虽然没有让克瑞斯多夫爵士的打算和期望发生变化，但却使吉鲁费鲁先生的期望变成了焦虑，还使他清楚地看到，不仅凯特润娜的心好像永远也不会属于他，而且还完全给了另一个人。

在凯特润娜小时候，有另外一个男孩到庄园来做过一两次客。他比梅纳德·吉鲁费鲁小，是个美丽的男孩，长着褐色卷发，穿着华丽衣裳，凯特润娜在他面前又羞怯，又羡慕，这就是安托尼·韦布尧，他是克瑞斯多夫爵士妹妹的儿子，又是他选定的谢沃瑞鲁庄园继承人。从男爵牺牲了大量资财，甚至削减了他打算用来实行他那建筑计划的资财，为的是改变对继承他的产业的限制，让这个男孩做继承人。说起来也很抱歉，他是跟自己的姐姐狠狠吵了一架才达到这一步的；因为宽恕原谅的能力并不居于克瑞斯多夫爵士的美德之列。后来，安托尼的母亲去世的时候，他已不再是一个卷发男孩，而是个高个儿青年，还领了上尉的职衔，这时谢沃瑞鲁庄园终于成了他的家，每逢他离开他那个团队，就到这儿来。凯特润娜此时已是个十六七岁的小大人儿，我也无须多用笔墨说明，你自会知晓世上最为自然不过的事情是什么了。

庄园上没有什么人好做伴的，要是没有凯特润娜，韦布尧上尉就会觉得枯燥乏味得多了。向她献殷勤是很令人开心的——用温柔体贴的调子跟她说话；眼见喜悦给她带来小小的战栗和红晕，还有他在她身边靠在钢琴上夸奖她的歌声时她那黑眼珠倏忽闪现的羞怯目光；另外，把那个腿肚子很粗的牧师挤掉，这也是很开心的！把一个女人撩拨挑逗一下，让另外一个男人相形见绌一番，哪个游手好闲的男人能对这样一种诱人的趣事无动于衷呢？——尤其是他心里又十分清楚，他并不打算加害于人，以后还会使事情渐渐恢复原样。韦布尧上尉离团十八个月，大部分时间是在庄园上度过的，可是在十八个月结尾的时候，他发现事情已经发展到完全不是他开始所打算的地步。温和的调子导致甜言蜜语，而甜言蜜语又引出眉目传情，互相应答，这就不可能不带来调子越来越高的风流韵事。一个人发现，有一个体态娇小、举止优雅、眼珠漆黑、歌喉甜润的女子爱慕自己，这个女子又是谁都无须加以鄙视的，这可真是种使人心舒意畅的事儿，真堪与抽上好的拉塔基亚烟①比美，同时，这也就有义务要以柔情作出某些回报。

也许你会认为，韦布尧上尉既然知道，梦想娶凯特润娜为妻简直是荒诞不经，那么，他以这样一种态度去赢得凯特润娜的感情，那他就必定是个轻浮浪子了？完全不是！他是一个感情沉静的青年，他极少做出自己无法言之成理的行为；娇小脆弱的凯特润娜主要是在想象和感情方面，而不是在感官上打动人的。他确实感觉对她很亲近，而且似乎很像是已经爱上了她——假如他能爱上什么人的话。但是造物之主并未赋予他这样一种能力。她赋予他一副令人赞叹的外表，一双白皙无比的手，一个精美绝伦的鼻子，还有大量安详宁静的自我满足之感；但仿佛是为了保护这样一件精致的艺术作品免遭破坏而早有预防，不让他有强烈的感情。他没有年轻人行为不检的任何记录，克瑞斯多夫爵士和谢沃瑞鲁夫人把他看做一个最好的外甥，最令人满意的继承人，对他们满怀知恩图报的尊敬，而且更主要的是，一言一行都以义务感为准则。韦布尧上尉总是从这种义务感出发，做他最容易做也最喜欢做的事情：他穿戴阔绰，因为这是处于他那种地位的人应尽的义务；出于一种义务感，他使自己迎合克瑞斯多夫爵士坚定不移的意志，要是违拗它，那是

---

① Latakia，叙利亚北部一海港名。

徒劳无益的，也是自讨苦吃；还有，他生就一副娇嫩胚子，所以他也出于责任感而对自己的身体倍加小心。他的健康是他让亲友们最为焦虑之处；也正是出于这种原因，克瑞斯多夫爵士希望眼见他外甥早日完婚，这特别是因为有一门合乎从男爵心意的亲事看来立即可以实现。安托尼已经见过爱舍小姐，并且对她很是爱慕。她是一位夫人的独生女，这位夫人，正是克瑞斯多夫爵士最早的情侣，但是正如世上会碰到的事情那样，她嫁给了另外一位从男爵，而没有嫁给他。爱舍小姐的父亲这时候死了，她拥有一处可观的产业。假如，而且这是大有可能的，安托尼的为人和性格易于为她接受，那么就再也没有什么事比让克瑞斯多夫爵士看到这桩婚事更为高兴的了。可以预料得到的是，这桩婚事会确保谢沃瑞鲁庄园不会传到不争气的人手里。安托尼已经作为爱舍夫人早年朋友的外甥而受到她的款待，为什么他不到爱舍夫人和她女儿居留的巴斯去再续旧好，赢得一位长得既漂亮、家世又高贵、资财又丰厚的新娘子呢？

克瑞斯多夫爵士把自己的愿望传达给了他的外甥，他外甥立即表示自己愿意迎合这一愿望——这也是出于义务感。凯特润娜的恋人温柔地让她得知他们双方必须做出的牺牲；三天之后在韦布尧上尉出发到巴斯去的前夕，发生了你在回廊里亲眼所见的那场离别。

第五章

嘀嗒嘀嗒的无情钟声对于由极度恐惧而产生病态敏感的心，真好像一下一下痛苦的悸动，大自然这架时钟的情形也是如此。雏菊和金凤花凋落，枯草摇曳，染上了斑驳温暖的红色；等摇曳的枯草被风扫尽，顶尖黄褐色的麦子就给沉甸甸满当当的麦穗压得低下头来；收割人躬身在它们中间，麦子很快就一捆捆立在那儿，于是留有黄色残梗的麦田现在就一块连着一块地躺在那儿，上边有一条条深红色的沟纹，这是为播种新打下的种子而犁过的。这个从一种美景转换到另一种美景的过程，对于幸福的人来说，恰似一首节奏明快的曲调一样美好，而却使很多人在心里估算如何对付已经预见到的苦恼——仿佛是在催促毫无希望的现实在可怕的阴影之后接踵而至。

凯特润娜觉得，一七八八年的夏天去得多么匆促，真是毫不留情！确实如此，玫瑰花凋谢得比往年早，花楸树上的果子都更加急不可待地变红，催来了秋天。这时候，她就要面对自己的苦难，眼睁睁看着安托尼把所有他那些温和的语调、甜蜜的言辞和温柔的目光统统送向另一个人。

七月底以前，韦布尧上尉曾经写信提到爱舍夫人和她女儿打算避开巴斯的暑热喧闹到法雷她们自己那个阴凉安静的地方去，他也受到邀请到那儿去和她们会合。他在信中透露出，他与二位女士都相处极为融洽，而且丝毫没有表露出遇到情敌的迹象，所以克瑞斯多夫爵士读完信之后，更加容光焕发，神采飞扬。终于，到了临近八月底的时候，就宣布韦布尧上尉已经是个得到承认的情人了，接着，这两家多次通过互相赞美，彼此恭维的信函，然后，人们就知道了，爱舍夫人和她女儿要在九月份造访谢沃瑞鲁庄园，碧垂爱斯到时候就可以会见她未来的亲属，所有需要商定的事就能够加以讨论了。韦布尧上尉一直到那时候都要留在法雷，然后陪着二位女士上路。

在这段时间，谢沃瑞鲁庄园里每个人都有些待客迎宾的事情要做。克瑞斯多夫爵士一心忙于同管家和律师商量讨论，给另外那些人一一发号施令，特别是督促弗朗西斯科布置好大客厅。吉鲁费鲁先生负责找一匹供女士骑的马，因为爱舍小姐是位骑马能手。谢沃瑞鲁夫人有许多不同寻常的拜访要做，还有许多请帖要发。贝茨先生的草地、石子路和花坛因为总是达到整齐干净、无可挑剔的标准，所以在园子里没有什么特别要做的事，只有一个例外，那就是对园丁副手加以一点点特别的训斥，贝茨先生对这一点外加的东西并未忽视。

凯特润娜幸好也有她的任务，可以用来填满漫长阴郁的白昼，那就是绣完一个椅垫，这样就可以补齐小客厅里的一整套绣花蒙罩，这是谢沃瑞鲁夫人一年劳作的成品，也是庄园里仅有值得一顾的一套摆设。凯特润娜俯身坐在这件绣活旁边，嘴唇冰冷，心跳不已。值得称谢的是，整个白天这种感觉把痛苦流泪的情绪冲淡了，而夜深人静的时候，眼泪则不禁夺眶而出。她最害怕克瑞斯多夫爵士走到她近旁。从男爵的眼睛更加奕奕有神，脚步更加轻松矫健，他仿佛觉得，只有最为阴沉别扭的人在这样一个事事顺遂的世界上才能不轻松愉快，不喜气洋洋。可怜的老绅士！他一生都有点为自己的意志力而自鸣得意，如今他最后的计划就要大功告成了，谢沃瑞鲁庄园将要由一个外甥孙子来继承，他或许能活到看见他长成一个仪表堂堂的小伙子，至少下巴颏上都长出细软胡须来了。为什么不能？人到六十还是年轻的呀！

克瑞斯多夫爵士总是要对凯特润娜开开玩笑。

"唉，小猴儿，你得让自己的嗓子最好最好才成。你知道，你是庄园里的大歌唱家，所以你一定要穿一件漂亮的长袍，系一条新带子，虽然你是一只唱歌的小鸟，可是你千万不要穿褐色的衣服。"要么就说："蒂娜，下次就该轮到人家向你求婚了，可不要学着耍那些令人讨厌的傲气，我一定得让梅纳德搞得顺顺当当的。"

老从男爵拍着凯特润娜的脸蛋，慈祥地看着她的时候，只是由于凯特润娜对他的感情，才帮助她打叠起精神对他微微一笑，但这正是她觉得最难以忍住不哭出声儿来的时候。谢沃瑞鲁夫人跟她说话或在一起的时候，还不那样难过，因为夫人对家中的这一重大事件只不过是心安意洽，十分满意而已；而且，克瑞斯多夫爵士因为即将见到爱舍夫人，事先就显得乐不可支，她也微微有点醋意，所以就更加清醒一些。这位爱舍夫人一直是以一位目光温柔的二八佳人供奉在爵士的心灵之中，他第一次远出旅行，还和她互赠过头发。谢沃瑞鲁夫人宁肯死也不肯承认这件事，可是她却不由自主地希望克瑞斯多夫爵士会对爱舍夫人失望，并且为自己把她说得那样迷人而多少感到害羞。

这些天以来，吉鲁费鲁先生怀着复杂的心情随时注意着凯特润娜。她受苦，他也心疼；不过，即使为她着想，他也为一种无望的爱情不再受虚幻希望的哺育而觉得高兴，更何况，他又怎能不对自己说，"也许过不多久，凯特润娜会对这个心肠冷酷、骄傲自大的浑小子讨厌了，然后就……"

那急切盼望的一天终于来到了。九月的艳阳照亮了正在转黄的菩提树，五点钟左右，爱舍夫人的马车到达门厅前面。凯特润娜坐在她自己的屋子里做活，听见辚辚的车声，接着大门开开，然后又关上，走廊里一片喧哗。她记得开饭时间是六点，谢沃瑞鲁夫人还希望她早些到客厅去，于是忽地一下站起来换衣服。她感到自己突然勇敢坚强起来，心中很是高兴。急于要看看爱舍小姐是什么样子，想到安托尼就在这所房子里，希望不要显得很不起眼，这种种情感让凯特润娜嘴唇上有了点血色，让她梳妆起来也容易了。他们今天晚上要让她唱歌，她会唱得很好，爱舍小姐就不会认为她丝毫无足轻重了。于是，她十分仔细地穿上灰色丝绸长袍，系好樱桃红色的丝带，仿佛是她自己订了婚似的；她也没忘了那对圆圆的珍珠耳环，这是克瑞斯多夫爵士告诉谢沃瑞鲁夫人给她的，因为蒂娜那对小耳朵长得那么漂亮。

尽管她很快就做好了这些事，她却看到克瑞斯多夫爵士和谢沃瑞鲁夫人已经在客厅里和吉鲁费鲁先生聊天了。他们告诉他爱舍小姐如何漂亮，但又如何和她母亲截然不同——很显然，她只像她父亲。

"啊哈！"克瑞斯多夫爵士一边把目光转向凯特润娜，一边说，"梅纳德，你看怎么样？你以前什么时候见过蒂娜这么漂亮的？怎么，这件小灰长袍是由我夫人的衣服改的吧？打扮这个小猴儿，只要比手帕大不了多少的料子就够了。"

谢沃瑞鲁夫人也微笑着表示赞成，她只看了爱舍夫人一眼，就完全有把握地断定她比自己略逊一筹，因而神色安详，满面生辉。凯特润娜则处于一种胸有成竹，满不在乎的心境，这种心境产生于感情反复交战当中的低潮时期。她退到钢琴那儿，让自己忙着整理乐谱，并非毫不理会当时别人正用赞赏的眼光向她注视，她心想，下次一开门，韦布尧上尉就会进来了，而且她要兴高采烈地对他说话。可是等她听见他走进来，一阵玫瑰的香气向她送过来，她的心使劲跳了一下。直到他握住她的手，用惯常那种轻飘飘的调子说，"哎，凯特润娜，你好！你看起来真鲜亮。"这时她才恢复了知觉。

他竟能用这样一种完全无动于衷的样子看着她，跟她说话，她觉得她气得脸都红了。啊！他现在爱另一个人爱得太深了，哪里还记得他对她过去的种种感情。可是紧接着，她又意识到自己很愚蠢：在这种情况下，难道他还能够表示什么感情！这样一种感情的激战似乎让门再次打开之前这片刻时间拖得很长，门开了，她自己的注意力以及所有其他人的注意力，就都让走进来的两位女士吸引过去了。

女儿与母亲相形之下更为引人注目。母亲肩臂丰腴，身材中等，一度曾经是位具有昙花一现的桃腮玉肌的美人，五官不大分明，身体发福过早。爱舍小姐是个高个儿，体格结实，却相当优雅，使她显出一副既温文尔雅而又自信心很强的神气，她那深褐色的头发没有扑粉，浓密的卷发一绺绺地披在两旁，背后则梳成一个个又长又粗的发卷，直垂腰际。她那圆圆的双颊鲜艳红润，那笔直的鼻子线条优美，所以虽然她那褐色的眼睛长得平常，前额很低，嘴唇很薄，但还是让人一看便觉得是一位光彩照人的美人。她正在服丧，那件深褐色的黑皱绸衣服到处都缀着乌黑发亮的装饰，恰到好处地衬托出她的肤色和她那一直裸露到肘腕的圆润白皙的胳膊。她令人一看就眼花缭乱，谢沃瑞鲁夫人把凯特润娜介绍给她，她带着优雅的微笑俯视凯特润娜的时候，这个可怜的小东西仿佛第一次发觉，她过去的梦想都是愚蠢至极。

"我们真叫你的这个地方给迷住了，克瑞斯多夫爵士，"爱舍夫人略微有点言过其实地说，仿佛这是学着别人而说的一句话，"我敢保你外甥必定觉得法雷太不像样子了。可怜的约翰老爷对维护房子和土地真是太漫不经心了。我常常跟他说到这点，可是他说：'得了，得了！只要我的朋友们找得到好酒好饭，我的天花板熏黑了他们也不会在意的。'他是那样好客，约翰老爷就是那样。"

"我觉得我们刚才过桥的时候，从园子里看这所房子特别好看。"爱舍小姐急急插进来说，仿佛怕她母亲会说出什么不得体的话来。"那头一眼尤其让人高兴。安托尼事先什么也没告诉我们，他不愿意造成错误的想象来破坏我们最初的印象。我很想在房子里到处走一遍，克瑞斯多夫爵士，好弄清楚你这全部建筑设计的来龙去脉，安托尼说你在这上面花了那么多时间，做了那么些研究。"

"当心别让一个老头子净谈论过去的事，我亲爱的，"从男爵说，"我想我们会找一些让你做起来比翻我那些老计划、老图画更愉快的事情的。我的朋友吉鲁费鲁先生已经在这儿给你找好一匹漂亮的母马，这样你就可以在乡下到处走走，一直让你心满意足。安托尼已经给我们传过话，说你是个什么样的女骑手。"

爱舍小姐带着顶高兴的微笑转向吉鲁费鲁先生，以一个想使人觉得自己迷人而且敢保一定能做到的人所精心做作出来的优雅姿态向他表示感谢。

"请不要感谢我，"吉鲁费鲁先生说，"得等到试过马以后再说。前两年萨日阿·林特夫人一直骑这匹马；不过，一位女士对于马的口味不见得和另一位女士的相合，其他事情多少也是这样。"

在这一番对话进行当中，韦布尧上尉一直靠着壁炉架，爱舍小姐一边说话一边向他频送秋波，他则用他那蒙眬欲睡的眼睛同她交换目光，感到心满意足。"她已经非常爱他了，"凯特润娜想。不过，安托尼献殷勤一直是被动的，这又使她感到宽慰。她还觉得他看起来比往常都更苍白、更衰弱。"如果他不是非常爱她——如果他有时候带着歉意想到过去，我觉得我就能忍受这一切，眼见这能使克瑞斯多夫爵士快活，我就会很高兴。"

进餐当中发生了一桩小小的事件更加肯定了这些想法。上甜食的时候，有一道果子冻正好在韦布尧上尉面前，而且他很想给自己来点儿，他先让爱舍小姐，她脸红了，用一种比起平时显得颇为尖刻的语气说："到现在你还不知道我向来不用果子冻？"

"你不用吗?"韦布尧上尉问。他的感觉还没有那么灵敏，所以听不出半个音程的差别来。"我还以为你喜欢吃呢。我记得在法雷餐桌上总是放着一些。"

"我喜欢什么不喜欢什么你好像并没感到多大兴趣。"

"想到你喜欢我，我就只感到幸福，忘了一切。"这就是那照例的回答，声音清脆悦耳。

这段小小的插曲，除了凯特润娜之外谁也没有注意。克瑞斯多夫爵士正倾耳恭听爱舍夫人讲她前一个厨子的故事，他调的肉汁是第一流的，而且因为这个缘故，很得约翰老爷欢心——他特别讲究肉汁，约翰老爷就是那个样子，正因如此，尽管这个厨子糕点做得很坏，他们还是让他一直待了六年。谢沃瑞鲁夫人和吉鲁费鲁先生则正微笑着看那只大猎狗日阿波特，他从男主人的胳膊底下探出头来把从男爵盘子里的东西嗅过之后，已经把上的菜都巡视了一番。

女士们又回到客厅以后，爱舍夫人很快就聚精会神地向谢沃瑞鲁夫人讲她自己对用毛织品装殓死人的看法。

"毫无疑问你必须有一套毛料殓衣，因为这是法律规定的，你知道；但是这并不一定就禁止人在里边再衬亚麻布。我向来这样说：'假如约翰老爷明天死，我就让他穿着衬衫下葬'；我就是这样做的。让我劝你给克瑞斯多夫爵士也这么办①。你从未见过约翰老爷，谢沃瑞鲁夫人。他个子又高又大，鼻子长得像碧垂爱丝一模一样，他对衬衫特别讲究。"

爱舍小姐这时候坐在凯特润娜旁边，带着笑嘻嘻的和蔼样子，仿佛表示，"我真是一点也不骄傲，虽然你会以为我很骄傲。"她说：

"安托尼老告诉我你唱得非常动听，我希望今天晚上我们能听到你唱歌。"

"噢，是的，"凯特润娜镇定自若、毫无笑容，她说，"要我唱的时候我总是唱。"

"我羡慕你有这样一种动人的才能，你知道，我耳音不行；最简单的调子我也哼不出来，而我又那么喜欢音乐。这不是很倒霉吗？不过我在这儿住的时候会享受一番了，韦布尧上尉说你会天天给我们唱点儿。"

"我应该说，假如你耳音不行，音乐这一行就休劳过问了，"凯特润娜说。她由于极其淳朴因而也会出口成章，妙语惊心了。

"噢，跟你说吧，我这是瞎喜欢，可是安托尼那么喜欢音乐，我要是能给他弹琴唱歌，那就太令人高兴了；不过他说他最喜欢我不唱歌，因为那不

---

① 英国一般习惯以亚麻布裹尸入殓。查理二世为鼓励毛织品生产，特定法律令人以毛织品殓尸。此处爱舍夫人即就此事发表议论。

符合他对我的想法。你最喜欢哪一种风格的音乐？"

"我不知道，我喜欢所有优美的音乐。"

"那你是不是像喜欢音乐一样地喜欢骑马？"

"不，我从不骑马。我觉得我要是骑上会很害怕的。"

"噢，不会的，你稍微练习一下肯定就不会害怕了。我从来都一点也不胆怯。我觉得安托尼为我担心比我为我自己担心得还厉害；自从我和他一起骑马以来，我就不得不倍加小心了，因为他为我那么紧张不安。"

凯特润娜没有答话；不过她在心里说："我希望她到一边去，不要跟我说话。她一心只希望我称赞她脾气随和，还老谈安托尼。"

爱舍小姐与此同时也在想："这个萨蒂小姐好像是个愚蠢的小东西，那些有音乐天赋的人常常这样。不过她比我原来所想的要漂亮；可是安托尼说她不漂亮。"

幸好这时候爱舍夫人叫她女儿去看那些绣花垫子，于是爱舍小姐走到对面沙发那儿，立刻就和谢沃瑞鲁夫人谈起织锦和绣花等等来。她母亲觉得自己在那里已经由女儿取而代之了，于是走过来，坐在凯特润娜身旁。

"我听说你是个顶呱呱的歌唱家，"当然这是开场白。"所有意大利人都唱得那么好。我和约翰老爷当初结婚的时候，我们到意大利旅行过。我们还到过威尼斯，你知道他们来往都坐一种平底小船。我看得出来你不扑粉。碧垂爱斯也不再扑粉了，虽然很多人觉得她的卷发要是扑上粉会显得更好看。她头发真多，是不是？我们原来那个使女给她梳得比现在这个好多了；可是你知道，碧垂爱斯的袜子拿去洗的时候，她就给穿了。她这样做，我们就不能再要她了，是不能吧？"

凯特润娜仅仅应和了一下就算回答了这个问题，她觉得回答这样的问题是多余的。然而爱舍夫人又重复了一遍："是不能吧？"仿佛蒂娜同意了，她才能心安理得。在她轻轻说了"不能"之后，爱舍夫人继续说。

"使女们都那么麻烦，碧垂爱斯又那么讲究，你简直难以想象。我常跟她说：'亲爱的，你不可能要求十全十美。'她现在穿的那件长袍——确实她现在穿着刚好合适——就是拆了做，做了拆，折腾了两次。不过她这样正像可怜的约翰老爷——他对穿的用的就那么特别讲究，约翰老爷就是那样。谢沃瑞鲁夫人讲究吗？"

"相当讲究，不过沙普太太已经给她做了二十年使女了。"

"我希望我们也能有福气用葛瑞芬二十年。不过恐怕我们得跟她分手，因为她的身体太娇弱了；她脾气又那么倔，我让她吃药的时候她总是不肯。你现在看来也很娇弱。我劝你早晨不吃饭，喝一次菊花茶。碧垂爱斯那么健康结实，她从来不吃什么药。不过即使我有二十个女孩子，要是她们长得都很娇弱，我也得都让她们喝菊花茶。这比什么东西都更能强壮筋骨。那么，你是不是答应我你喝菊花茶。"

"谢谢你；我一点病也没有。"凯特润娜说，"我一直总是又黄又瘦。"

爱舍夫人认定喝与不喝菊花茶简直有天壤之别——凯特润娜一定得看看是否并不见得那样——于是她就像漏水的淋浴喷头一样，滔滔不绝地说个不停，直到男士们早早进来，才转移了目标，她于是又纠缠住克瑞斯多夫爵士。这时克瑞斯多夫爵士很可能慢慢想到了，经过四十年的间隔，一个人如果要想保持原有的诗意，最好是不要再和他初恋的情人见面。

韦布尧上尉，自然是到他舅母和爱舍小姐那儿去的，吉鲁费鲁先生想帮助凯特润娜从一人枯坐、闷声不响的尴尬处境中解脱出来，就跟她说起这天早晨他的一个朋友怎样弄伤了他的胳膊，还拿他的马打赌，看来一点也没有注意到，她几乎根本没听，一直看着屋子的另外一边。嫉妒的痛苦之一就是，它永远无法把眼光从那使它痛苦的事物上挪开。

慢慢地，每个人都觉得需要从这种闲聊当中摆脱出来了——克瑞斯多夫爵士可能是所有人当中最感到有这种需要的——正是他提出了一个大家欢迎的建议——

"来吧，蒂娜，今天晚上哪能不先听听唱歌就坐下打牌呢？"他想起来了，于是就转向爱舍夫人，又加上一句，"你们夫人小姐们也玩牌吧，我想？"

"噢，对了！可怜的约翰老爷过去每天晚上都要来一桌惠斯特牌。"

凯特润娜立刻坐到大键琴旁边，她刚刚开始唱，就愉快地感到韦布尧上尉悄悄走向大键琴，很快就站到了老地方。感觉到这点，给她的嗓音增加了新的力量。她还注意到，爱舍小姐并不是真正在欣赏享受，而只不过是跟着韦布尧上尉随声附和、故作赞美。凯特润娜因为得到一点小小的胜利并对对方加以轻蔑而有些激动，但她仍然把结尾唱得很好。

"啊，你的嗓子比以前还要好，凯特润娜，"她唱完的时候，韦布尧上尉说，"这和我们在法雷一直喜欢听的希伯小姐吹的笛子可是大不相同了，你说是不是，碧垂爱斯。"

"确实如此。你真是个令人羡慕的人儿，萨蒂小姐——凯特润娜——我可以叫你凯特润娜吗？因为我听见安托尼那么经常地提到你，好像对你已经十分熟悉了，你愿意让我叫你凯特润娜吗？"

"噢，可以，大家要是不叫我蒂娜，就都叫我凯特润娜。"

"来，来，再唱个，再唱个，小猴儿，"克瑞斯多夫爵士在屋子那一头喊起来，"我们还没听够一半呢。"

凯特润娜非常乐意服从命令，因为她唱歌的时候，就是屋子里的女王，爱舍小姐则相形见绌，只好苦着脸表示赞美。啊呀，你看嫉妒能在这个可怜的小人儿身上起多么大的作用。凯特润娜长到这么大，一直是一只歌喉婉转的宜人小鸟，那样天真可爱地依偎在为她展开的翅翼之下，她的心只是随着爱的和平节奏而跳动，或是随着一些易于克制的恐惧而颤抖，现在却已经开始体验到胜利和仇恨所激起的剧烈跳动了。

歌唱完毕，克瑞斯多夫爵士和谢沃瑞鲁夫人就跟爱舍夫人和吉鲁费鲁先生坐在一起打惠斯特牌。凯特润娜让自己紧靠从男爵旁边坐着，仿佛看打牌的样子，这样她就可以显不出来她硬插在那一对情人中间了。起初，她因为得到了那一点小小的胜利而容光焕发，而且感到十分得意；不过她的眼睛却常常会偷偷转向壁炉的对面，在那儿，韦布尧上尉让自己紧靠爱舍小姐坐着，还把胳膊搭在椅子背上斜靠过去，完全是一个情人的姿势。凯特润娜渐渐感到一阵窒息。她几乎不用细看，就能看见他正拿起她的手来看她的镯子，他们低下头紧紧凑在一起，她的发卷蹭着他的面颊——这时候，他正把嘴唇放在她手上。凯特润娜感到脸上发烧——她再也坐不住了。她站起身来，装作悄悄走来走去找东西的样子，最后溜出了屋子。

在外边，她拿了支蜡烛，匆匆走过那些过道，上楼走进自己屋里，把门锁上。

"噢，我受不了啦，我受不了啦!"这个可怜的小东西大声哭出来了，绞着她小小的手指头，把手指头顶到前额上，仿佛要把它们折断似地。

然后，她快步在屋子里走来走去。

"这还得好多天好多天地熬下去，我还得眼睁睁看着。"

她神经质地到处看，想找点什么东西抓住。有一个薄纱头巾放在桌子上，她把它拿起，一边走来走去，一边把它撕成一缕一缕的，然后把它攥在手里，紧紧团成一团。

"安托尼，"她想，"他竟然这样干，一点也不想想我觉得怎么样。噢，他把什么都能忘掉：他平常都怎么说他爱我——在我们散步的时候怎样把我的手握在他手里——晚饭后怎么样靠近我站着，好看透我的眼睛。"

"噢，这太残酷了，太残酷了！"她又哭出声来，往日那些欢爱的时刻一齐回到眼前，于是她泪如泉涌，猝然跪到床边，痛苦万状，泣不成声。

她也不知道在那儿待了多长时间，直到她听到祈祷铃响，才警醒起来。这时候她想到谢沃瑞鲁夫人也可能要派什么人来关照她，就赶快站起身来，开始匆匆脱衣服，这样她就没有可能再下楼去了。她还没有完全打开头发，套好宽松的睡衣，就听见有人敲门，然后是沙普太太的声音："萨蒂小姐，夫人想知道你是不是病了。"

凯特润娜打开门说："谢谢你，亲爱的沙普太太，我头疼得厉害，请你告诉夫人我觉得是唱歌以后开始的。"

"哎呀，我的天！你怎么不躺在床上，还站在那儿打哆嗦，你这是要找死呢！来，让我给你拢上头发，把被子给你掖得暖暖和和的。"

"噢，不用，谢谢你。我真的很快就上床，晚安，亲爱的沙普，不要骂我，我会好好地自己上床。"

凯特润娜拿亲吻来哄骗她的老朋友，但是沙普太太却不肯就此"罢休"，她直到眼见她从前照看的这个孩子上床，然后拿走了蜡烛，这可怜的孩子本来是要把它留下做伴的。

可是，心跳得如此剧烈，那么长时间躺在那儿是不可能的。这个小小的白影儿很快就又从床上起来，想要从这样一种受凉不适的感觉中寻求解脱。她屋子里边有点亮光，足以让她看见屋子周围的东西，因为几近团圆的明月正驰骋在乱云纷飞的高空。凯特润娜把窗帘拉开，坐下来把前额贴到冰冷的窗玻璃上，看着外面宽广的园囿和草坪。

多么令人心烦的月色啊！狂呼猛卷的风已经把它的柔和恬静全部扫光；那些树木本来是想安静休息的，也让这狂摇乱摆弄得烦躁不安了；瑟瑟发抖的小草显得那样寒冷，使她也同样颤抖起来；池边的柳树受到这无形的粗暴蹂躏深深弯下了腰，通体发白，显得激动不安，孤苦无依，就像她自己一样。但她却因为这景致凄凉悲惨而更加喜欢它：这其中有某种慈悲之处。它不像情人们那种冷酷无情的幸福，一味在痛苦的眼睛前面招摇炫耀。

她用牙紧紧抵住窗棂，泪如雨下，她庆幸自己能够哭，因为她两眼无泪时感觉到的那种疯狂激情让她害怕。如果谢沃瑞鲁夫人在场的时候这种可怕的感情上来了，她是绝对无法克制自己的。

还有，克瑞斯多夫爵士待她那么好，对安托尼的婚事却那么高兴；而她在整个这段时间里却有那样一些邪恶的感情。

"噢，这可由不得我自己，这可由不得我自己呀！"她一边抽泣，一边高声打着喳喳儿说，"噢，上帝，可怜可怜我吧！"

就这样，蒂娜在这个月朗风高的夜晚挨过了好几个小时，直到最后拖着酸疼疲乏的四肢重新躺到床上，只是由于筋疲力尽才睡着了。

就在这颗小小的、可怜的心正经受着对它来说是过分严重刺伤的时候，大自然仍然坚守她那沉着镇定、不屈不挠的进程，展现出冷漠、凄惨的美景。星辰沿着它们那永恒的轨道急速运行；潮水上涨到够着了上一次就期待着的杂草那里；太阳给迅速旋转的地球另一面那些忙碌纷扰的国家带来光辉的白昼。人类思想和行为的川流奔腾向前，日益宽阔，天文学家守望在望远镜前；巨轮在破浪前进；商业贸易中折磨人的焦虑、革命激变中吓唬人的精神，仅仅是在短短暂休期间走向低潮；而政治家则通宵不眠，担心次日出现危机。在这样一种不知从哪个令人恐惧的地方而来又向哪个令人恐怖的地方而去的狂涛激流之中，我们的小蒂娜和她的烦恼又算得了什么？比一滴水中颤抖着的生命最小核心还无足轻重。她的痛苦深藏密敛，无人过问，正像一只最小的小鸟，它带着长久觅得的食物，扑打着翅膀飞向自己的小窝，但却发现巢损窝空，蒂娜的痛苦正像小鸟此时胸中那痛苦的悸动。

第六章

次日早晨，玛莎送开水进来，凯特润娜才从沉睡中醒过来。这时候，红日高照，风势已退。要不是四肢酸懒、眼睛生疼，夜来那些痛苦受罪的时刻仿佛全属虚妄，皆为梦幻。她怀着无情无绪、无知无觉的奇怪感觉起了床，开始穿衣，仿佛什么事情也不能让她再哭了；她甚至觉得好像盼着下楼去和别人待在一起，这样她就可以因为和别人交往而摆脱麻木状态。

我们当中恐怕没有什么人看到外边令人愉快的晨光而对自己犯的罪过和做的蠢事不知害羞的。这晨光照到我们身上，像个翅膀发亮的天使，招呼我们不要再走那条浮华空虚的老路，它在我们身后漫长修远，无休无止，蒂娜并不懂得什么教义和理论，而只是自己感到自己昨天既愚蠢又有罪。今天她可得努力向善；她跪下来念那简短祷词的时候——她十岁就学会背那个句子了——还加了一句："噢，上帝，帮我忍受住！"

这一天，这个祈祷人似乎得到了应答，因为早餐时候大家对她脸色苍白谈论了一番之后，凯特润娜就清清静静地度过了上午。爱舍小姐和韦布尧上尉骑马外出远足旅行去了。晚上有个宴会，凯特润娜唱过一些歌之后，谢沃瑞鲁夫人想起她有病，就打发她去睡觉。她很快就沉沉入睡了。人的身心要承受苦难的时候正像要享受欢乐时一样，也必须先聚积力量。

可是第二天下雨了，人人都得待在室内；于是决定由克瑞斯多夫爵士带领客人在厅厦里转一圈，听他讲这座建筑改建的经过，还有这个家族的画像和家族的收藏。提出这个建议的时候，除了吉鲁费鲁先生之外所有人都在客厅，爱舍小姐站起身准备走的时候，朝韦布尧上尉看着，希望眼见他也站起来；但是他却仍然站在靠近壁炉的地方，把目光移到报纸上面，这张报纸他一直拿在手上却没有看。

"你不走吗，安托尼？"谢沃瑞鲁夫人说，她注意到爱舍小姐脸上露出来的期待神情。

"我不想去，请你原谅，"他回答着，站起身来，打开屋门，"我觉得今天早晨受了点凉，我最怕冷屋子和吹风。"

爱舍小姐脸红了，但是什么也没有说就走了过去，谢沃瑞鲁夫人陪着她。

凯特润娜坐在椭圆窗户那儿做活儿。这是她和安托尼两人头一次单独在一起。她以前觉得他有意躲着自己，可是现在，毫无疑问，他想对她说话——他想说点友好的话。他很快从靠近炉边的座位上站起来，让自己待在她对面的长椅上。

"嗳，蒂娜，这么长一段时间你都怎么样啊？"

那口气和字眼都让她听了生气；那口气和过去那么不同，那字眼那么冷漠空洞。她含着一点讥讽回答说：

"我觉得你没必要问，这跟你没多大关系。"

"我这么长时间不在，这就是你跟我见面后要说的最好听的话了吗？"

"我不明白你为什么想要让我说好听的话。"

韦布尧上尉沉默不语。他非常希望避免提到过去或是褒贬现在。而且他还希望和凯特润娜好好相处。他多么喜欢对她温存，送给她礼物，让她觉得他对她很好。但是这些女人总是乖张古怪、出尔反尔的！你就没法让她们有理性地看待什么事情。最后他说，"蒂娜，我原来希望，因为我所做的事，你会想到我的一切好处，而不会对我怀恨在心。我本来希望你能看出来，这对每个人都是顶好不过的——对你的幸福也是顶好不过的。"

"噢，请不要为了我的幸福去向爱舍小姐求爱吧。"蒂娜回答。

这时候门开了，爱舍小姐走进来，取她那放在大键琴上的小手提包。她很尖利地看了凯特润娜一眼，凯特润娜脸红了。爱舍小姐带着一点嘲讽对韦布尧上尉说："既然你那么冷，我奇怪你为什么还喜欢坐在窗户那儿。"说完就又离开了这间屋子。

这位情人并没有显得十分不安，不过又不声不响地坐了一小会儿，然后就自己坐在琴凳上，把它拉到靠近凯特润娜的地方，握住她的手说："来，蒂娜，友好地看着我，让我们做朋友吧，我会永远都是你的朋友。"

"谢谢你，"凯特润娜说着，把手缩回来，"你非常厚道大方。不过请你离开，爱舍小姐会再来的。"

"让爱舍小姐见鬼去吧！"安托尼说，他觉得和凯特润娜一接近，往日常有的那种着迷劲儿就又上来了。他用胳膊搂着她的腰，低头把脸颊向她的脸颊贴近。在这以后，嘴唇是止不住要凑在一起了，但是紧接着，凯特润娜心里一阵发胀，眼泪一阵涌出，立刻从他身旁跳开，冲出了屋子。

第七章

凯特润娜拼却最后气力，挣脱了安托尼，这正像一个人还剩有一点自持的力量能够意识到，假如不给自己打开一条通道透点新鲜空气，他就会让煤气熏得人事不省；但是等凯特润娜到了自己的屋子，她一直还为那短暂的旧情复发兴奋不已，她情人这样子重现旧情使她过分激动，简直弄不清心里主要是痛苦还是快乐。这仿佛是她那小小感情世界里出现的一桩奇迹，使将来完全变得模糊不清——好像是充满各种可能性的灰蒙蒙晨雾，而不是冬日昏沉阴郁的白昼和明显清晰、确定无疑的痛苦。

她感到需要快速活动，尽管下雨她也得出去走走。幸好，重重云幕上露出了一小块稀薄的地方，好像预示眼下将近中午时分，天有点儿要放晴的意思。凯特润娜心想："我可以到苔岛去，把我给贝茨先生织好的围巾送给他，这样谢沃瑞鲁夫人就不会对我出去觉得特别奇怪了。"在前厅门口，她看到那只老猎狗日阿波特正守在脚垫子上，好像下了决心，谁头一个懂得在那天早晨要出去散步，那就一定会有幸得到他惠允相伴。他把黑褐花的大脑袋伸到她手底下，不停地使劲摇尾示意，然后跳起来舐她的脸，表示对她最热烈的欢迎，她的脸正好在他最容易够着舐的高度。凯特润娜心里十分感激这只老狗的情谊。动物是这样宜人的朋友——它们从来不东问西问，它们从来不批评指责。

这个"苔岛"在庄园尽头那边，有一条从池塘引水流过来的小溪环绕。当然了，凯特润娜选择这样一个阴雨天出来散步真是太不合时宜了，因为虽然雨已渐渐小了，而且很快就完全停止了，可是在她走的那条道上，大部分都让两旁的树搭成了遮阴的拱道，仍然还有一阵急雨从树上掉下来。她在泥泞的小道上费力地打着伞往前走，把胳膊都累酸了，可是她发现，这样却让她摆脱了那种发高烧似的兴奋，果真觉得轻松起来了。这样大量的运动对于她那纤细的身子来说，也就像常常整天打猎对于吉鲁费鲁先生一样，他有时也需要摆脱他的那一阵阵嫉妒和忧伤，于是就很聪明地求助于大自然所创造的无害鸦片——疲劳。

凯特润娜到了那个很好看的拱形木桥那儿，除了带蹼的脚之外，任何足迹要踏进苔岛，这座桥都是唯一的通道。这时候，太阳已经驱散了乌云，阳光从高大榆树的树枝中间照射过来。这些榆树环抱在园丁小屋周围，将小屋深深荫蔽。阳光把雨水珠照得像钻石一样，把爬过门廊、爬上低低的茅草屋顶的金莲花照得又一次抬起火红色的头来。白嘴鸦聒噪不停，令人生厌，很显然像是在用一种十分类似人类的领悟力寻找有关天气变化的大量话题。苔痕点点的草地上长着一簇簇宽叶的喜湿植物，说明贝茨先生的小窝窝儿在最好的天气也相当潮湿；不过他有一种看法：不管谁只要并不莫名其妙地漠视效验明显的掺水兰姆酒，那么外界有一点点潮湿对他是没有什么损害的。

凯特润娜喜爱这个小窝窝儿。这里看到的每一桩东西，这里回荡的每一种声音，从贝茨先生抱着她到这儿来的那些日子起，都是她熟悉的。那时候，她在这儿用小小的嗓音学白嘴鸦叫，给湿草上的青蛙拍手，目不转睛地观看园丁养在鸡场里咕咕叫的鸡。现在，她觉得这地方比往常更漂亮，爱舍小姐具有光彩照人的美貌，理所当然受人尊重的权利，还会说那些无关紧要的客套话，可是这个地方与她毫不相干。凯特润娜本想贝茨先生还没有进去吃饭，所以她得坐着等他。

可是她估计错了，贝茨先生正坐在他的安乐椅里，把手帕扔在脸上，这是在天气把人赶进屋里的情况下打发两顿饭之间多余时间最合适不过的方式。他让那只锁着的牛头犬给汪汪起来了，发现他的小宝贝正朝这儿走来，就立即出现在门口，他和那小茅草屋的高矮一比，显着高得极不相称。此时这只牛头犬不再摆出那副履行公事的严肃派头，开始与日阿波特进行友好的思想交流。

贝茨先生的头发现在已经灰白了，可是身子骨却照样高大结实。他的脸膛显得更红了，同他那深蓝色的棉布领巾和围在腰上扭成腰带似的亚麻布围裙对比之下，颇有艺术效果。

"哎呀，可不得了！蒂妮小姐，"他喊着，"这么个天气，你咋跑出来了，把两只脚弄得丝（湿）漉漉的，像只麝香鸭子似的？可我见到你真似（是）高兴。哎，海斯特，"他喊着他那个驼背管家说，"把你小姐的伞撑开放在外边晾着，进来，进来，蒂妮小姐，坐在火边把脚烤干，喝点啥暖和暖和，可别着了凉。"

贝茨先生在前边带路，走到门口弯下腰，进了他的小起坐间，抖抖他安乐椅里的补花坐垫，把椅子挪到靠近着得旺旺的火，好能够烤到衣服。

"谢谢你，贝茨大叔，"（凯特润娜一直照她童年的叫法称呼她的朋友们，这就是其中之一。）"不要靠火那么近，我已经走热乎了。"

"呃，可似你的鞋都走丝了，你得把脚放在挡板上。少有的大脚，似不似？——有挺好的大汤匙那么大。我不知道你怎么能用这双脚站住的。那么弄点什么让你里面也暖和暖和吧？——来点陈年葡萄酒咋样？"

"不用，什么也不用喝，谢谢你。吃过早饭时间还不太长呢，"凯特润娜说着，把围巾从深深的衣兜里抽出来。那时候的衣兜都挺能装东西的。"瞧，贝茨大叔，这就是我给你送来的东西。我特意为你织的。你今年冬天就得戴它，把那条红的给老布茹克斯吧。"

"呃，蒂妮小姐，这真似好看。这都似你用你那小手指头给俺这个老家伙织的。我特感谢你的好意，我担保一准儿戴上它，我还一准儿特得意。还带蓝白条条，弄得特漂亮。"

"是啊，这和你皮肤的颜色正相配，你知道，比那条鲜红色旧围巾好。我相信沙普太太看见你戴着这条新的就会比以前更爱你了。"

"我皮肤的颜色，你这个小淘气儿！你这是笑话俺哪。不过要似提起皮肤的颜色来，就快当新娘子那个人儿脸蛋儿的色儿可真漂亮！哎呀，真不得了，她骑在马背上又神气又俊——像根箭一样笔直笔直的，跟雕刻出来的一模一样！小姐夫人进去吃饭的时候，沙普太太让俺躲在一扇门背后，所以我能看见那位年轻小姐穿着大礼服，还有所有那些带卷的头发什么的。沙普太太说，她简直比俺们夫人年轻时候还好看。我想，你就似走遍整个郡也找不出多少来。"

"是啊，爱舍小姐很漂亮，"凯特润娜有气无力地说。爱舍小姐给人留下深刻印象而使她自己显得微不足道的感觉又上来了。

"哎，我盼望她为人也好，能做克瑞西夫老爷和俺们夫人的好外甥媳妇。使女葛瑞芬说她好像挺暴躁的，穿衣服挺挑剔。可是她还年轻，她还年轻，等她有了丈夫，有了孩子，还有别的事得操心的时候，她就会磨炼出来了。我看得出来克瑞西夫老爷乐死了。前两天早晨他跟我说，他说：'哎，贝茨，你觉得你将来的这个年轻女主人怎么样？'我说：'哎，你老，我觉着我看见过的姑娘从来也没比这好的了，我盼着韦布尧上尉跟她成亲，在一块儿过得好，盼着你老长寿，亲眼看得见。'渥润先生说，主人一直在备办这桩婚事，八成不出秋天就成了。"

贝茨先生往下说着，凯特润娜感到心里好像疼痛得抽搐了一下。"是啊，"她说着站起身来，"我敢说那很可能。克瑞斯多夫老爷盼得可急了。可是我得走了，贝茨大叔。谢沃瑞鲁夫人也许要找我呢，再说也到你吃饭的时候了。"

"别价，我吃饭不吃饭不当紧；可俺们夫人要是找你，俺就不该留你了。对了，俺还一点儿也没谢你织的围巾呢。——人家管它叫围脖儿。我皮肤的色儿，这真好看，可你显着脸色儿发白，还愁眉不展的，蒂妮小姐，我疑心你不大自在，这样在雨地里走于你不好。"

"哦，是的，的确是。"凯特润娜赶忙走出去，从厨房的地上拿起雨伞。"我现在真得走了；那么再见。"

她迈步走去，叫日阿波特跟着，这位好心的园丁则把手深深地插进衣兜里，站在那儿目送她，带着很哀伤的神气摇着头。

"她比平常更娇嫩、更细巧了。"他半对自己，半对海斯特说。"俺本不应该这么想，她似不似会像俺种的那些樱草什么的就这么谢了。她让俺想起那些小花来了，挂在它们那些细细的小花梗上，煞白煞白的，软软乎乎的。"

这个可怜的小东西在走回去的路上，再也不那么如饥似渴地想用冰冷潮湿的空气来中和她内心的兴奋了，相反，她心中感到一阵凄凉，使外界的冷气变得越发令人沮丧。金色的阳光透过雨水滴答的树枝散射开来，像是一个舍开纳①或是隐约可见仪态威严的天人，鸟儿唧啾婉转，把它们的新秋之曲唱得那样甜美动听，好像因为下过雨，她们的嗓子也和空气一样，更加清爽

---

① Shechinah，犹太或基督教神学家所谓上帝的一种现身。

了；可是凯特润娜穿过所有这些愉快、美丽的景物时，却像一只受了伤的小兔，痛苦地拖着它那小身躯走过一簇簇甜甜的首蓓丛——对它来说，甜也是枉然。贝茨先生所说克瑞斯多夫爵士的喜悦，爱舍小姐的美丽，还有婚期的临近，像一只冰冷的手压在她头上，使她从昏昏沉沉不知所措的景况中清醒过来，意识到冷酷、真切的现实。富有热情的人就是这样，他们的思想不过是一些由情感铸成疾驰的影子，对他们来说，言辞就是事实，甚至就是在明明知道这些言辞纯属虚假的情况下，也能主宰他们的喜怒哀乐。凯特润娜又回到自己屋里的时候，她那沮丧、恶劣的心情丝毫没有改变，只不过又增加了一种受到安托尼伤害的感觉。这天早晨他对她的行为又是一个新的侮辱。在她理所当然地要求表示悔罪、抱歉和同情的时候博得一吻，这是对她比往常更为严重的轻视。

第八章

那天晚上，爱舍小姐好像显得比平时架子更大了，还对凯特润娜冷眼相看。毫无疑问天上正在打雷。韦布尧上尉则显得满不在乎的样子，想以对凯特润娜表示不同寻常的殷勤来硬着头皮对付这场雷雨。吉鲁费鲁先生已经哄着她下起跳棋来。爱舍夫人和克瑞斯多夫爵士坐在一起玩皮克牌。爱舍小姐在对谢沃瑞鲁夫人斩钉截铁地谈话。剩下安托尼，像是个多余的人，慢慢蹭到凯特润娜椅子那儿，靠在她的椅背上，看他们下棋。蒂娜还念念不忘早晨那件使她最不痛快的事，觉得自己的脸蛋儿越来越烧得绯红，最后不耐烦地说：“我希望你最好躲远点儿。”

这是直接在爱舍小姐眼前发生的，她看到凯特润娜脸红，看到她不耐烦地说了句什么，韦布尧上尉紧接着就走开了。而这里还有另外一个人带着浓厚的兴趣注意到了这件事，同时他还清楚地知道，爱舍小姐不但看见，而且紧紧盯着发生的一切。这另外一个人就是吉鲁费鲁先生，而且他还得出了一些恼人的论断，这让他更加为凯特润娜担心。

第二天早晨，尽管天气晴和，爱舍小姐却不肯骑马，谢沃瑞鲁夫人也觉察到这一对情人之间有点不对头的地方，特意想法让他们单独留在客厅里。爱舍小姐坐在靠近火的沙发上，忙着绣什么小玩意儿，这天早晨她好像专心致志地绣了好大一块。韦布尧上尉坐在对面，手里拿了张报纸，带着一种故作轻松的神态，很感兴趣地看上边的文章，故意不理会爱舍小姐一心绣自己的金丝绣活，对他沉默不语、不理不睬的样子。他不能装作总是没看完报，最后终于放下报纸，随后爱舍小姐就说：

"你好像和萨蒂小姐交情很深。"

"和蒂娜？噢，是呀。她一直都是家里的宝贝，你知道。我们相处得像亲兄妹一样。"

"姐妹在兄弟挨近她们的时候，一般脸不会红得那么厉害。"

"她脸红了？我从来也没注意。不过她是个很爱害羞的小东西。"

"你要是不这样虚伪那可就好多了，韦布尧上尉。我肯定你们俩互相调过情。假如你没给过她可以向你提出要求的权利，萨蒂小姐处在她那样的地位，是决不会像她昨天晚上那样怒气冲冲地对你讲话的。"

"我亲爱的碧垂爱斯，你不要不讲道理，你问问你自己，我和可怜的蒂娜调情，这怎么能有一点点可能呢。她身上有什么地方能引起人这一类的兴趣？她还是个孩子，算不上一个女人。大家都把她看成一个小姑娘，哄着、逗着她玩。"

"请问，昨天早晨你和她怎么玩来着？我出其不意走进来的时候，她的脸刷地一下红了，手直打哆嗦。"

"昨天早晨？——噢，我想起来了。你知道，我总是拿吉鲁费鲁跟她开玩笑，他爱她爱得神魂颠倒的，可是她对这事儿很生气，——也许是因为她喜欢他。我来这儿之前好多年他们就在一块儿玩，克瑞斯多夫爵士又早就有心让他们结婚。"

"韦布尧上尉，你太虚假了。昨天晚上你靠在她椅子上的时候她脸红，这和吉鲁费鲁先生毫无关系。你还是坦白点儿好。要是你自己心里还没做出决断，请你不要强迫自己。在萨蒂小姐超凡出众的魅力之下，我甘愿退避。你要明白，就我这方面来说，你还是完全自由的，一个男子因为口是心非而失去了我对他的敬重，那我拒绝分享他的感情。"

爱舍小姐一边这样说着，一边站起身来，傲慢地飘然而去，可是韦布尧上尉在前面挡住了她，握住了她的手。

"亲爱亲爱的碧垂爱斯，耐心点儿，不要这样粗率地评判我。重新坐下来，亲爱的，"他用央求的口气又加了一句，把她的两只手都紧紧地握在自己手里，领她回到沙发上，坐到她旁边。爱舍小姐并不是不愿意让他领回来再听他讲，不过她继续摆出冷淡而又高傲的样子。

"难道你信不过我，碧垂爱斯？虽然有些东西我可能解释不清楚，难道你就不能相信我啦?"

"为什么会有些事情你解释不清楚?一个光明磊落的男子汉,不可能陷入这种境地,连在他想要娶做妻子的女子面前都解释不清楚。他不会要求她去相信他行为端正,他会让她知道他是这样的人。让我走,先生。"

"唉,碧垂爱斯,亲爱的,"他央求着说,"难道你不懂得,有些事是一个男子汉不喜欢说的?这是他为别人而不是为他自己保守的秘密。每一件关于我的事,你都可以问我,但是不要问我别人的秘密。你难道不明白我的意思吗?"

"噢,那可是,"她很轻蔑地说,"我明白。你什么时候和一个女人谈情说爱——那就是她的秘密,你就得为她保守这个秘密。但是这样说是很愚蠢的,韦布尧上尉。那是明摆着的:你和萨蒂小姐之间有一种超出朋友范围的关系。既然你解释不清这种关系,咱们就再也没有什么可说的了。"

"真糟糕,碧垂爱斯!你逼得我要发疯了。一个人能不让一个女孩子爱上他吗?这类事老是发生,不过男子汉不愿意说罢了。这种奇怪的事总是奇怪地冒出来,特别是在一个女人见过的人很少的时候。等她得不到任何鼓励了,这些事也就会销声匿迹了。假如你会喜欢我,你就应该不会奇怪别人也会这样,这种事你应该往好处想。"

"你的意思是说,萨蒂小姐爱上了你,而你从来没向她表示过爱情。"

"不要强逼我说这类事,最亲爱的。你知道我爱你,我对你忠贞不贰,——这就够了。你这个任性的女王,你,你知道,有你在这儿,就没有其他任何人的份儿。你只不过是折磨我,证明你有压倒我的力量。可是不要太残忍了,你知道,他们说我的心除了相思以外还有一种病,刚才这些事就弄得我心跳得厉害。"

"不过我在这个问题上得弄个水落石出。"爱舍小姐说,口气有点缓和了,"在你这方面,是不是对萨蒂小姐一直有或现在有什么爱情?我和她的感情没有丝毫瓜葛,但是我有权利知道你的感情。"

"我非常喜欢蒂娜,谁能不喜欢这样一个天真的小东西呢?你也不会想让我不喜欢她吧?但是爱情——这是另外一回事。一个人对蒂娜这样的女人可以以手足之情相待;但是另外一种女人才是他所爱的。"

这最后几个字让脉脉含情的一瞥变得意义倍增。然后,一下亲吻印在了韦布尧上尉握着的手上。爱舍小姐被征服了。安托尼难道会爱上这个微不足道、面色苍白的小东西,这简直太不可能了——他崇拜美丽的爱舍小姐,这才是天经地义的。总而言之，别的女人渴望得到她这个漂亮的情人，他真是个精雅漂亮的人物，这就叫人相当满意了。可怜的萨蒂小姐！唉，她会让这股劲儿过去的。

韦布尧上尉看出他占了上风，就乘势说："来，甜蜜的情人，让咱们再也别说不痛快的事了。你得给蒂娜保密，还要对她亲热——行吗？——为了我。不过现在你要出去骑马了吧？你看这样的天骑马有多好哇！我去吩咐备马。我特别需要新鲜空气。来，吻我一下表示和解，然后说你愿意出去。"

爱舍小姐听从了这双管齐下的请求，然后自己装束去了，准备骑马，这时她的情人则走向马厩。

第九章

就在这同时，吉鲁费鲁先生怀着十分沉重的心情，一直在等待机会。此时二位年长的女士已坐车出去，凯特润娜很有可能独自待在谢沃瑞鲁夫人的起居室。他走上前去敲门。

"进来，"那甜美柔和的嗓音说。这声音他听来如此婉转动人，像是久渴的人听到潺潺的水声。

他走进去，看到凯特润娜惊慌失措地站着，仿佛从梦幻遐想中惊醒过来。她看到那是梅纳德，才放下心来，但是紧接着又因为他进来差点儿惊扰了她而有些愠怒。

"噢，是你，梅纳德！你找谢沃瑞鲁夫人吗？"

"不找她，凯特润娜，"他忧伤地回答，"我找你。我有些事要特别找你谈谈。你肯让我和你一块儿坐半个钟头吗？"

"可以，亲爱的老传道士，"凯特润娜说着，带着发愁的样子坐下，"是什么事？"

吉鲁费鲁先生让自己坐在她对面，然后说："我希望你不要因为我要对你说的话而伤心。我跟你说话并不是出于其他任何感情，而只是出于对你的真情实意和为你挂肚牵肠。我把其他一切都置之度外。你知道你对我来说比世界上什么都更重要，但是我不愿意强加给你一种你无法回报的感情。我像个兄长一样跟你讲话，——就像十年前因为你把钓鱼线弄得乱成一团而常骂你的原来那个梅纳德那样。你不会觉得，我提起那些对你是很痛苦的事情是怀有什么卑鄙自私的动机吧？"

"不会，我知道你非常好，"凯特润娜心不在焉地说。

"根据我昨天看到的情况，"吉鲁费鲁先生犹犹豫豫、而且有点脸红地继续说："我恐怕——假如我错了，请你原谅，凯特润娜——恐怕你——恐怕韦布尧上尉一直还在非常卑鄙地玩弄你的感情。他还在放任自己，用那样一种态度来对待你，而一个男人，既然已经肯定是另外一个女人的未婚夫了，就不应该采取这种态度。"

"你这是什么意思，梅纳德？"凯特润娜说，气得眼睛都冒火了，"你是说我让他对我谈情说爱？你有什么权利把我想成这样？你说你昨天晚上看到的，那是指的什么？"

"不要生气，凯特润娜。我并不是怀疑你做错了。我只是觉得那个没心肝的浑小子老是要弄得你怀有一种感情，这种感情不但会破坏你心情的平静，而且会给别人带来非常恶劣的后果。我想提醒你，爱舍小姐正眼睁睁看着你和韦布尧上尉之间的事，我还感觉到她的确是越来越嫉妒你了。请你倍加小心，凯特润娜，对韦布尧上尉尽量保持礼貌，保持冷淡，这一次你应该看得明白，他不值得你那样对他用情了。他每分钟心跳次数多了一次，都比他用他那愚蠢的玩笑给你带来的痛苦更加使他坐立不安。"

"你不应该这样说他，梅纳德，"凯特润娜十分动情地说，"他不是你所想的那种样子。他确实是关心我，他确实是爱我，只不过他要照他舅舅的意思去做。"

"噢，那可不是！我知道，他做那些对他最合适的事，仅只是出于最善良的动机。"

吉鲁费鲁先生停下不说了。他觉得他渐渐激动起来，而且有违自己的初衷。不久他就继续以一种平静而深情的口气说下去：

"我不愿再多说我对他是怎么想的，凯特润娜。不过不管他爱你还是不爱，他现在和爱舍小姐的情形就是那样，所以你对他怀有任何爱情都只能给你带来痛苦，别无其他。天知道，我并不指望一经提醒，你就能摆脱对他的爱。经过一定的时间，离开这里，尽力想着怎么样对就怎么样做，这是唯一的良方。要不是因为克瑞斯多夫爵士和谢沃瑞鲁夫人会不高兴，而且会对你恰好在这时候离开家觉得奇怪，我倒是想请你去看看我姐姐。她和她丈夫都是好人，会让你觉得在他们那里就像在自己家里一样，可是我又不能现在这时候提不出什么缘由来就急急忙忙这么办。最可怕的事情是克瑞斯多夫爵士对过去发生的事情或是对你现在的感情起疑心，你也是这么认为的，是吧，蒂娜?"

吉鲁费鲁先生又停下不说了,但是凯特润娜一言不发。她的目光避开他,看着窗外,满眼是泪。吉鲁费鲁先生站起来,稍稍往她跟前走近一点,伸出手说:

"原谅我,凯特润娜,原谅我用这种方式打扰了你的感情。我那么担心你可能还没意识到爱舍小姐怎样盯着你。我恳求你,请你记住,整个这个家庭的宁静就全靠你控制自己的能力了。在我走之前,只说你原谅我就行了。"

"亲爱的好梅纳德,"她说着,伸出小手来,紧紧抓住了他的两个大手指头,同时泪如雨下。"我对你脾气那么坏。可是我心都碎了。我不知道怎么办,再见。"

他弯下身子,吻了那只小手,然后就离开了屋子。

"这个该死的坏蛋!"他随身关上门的时候,从牙缝里咕哝着说。"要不是看在克瑞斯多夫爵士份儿上,我就会把他打成一团肉酱去毒杀像他一样的那些浑小子了。"

第十章

那天傍晚,韦布尧上尉和爱舍小姐骑了长时间马之后回到家里,到楼上他的梳妆室去了。他带着相当疲倦的样子坐在镜子前面。镜子里照出来的他那精致的形象确实比平常更加苍白,更加疲乏,这可以说明,他忧虑不安地先试脉搏,然后又把手放在心口上并非没有道理。

"一个男人处在这样一种地位上可真是罪孽。"他靠在椅子里,双手交叉抱在脑袋后边,一边目不转睛地盯着镜子里自己这副样子,一边就这样想着:"夹在两个嫉妒的女人中间,两个人又都像就要点着的火绒一样,再加上我这样一种身体!我真想逃离所有这些事情,到什么不食人间烟火的食莲人①那里去或是到别的什么地方去,那里要么没有女人,要么女人都是睡意蒙眬、不知道嫉妒的。可是我在这儿,没干任何让自己快活的事,只是想尽量为别人着想,而我得到的全部安慰却是从女人眼睛里向我射来的怒火,还有从女人舌尖刺来的恶语。假如碧垂爱斯心里的嫉妒再发作一次——这太可

---

① 源自荷马史诗《奥德赛》。食莲人以吃莲树为生,谁吃了此物就忘记朋友和亲人,不想再回故土,一心只愿居于这块乐土。

能了，因为蒂娜是那样地难于驾驭——我不知道她又会掀起什么样的风暴。再说不管这桩婚事发生什么故障，特别是那一类的故障，对这位老绅士来说都是一桩要命的事儿。我不能让这样重大的打击落到他头上。再说，一个人一辈子总有那么个时候要结婚。我差不多没有比和碧垂爱斯结婚再好的了；她是一个不同寻常的好女子，我还真是非常喜欢她；我只要由着她的性儿，她脾气大也没什么关系。我真希望婚事已经办过了，可是现在这样吵吵闹闹地对我真太不合适了。我近来总觉得不太舒服。今天早晨关于蒂娜的事闹成那种样子，搅得我心神不安。可怜的小蒂娜！她是个多么天真的小傻瓜，竟然这样在我身上用心！不过她应该看得出来，事情要是不这么办，那怎么可能呢？只要她能明白我觉得她是多么亲热，而且下决心把我当个朋友看，那该多好哇；——可这是一个男人永远也没法让一个女人做到的。碧垂爱斯是心地善良的，我敢保她对这个小东西会很和善。假如蒂娜接受吉鲁费鲁先生，即使那仅仅是为了生我的气，那也是一种很大的安慰。他会成为她挺棒的丈夫，我也会很高兴看到这个小蚂蚱幸福。假如我处在一种不同的地位，我肯定自己就会娶她；可是以我对克瑞斯多夫爵士所负的义务来说，这是绝对不可能的。我想，我舅舅稍稍做点说服工作，她是会接受吉鲁费鲁的；我知道她永远不可能违拗我舅舅的愿望。而且，一旦他们结了婚，她又是一个那么爱别人的小东西，她立刻就会和他抚爱亲吻，卿卿我我，好像从来就不认得我似的了。要是能快快促成这桩婚事，那对她的幸福可是再好不过的了。唉哟！没有女人爱的那些家伙真幸运。这是一桩很讨厌的负担。"

想到这里，他把头稍稍转过去一点，这样就照见了他大半个脸。这显然是美给他带来的不幸①把这么一些沉重的负担加在了他的头上——这个想法自然提醒他，应该打铃叫他的司衣男仆进来。

不过紧接下去这几天，可怕的征候暂时停息了，使韦布尧上尉和吉鲁费鲁先生两个人的焦虑都缓和了一下。尘世万物都有风平浪静的时候。风再度从树干之间横冲直撞，吹打窗户，像千万个迷路的魔鬼蜂拥穿过钥匙孔之前，也会有片刻的静穆。

爱舍小姐显得心情特别好，韦布尧上尉比往常更加小心侍奉，对凯特润娜一举一动都很谨慎周到，爱舍小姐则对她加以不同寻常的厚遇。天气十分晴朗，每天上午都骑马远足，每天晚上都有宴会。克瑞斯多夫爵士和爱舍夫

---

① 此处原文为意大利文。

人在藏书室里的磋商谈判看来渐渐得到了圆满结果。大家都清楚，对谢沃瑞鲁庄园的访问再有两周就结束了，那时候，婚礼的准备工作就要在法雷以最快的速度进行了。从男爵一天比一天更加显得满面春风。他自己那强烈的意志和光明的希望总是一往无前，指向未来，他习惯于用这种乐观的眼光去看纳入他计划的人们，因此他只看到爱舍小姐的动人之处和将来大有希望精于家政的品性。这位小姐对外界事物的观察和体验之敏锐，成了她和克瑞斯多夫爵士之间情投意合的基础。谢沃瑞鲁夫人的热情从未超过心平气和、心满意足这一有节制的界限，同时，因为她颇具妇女之间相互评价时特有的那种批判性的尖利，所以她对爱舍小姐品性的评价比较适度。她觉得这位美好的碧垂爱斯小姐具有厉害火暴的脾气，而且，她自己，基于信条和出于习惯性的自我克制，是最为顺从的贤妻，因此她注意到爱舍小姐有时流露出凌驾于韦布尧上尉之上的态度，对此颇不以为然。一个学会了顺从的骄傲女人，常常把她的全部骄傲用来加强她的顺从，而且带着一种极度的优越感鄙视女性的一切傲慢自负，认为那都是"不得体"的。不过，谢沃瑞鲁夫人把她这种批判性的看法，仅仅限制在自己私下里想想，同时保持着一种恐怕是令人难以置信的沉默，不使它们对她丈夫那点意满志得有所打扰。

那么凯特润娜呢？她是怎样打发这些清秋艳阳的日子的呢？在这些日子里，连蓝天仿佛都在为这个家庭的欢乐而微笑呢。爱舍小姐态度的改变使她无法理解。那些故意做作的殷勤，那些屈尊俯就的笑容，都是对她的折磨和煎熬，她常常不禁要对之报以愤怒。她想："可能安托尼已经告诉她对可怜的蒂娜要和善。"这是一种侮辱。他本来应该懂得，就是因为来了这么个爱舍小姐，她才这样痛苦。爱舍小姐的笑容让她觉得火烧火燎，爱舍小姐的那些客气话像根根毒刺，让她疼得简直要发疯。而他——安托尼——他显然对于那天上午他在客厅里无意之中暴露出来的柔情十分后悔。他对她又冷淡，又疏远，又礼貌，唯恐引起碧垂爱斯的怀疑；而碧垂爱斯现在如此落落大方，就是因为她确信安托尼对她忠贞不贰。啊！本来就应该是这样的——而且她也不应该希望是另外的样子。还有——噫，他对她真够狠的。她可从来也不可能这样对待他。让她那么爱他——说那么些甜言蜜语——那样拥抱她，吻她——然后却装作仿佛这些事从来都没发生过似的。他给她喝了毒药，她喝的时候好像很甜，可是现在毒药已经渗到她的血液里去了，而她却毫无办法。

这个可怜的孩子每天夜晚怀着压在胸臆的这样一种风暴走上楼去，回到自己的屋子，到了那儿，这一切就都爆发出来。在那儿，她高声打着喳喳儿说话和抽泣，不停地走来走去，躺在生硬的地板上，寻求寒冷和疲乏。她向那同情地倾听着的黑夜诉说她的痛苦，这是她无法向任何活人的耳朵倾诉的。但最后总是睡魔来临，而到了早晨，总是那相应产生的镇静才使她能够熬过白天。

说来也令人奇怪：一个幼弱的身体竟能够不断与这样一种隐秘的折磨争斗这么长的时间，还不露出一点蛛丝马迹，除了带有同情目光的人之外，谁都没有看出。由于凯特润娜的外貌平常就显得十分娇弱，她又生来苍白，动作一向安静得像个小耗子，这就使得她那些疲乏和痛苦的迹象不太容易引起注意。而她的歌声——只有唱起歌来的时候她才不再感到自己是消极被动的而且变得非常突出——丝毫没有减损它的活力。她自己有时也奇怪为什么会这样，不管是在她被安托尼漠不关心的态度弄得心痛欲裂，还是被爱舍小姐的监视弄得怒火中烧的时候，一唱起来她就感到如释重负。她口中吐出的那些饱满深沉的曲调，仿佛能让她的痛苦从心中升华而去——仿佛能把她那些胡思乱想从脑子里驱除而出。

就因为这样，谢沃瑞鲁夫人从凯特润娜身上看不出任何变化。只有吉鲁费鲁先生，他怀着焦虑看出她脸颊上有时显现出发烧的痕迹，她下眼皮那越来越深的紫色，以及那少见的心不在焉的眼神和那对美丽的眼睛本身带有病态的闪光。

不过，这些骚乱不安的夜晚正在慢慢产生比表面上显现出来的轻微变化更加致命的后果。

第十一章

紧接着的那个星期天，早晨一直有雨，于是决定全家人不像往常那样上坎伯莫教堂了，由吉鲁费鲁先生在家庭小教堂里主持早晨的礼拜仪式。他只在下午的一个礼拜仪式上要执行副牧师职务。

就在十一点这个指定的时间之前，凯特润娜下楼走进小客厅。她看起来病得不同一般，所以使谢沃瑞鲁夫人急得直问她是怎么回事。她听说凯特润娜头疼得厉害，就坚持不让她参加礼拜，还立刻打点她舒舒服服地坐在靠近火的沙发上，把一本蒂勒森布道词放在她手里——假如凯特润娜会觉得这也同样是一种接受开导的方式的话，那是可以好好读读的。

这位著名大主教的布道词对人的思想来说恰是一剂良药，但是不幸的是，却并不适用于蒂娜的病情。她坐在那儿，把书打开放在膝头，那对黑色的眼睛茫然地凝视着漂亮的谢沃瑞鲁夫人，就是那位显赫的安托尼爵士妻子的画像。她盯着这张画像，但并未想到它，而这位美好的白肤贵妇俯视着她，带着一种无所关心的慈善态度，一种略显惊奇的样子，这是那种身在福中、冷静自信的女子俯视她们那些狂躁、脆弱的姐妹时常常有的。

凯特润娜想着不久的将来——想着即将来临的婚礼——想着在以后几个月当中她得亲身经历的一切。

"但愿我能病得很厉害，在那之前就死掉，"她想，"人病得很厉害的时候，就什么也不在乎了。可怜的派蒂·瑞查兹病得不行了的时候显得那么快活。她已经和她的情人订婚，要嫁给他，那时候似乎也一点不再关心他了。她还那么喜欢我常带给她那些花的香味。噢，我要是能够喜欢随便什么东西——我要是能够想随便什么东西那该多好！只要这种可怕的感情能够去掉，就是不幸我也不在乎。我什么也不要求——我可以做能使克瑞斯多夫爵士和谢沃瑞鲁夫人高兴的事，可是这股怒火一上来，我就不知道该怎么办了。我连脚踩的地方也感觉不到了；我只觉得头晕心跳，好像我一定要做出什么可怕的事情来似的，噢，我不知道以前有没有什么人有哦我这样的感觉的。我一定是很坏。不过上帝会可怜我的，他知道我受的所有这些罪。"

就在这种情况下时间渐渐过去，直到后来蒂娜听到走廊上有了人说话的声音，这才意识到那本蒂勒森滑到了地板上。她刚刚把它拾起来，看到有几页已经折了，感到有些惊慌，这时爱舍夫人、碧垂爱斯和韦布尧上尉就进来了，个个都带着轻松愉快、兴高采烈的样子。在一场布道十分精彩的时候，常常会看到这种样子。

爱舍夫人立刻走过来坐在凯特润娜旁边。她老人家打过了一场盹儿，又相当有精神了，而且有很大的气力自说自唱：

"嗳，我亲爱的萨蒂小姐，你现在觉着怎么样了？——我看是好一点了。我觉得你得安安静静地坐在这儿。这种头疼，都是虚弱引起的。你不要硬撑着，你必须喝苦味药酒。我在你这个年纪，也常犯这种头疼，塞姆森老大夫常对我母亲说：'太太，你女儿得的病是由虚弱而来的。'他是那么奇怪的一个老头儿，这个塞姆森大夫就是那样。可是我想你要是听了上午的布道就好了。那么精彩的布道！讲的是十个童贞女的事，五个愚笨，五个聪明，你知道，吉鲁费鲁先生全都讲了。他是个多让人喜欢的年轻人啊！那么安静随和，惠斯特牌打得那样好！我们在法雷要是有他就好了。约翰老爷会比什么都更喜欢他的；他的牌风那么好，他打起牌来就是那么一个人，那位约翰老爷就是那样。我们的教区长就是个脾气暴躁的人。他就禁不得打牌的时候输钱。我觉得当牧师的人不应该在乎输钱，你说呢？——这会儿你说呢？"

"噢，爱舍夫人，"碧垂爱斯用她惯常那种带有优越感的声调插进来说，"请你不要用这样一些没意思的问题来麻烦可怜的凯特润娜了。"她接着又用安慰的口吻对凯特润娜说，"你的头疼一直还不好，亲爱的，快拿上我的嗅瓶，还要老把它放在衣兜里，这也许可以随时帮你提神。"

"不用，谢谢你，"凯特润娜回答，"我不愿意把你的拿走。"

"真的，亲爱的，我根本不用它，你一定得拿着。"爱舍小姐坚持着，使劲把它放在蒂娜手里。蒂娜满脸通红，带点不耐烦的样子把嗅瓶推开，还说："谢谢你，我从来不用那些东西，我不喜欢嗅瓶。"

爱舍小姐拿回嗅瓶放进衣兜里，又惊奇，又傲慢，一声不响。韦布尧上尉一直提心吊胆地看着，这时候赶忙说："看！现在外边已经放晴了，午饭前还有时间散步。来，碧垂爱斯，戴上帽子，披上斗篷，让咱们到石子路上去走半小时。"

"好，就去吧，亲爱的。"爱舍夫人说，"那我得去看看克瑞斯多夫爵士是不是已经在回廊上散步了。"

两位女士走出去以后门刚刚关上，原来背对壁炉火站着的韦布尧上尉立刻转过身来，面对凯特润娜，用热心劝喻的口吻说："亲爱的凯特润娜，让我请求你更好地控制自己的感情吧。你对爱舍小姐真是无礼，我能看出来，你把她伤得很厉害。考虑考虑你的所作所为在她眼里该是显得多么莫名其妙。她会奇怪，这到底是什么原因。来，亲爱的蒂娜，"他说着走近她，来拉她的手，"为你自己着想，让我请求你有礼貌地接受她的好意吧。她真的对你是很友好的，看到你们成为朋友，我是很高兴的。"

凯特润娜已经处在那么一种病态的疑心当中，所以从韦布尧上尉嘴里说出来最无恶意的话也都会使她恼怒，好像是最细小的翅膀稍稍振动一下都会让一个神经过敏的病人痛苦一样。但是这种仁慈和善的劝谕口吻却是无法忍受的。他已经给了她无法挽救的重大伤害，现在又打叠起一副仁慈和善的神气对待她，这又是一桩新的戕害。他表白良好愿望这本身就是一种侮辱。

凯特润娜抽回她的手，愤怒地说："让我一个人待着，韦布尧上尉！我并没打扰你。"

"凯特润娜，你为什么要这样粗暴——对我这样不公平？我是为你着急。爱舍小姐已经注意到，你对她和对我的所作所为怎么都这样莫名其妙，这让我处在一种很尴尬的地位。我能跟她怎么说呢？"

"怎么说？"凯特润娜带着厌恶至极的口吻突然大声喊出来，一边说一边起身向门口走去，"说我是个可怜的傻丫头，爱上了你，嫉妒她；可你除了可怜我以外从来就没有过别的感情——你向来没对我做过超出友情的事。就这样告诉她，那她就会觉得你更好了。"

蒂娜说出了她脑子里所能想出来的这些最刻薄的讥讽，丝毫也没有想到，这些讥讽当中的狠毒刻薄，都是有事实为据的。在所有她那些受委屈的感觉背后——这种感觉与其说是经过深思熟虑的，倒不如说是出于本能的——在所有她那些疯狂的嫉妒和她难以控制的怨恨和报复的冲动背后——在所有这些灼热难忍的激情背后，始终还隐藏着一些晶莹的露珠，反映出信任、自遣以及相信安托尼做得正确的想法。蒂娜仍然坚信，安托尼对她的怜惜比他表面上看起来的要多。她还远远没有疑心到他是欺侮她，这是一个女人比对见异思迁更为痛恨的。她抛出这些伤人的恶语，不过是她为她那一时愤怒所能找到的最集中表达。

等她差不多走到屋子正中央的时候，她这小小的身躯由于过分强烈的感情而激动得浑身哆嗦，她的嘴唇苍白，目光灼灼，这时候门开了，爱舍小姐出现在眼前，高大、艳丽、光彩照人，穿着散步穿的华服。她走进来的时候，就像那些认为自己的出现会引起人们兴趣的小姐一样，脸上挂着恰如有身份小姐退场、入场风度的微笑。不过紧接着，她就非常惊讶地注视着凯特润娜，接着又疑心又生气地朝带着忧愁恼怒神情的韦布尧上尉看了一眼。

"也许你太忙，都没法出去散步了吧，韦布尧上尉？那么我一个人去了。"

"别价，别价，我这就来。"他一边回答，一边匆忙向她走去，领她出了屋子，留下可怜的凯特润娜一个人在那儿，她在一阵激情发作之后满怀羞惭和自责。

第十二章

"请问，你和萨蒂小姐这出戏下一场大概什么样儿？"爱舍小姐和韦布尧上尉一走出来踏上石子路，她就这样问，"下文究竟怎么样，总得有点谱儿才好。"

韦布尧上尉沉默不语。他感到心绪不佳、疲倦烦躁。总有这样一些时刻，一个男人几乎下定决心，除了对一个怒气冲冲的女人保持死了一样的沉默之外，再也不反对任何事情。"哎呀，真该死，"他心里说，"我的这一边又要挨揍了。"他坚决地盯着地平线，带着碧垂爱斯从未见过那么一种像是皱眉的样子。

这样沉默了两三分钟以后，爱舍小姐用一种更为傲慢的调子继续说："我想你知道，韦布尧上尉，我希望你把我刚才看到的解释清楚。"

"亲爱的碧垂爱斯，"他用尽全身的气力控制自己，终于搭腔，"我除了已经向你解释的之外，再没有任何解释了。我希望你最好不要再提这件事。"

"不过，你的解释太不能令人满意了。我只能说，萨蒂小姐认为自己有资格对你采取的那种态度，是与你我之间关系当中你所处的地位极不相称的。而且她对我也表现得辱人太过了。在这样一种情形下，我肯定不会再待在这所房子里了，妈妈一定得向克瑞斯多夫爵士说明原因。"

"碧垂爱斯，"韦布尧上尉说，他怒气顿消，感到惊恐。"我乞求你耐心点，用你高尚的感情来处理这件事吧。我知道这是很痛苦的，可是我敢保证，你要是伤害了可怜的凯特润娜，让我舅舅对她发火，那你也会觉得伤心的。想一想她是个多么可怜巴巴、无依无靠的小东西。"

"你很会找这些遁词，可是不要以为这能把我骗住。你要是没跟萨蒂小姐调过情或谈过恋爱的话，那她无论如何也不敢用那副样子对待你。我觉得，她认为你跟我订婚是背叛了你对她的诺言。我的确非常感谢你，因为你使我成了萨蒂小姐的情敌。你一直对我说谎，韦布尧上尉。"

"碧垂爱斯，我郑重向你声明，凯特润娜对我来说只不过是我自然而然觉着要亲切对待的一个小女孩儿——是我舅舅的一个爱物儿，只不过是个可爱的小东西。我盼望着她明天就跟吉鲁费鲁先生结婚。我应该这样认为，这是我并没和她谈情说爱的最好证明。至于过去，我可能是对她献过点儿小小的殷勤，她把它们夸大了，错会了意。哪个男人不容易发生这类事啊？"

"但是她凭什么能够那样行事？今天早上她都对你说什么来着，弄得她那样子浑身哆嗦，脸色发白？"

"噢，我不知道。我只是说了说她那些乖张暴戾的行为。她有她那种意大利血统，真不知道她会把别人的话都怎么想的。她是个脾气暴烈的小东西，别看她外表像是挺文静的。"

"不过应该让她知道她的行为多么不成体统、粗鄙欠雅。至于我，我疑心谢沃瑞鲁夫人是不是察觉到她答话那么简慢，还摆出那么一种神气。"

"我请求你，碧垂爱斯，对谢沃瑞鲁夫人一点也不要提这类事。你想必已经觉察我舅母是多么严厉的一个人。她脑子里根本就没想过，一个女孩子会爱上一个没有向她求过婚的人。"

"那好，我要亲自让萨蒂小姐知道，我已经看出了她的行为，这不过是对她的一桩善举。"

"得了，亲爱的，这除了把事情弄坏之外不会有任何作用。凯特润娜的脾气是够个别的。最好的办法是尽可能让她自己待着。这慢慢就会淡漠了。我毫不怀疑，她不久就会嫁给吉鲁费鲁先生。女孩子很容易见异思迁。天呀！我心跳的速度多快啊！这可恶的心悸病不但没见好，反而更坏了。"

就凯特润娜而论，这段对话就到此为止了，而在韦布尧上尉思想上，并非没有得出明确的决定——这一决定第二天就付诸实施，其时他正在藏书室和克瑞斯多夫爵士商议有关安排即将来临的婚礼事宜。

"还有，我说，"正经事告一段落之后，他两手插进上衣兜，在屋子里来回走着，浏览着靠墙摆的书脊，漫不经心地说，"吉鲁费鲁和凯特润娜的婚礼什么时候才能举行呀，爵士？我对像梅纳德那样深深陷入爱情的可怜家伙满怀同情。为什么他们的婚礼不能像我们的那样很快举行？我想他已经和凯特润娜商量好了吧？"

"嘻，"克瑞斯多夫爵士说，"我还一直想着等老克瑞契雷死了再办这件事呢；他拖不了多少日子了，这个可怜的人；那样梅纳德就可以一下子既成了家，又当了教区长。不过话又说回来了，也真犯不上为了这个就等着。他们结了婚也不必离开庄园。这个小猴儿也够岁数了。看着她成了小媳妇，怀里抱着个小猫大小的婴孩，是件很有意思的事。"

"我觉得，那一套等待的办法总是很糟糕的。假如我能在你给凯特润娜的财产上添加一份，那我是会欣然执行你的意愿的。"

"我亲爱的孩子，你这真是太好了；但是梅纳德所有的会足够了；而且从我对他的了解来看——我对他又是非常了解的——我想他会更愿意自己来给凯特润娜做准备。既然你现在已经提醒我想起这件事，那我就要怪我自己以前没想到这件事了。我全部心思都放在碧垂爱斯和你、你这个坏小子身上了，竟然真忘了可怜的梅纳德。他还比你大呢——他现在成家正是时候。"

克瑞斯多夫爵士不说了，一边吸着鼻烟，一边沉思默想。接着他又说：

"正是，正是，这是个绝妙的计划，一举完成我们家的全部事情。"他主要是对自己而不是对安托尼说的。安托尼这时正在屋子那头哼着歌。

就在这个上午和爱舍小姐出去骑马的时候，韦布尧上尉顺便向她提到，克瑞斯多夫爵士急于让吉鲁费鲁和凯特润娜尽快结婚，而他，就他说来，会尽其所能促成这桩事。对蒂娜来说，这是再好也没有的事情了。他对她的利益确确实实是关心的。

克瑞斯多夫爵士行事，起意和实行之间向来没有很长的间隔。他立即作出决定，立即开始行动。吃完午饭站起身来，他就对吉鲁费鲁先生说："跟我到藏书室来，梅纳德，我想跟你说句话。"

"梅纳德，我的孩子，"他们刚刚坐定，他就开始说，同时轻轻敲着鼻烟盒，想到他就要让人家喜出望外，显得容光焕发。"为什么咱们在秋天过去以前只要幸福的一对儿而不要两对儿呢，嗯？"

"嗯？"停了一小会儿他又重复了一遍，拖长了字音，慢慢挤出这个字来，带着狡黠的微笑抬头看着梅纳德。

"我不太清楚我是不是明白你的意思，爵士，"吉鲁费鲁先生说。他因为觉得自己脸色发白而感到很恼火。

"不明白我的意思，你这个调皮鬼？你知道得非常清楚，除了安托尼之外，我把谁的幸福最放在心上。你知道，很早以前你就让我知道你的秘密了，所以就无须再做什么表白。现在蒂娜已经完全够岁数，可以正经八百地当个小妻子了；虽然教区长的位置还不会马上传给你，那也没有关系。我夫人和我会觉得有你们和我们在一块儿更加适意。要是突然一下子没了这个歌喉婉转的小鸟，我们会想她的。"

吉鲁费鲁先生觉得他的地位非常窘迫难堪。他非常害怕克瑞斯多夫爵士会揣测或者发现凯特润娜感情的真实情况，然而他又不得不以这种感情为根据来作出回答。

"我亲爱的爵士，"他到底硬着头皮说了，"你大概不会以为我不领你的情——不会以为你对我像父亲一样关心而我却不感恩；不过是我恐怕凯特润娜对我的感情并非那种可以保证她会接受我求婚的感情。"

"你曾经问过她吗？"

"没有，爵士。但是我们常常不用问也能清楚地知道这种事情的。"

"得了，得了，这个小猴儿必定爱你。嗨，你是她头一个一块玩的伙伴；我记得，你割破了手指头的时候她总是哭。还有，她一直默认你是她的情人。你知道我总是按照这样一种情况对她说起你。我当然认为你们彼此之间已经把这件事商量妥了，安托尼也这么认为。安托尼认为她已经爱上你了。他的眼睛是年轻人的眼睛，自然很容易看清楚这类事儿，今天上午他跟我说起这件事，他对你和蒂娜表示出来的那种友好态度令我非常高兴。"

热血——过量的热血——冲到吉鲁费鲁先生脸上。他咬紧牙关，紧握双拳，努力按捺住那一阵愤怒的冲动。克瑞斯多夫爵士看见他脸红，却以为那是由于对凯特润娜又怀抱希望，又恐遭拒绝这两种心情交替起伏造成的。他接着说：

"你过分谦虚了，梅纳德。一个像你这样能把上了五道门闩的门都顶开的人，不应该这样胆怯。如果你不能自己跟她说，让我跟她去说。"

"克瑞斯多夫爵士，"可怜的梅纳德急切地说，"你要是目前不向凯特润娜提这件事，那我就真正感觉到那是你能够对我做出的最大照顾了。我觉得在时机不成熟的时候提出这个问题，只能让她离我更远。"

克瑞斯多夫爵士对这种违拗渐渐有点不太高兴了。他说话的口气开始有些尖刻了："你说蒂娜爱你爱得还不够，这除了你一般地说说看法之外，究竟还有些什么根据呢？"

"我自己有一种非常强烈的印象，就是蒂娜还没有爱我爱到可以嫁给我的程度，除了这个印象之外，我什么也说不出来。"

"那我觉得你的根据就毫无价值了。我对人的判断大体上还是正确的；如果说我没有太受蒂娜蒙蔽的话，那么她除了盼着你做她的丈夫之外，再也不盼望别的了。让我按照我觉得最好的办法去办这件事吧。你可以相信，我是不会做有害于你的事情的，梅纳德。"

吉鲁费鲁先生不敢再说什么了，可是对于克瑞斯多夫爵士的决心可能造成的前景感到沮丧。他离开藏书室的时候，心情十分复杂：既对韦布尧上尉感到气愤，又为自己和凯特润娜感到悲愁。她会怎样看他呢？她会认为是他怂恿或者支持克瑞斯多夫爵士这么办的。他可能都来不及找个机会跟她说这件事。他可以给她写个便条，在打更衣铃之后送到她屋里去。不行，这样会让她很不安，使她不好下来吃饭，不好平静地度过晚饭后的时间。他可以推迟到该睡觉的时间。做完祈祷以后，他设法带她回到小客厅，把一封信塞到她手里。她拿着信上楼回自己的屋子，心里一直纳闷，进屋就读起来：

亲爱的凯特润娜：你绝不要以为克瑞斯多夫爵士可能要跟你谈起的

有关咱们婚事的一切是我怂恿出来的。我已经做了我敢于做的一切来劝阻他不要促成这件事，而且我仅仅由于害怕激起一些问题才没有讲得更有力，因为我一回答这些问题就不能不引起你新的痛苦。我写这封信，一方面是为了让你对克瑞斯多夫爵士可能说的话有个思想准备，一方面是向你担保——但是我希望你早已相信——你的感情对我来说是神圣不可侵犯的。我宁可放弃我一生中最为珍贵的希望，也不愿成为给你增加麻烦的人。

是韦布尧上尉怂恿克瑞斯多夫爵士在这种时候提起这件事的。我告诉你这件事，为的是让你和克瑞斯多夫爵士在一起的时候听他提起这件事而不至于感到太突然。你现在可以看出来这个欺软怕硬的家伙的心是什么东西做的了。请永远相信我，最亲爱的凯特润娜，不论发生什么事，我都是你最亲爱的朋友和兄长。

梅纳德·吉鲁费鲁

凯特润娜一开始就让有关韦布尧上尉的那些话狠狠刺伤了，因此就没有考虑压在她头上的那些困难——既没有考虑克瑞斯多夫爵士会跟她说什么，也没有考虑她回答的时候可以怎么说。痛感受到伤害，恨得咬牙切齿，使她没有害怕的份儿了。一个人被毒衣裹着，在苦刑下辗转扭曲的时候，他就连马上要死也顾不得想了[①]。

安托尼竟会这样做！——这只能解释为他极其冷酷地蔑视她的感情，而且极其卑鄙地牺牲了他应该给予她的体贴和柔情，以便与爱舍小姐安然相处。不对，这比那更坏：这是处心积虑、毫无缘由的残酷行为。他这是想对爱舍小姐表示，他多么看不起她；他想让爱舍小姐觉出来，凯特润娜一往情深地相信他爱自己，该是多么的愚蠢。

她感到，那最后几滴信任与柔情的晶莹露珠也干了；只剩下猛烈的仇恨的怒火。如今，她无须为担心会冤枉了他而压制自己的怨恨；他一直是在玩弄她，正像梅纳德所说的；他一直是对她满不在乎的；而现在，他既卑鄙又残忍。凯特润娜的痛苦与愤怒是完全有理由的，看来这些并不像她原来所想的那么卑劣。

这些想法像一阵阵炙热钻心的疼痛一样接踵而来，反而使她一滴眼泪也

---

① 此用典引自希腊神话赫丘利斯的故事。

不流了。她烦躁不安地来回溜达，像她所习惯的那样——拳头紧握，目光狂暴，不安地来回扫射，仿佛只要找到什么东西，她就会像老虎一样猛扑过去。

"我要是能和他说话该多好，"她自言自语地说，"我要告诉他，我痛恨他，我蔑视他，我厌恶他！"

突然，她仿佛又想起一个主意，就从衣兜里拿出一把钥匙，打开一个她存放纪念品的镶金桌子，从里边拿出一幅小画像。这幅像镶在一个轻巧的金相框里，上面带着一个小环，好像是为了能挂在一条链子上；相框背面的玻璃下面，是两绺头发，一绺深的，一绺浅的，打了一个很别致的花结。这是一年以前安托尼悄悄送给她的信物——是他特意给她做的那么一件玩意儿。最近这一个月，她一直没有把它从放着的地方拿出来：已经没有必要再让过去那生动的情景更加鲜明了。可是现在，她恶狠狠地抓住它，把它从屋子这一头扔到那一头光秃秃的炉砖上。

她会不会用脚把它踩坏，用高跟鞋后跟碾碎，直到那虚假残酷的面孔不留一点痕迹呢？

嗨，不会！她从屋子这头冲到那头，可是她看到她如此深情珍藏，常常覆以亲吻，常常置于枕下，她每天早晨一醒来就记起的小小宝物——她看到极为幸福的往日的遗物扔在那里，玻璃碎了，头发掉出来了，薄薄的象牙碎了，这时她那过度紧张的感情又抽搐了：怜惜之情涌上心头，她的眼泪顿如雨下。

请看，她现在正俯身收拾她的宝贝，到处找那些头发，把它们放回原处，然后悲伤地查看把那一度是那样亲爱的形象破坏了的折痕。现在没有玻璃来罩这头发和画像了；可是你看，她多么仔细地用细软光滑的纸把它包起来，然后又把它锁到老地方。可怜的孩子！愿上帝在无可挽回的事实到来之前就使我们温和下来。

这一举动让她安静下来了，于是她又坐下来重新读梅纳德的信。她读了两三遍好像还没弄明白其中的意思；她的理解力让刚才那一段时间的激情弄麻木了，她觉得要领会这些字的意思十分困难，后来她终于渐渐明确意识到她很快就要和克瑞斯多夫爵士见面谈话了。想到会引起从男爵这个合府上下肃然敬畏的人不高兴，她害怕极了，因此她觉得反对他的意愿似乎是不可能的。他认定了她爱梅纳德；他过去说话总好像他对这一点很有把握。她怎么能告诉他，他一直都蒙在鼓里——他要是问她是不是爱上了什么别的人，她又该怎么告诉他呢？让克瑞斯多夫爵士生气地看着她，那她可受不了，即使这样想想也让她受不了。他向来总是对她那么和蔼慈善！随后她又慢慢想到她会给他带来的痛苦，于是那种比较自私的、由于害怕而引起的痛苦让位给由于对他的感情而来的痛苦。并非自私的眼泪开始涌流，对克瑞斯多夫爵士抱歉的感恩之情帮助她体会到吉鲁费鲁先生的温柔体贴和宽厚大度。

"亲爱的好梅纳德！——我多么亏待他啊！假如我原来爱的是他而不是——可是我再也不会爱什么人或对什么人倾心了。我的心已经碎了。"

第十三章

第二天早晨，那个可怕的时刻到来了。凯特润娜受了前一夜的煎熬已经头晕目眩，而且经过心理上的剧烈痛苦之后，精神上已经麻木不仁。她坐在谢沃瑞鲁夫人的起居室里，抄录受救济人的名单，这时候夫人进来了，她说：

"蒂娜，克瑞斯多夫爵士找你，快到楼下藏书室去。"

她哆嗦着下去了。她刚一走进去，坐在写字台旁边的克瑞斯多夫爵士就说："啊，小猴儿，来吧，坐在我旁边，我有点事跟你说。"

凯特润娜拿了一个小凳子，坐在从男爵的脚旁边。她坐这种矮凳子坐惯了，而且这样她就能更好地把脸藏起来。她用小胳膊搂着他的腿，把脸贴着他的膝盖。

"喂，蒂娜，今天早晨你好像不高兴，是怎么回事，嗯？"

"没什么，恩主，只不过有点头疼。"

"可怜的小猴儿！噢，对了，要是我答应给你找个好丈夫，还给你漂亮的结婚礼服，慢慢还会有你自己的房子，由你自己在里边当个小主妇，你的恩主有时候还会去看你去，你看要是这样是不是就会让你的头疼好了？"

"噢，别价，别价。我从来也不想结婚，让我永远跟你待在一块儿！"

"得了吧，得了吧，小傻瓜。我慢慢就会老了，乏了，而且将来还会有安托尼的孩子们和你争宠。你将来会想有个人比谁都爱你，而且你也得有你自己的孩子去爱。我不能让你凋谢枯萎，变成一个老姑娘。我最恨不结婚的老女人，我一看到不结婚的老女人就泄气。我看见沙普就从来没有不哆嗦的。我的黑眼珠的小猴儿决不能变成那么个丑八怪。还有梅纳德·吉鲁费鲁呢，这个全郡最好的人。他的身体有多重，他就值多重的金子；他爱你胜过爱自己的眼睛。"

"别价，别价，亲爱的恩主，别这么说。我不能嫁给他。"

"为什么不能，傻孩子？你弄不清楚你自己的心思。嗳，你明明爱他，这人人都知道。我夫人一直都说，她担保你爱他——她已经看出来你在他面前摆出怎样一副公主派头；安托尼也一样，是他觉得你爱上了吉鲁费鲁。你说说看，你脑子里怎么会有这种不愿嫁他的想法呢？"

这时候凯特润娜呜咽得那么厉害，根本无法答话。克瑞斯多夫爵士拍着她的脊背说："来，来。唉，蒂娜，你今天上午不舒服，去休息去吧，小东西。等你好了之后，就会从另外的角度来考虑问题了。把我说的好好想想，你还要记住，等安托尼结婚以后，就再也没有比看到你和梅纳德成家过日子更加让我挂心的事了。我一定不会再有什么奇怪的思想，愚蠢的念头——不会有什么荒唐的想法了。"这是带点严厉的口气说的；可是他接着又用一种安慰的调子说："得了，得了，别哭了，作个好小猴儿吧，去躺下睡一觉。"

凯特润娜从凳子上溜下来，跪在地上，把老从男爵的手拿起来，在上面洒满了眼泪，一再地吻它，然后跑出了屋子。

天黑以前，韦布尧上尉从他舅舅那儿得知他跟凯特润娜谈话的结果。他想："假如我能安安静静地和她长谈一次，也许能劝得她看待事情更通情达理一些。可是在屋子里和她谈话就没有不让人打断的时候。我不管在哪儿见她，差不多都得让碧垂爱斯发现。"最后他决定把这当做他和碧垂爱斯相互信赖的一件事——告诉她，他希望安安静静地和凯特润娜谈谈，为的是让她的头脑冷静下来，并劝说她倾听一下吉鲁费鲁对她的爱情。他对这一明智坦率的计划颇为欣赏，整个晚上的时间都在自己琢磨见面的时间和地点，并且把他的意图告知爱舍小姐，她表示全力支持。她想，安托尼和萨蒂小姐坦率认真地谈谈是有好处的。按照萨蒂小姐的行为来说，安托尼真是对她做到了仁至义尽。

蒂娜这一整天都在自己屋里，她像个伤病员一样得到细心照料，因为克瑞斯多夫爵士已经告诉他夫人是怎么一回事了。凯特润娜对这种照料感到非常厌烦。她对别人因为误解而对她表示的关怀和好意感到非常不安，所以索性第二天早晨吃饭的时候露面了，虽然仍然头疼心慌，却说自己已经好了。关在自己屋里使她无法忍受；让别人看着，还得让别人和自己说话本来已经够难受了，可是独自一人待着更加难受。她害怕她自己的种种感觉：她害怕过去和将来的那些图景一幕幕活灵活现地闯到她眼前来。同时也还有另外一种感情让她想下楼去走动走动。或许她会找到一个机会单独和韦布尧上尉说说——说出那些使她的舌头觉得火烧火燎的仇恨和轻蔑之言。这样的机会竟出乎意料地自己来了。

谢沃瑞鲁夫人打发凯特润娜从客厅到她的起居室取几个绣垫花样的时候，韦布尧上尉很快就跟着她走了出来，等她下楼回来的时候，迎上她。

"凯特润娜，"他说着，把手放在她的胳膊上，此时她正扭匆走过，连看也没看他一眼，"你愿意十二点的时候在鸦庐那儿和我见面吗？我有话要跟你说，咱们在那儿僻静。我没法儿在屋里跟你说。"

让他惊讶的是，她脸上掠过了一道喜色，她回答得干脆、决断："好吧。"然后从他手里抽回胳膊，下了楼。

这天上午爱舍小姐正忙着缠丝线，一心一意要超过谢沃瑞鲁夫人的绣活，爱舍夫人则选择了帮她撑线这样一种听人使唤的娱乐。此时，谢沃瑞鲁夫人做活用的东西全都在她手头，凯特润娜想她在这里没有什么用处，就离开了，到起居室坐在大键琴旁边。仿佛扣动那些粗大的琴弦发出各种各样的声音来，是最容易度过十二点以前这段漫长的坐立不安时光的方式。罕德尔的《弥赛亚》①的谱子摆在桌子上，摊开在"吾等皆似羊群"那句合唱曲上。凯特润娜立即沉浸在那宏伟壮丽的赋格曲动人心魄的复杂乐曲里了。在她最快活的时候，她永远也不能弹得这样好；因为在现在这个时候，所有那些令她痛苦的感情都化成一股激烈震动的力量投入她演奏的旋律之中，恰似痛苦使渐渐被人压下去的搏斗者产生新的力量那样，紧紧抓住对手，也像是恐惧使弱者的尖号变得强烈而又深远。

可是在十一点半的时候谢沃瑞鲁夫人打断了她。她说："蒂娜，下楼去行不行？给爱舍小姐撑撑丝线。爱舍夫人和我决定午饭前坐马车出去兜兜风。"

凯特润娜下楼去了，心里盘算着她应该怎样及时离开客厅，十二点钟到鸦庐。什么事也不应该耽误她上那儿去；什么东西也不应该剥夺她的这一宝贵时刻——也许是最后的时刻——她可以说出她心头想法的时刻。在这以后，她就可以顺着他们，她就可以忍受一切了。

但是在她差不多还没坐下来把一绺黄丝线撑在手上的时候，爱舍小姐就和气大方地说了：

---

① Handel（1685—1759），生于德国之英国作曲家。

"我知道今天上午你和韦布尧上尉有个约会。你可别让我耽误了你的时间。"

"那么他已经对她说到我了，"凯特润娜想。她两只手一边撑着线一边哆嗦开了。

爱舍小姐继续用她那同样和气大方的调子说："撑线是个很乏味的活儿，我真对你抱歉。"

"哪里，你没什么可抱歉的，"凯特润娜说，她已经变得怒不可遏，"只不过是因为谢沃瑞鲁夫人吩咐过，我才做的。"

这时候，爱舍小姐再也不能克制她那长期潜在的愿望了："让萨蒂小姐明白，她的行为太不得体"，她心中充满恶意的怒火，却故意装出一种同情怜惜的调子说：

"萨蒂小姐，我真替你惋惜，你竟无法更好地控制自己。这样屈从于毫无根由的感情，就把你自己降低了——确实如此。"

"什么毫无根由的感情?"凯特润娜说着，让她的手放下来，用她那一对大黑眼睛紧紧地盯着爱舍小姐。

"我完全没有必要再多说什么。你心里明白我指的是什么。我仅仅是打叠起责任感来帮助你。因为你对自己缺乏控制，使韦布尧上尉极度地难过。"

"他告诉你我让他难过了?"

"可不是，他告诉我了。你居然会对我显得好像有仇似的，这让他很伤心。他倒是很希望你能和我做朋友。我向你担保我们俩对你都是非常友好的，而且很抱歉你竟会怀有那样一些感情。"

"他非常好，"凯特润娜尖刻地说，"他说我怀有什么感情?"

这种尖刻的语气让爱舍小姐更加恼怒。尽管她自己不愿承认，但实际上她心里一直暗暗疑惑，关于韦布尧上尉对凯特润娜的行为和感情，他对她撒了谎。正是由于有这种疑惑，甚至超过了当时的怒气，促使她用一些话来试探韦布尧说过的话是否真实。在这样做的同时，将凯特润娜羞辱一番，这倒只不过是一个捎带的打算。

"就是我不愿提的那些事，萨蒂小姐。我简直不能明白，一个女人怎么能对一个连一点点根据也没有给她提供的男人陷入情网而不能自拔。韦布尧上尉对我确保这是事实。"

"他这样告诉你的，是吗?"凯特润娜用清晰的低音说。她从椅子上站起身来，嘴唇变得煞白。

"一点不错，他是这么说的。在你做出那种古怪行为之后，他就不能不把这告诉我了。"

凯特润娜什么也没有说，只是猛然转过身去，离开了屋子。

看，她像一颗惨白的流星，沿着走廊和回廊的楼梯不声不响地冲上去，那两只灼灼闪光的眼睛，那一副毫无血色的嘴唇，那迅速无声的脚步，使她看起来更像一个凶狠意图的化身，而不像一个女人。晌午的阳光正照射在回廊里那些甲胄上，在那些镶包金属的剑柄上和锃亮的护胸甲的犄角里又照出许多小太阳来。对了，回廊里有很多锐利的武器，橱柜里有把匕首，她很清楚。像一只蜻蜓在盘旋飞行当中突然落到一片树叶上，她冲向橱柜，拿出那把匕首，塞到衣兜里。三分钟之后，她就戴上帽子，穿好斗篷出来了，走上石子路，匆匆奔向远处鸦庐那浓荫蔽日的地方。她沿着植物园那些蜿蜒的小路往前走，一点没有感觉到纷纷飘落在她身上那些金黄色的树叶，也一点没有感觉到脚下踏过的地。她的手放在衣兜里，紧紧抓住匕首柄，让匕首有一半露在鞘外。她到了鸦庐，来到枝干交错的阴影之下。她的心猛烈地跳着，好像都要从胸口里跳出来了——每跳完一下都好像就要停止跳动了。坚持一会儿，再坚持一会儿，噢，我的心呀！——坚持到她做完这件事。他就要到那儿了——他会比她早到一会儿。他会带着那副虚假的笑容走过来，以为她不知道他那么卑鄙龌龊——她要把这把匕首插进他的心里去。

可怜的孩子啊！可怜的孩子！她过去常常哭着让他们把鱼放回水里去——她从来也不肯杀死一个最小的活物——可是现在，在激动得发狂的时候，却梦想她能杀死那个一开口就能使她没了主意的男人。

可是那是什么，躺在她前面几步远的小路上那堆潮湿的树叶上？

我的上帝！那是他——躺着一动不动——帽子也掉了。他病了，那么——他是晕过去了。她的手把匕首松开了，她向他冲过去。他的眼睛定了；他看不见她。她一下了瘫了下来，跪在地上，把那亲爱的头抱在她的怀里，吻着那冰冷的前额。

"安托尼，安托尼！跟我说话啊——我是蒂娜——跟我说话啊！噢，上帝，他死了！"

第十四章

"真是的，梅纳德，"克瑞斯多夫爵士和吉鲁费鲁先生在藏书室聊天的时候说，"这可真是件了不起的事，我一辈子还从来没有做好一个计划却实现不了，归于失败的，我总是计划得好好的，从不更改——就是这样。强烈的意志是唯一能够产生魔力的东西。世界上除了制订计划之外，最有意思的事就是看着它圆满完成。今年，现在，是除了五三年①以外我这一辈子最快乐的一年，我在五三年继承了这座庄园，娶了海瑞爱塔。现在这座老房子的最后一笔也点过了；安托尼的婚事——我心里最挂记的事——已经安排得让我心满意足了；那么慢慢地你也得给小蒂娜的手指头买一个小结婚戒指了。不要那么灰心丧气地摇头嘛；——我每次做出什么预言，一般总会实现的。现在离打十二点还有一刻钟。我得骑马上高榉树那儿去找玛科姆商量砍点树的事。我那些老橡树得为这次婚礼受点罪了，不过——"

门砰地一下打开了，凯特润娜脸色惨白，气喘吁吁，双目圆睁，充满恐怖，闯进屋里，伸出两只胳膊抱住克瑞斯多夫爵士的脖子，倒着气说——"安托尼……鸦庐……死了……在鸦庐，"她昏倒在地板上。

克瑞斯多夫爵士立刻就出了屋子，吉鲁费鲁俯身把凯特润娜抱在自己的怀里。他把她从地上抱起来的时候，感到她衣兜里有件又硬又沉的东西。那能是什么呢？看那分量，她躺下的时候会伤着她的。他把她抱到沙发上，把手伸到她的衣兜里，抽出了那把匕首。

梅纳德打了个寒战。她这是打算杀自己，要么是，……要么是……他不由自主地起了一阵非常可怕的疑惑。"死了——在鸦庐。"想到这里他恨起自己来了，这使他把匕首从鞘里抽了出来。没有！那上面没有血迹，他简直想吻这亲爱的钢刃了，因为它是清白无辜的。他把这件凶器塞到自己的衣兜里，他得一找到机会就把它放回回廊里大家都知道的那个地方去。不过，为什么凯特润娜要拿这把匕首？在鸦庐那儿究竟发生了什么事？难道那只是她精神错乱造成的幻觉？

他不敢打铃——不敢叫任何人来帮助凯特润娜。她从这一阵晕厥中还醒过来之后，什么话不可能说呢？她可能会胡言乱语，可是，他不跟着克瑞斯多夫爵士去看看真相，心里又仿佛觉得有罪似的。他所有这些考虑和感觉，都不过是一会儿工夫的事，可是这一会儿工夫他却觉得仿佛是受了很长时间的罪。他因此开始责备自己竟让时间白白过去，而没有想什么办法让凯特润娜醒过来。幸好克瑞斯多夫爵士桌子上玻璃瓶里的水还没有动过。他至少可

---

① 指 1753 年。

以试试往她脸上倒水有没有效果。也许他不需要叫什么别的人来，她就能还醒过来。

就在这个时候，克瑞斯多夫爵士用他最快的速度急急忙忙向鸦庐奔去。他的脸刚才还那么兴高采烈，充满自信，现在则让一种无名的恐怖弄得惊慌失措。跟在他身旁的日阿波特发出低沉的告警的吠声，传到了贝茨先生的耳朵里，当时他正往家里走，听见了这种不同寻常的声音，就赶快朝着这声音走来，刚好在走近鸦庐入口的地方碰上了从男爵。只看从男爵的脸色就够了。贝茨先生什么也没有说，只是急忙跟在他身边走，日阿波特则在枯枝烂叶中间向前冲，用鼻子在地上嗅。有一会儿工夫，他们差不多都看不见他了，这时候他的吠叫变了另外一种声音，这告诉他们他已经找到了什么东西，紧接着，他窜到一个栽着花木的大土丘上面。他们转身登上土丘，日阿波特领着他们；白嘴鸦乱糟糟地聒噪，树叶在他们脚下刷刷作响，从男爵听来都是不祥之兆。

他们已经走到土丘顶上，开始往下走。克瑞斯多夫爵士看见下边路上黄树叶子当中有个紫色的东西。日阿波特已经走到它的旁边，可是克瑞斯多夫爵士却不能更快地移动步子了。他那壮实的胳膊和腿开始发颤。日阿波特又返回来舔他那两只发抖的手，仿佛在说"勇敢点儿！"然后又下去嗅那具尸体。是的，那是一具尸体……安托尼的尸体。那只戴着钻石戒指白白的手抓着黑黑的树叶子。他的眼睛半睁着，但是一点也不在乎透过树枝直接射到眼睛上面的光。

他也可能仅只是昏过去了，那可能仅只是一时犯病。克瑞斯多夫爵士跪下来，松开那领带，松开那背心，把手放在那心口上。那可能是一时晕厥；可能不是——不可能是死了。不是，根本就不应该这样想！

"去，贝茨，找人来帮忙，我们把他送到你那个小草屋里去。打发人到厅厦里去告诉吉鲁费鲁先生和渥润。吩咐他们派人去请哈特大夫，跟我夫人和爱舍小姐就说安托尼病了。"

贝茨先生匆匆走了，剩下从男爵一个人跪在尸体旁边。那年轻柔软的四肢，那饱满的双颊，那红润雅致的嘴唇，那光洁白皙的双手，都冰冷僵硬地摊在那儿；而那副苍老的面孔正低下来对着它们，那只老年人青筋暴露的手正哆嗦着在他身上摸索，想找到生命尚未断然逝去的迹象。

日阿波特也在那里，守候着，先舔舔那死了的手，再舔舔这活着的手；然后跟着贝茨的脚步跑去，仿佛想追上他催他赶快回来，可是一会儿他又跑回来了，不忍离开那让他主人伤心的地方。

第十五章

我们站在一个昏过去的人身边，亲眼看到重新恢复知觉的迹象慢慢出现在那些毫无表情的五官上，就像冉冉升起的朝阳照射在死一样沉睡在铅灰色晨曦中的阿尔卑斯山群峰之巅，那真是一个奇妙的时刻。先是一下轻微的战栗，那凝冻的眼睛又出现了流波；转瞬之间，它们显示出孩子那种内心存在似懂非懂的意识；然后，带着一点惊奇的神态，两个眼睛越睁越大，开始观看，逐渐能看出眼前的景物，但却好像看一部陌生的作品，记忆尚未恢复，无法对这部作品进行讲解。

在这样的变化掠过凯特润娜脸上的时候，吉鲁费鲁先生高兴得发抖了。他俯下身子，搓着她冰凉的手，等她那对黑眼睛睁开了，奇怪地看着他的时候，他以温柔怜爱的目光注视着她。他想到离此不远的饭厅里可能有葡萄酒，就离开了屋子，这时凯特润娜的眼睛转向窗户——转向克瑞斯多夫爵士的椅子。这儿正是她那记忆的链条中断的所在，上午的一连串事情渐渐像一场恍惚记得的梦境一般隐隐约约地重演开来，这时候梅纳德拿了点酒回来了，他扶起她，让她喝了酒；但她仍然还是沉默不语，似乎想回忆过去却无论如何也想不起来。这时候门开了，渥润先生走进来，带着一副报丧的表情。吉鲁费鲁先生唯恐他会当着凯特润娜说出来，急忙走到他前面，把一个手指头放在嘴唇上，然后把他拉开，走进走廊对面的饭厅里。

凯特润娜喝了这点酒以后才醒过来，完全想起鸦庐发生的情况了；她丢下他来告诉克瑞斯多夫爵士；她得去看看他们打算拿他怎么办；也许他不是真死了——只是一阵昏迷；人有时候是会昏过去的。在吉鲁费鲁先生一面告诉渥润最好怎样把消息告诉谢沃瑞鲁夫人和爱舍小姐，一面又急着要回到凯特润娜那儿去的时候，那个可怜的孩子正有气无力地朝着敞开的大厅门口走。她这样一走动，又吸进了新鲜空气，又有了一点气力。而随着气力一点点恢复，那种强烈的感情也越来越活跃，她也越来越渴望到她心里所向往的鸦庐去，和安托尼在一起。她越走越快，最后，她借着感情极度兴奋，勉强鼓起全部气力，开始跑起来。

可是这时候，她听到沉重的脚步声，在靠近木桥的黄色树荫下边，她看到几个人抬着一件东西慢慢走来。接着她就面对面碰见他们了。安托尼已经不在鸦庐。他们把他直挺挺地放在一块门板上抬着，后面跟着克瑞斯多夫爵士，他嘴唇紧闭，脸色煞白，眼睛流露出强烈痛苦的表情，可以看出来，这个坚强的人正尽力克制着自己的悲痛。凯特润娜在这张脸上还从来没有看到过难过的痕迹，它现在这种样子，立即引起一种新的感情冲动，淹没了所有其他的感情。她悄悄走到他跟前，把她的小手放在他手里，在他身旁一声不响地走。克瑞斯多夫爵士没法跟她说让她离开，于是她就这样一直随着这哀伤的行列走到苔岛贝茨先生的小屋，一声不响地坐在那儿，等着看安托尼是不是真死了。

她还没有发现衣兜里的匕首已经不见了；她连想也没有想起它来。眼见安托尼躺在那儿死了，她最近以来怨怒仇恨的偏见已经烟消云散，往常一贯的温存仁爱又重新恢复。那种最早期和最长久的感情始终对我们具有控制的力量；而和这一对呆板凝滞、人事不省的眼睛相联系的过去，也只是它们以温柔情爱之光照耀在她身上的过去了。她忘了那一段抱怨、嫉妒、仇恨的时光——忘了他所有的残酷之处，她所有的复仇之念——正像一个流亡者，忘了在家庭和幸福与他目前只身独寄那片阴沉单调的国度之间那段风狂雨骤的途程。

第十六章

天黑以前，一点希望都没有了。哈特大夫已经说过那是死亡。安托尼的尸体已经抬到厅厦去，每个人都意识到灾难降临到了他们头上。

哈特大夫曾经盘问过凯特润娜，她简短地回答说她发现安托尼躺在鸦庐。不但吉鲁费鲁先生，而且别的人也都猜测到，凯特润娜当时正好散步走到那里这并非一种巧合。除了回答这个问题之外，她一言不发。她默默地坐在园丁厨房的角落里，梅纳德劝她和他一起回去的时候，她只是摇头。很显然，她除了想安托尼也许会活过来之外什么也不能想，就这样一直看着他们把死人抬出屋子，抬向厅厦去。然后她才又在克瑞斯多夫爵士身边跟着走，那样安安静静地，所以就连哈特大夫也没有反对她在场。

他们决定在明天验尸官来检查以前先把尸体停在藏书室里。等凯特润娜看见门终于关上了，她才回身走上回廊的楼梯，回她自己的屋子里去，在这个地方她可以自由发泄自己的悲痛。自从午前那一可怕的时候起，这还是她头一次来到回廊上。这时候这个地方和周围这些东西开始唤醒她那完全失去了的记忆。那副盔甲不再让阳光照得闪闪发光了，而是死气沉沉地挂在橱柜上面，她就是从那橱柜里拿出比首的。对了！现在她想起了所有那些事——所有那些罪过和坏事。可是现在那把比首哪里去了？她摸摸自己的衣兜；可是那儿没有。难道那能是她的幻觉——所有和比首有关的那些事？她往橱柜里边看，那儿没有。啊呀！不对；那不可能是她的幻觉，她确实犯有蓄意杀人的罪过。可是比首现在又能在哪儿呢？难道能从她衣兜里掉出去吗？她听到有上楼的脚步声，就赶快接着往自己屋子走。在屋里，她跪在床边，把脸埋在床上遮住可恨的光亮，她开始回想上午的种种感触和事件。

一切都想起来了，安托尼所做的每一件事，她最近这一个月——这几个月——自从六月的那个晚上他最后一次在回廊上和她谈话以来她所有的感受，都想起来了。她回顾她那急风暴雨般的激情，她对爱舍小姐的嫉妒和仇恨，她想对安托尼报仇的念头。噢！她这都是多么坏啊！是她一直在犯罪；是她驱使他做了那些事，说了那些话，才让她那样愤怒的。假如说是他亏待了她，那她又差一点儿做出了什么事？她太坏了，永远也不可原谅。她愿意自己说出她曾经多么坏，好让他们惩罚她；她愿意在大家面前，甚至在爱舍小姐面前让自己匍匐在地。克瑞斯多夫爵士会打发她走——会再也不见她，要是他知道了这一切的话；现在她心头怀着这种犯罪的秘密，她宁肯受到惩罚、忌恨，却不愿受到温和的对待，这样她心里还痛快些。不过，要是克瑞斯多夫爵士知道了一切，那会增添他的烦恼，让他比这样更糟糕。不能！她不能说出去——而她本来是应该把安托尼的事说出来的。可是她不能再留在庄园上了；她得离开：她受不了克瑞斯多夫爵士的目光，她受不了所有这些让她回想起安托尼和她的罪过的情景。也许她应该很快死去；她感到非常衰弱无力；她自己活不了多久了。她得离开，无声无息地过日子，祈祷上帝宽恕她，让她死去。

这个可怜的孩子从来也没有想到自杀。愤怒的风暴一过，她那温柔怯懦的本性又立即恢复了，除了爱和哀悼，她什么也做不了。由于未谙世事，她没有想到她离开庄园失踪以后会发生什么后果；她事先一点也没有想到肯定会接踵而来的惊慌失措、沮丧哀痛、到处搜寻。"他们会以为我死了，"她自己对自己说，"慢慢地他们会把我忘了。梅纳德还会快活起来，他会爱上别的人。"

她正在全神贯注地想着，让一阵敲门声惊醒了。是白拉梅太太。这是吉鲁费鲁先生请求她来看看萨蒂小姐怎么样了，还给她带了一些吃的东西和葡萄酒。

"看样子你很难过，我亲爱的，"老管家婆说，"你冷得直打哆嗦。上床吧，现在就上。玛莎会来焐被子和生火。你看，这点冲葛根粉挺不错的，还掺了一点酒，把它吃了，你就暖和起来了。我还得下去，我一点也不能多待。有那么些事得照料，爱舍小姐还一阵阵老抽风，她的使女又病在床上——可怜的人儿——沙普太太又时时有人叫她。可我会打发玛莎上来，给你安排好睡觉，你是个乖孩子，你自己照看自己吧。"

"谢谢你，亲爱的老妈妈，"蒂娜说着，吻了这位小老太太布满皱纹的面颊。"我会把葛根粉吃了的，今天晚上别再为我操心了，等玛莎把我的火生起来，我就会弄好了。告诉吉鲁费鲁先生我好点了。我慢慢就上床，你也就不用再上来了，你那样只能搅得我很不安。"

"好，好，你自己照看自己吧，你是个乖孩子，上帝会让你睡好的。"

凯特润娜在玛莎生火的时候急忙吃了葛根粉。她想有点气力好走路。她还把盘子里的饼干留下，好装一些在衣兜里。这时候，她一心一意只想离开庄园，凭着她那一点点生活经验所能想到的做着各式各样打算。

此时已到黎明之前那段时光，她得一直等到破晓，因为她十分胆怯，不敢摸着黑儿走出去，可是她又得在宅子里有人起来之前就逃出去。藏书室里会有人守着安托尼，可是她可以走一扇通到庭院去的小门，那扇门在厅厦那一边，正好在客厅的后面。

她把斗篷、帽子、面纱都预备好，然后点上一支蜡，打开抽屉，拿出裹在纸里那个弄坏了的画像。她又拿出安托尼用铅笔写了字的两张小便笺，把它夹起来，放进自己的胸兜。那儿还有那个小瓷盒——道卡斯的礼物。还有珍珠耳环和丝钱袋，里边装着十五枚七先令的硬币，这是从她到庄园以来，克瑞斯多夫爵士每逢她生日那天送给她的礼物。她应该拿耳环和那些七先令的硬币吗？要让她跟它们分开，她受不了。这些东西里边仿佛藏着克瑞斯多夫爵士的爱。她真想让它们跟她随葬。她把小圆耳环戴在耳垂上，把钱袋连同道卡斯的盒子放在衣兜里。她还有另外一个钱袋，拿出来把钱数了数，因为她永远也不会花她那些七先令的硬币。她还有一个几尼零八个先令；这就够多的了。

于是她现在坐下来等候天亮，她怕躺在床上睡过了头。她要是能够再看一次安托尼，吻吻他那冰凉的前额就好了！可这是不可能的。她不配这样做。她必须离开他，离开克瑞斯多夫爵士和谢沃瑞鲁夫人，还有梅纳德，还有在她心怀恶念的时候却仍对她慈善、认为她善良的每一个人。

第十七章

第二天早晨，沙普太太一醒，就想到凯特润娜。头一天晚上她没能去看她，而她对凯特润娜，出于既有感情，同时又自觉地位重要，一点也不愿意只靠白拉梅太太去关心一下就了事。八点半的时候，她去到楼上蒂娜屋里，她一心想着要慈爱地嘱咐她一些有关服药、饮食、卧床休息之类的事。可是她打开门一看，床上平平展展，空空如也。很显然床上根本没有人睡过觉。这会是什么意思呢？难道她坐了一整夜现在出去散步去了吗？这个可怜的人儿可能让昨天发生的事弄得都有点精神失常了；那可真是吓人——一下子看见韦布尧上尉成了那个样子，她可能神经错乱了。沙普太太慌慌张张地查看蒂娜经常放帽子和斗篷的地方；那些东西没在那儿，那么，起码她脑子还清楚，知道把它们穿戴起来。不过，这位好心的女人还是感到极其惊慌，就赶快去告诉吉鲁费鲁先生。她知道他正在他的书房里。

"吉鲁费鲁先生，"她刚刚随身带上门就说。"我心里七上八下直为萨蒂小姐担心。"

"怎么回事？"可怜的梅纳德问。他极为害怕凯特润娜泄露了匕首的事。

"她不在她屋里，她的床昨天没睡过，可她的帽子和斗篷没了。"

有一两分钟工夫吉鲁费鲁先生说不出话来了。他确信大祸临头了：凯特润娜已经把自己毁了。这个坚强的人突然显得那么萎靡不振、不知所措，沙普太太都开始害怕因为自己做事莽撞又闯下祸了。

"噢，先生，我真抱歉把你吓成这个样子；可我又不知道还能去找谁。"

"没关系，没关系，你做得很对。"

他在很沮丧的情况下打起精神来。一切都完了，现在他除了难受和忍住这份难受之外什么也做不了了。他用一种比较镇定的声调接着说：

"千万别把这件事向任何人透露一个字。咱们千万不要吓着谢沃瑞鲁夫人和克瑞斯多夫爵士。萨蒂小姐也可能只是在庭院里散步呢。她让昨天看到的情景弄得太紧张了，可能无法安安静静地躺着。你先悄悄在这些空屋子里走一趟，看看她是不是在厅厦里。我到外边去找找她。"

他下了楼，尽量避免惊动厅厦里的人，立刻走向苔岛去找贝茨先生，碰见他刚吃完早饭回来。他对这位园丁透露了他为凯特润娜担心的事。他给这种担心编了一个理由，说是可能她昨天所受的惊吓使她精神失常了，所以求他派人在每个花园和整个园围里找她，问问是不是有人在那些看园人的小屋那儿看见过她；要是这样还找不着，也打听不着，就刻不容缓地在庄园周围的水里打捞。

"上帝是不允许有那种事的①，贝茨，可是我们到处都找过了就会觉得更心安一些。"

"交俺办吧，交俺办吧，吉鲁费鲁先生。呃！不过俺宁肯下半辈子打零工混饭吃，也不愿什么事落到她头上。"

这位好心的园丁难过之极，大步跨向马厩，好吩咐马夫们骑着马到园围各处去搜寻。

吉鲁费鲁先生接着就想去搜寻鸦庐：她可能在韦布尧上尉死去的地方徘徊。他匆匆走过每一个土丘，查看每一棵大树四周，绕过路上每一个转弯的地方。说真的，他几乎没抱希望在那儿找到她；可是这样一种几乎无望的可能却让人暂时不去想这样一个可怕的念头：可能会在水里捞到凯特润娜的尸体。他在鸦庐白白搜寻了一遍之后，就匆匆走向隔开一边地界的那条小溪。这条溪水几乎到处有树遮着，还有一处地方比别处都宽，都深——她更可能到这地方来，而不是到池子那儿。他直瞪着两眼，一路急急走去，脑子里不断想象出他害怕看到的情景。

那根悬空的大树枝后边有个什么白色的东西。他的膝盖哆嗦了。他好像看到她的一部分衣服挂在树枝上，她那可爱的已死的脸向上仰着。噢，上帝，把力量给予你所创造的人吧，你在他身上加了多么大的痛苦啊！他已经差不多走到树枝那儿，那个白色的东西动弹了。那是一只水鸟，它展开翅膀，尖叫着飞开了。他简直说不清，看到她不在那里心里是一阵轻松还是一阵失望。她已经死了，这个念头依旧冰冷而沉重地压在他头上。

等他到了庄园前面的大池子，他看见贝茨先生和一帮人已经在那儿，准备做那种可怕的搜寻，这种搜寻只能使他那模模糊糊的失望变成明确无误的恐惧；这位园丁出于焦虑不安，已经不能再拖延了，因为到此为止其他种种搜寻已经说明都没有结果。现在这池湖水不是那样睡莲点点，波光粼粼，面

---

① 指凯特润娜自杀。按基督教教义，自杀为犯罪行为。

带笑容了。在阴沉的天空下边，它显得阴暗而又冷酷，仿佛在它那寒冷的深处埋藏了吉鲁费鲁先生生活中被扼杀了的希望和欢乐。

他的脑子里挤满了别人和他本人随后要遇到种种不幸的想法。庄园前脸所有的窗帘和百叶窗都是放下来的，看样子很可能克瑞斯多夫爵士还不知道外边发生的任何事情；可是吉鲁费鲁先生觉得凯特润娜失踪的消息不能老瞒着他。验尸官很快就要进行查问了；她将要受到盘问，那时从男爵不可避免地就会知道一切了。

第十八章

十二点钟的时候，一切搜寻和探问都毫无结果，验尸官又随时可能到来，吉鲁费鲁先生就再也不能继续拖延这一艰巨任务，要把这一新的灾难向克瑞斯多夫爵士披露了。否则，克瑞斯多夫爵士就会在毫无精神准备的情况下得知这件事。

从男爵在他的梳妆室里，深色的窗帘拉下来，这样就使照进来的光线很暗。这是这天早晨吉鲁费鲁先生头一次见到他，而且他看到，仅仅一天一夜的工夫，悲痛就使这位身强体壮的老人苍老了许多，心中不觉吃了一惊。他前额和嘴角上的皱纹加深了；皮肤显得干瘪枯萎了；下眼皮肿起两个眼泡，至于那两只眼睛，一向总是射出那样敏锐的目光，此时却显得毫无表情，说明它的视力已经不再能看到什么，而只能保留往事。

他向梅纳德伸出手来，梅纳德握了他的手，无言地坐在他身旁。克瑞斯多夫爵士面对这种无言的同情，心里涨得发疼，眼泪不由自主地涌上来，大颗大颗地从双颊滚滚而下。自从童年过后，只有这次为了安托尼，他才头一次落泪。

梅纳德觉得他的舌头仿佛粘在了上颚上。他无法先开口，他得等到克瑞斯多夫爵士说起什么事，才引到非得说出来不可的那些冷酷伤人的话上去。

到底克瑞斯多夫爵士算是控制住自己开口了："我感到一点气力也没有，梅纳德，上帝帮助我！我觉得任何事情也不会像这样让我灰心丧气；可是我把一切希望都寄托在这孩子身上。或许我当初没有原谅我姐姐是不对的。她不久前有一个儿子死了。我一向都是太傲气，太倔强了。"

"如果不经过受苦受难，我们几乎就学不会谦虚和柔顺，"梅纳德说，"上帝看出来了我们需要受苦受难，现在苦难越来越重地落到我们头上来了。

今天早晨我们又出了件苦恼的事。"

"蒂娜吧?"克瑞斯多夫爵士问,焦急万分地往上看着。"蒂娜病了?"

"我一点也没法确定她究竟怎么了。昨天她受到很大的刺激——她身体又那么弱——我不敢想象这样一种刺激会产生什么结果。"

"她是不是神经错乱了,可怜的、亲爱的小东西?"

"只有上帝知道她怎样了。我们没法找到她。今天早晨沙普太太上她屋子里去的时候,屋里是空的。她没在床上睡过。她的帽子和斗篷都不在了。我已经让他们到处都找遍了——在屋子里、花园里、园囿里,还在——水里。从晚上七点钟玛莎上去给她生火以后,就没人再看见过她。"

在吉鲁费鲁先生说着的时候,克瑞斯多夫爵士的眼睛急切地转向他,露出了一些往日的那种敏锐,由于有了一种新的想法而突然出现的痛苦感情迅速掠过他那已经受到刺激的脸,恰似乌云的影子掠过波浪。等到吉鲁费鲁先生把话打住的时候,他把手放在他的胳膊上,用很低的声音问:

"梅纳德,这个可怜的小东西是不是爱过安托尼?"

"就是。"

梅纳德说完犹豫了一下,他既不愿意进一步加深克瑞斯多夫爵士的伤痛,又决心不要错怪凯特润娜,思想上展开了斗争。克瑞斯多夫爵士的眼睛一直带着严肃询问的神气盯着他,而他自己的眼睛则看着地上,想找出尽可能带来最小痛苦的字眼说明真相。

"你不必对蒂娜有什么不好的想法,"他终于开口了。"为了她,我现在必须告诉你这是除此原因之外什么原因也不会让我说出来的。韦布尧上尉曾经对她大献殷勤从而赢得了她的感情,以他的地位来说,他是决不应该对她做这种表示的。在给他提亲之前,他已经像个情人那样对待她了。"

克瑞斯多夫爵士松开了他抓着的吉鲁费鲁先生的胳膊,把目光从他身上移开。他沉默半晌,显然是力图控制自己,好能够冷静地说话。

"我得立刻见海瑞埃塔,"他到底说话了,带着一点过去那种当机立断的意味。"这些事都得让她知道;可是我们得尽可能不让其他人知道。我亲爱的孩子,"他接着用比较温和的口气说,"最沉重的担子落到你头上来了。不过,咱们还是可能找到她;咱们不能灰心;咱们现在已经来不及较那些真儿了。可怜的,让人心疼的小东西!上帝帮助我!我想我是看到了每一件事的,可一直像个瞎眼睛的石头人一样。"

第十九章

　　凄惨漫长的一个星期终于过去了。经过验尸官查询，宣布的裁决是暴死。哈特大夫因为对韦布尧上尉的健康事先就了如指掌，于是发表了这样一种看法，就是由于他早已作下了心脏病，死期是早就逼近，不过很可能是让一种不同寻常的感情激动加速了。爱舍小姐是唯一肯定知道韦布尧上尉到鸦庐去的动机的人，但是她没有提到凯特润娜的名字，而且所有那些令人难过的细节和询问都有意绕开了她。不过，吉鲁费鲁先生和克瑞斯多夫爵士掌握了足够多的情况，可以推测出那致命的刺激是由于与凯特润娜订的约会引起的。

　　到处搜寻打探凯特润娜都毫无结果，因为他们都抱有先入之见，认为她已经自杀了，所以搜寻打探就更不大会有结果了。谁也没有注意到她已经从桌子里把那些小东西拿走了；谁也不知道那幅画像，也不知道她攒了那些七先令的硬币，而她突然会戴上了那对珍珠耳环，这件事也没引起人们注意。他们以为她什么也没有带就离开了厅厦；看起来她不可能走远；而且她必定是在精神极其兴奋的状态中，因此她大有可能是想从死亡当中寻求解脱。庄园附近三四英里之内的每个地方都一遍又一遍地搜寻过了——附近一带每一个池塘、每一条水沟也都查找过了。

　　有时候梅纳德想，由于受冻和劳累，她不自杀也会死的；他没有哪一天不在附近树林里徘徊，翻起一堆堆枯树叶子，好像她那亲爱的尸首可能会藏在那里边。随后又发生了另外一种可怕的想法，于是每天睡觉之前，他又把厅厦里没人住的所有那些屋子走一遍，让自己相信她的确没有藏在那些橱柜、门板或窗帘后面——他不会看到她藏在那儿，眼中带着疯狂的神色，对他看着，看着，但却视而不见。

　　可是这五天五夜漫长的日子终于结束了，丧事办完了，马车正穿过园圃往回走。他们原先出发的时候，下起了大雨；可是这时候又放晴了，他们走过那些滴答落水的树枝下面的时候，有一缕阳光透过树枝闪闪照耀。这缕阳光落到一个牧马人的身上，他正在一颠一簸地缓缓而行。尽管他比以前缩小了一圈，不再那样滚瓜溜圆，吉鲁费鲁先生还是认出来，那是丹尼·脑特，十年前娶了玫瑰色脸蛋的道卡斯的那位马车夫。

　　每一桩新发生的事都会让吉鲁费鲁先生想到那同一件事情，他的眼睛一看到脑特，就自言自语道："他会是来告诉我们和凯特润娜有关系的事情的吗？"于是他想起来，凯特润娜一直非常喜欢道卡斯，每次脑特偶尔到庄园做客的时候，她总要准备些礼物送给道卡斯。难道蒂娜会是上道卡斯那儿去了吗？不过，想到这里，他的心又沉下去了，很可能脑特上这儿来只是因为他听说韦布尧上尉死了，他想着看他的老主人受到这一打击怎么样了。

马车一到厅厦，吉鲁费鲁先生就走上自己的书房，神情紧张地来回溜达，急切盼望着下去和脑特说话，可是又不敢下去，担心自己那点渺茫的希望落空。不管是谁仔细看看这张脸，这张平时总是安详善良的脸，现在都会发现，最近这一个星期的折磨，已经留下了深深的痕迹。白天，他曾经不停地骑马或步行徘徊，或是自己搜寻凯特润娜，或是指导别人询问打听。夜晚，他不知道睡觉——只间或打个盹，就是在这一会儿工夫里，也仿佛发现凯特润娜已经死了，然后就突然惊醒，于是又从这种非现实的痛苦堕入现实的痛苦之中——觉得他再也见不到她了。那一对清澈的灰眼睛变得深陷而又不安，那两片饱满的、无忧无虑的嘴唇很奇怪地紧绷着，而那眉毛，过去那样舒展开朗，现在好像因为痛苦紧紧地皱着。他并未失掉那在短暂时间内还能激起他强烈爱好的事物，但是他已经失掉了那与他恋爱的能力密切相关的人，这恰似我们童年时代嬉戏其中的小溪，或是采集的花朵，总是与我们的美感密切相关一样。爱情除了爱凯特润娜之外，别无其他意义。多年以来，她存在于每一件事情当中，就像空气和阳光一样；可是现在她不在了，这就仿佛一切快乐都无所依附了：碧空、大地、每日的骑马、每日的交谈，可能都依然存在，但是寓于其中的可爱之处和欢乐却一去不复返了。

正在他来回溜达的时候，他很快就听到走廊里有脚步声，随后是敲门的声音。他说"进来"的时候，声音颤抖了。等他看见渥润走进来，后面还跟着丹尼·脑特，新生的希望涌上心头，简直难以分辨究竟是甜是苦。

"脑特来了，先生，带来了萨蒂小姐的消息。我想最好是先带他上你这儿来。"

吉鲁费鲁先生情不自禁地向这个过去的马车夫迎上去，紧握住他的手；可是他说不出话来，只能示意让他坐在椅子上，这时候渥润离开了屋子。吉鲁费鲁先生紧盯着丹尼的银盆大脸，听着他那尖细的嗓音，满怀庄严急切的期望，那心情就像是倾听来自冥土令人望而生畏的使者带来的噩耗一样。

"先生，是道卡斯让俺来的；可俺们不知道庄园出了啥事儿。她让萨蒂小姐吓傻了。今儿个早晨她让俺们的山乌①把地放下不耕，来告诉克瑞斯多夫爵士和俺们夫人知道。兴许你听说过了，先生，俺眼下已经不开斯娄坡的十字钥匙②了；俺的一个叔子三年前死了，给俺留下了一份儿遗产。他是大地主阮博的代理人，手头上有大农场，这一来俺们就弄了个四十来亩的小农庄，道卡斯自从当了妈妈有了孩子，就不愿意再赶热闹了。你再也没见过那么漂亮的地方了，后面还有水，饮起牲口来挺便当。"

"看在上帝的份儿上，"梅纳德说，"告诉我萨蒂小姐怎么样了吧。现在不要啰啰唆唆跟我说别的了。"

"好，好，先生，"脑特说，他有点让牧师这股火辣辣的劲儿吓着了。"她是礼拜三坐着拉货的马车上俺们家来的，都晚上九点了；道乞斯跑出去了，因为听见大车停下来，萨蒂小姐伸手抱住道乞斯的脖子说：'带俺进去，道乞斯，带俺进去，'说着就像是晕过去了。然后道乞斯把俺叫出来，——'丹尼'，她叫俺——然后俺就跑出去把这位年轻小姐抱进来，后来她待了一会儿就醒过来了，睁开眼睛，然后道乞斯让她喝了一匙子兰姆酒——俺们从十字钥匙那儿搬家的时候弄了些上好的兰姆酒来，道乞斯谁都不让喝。她说她得留着治病，照俺看，俺可觅着你嘴里没味儿的时候喝那么好的酒有点可惜，那你喝大夫配的那些玩意儿还不是一样。就这么说吧，道乞斯让她睡到床上，打那时起，她就一直躺着，像傻了一样，也不说一句话，道乞斯哄着她，她才吃一点儿喝一点儿。俺们可是害怕呢，也琢磨不出来咋弄得她离开了庄园。道乞斯恐怕这里出了什么大事，今儿个早上，她再也沉不住气了，再说除了俺一定得来看看，也没别的法儿了，这样我就骑山乌走了二十英里，这家伙还老以为是在耕地呢，走上三十码就要往回转，好像是耕地走到犁沟头上一样。跟你说吧先生，俺骑着他这一路可真受罪。"

"上帝保佑你，脑特，你来得真好！"吉鲁费鲁先生说着，又使劲推这位过去的马车夫的手。"现在下去吃点东西，自己休息休息，你今晚就在这儿过夜，一会儿我去找你，弄清楚到你家最近的路怎么走。等我告诉过克瑞斯多夫爵士之后，我就要立刻备马到那里去。"

此后过了一个小时，吉鲁费鲁先生就骑了一匹健壮的母马朝着距斯娄坡五英里凯兰的泥泞乡村奔驰而去。他再次看到了午后阳光下喜人的景色；眼

①　马名。
②　酒店名。

见一排排树篱飞快地从他身旁掠过，并且觉得他身下这匹小黑猫①真是一匹"好坐骑"，耳边的风声配合着马的步子呼呼直响，他又一次感到了轻松愉快。凯特润娜没有死；他已经找到了她，他的爱恋和柔情以及长久以来的苦痛似乎都那样强烈，这些一定能唤她还生并得到幸福。经过一周的灰心丧气，那阵兴奋如此强烈，立刻把他的希望带到了一个曾经达到的最高点。凯特润娜最终会爱上他；她将成为他的。他们走过了这样一段黑暗漫长、令人筋疲力尽的途程，经过这段路程她才可能懂得他对她的爱有多么深。他将会怎样珍惜她——他的小鸟，长着一对怯生生的、清澈明亮的眼睛，还有那副为爱情和音乐而颤动的甜美歌喉！她要依偎着他，那受到如此蹂躏和摧残的小胸脯会比什么时候都更安全。在一个勇敢、忠实的男子的爱情当中，总是具有一股母爱一般的柔情；他又射出了爱护之光，这是他躺在母亲双膝间那时候照射到他身上的光。

他进入凯兰村已经是黄昏时分。他问一个朝家走的雇工到丹尼·脑特家去的路，得知它坐落在教堂旁边，这座教堂在一处略微隆起的高地上，耸出爬满常春藤的尖顶；除了丹尼所描述的以外，这就又加上了一个很有用的标志，可以用来辨认那个可人意的农家，就是那个"你再也见不到那么漂亮的地方"。其实不过是小牛栏里积满了上好的肥料，而且一直通到门口，中间没有用什么庭院或栏杆等零七八碎的东西隔着。这些可能已足以将这个地方描述得具体而微，准确无误。

吉鲁费鲁先生刚刚走近通向牛栏的门，就让一个长着亚麻色头发的男孩看见了，他还没到岁数就穿上了一件像罗马人穿的长袍子或者叫长罩衫。他跑在前面往里让这位不同寻常的客人。道卡斯立刻站在门口了，三个孩子围在她身边，还有一个胖娃娃在她怀里，眼睛瞪着，有滋有味地嘬一块面包皮。让那三张玫瑰红脸蛋和怀里这个胖娃娃一衬托，她脸上那玫瑰色的红晕就显得更红润了。

"是吉鲁费鲁先生吧？"等吉鲁费鲁先生拴好马，踏着湿草走过来的时候，她深深屈膝行礼问道。

"是我，道卡斯；我长得你都认不出来了。萨蒂小姐怎么样？"

"完完全全是老样子，先生，我想丹尼早告诉你了，就是这样；我合计着你已经从庄园上动身了，不过你来得真是不同寻常地快，真的。"

---

① 马名。

"不错，他差不多一点钟的时候到的庄园，随后我就要多快就有多快地出发了，她没有更糟糕吧？"

"没什么变化，先生，没见好也没见坏。你是不是请进来？她躺在那儿，任什么事儿也不注意，就是一个星期大的娃娃也不会像她那样，她看着我的时候就像瞎子一样，好像不认识我。噢，这是怎么回事，吉鲁费鲁先生？她干吗离开庄园？我们爵士和夫人怎样了？"

"简直糟糕透了，道卡斯。韦布尧上尉，克瑞斯多夫爵士的外甥，你知道的，突然死了。萨蒂小姐发现他死了，躺在那儿，我想是这一惊吓刺激了她的脑子。"

"哎呀，天哪！丹尼告诉我那位让人那么喜欢的年轻先生就要做继承人了。我记得看见过他，那时候他还是个小孩子，刚好到庄园上来。天呀，这让我们爵士和夫人多难过呀。可是这位可怜的蒂娜小姐——是她发现他躺在那儿死了。天哪，天哪！"

道卡斯带领他走进了那间最好的厨房。这间屋子像一般没有客厅的农舍里最好的厨房一样可爱——火光映在一排白铁盘子和瓷盘上；那砂纸打出来的松木桌子那么光洁，让你真想摸摸，盐箱子在烟囱的一个犄角上；三角形的椅子在另一个犄角上；后墙上很好看地挂着一排排整片的咸肉，天花板下装点着一只只火腿。

"坐下，先生——坐下，"道卡斯说，搬过来那把三角椅，"你走了这么远路，让我给你弄点啥吃吃。来。贝科依，来把娃娃抱上。"

贝科依，一个全身穿红的少女从连着厨房的后厨房出来了，把娃娃抱在手上。她的感情，或者说胖劲儿，让这娃娃那么舒服，所以换了人抱他也满不在乎。

"尽着我能给你弄的，先生，你想吃点什么？我会马上给你弄咸肉片，还有我已经弄了茶，或许你最好来一杯兰姆酒。我知道，你们平常吃的喝的那些东西，我们是一点也弄不出来的。可是先生，像这些我有的东西，拿给你吃我就很得意了。"

"谢谢你，道卡斯；我什么也吃不下，喝不下。我不饿，也不累。咱们说说蒂娜，她到底说过话没有？"

"从起初开了一次口以后就再也没有。她只说了'亲爱的道乞斯，带俺进去'，然后就晕过去了，随后就再也没说过一个字。我让她吃一点点东西，喝一点汤，可是她什么东西也不理会。眼下我总是时不时抱起贝西，"——

说到这儿她举起一个三岁的小女孩放在大腿上，她长了满头卷发，这时正来回扭着她妈妈的围裙一角，把眼睛睁得圆圆的看着这位先生，"人哪怕别的什么东西都不理会了，有时候对小孩子还是要理会的。我们在果园摘了番红花，随后贝西把它们拿在手里，放在她床上。我知道，她还是个小东西的时候，多喜欢花儿草儿的。可是这会儿她看着贝西和那些花儿，就好像她没看见似的。我一看见她那对眼睛心里就像刀绞似的；我觉得它们比原先更大了，它们看着就像我可怜的小娃娃死的时候的眼睛那样，那时候那娃娃变得那么瘦——噢，天啊，它那双小手看上去都透亮了。可是我真希望蒂娜小姐要是看见了你，先生，从庄园上来，兴许会能让她的精神缓过来。"

梅纳德也希望能这样。开头听说凯特润娜还活着，他兴高采烈信心十足，过了几个小时光明温暖的时光。可是现在他感到恐惧的寒雾又聚集在他周围了。他不由自主地想到，她的身体和精神受不了那些紧张疲劳，大概再也不会恢复过来了，她那一丝微弱的生命之线大概已经差不多编织完了。

"快去，道卡斯，看看她怎么样了，可是一点儿也别说起我在这儿，也许等天亮了我再看她会更好些，不过要是像这样子再过一夜可太难受了。"

道卡斯放下小贝西走了，另外那三个小孩子，包括穿长罩衣的小丹尼，都站在吉鲁费鲁先生对面。他们如今没有妈妈给他们做主了，带着更加羞怯的样子看着吉鲁费鲁先生。他把小贝西拉到跟前，让她坐在膝上。小贝西把眼睛前面的黄色卷发甩开，一边说，一边往上瞧着他：

"你系（是）看小姐来的吗？系（是）你样（让）她病了的吗？你该怎么办啊？亲她吗？"

"你愿意让人亲吗？"

"不。"贝西说着，立刻使劲儿把头低下来，不接受吉鲁费鲁先生随时可能提出来的要求。

"我们有两只小狗，"小丹尼说。他看到这位先生对贝西这样随便，胆子也大了。"我把它们拿给捺（你）看好吗？有一个还带白点儿呢。"

"好哇，让我看看。"

丹尼跑出去了，立即就带着两只还没睁眼的小狗回来了，它们的妈妈急急忙忙跟在后面，它虽然只是一只杂种狗，但也疼自己的孩子。随后道卡斯回来了，那最动人的场面也就出现了。她说：

"她差不多完全还是老样儿。我看你不必等了，先生。她躺在那儿安静极了，她一直总是那样。我在屋里放了两支蜡，她可以清清楚楚地看见你。

那间屋子，还有她戴的那顶帽子，都得请你包涵，那顶帽子是我的。"

吉鲁费鲁先生默默地点点头，站起身跟着她上楼去了。他们拐进头一个房门，他们的脚步在灰泥地板上几乎没有一点声音。红方格的亚麻布幔子拉到了床头上，道卡斯已经把蜡烛放在屋子这头，这样光线就不会很刺眼地照在凯特润娜脸上了。道卡斯打开门后耳语着说："我想我最好还是躲开吧，先生？"

吉鲁费鲁先生点头同意了，然后走到挂幔帐的那一头。凯特润娜躺在那儿，眼睛朝着另一边，好像没觉出有人进来。她的眼睛像道卡斯说的那样，看着比过去更大了，可能是因为她的脸更消瘦、更苍白了的缘故。她的头发让道卡斯的一顶厚帽子全部罩起来了。那双小手，有气无力地奔拉在被单外边，也比以前更瘦了。她显得比实际上更年轻，不管谁头一次看见她那小脸儿和小手儿都会觉得它们像是一个十二岁小女孩儿的，那还是一个尚未经历忧患而不是已经经历过忧患的小女孩儿。

梅纳德走上前去站到她面前的时候，灯亮完全照到他脸上，凯特润娜的眼睛里稍稍露出了吃惊的表情。她很认真地盯着他看了一会儿，然后举起手来，仿佛招呼他弯下腰来对着她，然后轻声说；"梅纳德！"

他坐在床边上，弯下腰对着她。她又轻声说道：

"梅纳德，你看见那把匕首了吗？"

他不假思索就脱口而出，而且回答得很聪明。

"看见了，"他轻声说，"我发现它在你衣兜里，又把它放回橱柜里去了。"

他拿起她的手来，轻轻握着，等着听她下边还要说什么话。她真认出他来了，因此他心里充满了庆幸之情，简直忍不住要哭泣了。渐渐地她的眼光变得柔和起来，不再那么直愣愣地瞪着了。眼睛慢慢潮润了，紧接着，大颗大颗的热泪从双颊流下来。随后，闸门开了，使心情轻松的眼泪涌流而下；接着是呜咽啜泣；差不多有一小时的工夫，她躺着没有说话。在这样一段时间里，那压抑着她的悲愁痛苦，使得她难以言喻的沉重冰块开始融化了。这些眼泪梅纳德是多么珍惜啊！这些天以来，蒂娜总是瞪着发疯似的焦躁灼人的眼睛这样一个形象不断呈现在眼前，不断使他浑身发抖。

哭泣慢慢停息了，她呼吸渐渐平静下来，闭目静静躺着。梅纳德耐心地坐着，根本没有想到时间飞逝，根本没有注意到楼梯口那座旧钟很响的嘀嗒声。可是靠近十点钟的时候，道卡斯忍不住蹑着脚尖走了进来，她迫不及待地要知道吉鲁费鲁先生来了有什么后果。他没有动地方，只对她耳语着说让她再给点儿蜡烛，再瞧瞧看马夫是不是已经给他的马卸了鞍子，睡觉去了——他要守着凯特润娜——她已经发生了巨大的转机。

不久，蒂娜的嘴唇开始活动了。"梅纳德，"她又轻声说。他靠近她，于是她接着说：

"那么你知道我有多坏吗？你知道我打算用那把匕首干什么？"

"你是不是打算杀你自己，蒂娜？"

她慢慢地摇头，然后又沉默了很长时间。最后郑重地看着他轻声说："去杀他。"

"蒂娜，我亲爱的人，你永远也干不出来那种事情的。上帝看见了你整个的心；他知道你从来也不会伤害一个活的东西。上帝照看着他的孩子们，而且他们一心一意祈祷着不要去干的事，上帝是不让他们干的。那是你一时盛怒之下的想法，上帝原谅你。"

她又陷入了沉默，直到午夜。那疲惫不堪的精神似乎一直在艰难地、反复地慢慢活动、思考；她又开始轻声说话了，那是在回答梅纳德刚才所说的话。

"可是我有很长一段时间都怀着那种邪恶的感情。我那么愤怒，而且那么恨爱舍小姐，我因为自己那么难过就不管别人怎么样了。没有人像这样坏过。"

"不对，蒂娜，有很多人刚好就那么坏。我就常有很坏的感情，而且身不由己地想做坏事。不过毕竟我的身体比你壮实，所以我能隐藏自己的感情，更好地克制它。我不会那样受它们的支配。你看见过非常小、刚刚学会飞的小鸟，它们受惊或是发怒的时候，它们的羽毛蓬散得多厉害；它们再也没有力量控制自己了；因此很可能由于单纯、恐惧而落入陷坑。你就像这样的一只小鸟，你让烦恼痛苦控制得那样厉害，你几乎不知道自己做了些什么了。"

他不肯说得太久，怕累着她，怕太多的想法让她难过。在她尚且不能用寥寥数语集中表达自己情感的时候，她需要长时间沉默。

"可是既然我已经打算那样做，"接着她又轻声说起这一点来了，"那也就和我已经做了一样坏。"

"不对，我的蒂娜，"梅纳德慢慢说，每说完一句都等一会儿。"我们打算干我们永远不可能干的坏事，正像我们打算干我们永远不可能干的好事或是聪明事一样。我们的思想常常要比我们实际上还坏，正像常常要比我们实际上还好一样。可上帝是从总体上来看我们的，而不是像我们同伴那样看我们一个个孤立的感情或行为。大家没有见到彼此的整个本性。可是上帝知道你不可能犯这样的罪。"

凯特润娜慢慢摇着头，又沉默下来，过了一会儿才说：

"我不太清楚，"她说，"我当时好像看见他向我走来——就像他真的朝我走来了，我就打算——我就打算做那件事。"

"可是等你看见他了——告诉我那又怎么样了，蒂娜？"

"我看见他躺在地上，以为他病了。我不知道当时是怎么一回事；我什么都忘了。我跪在地上跟他说话，可是——可是他一点也不理会！他的眼珠定了，所以我慢慢想到他死了。"

"而且从那以后你就再也不感到愤怒了吧？"

"噢，不对。不对；正是我比谁都坏；正是我一直都很坏。"

"不是，蒂娜；错处并不都在你；是他不好，他激起了你的怒气，而且还错上加错。人们对我们不好的时候，我们就不由自主地要用邪恶的感情对待他们。不过这第二重错误是可以原谅的。我比你的罪更大，蒂娜，我常常对韦布尧上尉怀有很坏的感情；假如他像对你那样激起我的怒气，我也许会做出什么更坏的事情。"

"噢，他还没有那么坏；他并不知道他怎样伤害了我。他怎么可能像我爱他一样地爱我？他怎么可能娶像我这样一个可怜的小东西？"

梅纳德没有搭腔，于是又沉默下来，后来蒂娜接着说：

"我是那样会骗人，他们都不知道我有多坏。恩主并不知道；他常叫我他心爱的小猴儿；他要是早知道了，噢，他会把我想得多糟啊！"

"我的蒂娜，我们都怀着自己暗藏的罪过；假如我们都知道我们自己，那么我们彼此之间相互判断就不会那么苛刻了。克瑞斯多夫爵士自从遭到这些不幸以后，也感到他一向太严厉，太固执了。"

就以这种方式——以这种断断续续的忏悔和答以安慰的话语——时间一点点过去了，从漆黑的深夜，直到凄冷的晨光，又从清早的晨光到早晨第一线黄光和紫云分手的时光。吉鲁费鲁先生感到，在这漫漫长夜里，他那永远专注于凯特润娜一身的爱情变得更加强烈、更加圣洁了。以深沉亲切的感情上的同情为基础的人与人之间的关系就是如此：每个或悲或喜的白天或黑夜，都会给以记忆和希望来哺育的爱情加深基础，增添贡献，——对这种爱情来说，长久不断的重复毫不令人厌烦而只为人所向往；而各自分享快乐就是痛苦的开始。

鸡开始啼了；门时时开关了；场院里有了踢跶踢跶的脚步声，吉鲁费鲁先生听见道卡斯起床走动了。这声音似乎影响了凯特润娜，因为她焦急地看着吉鲁费鲁先生问："梅纳德，你要走了吗？"

"不，我要待在凯兰这儿一直到你见好，那样你就也可以走了。"

"再也不到庄园去了，噢，再也不去了！我要过贫贱的生活，自己挣面包吃。"

"好了，最亲爱的，你觉得怎么样最好就怎么样做。可是我希望你现在能睡一会儿觉。尽量安静地休息休息，慢慢也许你就能坐起一点来了。尽管遭受了所有这些苦难，上帝还是让你活下来了；如果不尽量充分享用他的恩惠，那是有罪的。亲爱的蒂娜，你得尽量努力；——可是小贝西曾经给你带来些番红花，你对这个可怜的小东西却一点也没注意；不过等她再来的时候，你就会注意了，是不是？"

"我要尽量努力，"蒂娜柔顺地轻声说，然后闭上了眼睛。

这时太阳已经升到地面上，云彩驱散了，和煦的晨光透过小铅框窗照进来，凯特润娜睡着了。梅纳德轻轻松开那只小手。他把好消息告诉道卡斯，使她大为高兴，然后他朝乡村旅店走去，想到蒂娜现在已经苏醒过来，充满了庆幸之感。很显然，她看到他，自然就联想到她全神贯注的那些记忆中的往事，而且使她解除了精神上的沉重负担，这可能就是全面恢复的开始。可是她的身体是那么衰弱——她的灵魂受到那样的挫伤——所以她需要特别的温情和关怀。接着要做的一件事就是送消息给克瑞斯多夫爵士和谢沃瑞鲁夫人，然后写信叫他姐姐，他已经决定把凯特润娜交给她照顾了。他知道，即便凯特润娜想回到庄园去，那地方目前可能也是一个最不理想的家：那里的每一处景物，每一件东西都与尚未减轻的痛苦息息相关。他那随和温良的姐姐有个安谧宁静的家和一个说话天真可爱的男孩儿，如果凯特润娜能够和她住上一个时期，她会使自己开始一种新生活，而且至少会从她身体所受到的打击中恢复过来一部分。他写完信，匆匆吃完早饭之后，立刻又骑马上路，向斯娄坡奔去，他要在那儿发信，还要找个懂医药的人，他可以向他诉说诉说凯特润娜身体衰弱的思想根源。

第二十章

从那时以后不到一个星期，凯特润娜就听从劝说，坐上一辆舒适的马车上路了。她由吉鲁费鲁先生和他姐姐海润太太照看着。海润太太那对柔和的蓝眼睛和温驯的举止让这个受尽蹂躏的可怜孩子甚感宽慰——她们之间那种姐妹一般的平等态度使她感到十分新鲜，也使她更加感到宽慰。谢沃瑞鲁夫人那种毫无爱抚而又强加于人的好意，使凯特润娜永远觉得相当拘束和敬畏。而现在有一位年轻、和善的女子，像是一位姐姐，温存地俯身向着她，用亲切的调子低声和她说话，这样一种甜美的感觉是她以前没有体验过的。

此时蒂娜的身体处在时好时坏的边缘，一直并未恢复，梅纳德则因为自己在这时有一种幸福的感觉而对自己生起气来了。可是承担她的保护天使这一新的快乐，每日每时地和她相伴，千方百计地想法使她舒适，看到对事物重新发生兴趣的闪光出现在她眼睛里，所有这些占去了他的全部精力，使他再也顾不上忧虑、悲伤。

在第三天上，马车来到弗克斯侯姆牧师住宅门前，阿瑟·海润牧师本人出现在门口台阶上，热切迎候他那归来的露西，手里还领着一个宽胸脯、浅驼色头发的五岁男孩，他正很起劲地甩着一条小猎鞭子。

没有哪一所住宅能比得上弗克斯侯姆牧师住宅的，它那草坪修整得那样平展，走道打扫得那样干净，门廊上还长满了爬蔓藤葛，装饰得那样好看。这所牧师住宅坐落在漂亮的绿色半山腰上，有山毛榉和栗子树密密地围在四周。山上边是教堂，从住宅向下可以看到一座村庄，这村庄散布在草原和牧场上，四周有野生的树篱和浓荫匝地的树木围着。已经改进的耕作方法还没有威胁到这块地方。

大客厅里炉火熊熊，小小的粉红色卧室里也灯火通明，这是给凯特润娜准备的，因为这间屋子不是朝向教堂墓地，而是对着一座农舍，那里有一垛垛蜂窝似的干草堆和一群群安安静静的奶牛，还有清晨生气勃勃劳动的那些令人愉快的声音。海润太太出于一个细心周到、易受感动女子的本能，事先就写信给她丈夫，让他为凯特润娜准备这间屋子。知足的花母鸡勤快地寻找难得找见的谷粒，这种情景对一颗受伤的心来说，可能比满林夜莺更有好处。这里有咕咕头小母鸡，没人宠爱的看羊狗，喝着泥汤水就觉得有滋有味的很有耐性的拉车马，这一番毫无伤感、轻松愉快的情景，能够使人不知不觉就心情宁静。

　　像这所牧师住宅这样一个家里，一个安乐窝里，没有一点庄严肃穆的东西让人想起谢沃瑞鲁庄园，吉鲁费鲁先生希望凯特润娜在这里逐渐摆脱经常袭来的往事情景，从神思恍惚、精疲力竭中恢复过来，这正是那些情景伤及目前的具体标志，他这样希望是不无道理的。还有一件事情要安排的，就是与海润先生交换执行副牧师的教职，这样梅纳德就可以不断守在凯特润娜身边，看着她渐渐好转。凯特润娜好像很喜欢他和自己在一起，总是急躁不安地盼着他回来；虽然她很少和他说话，但是他坐在她旁边，用强大有力的手握着她的小手的时候，她就极其满足了。但是奥斯瓦德或者叫奥赛，就是那个宽胸脯的男孩儿，可能是她最有益的伙伴了。他不但继承了他舅舅身上一些东西，而且继承了他从小就喜欢饲养小动物的爱好，还死乞白赖地要求蒂娜也要关心他的豚鼠、松鼠和睡鼠。和他在一起的时候，她仿佛间或看到童年的影子穿过灰色的云层照耀过来，在奥赛住的儿童室里，冬天的许多时光也过得比较轻松。

　　海润太太并不懂音乐，也没有乐器；但是吉鲁费鲁先生对凯特润娜百般照顾，他弄来一架大键琴，摆在客厅里，琴总是开着，希望有朝一日在凯特润娜身上音乐的灵感会重新苏醒过来，那她就会让这个乐器吸引过去。可是冬天差不多都过完了，他的期待毫无结果。蒂娜的进步最多也不过是消极同意，默认服从，也就是安静、感激地微笑，顺从奥赛胡乱想出的一些主意，还有对于在她身边所说所做的事情心里越来越明白。有时候她拿一点女红来做做，不过她乏弱无力，坚持不下去；一会儿就手指头耷拉下来，陷入一动不动的沉思当中。

　　终于到了二月底，一个阳光明媚的日子，红日高照，预示春天马上就要到来。梅纳德同她和奥赛绕着庭院散过步，观赏了初开的白雪花，散步过后她坐在沙发上休息。奥赛在屋子里到处走，大人不让玩的，他偏要试一试。他走到大键琴前面，抖了一下他的鞭子把，奏响了一个深沉的低音。

　　那颤抖的琴音像电流一样穿过凯特润娜的全身；仿佛就在那一刹那，一个新的灵魂进入了她的身体，以更加深刻、更加庄严的生命将她充实起来。她向四处瞧瞧，从沙发上站起来，走向大键琴。霎时之间，她的手指像往常那样娴熟地在琴键上活跃起来。她的灵魂飘游在它所真正熟悉的那些美妙的音乐之中，就像水生植物，在旱地渐渐蔫萎、凋谢，一旦又沐浴在它本来生长的水里，就自由自在，丽质重现。

梅纳德感谢上帝，活跃的力量又复苏了，而且必定在凯特润娜康复过程中开辟一个新阶段。

很快地，一阵低微流畅的歌声就伴随较为铿锵的琴音飘然而出，渐渐地，这纯净的声音越来越大，盖过了琴声。小奥赛站在屋子当中，嘴大大地张着，腿大大地叉开，就是这个他称呼为"婷—婷"的却有这样的新本事，这一下把他吓愣了，显出敬畏的样子，因为他一向觉得这个和他一块儿玩的游伴一点也不聪明，而且在很多方面还都得听他的指使呢。即便有一个妖怪扑打着宽大的翅膀从他的牛奶罐子里飞出来，也不会使他比现在更吃惊了。

凯特润娜唱的恰是《奥否》①里边的歌，这是几个月以前她刚刚开始悲伤难过的时候我们听她唱过的。这是《灯塔》，是克瑞斯多夫爵士所喜爱的歌，它那些音调仿佛使凯特润娜一生当中最温柔甜蜜的记忆，在谢沃瑞鲁庄园还是一个无忧无虑的家那时候的记忆，都展开翅膀飞翔起来。漫长的童年和少女时代那些幸福的日子又重返了，理所当然地盖过了罪过和忧愁的那个短暂时期。

她不唱了，突然哭了起来——这是她住到弗克斯侯姆以来头一次流泪。梅纳德情不自禁地走上前去，用胳膊搂着她，弓身吻着她的头发。她依偎着他，把她的小嘴凑上去让他亲吻。

纤弱的触须植物是必须要依附其他东西的。这个为音乐而新生的灵魂为爱情而新生了。

第二十一章

一七九〇年五月三十日，村子里的人聚集在弗克斯侯姆教堂门口，看到了非常好看的场面。太阳照在露珠晶莹的绿草上，蜜蜂嗡嗡叫着，鸟儿颤声唱着，使气氛显得生气勃勃。一丛丛繁花怒放的栗子树，一排排开满鲜花的树篱，好像都聚到一起，想知道知道教堂的钟为什么敲得那样起劲儿。这时候，吉鲁费鲁先生，满脸放出幸福的光彩，正挽着蒂娜走出那古老的哥特式门口。那张小脸仍然是苍白的，还稍带有些克制着的感伤，像是一个人一边和朋友们吃最后一次晚饭，一边侧耳谛听那个唤他离别的信号。可是那只小手却带着心满意足的情爱挽着梅纳德的胳膊，那对黑眼珠迎着他向下看她的

① Orfeo，原为希腊神话中之人物，善演奏，其妻攸瑞迪乞早夭，他曾亲临冥府演奏。

眼神，满含娇羞怯懦对他答以爱情。

这儿没有成队的伴娘，只有可爱的海润太太，靠在弗克斯侯姆这儿谁也不认识的一个黑头发年轻人胳膊上，用另一只手拉着小奥赛，他觉着自己是婷—婷的伴郎，这比他戴了新天鹅绒帽子，穿了新天鹅绒紧身衣更让他欣喜若狂。

在所有这些人后面走出来一对夫妇，村里人看他们比看新郎新娘还要急切：一位是仪表堂堂的老绅士，他用敏锐的目光扫视四周，使他们当中那些自知做了错事的人感到慑服；还有一位严肃端庄的夫人，穿着蓝白两色长袍，她无疑必是很像夏洛蒂皇后。

"好哇，这就是我说的那一幅画，"老"司傅"福德说，他是个地道的约克夏年高德劭的人。他正拄着一根拐杖，把头使劲歪在一边，那副神气正像是对如今这一代人简直不抱希望，不过又不管在什么场合都要惠以批评的那种人。"眼下这些年轻人，这些挨挨挤挤的可怜东西——外面上看着挺光溜，可他们不中用，他们不中用。他们永远也不会像克瑞斯弗·舒沃瑞鲁爵士那样不见老的。"

"俺和你打赌，赌两杯酒，"另一位老者说，"那个挽着牧师太太走的年轻人管保是克瑞斯弗爵士的儿子——他喜欢他。"

"不是，你要是打这个赌就是个大傻瓜；他根本没有儿子。我知道，他是他外甥，要继承他的产业。住在白房子客店的那个马车夫告诉我还有一个外甥比这个强得多，可冷不防的犯病死了，这一来这儿这个年轻人才顶上了。"

在教堂大门口，贝茨先生穿着一套新衣服站在那儿，准备等新郎新娘走过来的时候对他们说说吉利话儿。他从谢沃瑞鲁庄园一路赶到这儿来，为的是看蒂娜小姐又得到了幸福。如果不是结婚花束不如他本来可以从庄园的花园采扎的好，他就会百分之百地高兴了。

"万能的上帝保佑你们俩，让你俩白头到老，永远幸福。"这就是这位好心的园丁用颤抖的声音说出的话。

"谢谢你，贝茨大叔；永远记着蒂娜吧。"她那甜美的低音回答，这是这声音最后一次进入贝茨先生的耳朵里。

结婚旅行是走一条迂回曲折的路线到设坡屯去，吉鲁费鲁在那个教区当牧师，已经就职几个月了。这一份小小的职务是由于一个老朋友关心，给他谋到的，对这位朋友欧丁泡特家本来是欠了点情的；而梅纳德和克瑞斯多夫爵士对这都很满意，因为他可以安置凯特润娜在那儿成家，可是又距离谢沃瑞鲁庄园比较远。谁都觉得，让凯特润娜重返她备受折磨的那些现场是极不妥当的，她的身体仍然很娇弱，经不起最微小的痛苦和刺激。在一两年之内，或许，到坎伯莫教区长克瑞契雷老先生该下世的时候，凯特润娜也大有希望成为一个幸福的母亲的时候，梅纳德可以消消停停地住到坎伯莫，蒂娜就不会感到什么，而是心满意足地看着又一个"黑眼珠小猴儿"在庄园的回廊和花园里跑上跑下了。做母亲的是不怕回忆往事的——那些阴影都会消逝在婴儿最初的微笑之中。

怀着这样的希望，享受着蒂娜温存的情爱，吉鲁费鲁先生体尝了几个月完美无缺的幸福。凯特润娜渐渐越来越依恋他的爱情，因为他感觉到生活的甜美。她仍然无精打采，对一切缺乏兴趣，这是身体虚弱的必然结果，因此由于她极可能快要做母亲了，心怀最乐观的期望就有了新的依据。

但是这棵荏弱的小草所受的蹂躏太严重了，就在努力挣扎想要开花的时候凋谢了。

蒂娜死了，梅纳德·吉鲁费鲁的爱情也随她而永远消逝于冥土之中。

尾　声

这就是吉鲁费鲁先生的爱情史。吉鲁费鲁先生头披银发，疲惫不堪，独自一人坐在设坡屯牧师住宅壁炉边的时候，这些事已经过去很长时间了。华美的褐色卷发，强烈的爱情和早年深沉的愁闷，与稀疏的白发，恬淡的清心寡欲和未曾预料的安适晚年看起来似乎格格不入，大不协调，其实它们不过都是同一人生旅程中不同的部分，就像在同一天的旅程中，一部分是在阳光灿烂的意大利平原，那里到处飘荡着那些诱人的少女甜美的告别声①；而翻过高山②之后，我们就见到悬崖峭壁，置身于瓦莱③那发声带有喉音的地区了。

有些人仅仅熟悉头发灰白，安闲自若地骑在他那栗色老马上往来小跑的牧师，可能很难相信他就是过去那个梅纳德·吉鲁费鲁！他曾满怀情爱和温柔一路驱策那匹黑猫狂奔疾驰，赶赴凯兰；也不会相信，这位嘴头刻薄，富

---

①　原文为意大利文 Addio。
②　指位于意、法、瑞交界处的阿尔卑斯山。
③　瑞士西南部位于日内瓦湖滨的一个州。

有田园趣味，一向谨小慎微的老先生会懂得忠贞不贰的爱情全部深切的秘密，他曾经整日整夜在痛苦中挣扎，在难以名状的欢乐中颤抖。诚然，晚年在设坡屯度过这些日子的吉鲁费鲁先生具有人类可怜天性中的节疤和粗糙，比起过去那个瞪着大眼、热爱他人的梅纳德所明显暗示出来的要多一些，但是这对人来说也和对树来说是一样的：假如你砍掉了一棵树上流着青春的生命之液的那些最美好的枝条，伤口的地方就会愈合，结成一个粗糙的节疤，一个古怪的赘瘤；而这棵本来可以长成华盖亭亭、浓荫匝地的大树就仅仅长成一棵无法遮阴的树桩。有许多令人感到不适的错误，许多令人讨厌的怪事，变成了严重的悲愁，恰恰就是在天性正在向着尽善尽美发展的时候，遭到了破坏和摧残；而人生中那些小小的过失，我们对之严加苛责，可能它却是一只最得力的手脚已经萎缩的人蹒跚不稳的动作。

所以这位可爱的老牧师尽管像一棵可怜巴巴、被人砍过的老橡树，有些疙里疙瘩、古里古怪的脾气，他却仍然按他的本性当做一棵高贵的大树给描绘了出来。他那颗心是完美无损的，他的纹理气质是优质上好的；而且在衣兜里为孩子们装满蜜饯梅子的这位白发苍苍的人，他那些刻薄话都是指向阔人的恶劣行径的，而且他以他与人交往时相互抽烟和随随便便的谈吐，使他那身为牧师所受到的最高尊敬毫未有所降低，这是这个勇敢、忠实、温和本性的主干，正是这样的本性汇集而成的生命之流，将它那最美好、最新鲜的精力倾注于他那初次的、也是唯一的爱情——对蒂娜的爱情。

神魂颠倒的传道士

[英国] 托马斯·哈代 著

张 玲 张 扬 译

托马斯·哈代（Thomas Hardy，1840—1928）英国维多利亚后期最重要的小说家，同时也是20世纪初英国的著名诗人。生于英格兰西南多塞特郡，故乡的自然环境成为哈代创作的主要背景。哈代一生共出版了十余部长篇小说，《远离尘嚣》（1874）、《还乡》（1878）、《卡斯特桥市长》（1886）、《德伯家的苔丝》（1891）和《无名的裘德》（1895）是最具原创性的作品，也是最受评论界关注的作品。此外，还有诗集多部，长篇史诗剧《列王》，以及冠之以"威塞克斯故事"的许多中短篇小说。哈代的作品记录了一种正在消逝的古老生活方式，是对铁路、工业等现代文明的冲击下英国社会历史的变迁、渐行渐远的乡村古风的生动再现；作品中人物情节的发展多受个人激情驱使，或受因于命运的摆布，逃不脱宿命的阴影。哈代的作品往往呈现一种诗化品质和厚重的历史感。《神魂颠倒的传道士》是哈代的经典中篇，对男女主人公斯托克达、丽琪的描写精细动人，折射出哈代的宗教观念。

一、他着凉是怎么治好的

那位威斯利教派①牧师因为有事耽搁没有来，于是来了一个年轻人暂时

---

① 这是基督教英国国教圣公会的一个教派，由约翰和查理·韦斯利兄弟创办于18世纪，又称循道派，后渐独立。

代替。那是一八三一年一月十三日，刚才提到的那个年轻人斯托克达先生悄无声息地进了村，没有人认识他，也几乎没有谁看见他。但是等到村民中有些和他攀上关系的人跟他混熟了，他们倒是宁愿来了这个代理人，而不是那个牧师本人了。尽管他还谈不上已经博得声望，足以让目前住在内瑟－莫因顿那一百四十位纯正循道派教徒坚定信念，同时却又额外对那批杂处人群给以支持；那伙人清晨上国教教堂，晚上又去国教分离派的礼拜堂，要是遇到有茶会，那就总共多达百十来人，而在冬季天色太晚牧师难以分辨究竟有谁在七点钟上街的时候，还包括了教区执事；应当为牧师说句公道话，他是从来也没有急于想干这种事。

由于两个教派相互交叉重叠，所以在内瑟－莫因顿一带这个居民稠密的地区，出现了那个尽人皆知的人口之谜：这么一个教区里，拥有三百名成年圣公会①教徒，又有将近二百六十名非国教派教徒，而成年人却怎么只有四百四十人呢？

那个年轻人就个人来说是很有趣的，那些和他接触的人也就满足于暂时不去过问他能力如何这个更为重大的问题了。据说在他一生的这个时期，他那双眼睛顾盼含情，不过并无丝毫轻浮之态；还有他头发卷曲，身材高挑；总而言之，他是一个非常可爱的青年。那些女听众一见到他，听到他讲道，马上就说："他来以前，为啥咱们都不知道呀，要不，咱们就会给他来个更热烈的欢迎了！"

而事实上她们和内瑟－莫因顿那伙人因为知道他不过是来暂时顶替的，而且对他本人或者他的教义也没有什么特别的指望，所以对他的到来几乎是漠不关心，仿佛他们一向都是本乡最规矩正派、勤上教堂的教民，他也真是给他们派来的牧师。于是，斯托克达刚踏进这个地方的时候，谁也就没有给他准备住处。而且尽管他在路上着凉患了头疼，还是不得不亲自张罗这件事。他打听了一下，知道在这个村子里唯一可能找到的留宿处就是那条街尽头的丽琪·纽伯瑞太太家。

告诉他这一信息的是个年轻人，于是斯托克达又问他，纽伯瑞太太是何许人。

那个孩子说，她是个寡妇，已经没了丈夫，因为他死了。他还说，听说纽伯瑞先生原本混得不错，是个农场主；但是他一直在走下坡路。至于纽伯

---

① 英国国教。

瑞太太的宗教信仰，斯托克达了解到，她属于那种脚踏两只船的人，国教派的教堂和不信国教派的礼拜堂两处她都去。

"我就去那儿吧。"斯托克达说，他心想，既然没有虔信单个儿教派的住处，这也就是最好的办法了。

"她这个人有点儿个别，不爱招公家人，什么教区牧师呀，牧师的朋友呀，等等那伙人。"那小伙子又含含糊糊地说了一句。

"啊，那可能还有些希望；我去看看吧，啊，不；还是你先去问问，看她能不能给我找个地方，我还得找一两个人谈谈另外的事情。你可以到车把式那边来找我。"

过了一刻钟，那小伙子回来了，说纽伯瑞太太没什么不肯给他安排个住处的，于是乎斯托克达就去看那所房子。房子坐落在圈着树篱的园子里，看起来宽敞而且舒适。他见到一位上岁数的妇人，和她讲妥当天晚上就搬过来，因为这地方没有客栈，他希望尽快安顿下来；这个村子是当地的一个中心，他从这里还可以很快去到附近四面八方那些各式各样的教堂去。他当即让人把他的行李从他原来暂时落脚的车把式那里送到纽伯瑞太太这儿来。到了傍晚，他就朝着他这个临时的家走去。

斯托克达现在住在那儿了，所以他觉得没有必要敲门。他悄悄地进了门，听到自己快速的脚步声就像老鼠登堂入室，心里觉得很有趣。他走到起居室，大家这样称呼这间前排的房子，虽然它的石地板上简直没有铺多少地毯，只不过在走路的部分铺了一点，家具下面露出光秃秃的沙地面①。但是屋子里显得温暖舒服，令人欢快。炉火烧得亮堂堂的，在桌子腿凸出来的地方火光突突直跳，和铜制的门把手相映成趣，还在壁炉架后部的表面下暗藏着巨大的潜力。一把深深的扶手椅拉在了壁炉的一边，椅子上铺着马毛呢，密密麻麻地钉着数不清的铜钉。茶具摆在桌子上，茶壶盖开着，一个小小的手摇铃早已摆在那儿，坐在那把大扶手椅上的人随意伸手就能够着。

斯托克达坐了下来，对自己到此为止在屋子里感受到的一切毫无反感，于是就以摇铃开始了他在这里的寓居。一个小姑娘应声悄悄溜了进来，给他备茶。她说，她名叫玛瑟儿·萨瑞②，住在那边，她一边说一边向大路和村子那边泛泛地点了点头。斯托克达的东西还没吃多少，他身后传来一下敲门

---

① 旧时，英国乡间普通人家常以沙子铺地，以代地毯。
② 女仆本名玛瑟·萨瑞，但当地人土音念作玛瑟儿·萨瑞。

声，他让那位求见者进来，一阵衣装的窸窣声让他转过头去。他看到面前是一位标致而又身材极其匀称的年轻女子，深色的头发，宽阔、聪敏、美丽的前额，那对眼睛让他还没有意识到，就已经浑身发热了，而单就她的那张嘴，一切有鉴赏力的人都会把它看做一幅画儿。

"我可以给你点儿别的什么来就茶吗？"她说着又向前走了一两步，脸上表情生动，一只手把着门边摇晃着。

"什么也不要，谢谢。"斯托克达回答，并没多想自己回答什么，而是更多地在想她和这户人家可能是什么关系。

"你敢保是吗？"那位年轻女子说，显然觉察到，他没有仔细考虑自己的回答。

他认认真真地察看了自己的茶点，觉得不缺什么。"敢保，纽伯瑞小姐。"他说。

"是纽伯瑞太太，"她说，"丽琪·纽伯瑞。我原名丽琪·辛普金斯。"

"噢，请你原谅，纽伯瑞太太。"还没等他来得及再说什么，她就离开那间屋子了。

斯托克达待在那儿感到大惑不解，直到玛瑟·萨瑞进来收拾桌子。"这是谁的桌子，小姑娘？"他问她。

"丽琪·纽伯瑞太太的，先生。"

"那么，纽伯瑞太太不是我今天下午见到的那位老太太？"

"不是，那是纽伯瑞太太的母亲，纽伯瑞太太是刚才进来看你的那位，因为她想看看你好看不好看。"

天色又晚了一些，斯托克达正要开始吃晚饭，她又来了，"我亲自来了，斯托克达先生。"她说。牧师站起身来表示感谢。"我怕小玛瑟儿可能让你听不明白，你晚饭吃些什么？——有冷盘兔肉，还有那块没切开的火腿。"

斯托克达说，他可以美美地品尝这些佳肴。晚餐这时摆好了。他刚切下一片，又传来嗒嗒的敲门声。这位牧师早已知道了，这敲门的独特节奏表明是来自他那位煽情的居停主人的纤指，于是这位在劫难逃的年轻人心领神会，不动声色地咽下了他的第一口美味。

"我们家里还有只鸡，斯托克达先生——我刚才还真忘了说。也许你愿意让玛瑟儿·萨瑞把它端上来吧？"

斯托克达已经修炼得足以能用青年男人的技艺说出：她要是不亲自把那只鸡端上来，他就不想要了；但是，这话刚一出口，他就因为自己的言辞这样大胆殷勤而面红耳赤，或许它的色彩对一个正经男人和牧师来说是过于强烈了吧。不到三分钟，那只鸡就端上来了。但是，让他大出意料之外的是，它不过是端在玛瑟·萨瑞的手上。斯托克达大失所望，这也许正是觉得他理应如此而有意安排的吧。

他用罢晚餐，丝毫也没有料到当晚还会再见到纽伯瑞太太，可这时候她却像刚才一样敲敲门又进来了。斯托克达满脸高兴的样子说明，在盼望她的时候她没来，她却是什么也没错过。这时正赶上夜幕降临，这个年轻人的着凉头疼更加重了，她还没来得及说话，他就让一阵死命的嚏喷卡住了，怎么忍也忍不住。

纽伯瑞太太满心怜惜地看着他，"今儿晚上你的着凉很厉害，斯托克达先生。"

斯托克达回应说，是挺麻烦。

"我倒有个好主意——"此时这位饮食有度的牧师正要抓起桌子上那杯水来喝，她一边盯着那杯淡而无味的白水，一边狡黠地接着说。

"是吗，纽伯瑞太太？"

"我有个好主意，你应该来点别的什么，很可能比那杯冷玩意儿能更有效地治好你的着凉。"

"嗯，"斯托克达低头看着那个玻璃杯说，"这儿没有客栈，在村子里也找不到什么更好的东西，当然，它还是可以的。"

她答复说："有更好的东西，虽然不在这所房子里，也不太远。我真是这样想，你应该试一试，要不，你会病倒的。真的，斯托克达先生，你应该试试。"她见他正要开口，就伸出一根手指。"别问那是什么，等着瞧。"

丽琪去了，斯托克达心情愉快地等着。不一会儿她就回来了，戴着帽子，披着大氅，还说："我很抱歉，可是你得帮我去取。母亲上床睡了。你把自己裹严实，走这条路，请把那个杯子带上，好吗？"

斯托克达这个单身年轻人，几个星期以来就一直非常渴望找个什么人，打发掉自己过剩的兴趣，甚至温情，也就毫无憾意地跟上她，于是随着自己这位向导穿过后门，经过花园，一直走到头，那边地界上是一堵墙。这堵墙很矮，墙外边，斯托克达在夜影憧憧中隐隐约约感觉到有几块灰色的墓石，以及教堂屋顶和高塔的轮廓。

"从这条道儿很容易上来。"她一边说，一边跨上紧靠这堵墙的一个斜坡；然后把脚放在一个石墩顶上，再踏着里边拱底石下去，里边的地高得多，一般墓地都是这样。斯托克达也照她的样子做，在昏暗中跟着她越过那块不规整的地面，一直走到塔楼门口，进了门，然后她就把门轻轻关上了。

"你能严守秘密吗？"她用唱歌般的声音问。

"守口如瓶！"他热切地说。

这时她从大氅里面掏出了一盏点着的小灯笼，牧师一直都没注意到她带着它。灯光照出来，他们来到了唱诗廊的楼梯口旁边，楼梯下面放着一堆乱七八糟的木料，不过主要都是一些腐朽的架子、条凳、板条和一块块地板，这些东西都是随时从建筑物原来的地方撤换下来的，然后好再换上新材料。

"也许你可以把那几块木板拖到一边去？"她说着把灯笼举过了头顶，以便更好地为他照亮。"要不，你来拿灯笼，我来搬？"

"这我能办。"年轻人说，于是按照她的指点干起来。他惊奇地揭出来一排小木桶，每个桶上都箍着木圈，大小就像一辆载重马车的车毂。这些桶翻出来的时候，丽琪用眼睛死盯着他，仿佛在捉摸，他会说些什么。

"你知道这是些什么吗？"她发现他没有开口就问他。

"知道，是些木桶。"斯托克达简简单单地回答。他是在内地生长的，父母都是非常体面的人，他从小到大都是一个心眼要当牧师，这番景象对他来说，也不过是这些东西在那里而已。

"你说得很对，它们是些木桶。"她说，加重的坦率直言的声调，不能说没有带点嘲弄。

斯托克达这时用一种疑惑不安的眼神直直地望着她，"该不是走私酒吧？"他说。

"是。"她说，"它们是在黑夜里偶然从法国漂过来的一桶桶的酒。"

在内瑟－莫因顿和附近这一带，那个时候人们总是对这种外界称之为非法贸易的罪恶勾当一笑置之；这种装有杜松子酒和白兰地的小桶，对当地居民来说，就像些萝卜白菜一样，谁都知道。所以斯托克达那种天真无知，还有他猜到这种邪恶不可思议的事情时那种惊慌的样子，开头让丽琪觉得简直荒唐可笑，接着就显得非常尴尬，因为她本来是希望让他产生个好印象的。

"这里有些人在干走私，"她用一种柔和抱歉的声调说，"他们几代人都干这种营生，他们认为这也没有什么害处。得了，你能从里面滚出一桶来吗？"

"要它干吗？"牧师问。

"从里面倒一点出来，好治你的着凉呀。"她回答，"这酒厉害得不得了，一转眼的工夫，它就可以把你那种病驱赶跑。噢，我们弄一点没事儿。我可以想要多少就倒多少；这些酒的主人老这样跟我说。我本来应该放一点在家里，那样我们就不会遇上这种麻烦了；可是我自己并不喝酒，所以我就常常忘了在屋子里留一点。"

"人家允许你自己随便取，我这么想，不过你不能透露它们藏的地方，是吗?"

"嗯，不能，特别不能那样，但是我如果想要多少都行。所以，你自己拿吧。"

"既然你有这个权利，那就谢谢你，我来拿吧。"牧师喃喃说道。虽然他对自己参与这件事并不怎么满意，他还是把其中一桶从塔楼的犄角里滚到地板中间来。"你想要我怎样把它弄出来——用把螺丝刀吧，我想?"

"不，我来做给你看。"他那位兴致勃勃的伙伴说。她另一只手上拿着一个鞋匠用的锥子和一把锤子。"你千万不要用一把螺丝刀来干这种事儿，因为木头渣子会掉进去，等到买主把白兰地倒出来的时候，就会让他们知道，这桶酒是开过的。用锥子就不会弄出木头渣子来，而且这个洞眼儿差不多又能完全封死。好啦，把那一道箍向前推推。"

斯托克达拿过锤子，照她说的做。

"好，就在那道箍原来遮着的地方钻个洞眼儿。"

他按她教的那样钻了个洞眼儿。"酒流不出来。"他说。

"噢，它会流出来的，"她说，"把酒桶夹在你两膝中间，用劲挤压桶的两头；我来接上杯子。"

斯托克达遵命行事；桶壁好像很薄，用力一挤就起了作用，酒喷出一股细流。杯子装满了，他就不再使劲，酒马上不流了。"好了，我们得用水把酒桶灌满，"丽琪说，"要不，等到搬动的时候，它就会像四十六只母鸡似的咕咕叫，而且让人知道它不满了。"

"可是，他们告诉你，你可以拿呀?"

"是，那是走私的人呀；不过那些买主可绝不能知道，走私的人是拿买主吃亏来让我受惠啊。"

"原来如此，"斯托克达满腹狐疑，"我怀疑这种做法是否诚实。"

他按她说的，让那个洞眼儿朝上把酒桶抓住。就在他把桶一挤一停的时候，她拿出一瓶水，一口一口往外噙，然后把她那漂亮的小嘴对着那个洞眼儿把水往桶里灌，桶每次不受压力复原的时候就把水吸了进去。酒桶又灌满了。他把洞眼儿堵住，把桶箍敲回原位，再把酒桶像先前一样塞进废料堆里去。

"那些走私贩子不怕你会把这事儿捅出去吗？"他们又走过墓地的时候，他问她。

"不，他们并不怕。我不可能做那种事。"

"他们让你陷入了一种很尴尬的境地，"斯托克达加重语气说，"当然，作为一个老实正派的人，你有时候一定会觉得，有责任要去报告——你真的一定会。"

"嗯，我从来没有特别感觉到有那么一种责任；另外，我第一个丈夫——"她打住没往下说，她的声音里透着有些心慌。斯托克达那么老实正派，那么不懂世故，一时还弄不明白，她为什么打住了。但是最后他总算觉察到，那句话是说漏了嘴，而且没有哪个女人会漫不经心地说出"第一个丈夫"，除非她相当经常地想到第二个。他同情她这种心慌，留给她时间让她回过神来再往下讲。"我的丈夫，"她用一种自我改正的腔调接着说，"一向知道他们的所作所为，我父亲也是一样，而且保守秘密。事实上，我不能报告他们任何人的事。"

"我明白了这件事的难处，"他像一个看得透事物寓意的人那样接着说，"你夹在自己的记忆和良心之间翻来覆去，困惑苦恼，这是非常残酷的。我真希望，纽伯瑞太太，你会很快看到一条出路，摆脱这种不愉快的境地。"

"嗯，我眼下还没有。"她嘟囔了一句。

这时他们已经翻过了那道墙，进了屋子。她给他拿来一个玻璃杯还有热水，然后让他自己去思量。他望着她逐渐消失的身影，反躬自问：他，作为一个品行端正的人，一个牧师，一个头面人物，尽管现在还不值几文钱，做这种事情是不是正当有理呢。一阵嚏喷解决了这个问题；那桶烈酒由于加了两三次水而变稀了，可这却是他所知道的这种着凉头疼最妙的一种疗法，特别是在一年里面这个寒冷的时节。

斯托克达在那把深深的椅子里坐了大约二十分钟，喝着，想着，最后对事情采取了比较温情的看法，而且渴望着明天，那时他就又可以见到纽伯瑞太太了。这时他觉得，固然从时间的角度来说并不很远，可是从感情的意义来看要挨到明天到来却又很长，于是他在屋子里不停地团团转。他的眼睛被一个装了镜框的绣花图样吸引住了，上面连绵不断的冷杉和孔雀的装饰环绕着下面这段美妙的铭文：

玫瑰花盛开的日子，花瓣散着香味儿，

我活着的时候，这就是我的活儿，

玫瑰花凋谢的日子，花瓣散着香味儿，

我死了的时候，这就是我的活儿。

丽琪·辛普金斯　敬畏上帝　尊崇国王

时年十一岁

"这是她的，"他自言自语，"天啊，我多么喜欢那个名字呀！"

他心想，按字母表从 A 排到 Z，把女人名字数一遍，也没有任何一个别的名字能这样美妙地适合他这位年轻的女房东。他正想着还没想完，又传来嗒嗒的敲门声；牧师猛地一惊，这时她那张脸又一次出现了，脸上那股冷淡的表情，叫任何聪明绝顶的人也不会想到，她来是想用她那双勾魂摄魄的眼睛影响他的感情。

"你愿意在你屋子里生个火吗，斯托克达先生，因为你着凉了？"

牧师因为刚才默认她给酒里兑水而感到良心有点不安，这时觉得是个惩罚自己一下的机会。"不要，谢谢你。"他说得很坚定，"这并不需要。我这辈子还从来不惯于生火，生火好像有点过头，近于奢侈了。"

"那么我就不坚持了。"她说，于是马上走了，把他弄得不知所措。

他思来想去，不知道他这样拒绝是不是让她恼了，所以又希望他要是挑选生个火就好了，哪怕那会烤得他睡不着觉，危害他的严于律己达十来天之久呢。然而，他聊可自慰的是，他与丽琪同住在一个屋顶之下，这对一个情窦初开的情人来说，的确是个珍贵难得的安慰；她的这位客人事实上是对房客这个词儿抱有一种诗意的见解，而且他明天肯定会见到她。

第二天清晨，斯托克达早早就起了床。他的着凉差不多完全好了。他生平从来没有像他那天一样，那么渴望早餐的时刻。他略微散散步勘察了这所院落以后，在八点钟准时又进了他住处的门。早餐端来了，玛瑟·萨瑞侍候着，但是没有人像头天夜晚那样不请自到，来询问是否还需要其他一些他原来没嘱咐过的东西，她尽力想讨他喜欢的东西。他感到失望，于是走了出去，希望在正餐的时候见到她。正餐的时间到了，他坐下就餐，吃完了，他又待了整整一个小时，尽管这个时刻有两位新来的老师约定在礼拜堂门口等着和他谈话。再等下去也毫无用处，于是他缓慢地走进那条小巷，心想反正傍晚总可以看到她，也许还可以在附近教堂的塔楼重温凿桶取酒的乐事，想到这些他又高兴起来。他决心给这件事增添一点道德观念，坚决主张不要添水，哪怕那个酒桶像基督教世界所有的母鸡都一起咯咯叫唤。但是什么也无法掩盖这个事实，这总是件邪门歪道的事；而等他想到，他内心对这件事比他自己那严肃的职责感到的兴趣还要大得多，他不禁黯然失色了。

然而他良心上所受的谴责，随着白日的消逝而消散了。夜晚来临，还有他的茶点和晚饭；但是没有丽琪·纽伯瑞的人影，没有种种甜蜜的诱惑。最后，这位牧师再也按捺不住，就问那个古怪的小侍女："纽伯瑞太太今天去哪儿了？"在说话的同时还不失机宜地递给她一个便士。

"她很忙。"玛瑟说。

"遇到什么严重的事吗？"他问她，又递上一个便士，同时还在后面露出另外一些便士。

"啊，没——根本没有！"她憋住气说得很有把握，"她什么事也没遇到。她不过是待在楼上，待在床上，因为她有时候就那样。"

他是个体面的年轻男子，也就不便多问了；尽管那个姑娘那么说，他以为丽琪一定是得了很厉害的头痛，或者是别的什么轻微的病痛，他对辛普金斯老太太连一眼都没看，很不满意地上了床。"昨天晚上我对她说过明天见，"他回想起来，"可是却见不着！"

第二天他运气好点，或者更糟，清早在楼梯口上碰见了她，白天她赏光来看过一两次——一次是表示好意问问他是否觉得舒服，就像第一天晚上那样；另一次是给他桌子上送来一把冬季紫罗兰，还应许等花蔫了再换新鲜的。在这几个场合，她的笑容含有某种意味，表示她意识到她所产生的效果，虽然必须说，这是一种富于幽默感而非工于心计的意识，含有更多自尊而非虚荣的意味。

至于斯托克达，他明显地觉察到，他拥有无限的余地可以打退堂鼓，并且希望那些不相信国教的人也可以得到保护神。他给自己的舌头和眼睛加了一道岗，死守了一个半小时以后，他发现继续挣扎也丝毫无济于事，于是向这种情势举手投降。"一个月之内就会有另一位牧师来这儿，"他坐在壁炉前自言自语，"那时候我就走了，她就再也不会弄得我神魂颠倒了！那么，我是不是要永远过独身生活呢？不！等我两年试用期满了，就可以得到一所设备齐全的房子住了，大门油漆一新，配有门环；等到最后一份餐具在橱柜里一摆好，我就会回来径直走到她跟前，干干脆脆地求她！"

斯托克达这样搔首踟蹰地度过了两个星期，在这段时间，事情很像有史以来这类事情那样地发展着。他有一天几次看见那爱慕的对象，第二天又根本见不到她，在他最没有预料会见到她的时候却见到了，有种种暗示和迹象表明她哪个钟头要出现在哪个地方，简直就像个约会一样，可是还是错过了机会。他们那么近地同住在一所房子里，在这种环境中这种不温不火的挑逗也许可以说是十分公平合理的，而斯托克达也尽量隐忍，沉着应付。她是在自己家里，所以当面让他恼火或者不满之后，在房东的身份力所能及的范围内对他略施小小的关怀照应，又可以轻而易举地让他回心转意。有时他在屋子里等了半天想见她一面，最后发现还是见不着，于是怒气冲冲地走开，去做他也能发现是极其沉闷、丧气的散步，她这时又会来恢复平衡，到了傍晚会对他说："斯托克达先生，我一直琢磨着，你一定感觉到晚上你卧室窗户里吹进来的过堂风，所以今天下午趁你出门的时候，我挂上了比较厚实的窗帘。"或者，"我注意到，今天早上你打了两次嚏喷，斯托克达先生，准保是着凉还缠着你没完呢；我敢肯定是这么回事——我老是不断地想着这件事；你得让我给你做点奶酒①喝喝。"

有时回到家里的时候，他发现他的起居室重新布置了，椅子搬到原来放桌子的地方，桌子上装饰了几朵在那个季节能够弄到的鲜花和绿叶，让屋子里增添了几丝新意。有时她会站在房子外边一把椅子上，想用钉子把被冬天的风刮倒了的一棵月季花固定住；当然他走上前去帮助她。这时候他们的手在传递布条和钉子的时候就会混在一起。于是在不和之后他们又成了朋友。在这种时候她会说两句又要麻烦他之类美妙动听、表示歉意的话；而他就会马上回答，只要她提出要求，他会为她百干不厌。

二、他如何见到另外两个男人

事情就像这样发展着，一个多云的黄昏，斯托克达坐在自己的屋子里，听到她在门口用一种劝导的口气低声对什么人说话，不觉有点惊讶。天时已近昏黑，不过百叶窗还未放下，蜡烛也还未点上；斯托克达觉得好奇，忍不住把头伸向窗口。他看到门外有一个年轻男子，穿着灰白的衣服，他仔细想想，判断出那就是住在下首的那位身材匀称、面目英俊的磨坊主。磨坊主的

---

① 用热牛奶和酒制作的饮料，加糖和其他配料，旧时常用以治疗感冒。

声音时而低沉坚定，时而又表露出恳请祈求；不过究竟说的是什么，斯托克达根本听不出来。

谈话还没结束，牧师的注意力又让第二件事吸引了过去。在丽琪家的对面，长着一丛月桂树，形成一片浓密不变的阴影。在天空浅淡的背景映衬下，一根月桂的枝条这时摇晃起来，过了一会儿探出一个男人的头来，定在那儿一动不动。看来他对门前的谈话也很感兴趣，分明是待在那儿偷看偷听。如果斯托克达和丽琪不是情人，而是别的什么关系，他就会出去把这件事情调查清楚；可是现在他还不过是个享受不到什么特权的盟友，所以他只是站起身来，借助炉火把自己的身影映照出来，于是偷听的人就溜走了，磨坊主讲话的声音也放得更低了。

斯托克达让这件事情搅得十分不安，所以磨坊主一走，他就说："纽伯瑞太太，你觉出来刚才有人盯着你们，听到你们谈话了吗？"

"什么时候？"

"你和那位磨坊主谈话的时候。一个男的从月桂树那儿注视着你们，嫉妒得好像要把你吃了似的。"

她表现出来的关切神态，好像比这件鸡毛蒜皮的小事应该引起的更甚，于是他又添了一句："也许你们谈的事情是你不希望让人偷听到的？"

"我只是谈了些生意上的事。"她说。

"丽琪，坦白说吧！"这位年轻人说，"如果只是生意上的事，为什么别人要偷听你们的谈话呢？"

她感到很奇怪，盯着他看。"那么，你以为谈的能是些什么呢？"

"嗯——年轻的男女之间只要一谈话，就大有可能让一个窃听者觉得很有意思。"

"啊，是呀，"她尽管心不在焉微笑着说，"对了，奥利特时不时对我谈起婚姻问题，这是事实，不过，他那会儿并没谈到这件事儿。我真心真意希望，他要谈到了该多好，那就会让我不那么认真了。"

"啊，纽伯瑞太太！"

"是会那样的。当然，这并不是说我会和他的想法一样。我那样希望是由于别的一些原因。我很高兴，斯托克达先生，你把那个偷听的事告诉我了。这是一个及时的警告，所以我必须再见见我表兄。"

"可是你等我说完了再走，"牧师说，"我要马上弄个水落石出，不再煞费苦心了。我们俩人的事，丽琪，摆明是行还是不行吧；劳驾了！"说着他伸出一只手来，于是她大大方方地把自己的手放在他手心里，不过一言未发。

"你这样是说行？"他等了一会儿又问她。

"你可以当我的情人，如果你愿意的话。"

"为什么不马上说，你愿意等着我，一直等到我有了房子，然后能回来娶你呢？"

"因为我在想——在想别的事儿，"她觉得很为难，"事情一下子都落在我身上，我得一件一件地逐个解决呀。"

"无论如何，亲爱的丽琪，你可以向我保证，除了谈生意，不让他再谈别的事儿，行吗？你从来没有直接鼓励过他吧？"

她避开了这个问题，只是说："你知道，他和他那伙人一向总是这样，有时把东西放在我的宅院里，因为我从来没有拒绝过，这弄得他总是鲁莽从事。"

"东西——什么东西？"

"是些桶——在这儿大家叫做桶。"

"可是你为什么不拒绝他呢，我亲爱的丽琪？"

"我可不能。"

"你太怯懦了。他这样强加于你，并且用他那走私的阴谋诡计危及你的好名声，这是不公平的。答应我，下次他想把他那些桶放在这儿，你就让我把它们都滚到街上去，好吗？"

她摇摇头。"我可不敢那么厉害地得罪那些邻居，"她说，"或者做任何很可能会让可怜的奥利特落到那帮海关上的人手里去的事情。"

斯托克达叹了口气，说他认为：她慷慨大度以至于帮助那些欺骗国王逃避交税的人，那是错误的。"无论如何，你可以同意我去让他离你远一点，别想当什么情人，直截了当告诉他，你不赞成他，好吗？"

"在眼下，请别这样，"她说，"我不希望冒犯我那些老邻居。这事儿不仅关系到奥利特先生。"

"这可太糟糕了。"斯托克达不耐烦地说。

"我保证，我不会鼓励他当我的情人，"丽琪急切地回答，"一个通情达理的人对这点是会满意的。"

"好了，我也满意了。"斯托克达说，他的满面愁云一扫而光。

三、那件神秘莫测的大衣

斯托克达现在更加仔细地注意了他那位美丽的房东生活中的一种特点，这是他偶然观察到的，以前却几乎从来没有想到过。这就是她起床时间很明显地毫无规律。她有一两个星期还算准时，在七点半过不了几分钟就下楼来。然后又突然连续三四天的时间不到中午十一二点见不到人影；还有两次他有确切的证明，直到下午三点半她才离开自己的屋子。第二次极晚下楼是有一天他自己注意才知道的。那天他特别希望听听她对他未来行动的意见；当时他像常常想过的那样，得出的结论是她得了着凉、头痛或是别的什么病痛，除非她是故意不肯露面，避免见他和他说话，而这一点他是难以相信的。然而，前面那个假设给否定了，因为过了几天他们谈论健康问题的时候，她自己无意中说出，自从一月份，也就是一年前到现在，她从来没有一刻感到抑郁、头疼或其他任何病痛。

"听你这么说，我很高兴，"他说，"我原来还以为你不是这样呢。"

"怎么，我看起来有病态吗？"她一边说，一边仰起脸来，表示他那种凝视而且还曾经一时有过那么一种想法是不可能的。

"一点儿也不是；我那么想，不过是因为有时白天里大半时光你都得待在自己的屋子里。"

"噢，至于那个嘛——那根本算不上什么。"她嘟囔了一句，那副神气有人可能称作冷淡，而他则是最不愿意在她脸上看到的。"纯粹是昏昏欲睡，斯托克达先生。"

"从来没病！"

"是这样的，我告诉你，我在屋子里一直待到下午三点半钟的时候，你总可以有这样的把握，我是一直沉睡到三点钟，要不，我就不会待在那儿了。"

"那可糟透了。"斯托克达一边说，一边想着：那要是成了习惯，天天都如此，那样自由放纵就会给一个牧师的家庭带来灾难一般的影响了。

"不过，"她看透了他那些好心而又有预见的想法，于是说，"只有在我整个夜晚清醒不睡的时候才会发生这种事。有时不到大清早五六点钟，我都不去睡觉。"

"啊，那就是另外一回事啦，"斯托克达说，"失眠到了那种令人担心的程度真是一种病态了。你对医生说过吗?"

"啊,不没有必要那么做——这对我来说完全是自然的。"说完她就走了,没有再说什么。

要不是事有凑巧,斯托克达可能要等很久才能知道她不能睡觉的真正原因。有一个黑沉沉的夜晚,他坐在卧室里为一次讲道写几条要点,在这所房子里其余的人休息以后,他还漫不经心地工作了好长一段时间。一直干到一点钟才上床。还没等他睡着,就听见前门传来一阵敲门声,先是敲得很小心,后来声音大了点。没有人应声,那人又敲了起来,房子里毫无动静,于是斯托克达翻身起床,走到窗口,这个窗户俯临大门,他打开窗户,问谁在那儿。

一个年轻女人的声音应道,她是苏珊·威利斯,说她本来是想问问纽伯瑞太太可不可以给她一点芥末好调一份芥末软膏,因为她父亲的肺病很严重。

牧师手头没有铃,身边又没有仆役,只好自己去办了。"我去叫纽伯瑞太太。"他说。他穿上一点衣服,沿着走廊走过去,轻敲丽琪的房门。她没有答话。他想起她在睡眠上那些没有规律的习惯,就用力不停地大敲,把门都敲开了一条小缝,他这才发现门是虚掩上的。这时声音足以传进去,所以他不再敲门,而是用坚定的口气说:"纽伯瑞太太,有人想见你。"

屋里十分安静,无论什么地方都没有一声喘息,一点动静。这时斯托克达对着那条门缝儿向屋里大叫了一声:"纽伯瑞太太。"——依然没有回应;里面也没有一点动静。正在这时,他听到对面丽琪母亲的屋里传来了声音,仿佛丽琪没听见他的大声叫嚷而她却被吵醒了,而且正急忙穿衣服,斯托克达轻轻关好那位年轻女人的屋门,朝另外那个屋门走去,还没走到,辛普金斯太太就打开了门,她身穿家常衣服,手里拿着一盏灯。

"那个人来叫门干什么?"她又惊又怕地问。

斯托克达告诉她那姑娘来干什么,还一本正经地加了一句,"我叫不醒纽伯瑞太太。"

"那没关系,"她母亲说,"我能像我女儿一样,给那姑娘她想要的东西。"说着她走出她那间屋子,到楼下去了。

斯托克达向他自己的住屋走去,不过仿佛转念一想,在楼梯口又向辛普金斯太太说:"我想,我无法叫醒纽伯瑞太太,该不是她出了什么事吧?"

"啊,不是,"这位老太太急忙说,"根本没事。"

牧师仍然不放心，"你进去看看好吗？"他说，"那样我就会放心多了。"

辛普金斯太太又上楼来，去到她女儿的屋子，几乎是立刻又出来了。"丽琪根本什么事也没有。"她说，接着又下楼去招呼来人。那姑娘看见了灯光以后，在这段时间一直悄悄地待在那儿。

斯托克达走进自己的卧室，又像刚才那样躺下了。他听见丽琪的母亲打开了前门，让姑娘进来，两人一边小声说着话，一边走向储藏室的橱柜，去取她要的药物。姑娘走了，大门关好了，辛普金斯太太上了楼，整所房子又重归寂静。牧师一直没有入睡。他怎么也摆脱不掉一种让他越来越心烦意乱的奇怪猜疑，假如他的猜疑果然不错，这就成了他生平所见最难以理喻的事了。尽管他确确实实听到，丽琪·纽伯瑞在通常那个时候上楼回到她自己的屋子里，然后又自己把门关好了，可是他怎么也无法让自己相信，他在她卧室门口大喊大叫的时候，她是在自己的屋子里。然而，所有的理由又是那么不能让自己信服，她是在别的地方，所以他只好又回到认为她睡得太沉的那个不大可能的想法上来，尽管他那样大敲大喊，连"七睡人"①也足以吵醒，可是他还是既没听到她的喘息，也没听到任何动静。

他还没来得及得出任何明确的结论，就堕入睡乡，一直睡到大白天。他喜欢在天气晴朗的时节到户外去迎接朝阳，他在早上出门以前根本没见到纽伯瑞太太；不过这也不是什么不同寻常的事儿，所以他并没注意。早餐的时候，他听到她在厨房里，知道她并没走远；房子的后部紧紧关着，他什么也看不见，不过他知道她好像在说话，在吩咐，在锅碗瓢盆中间忙来忙去，这种事情十分平常，所以没有什么理由要他浪费更多时间去毫无结果地猜想。

这位牧师给搅得神魂颠倒，所以他的即席讲道没有什么改进。在讲道坛上他常常把科林斯人说成罗马人，唱赞美诗常常唱错节拍，弄得只好跳过去了事，因为会众没法唱出一个和它们合拍的调子。他完全下了决心，在他几个星期的逗留即将结束的时候，要快刀斩乱麻，明确提出订婚，好有个约定；如果必要，再从从容容去反悔吧。

他怀着这种目的，在她那场神秘莫测的睡眠后那个傍晚提出，他们在天黑以前一起出去散散步，他提议这个时候是为了使他们回家的时候不会让人看见。她同意去散步。他们越过围栏，走向一条适于这种场合的人行浓荫小

① 小亚细亚古都以弗所有七个年轻基督徒，在公元 303 年狄奥克勒特迫害时期，逃往山洞中躲藏，据说在洞中酣睡达三百年之久，人称"七睡人"。

道。可是尽管双方都怀有某些打算，他们却未能给这次散步注入多少兴致。她看起来脸色比平日苍白，有时还把头掉过去。

"丽琪，"斯托克达在他们俩闷声不响走了很长一段路以后带着责备的口吻说。

"嗯。"她说。

"你打哈欠了——我差不多完全是为陪你！"他以这种方式把话说了出来。不过，他的确闹不清楚，她打哈欠究竟多半是因为与头天夜晚的身体疲劳有关，还是与当前这个时刻的心情厌倦有关。丽琪连忙道歉，并且承认她相当困乏，这刚好给了他一个直截了当提出问题的机会；可是他一向谦虚谨慎不肯直接向她提出，于是他很不痛快地决定继续等着。

二月过去了，这个月一时泥泞，一时冰冻，一时下雨，一时又雨夹雪，一时是东风，一时又是西北狂风，就这样变来变去。犁过的地里，垄沟里是一洼洼积水，那都是从较高的垄背流下而积起来的，还没来得及渗下去。小鸟慢慢活跃起来了，每天日落之前总有单独一只画眉飞来，在紧靠纽伯瑞太太房子边上那棵高大的榆树上满怀希望地歌唱。凛冽的寒风和冰冷易碎的冻土，已经让位于缓缓渗来的潮气了，这比冰冻更令人难受；不过它表明春天正在来临，况且那种难过劲儿还属于尚能忍受的那一类。

斯托克达至少有五六次了，总在设法和丽琪取得实事求是的体谅；但是，在邻居来敲门那天夜里她显然不在家的那种神秘莫测的情况，还有她无数次高卧不起那种奇怪的方式，都让他一想开口，心里总觉得有障碍。这样一来，他们就老是像没有明确订婚的情人那样，谁都不承认对方有权拥有这个意中人。斯托克达让自己认为，他迟疑不前是因为那位受到任命的牧师推迟了到来的日期，结果他自己的离去也延迟了，也就完全没有必要急忙求婚了；但是也许只是因为他那种小心谨慎又重新抬了头，告诉他最好先对丽琪了解得更清楚一些，然后再安排把她与他的生活结合在一起的庄严婚约。而在她那方面，她总是好像已经准备在这个问题上比他至今为止打算走的步子迈得更远；可是无论如何，她还是独立不倚，而且只达到这样一种程度，不对一个尚且远未拿定主意的男子煽情。

三月一日傍晚，他在昏暗朦胧中随便走进自己的卧室，注意到椅子上搁着一件厚大衣、一顶帽子和一条马裤。他记不得曾经把自己的任何衣物搁在那里，就走过去，借着晦暗的微光尽量仔细查看，他发现这些东西并不是他自己的。他待了一会儿，思量它们会是怎么放到那里去的。他是这所房子里独一无二的男人，可是这些又不是他的衣物，要么是他弄错了，不对，这不是他的。他召唤玛瑟·萨瑞。

"这些东西怎么到我的屋子里来啦？"他说着就把那些不顺眼的物件扔到了地上。

玛瑟说，纽伯瑞太太原先把它们交给她，让她刷刷，她以为一定是斯托克达先生的，就放在那儿了，因为没有别的绅士在这儿寄寓。

"当然是你干的，"斯托克达说，"现在把它们拿下去交给你的女主人，并且说，这是我在这里发现的衣服，而且不知道是怎么回事。"

门是敞开着的，所以他听见了楼下说的话。"真笨！"纽伯瑞太太说，声调透着慌乱，"嘻，玛瑟·萨瑞，我并没告诉你把它们送到斯托克达先生的屋子里去呀？"

"我想，它们保准是他的，因为上面有那么多泥。"玛瑟低声下气地说。

"你本来该把它们放在晒衣架上嘛，"那位年轻的女主人严厉地说；随后她把那些衣物搭在胳膊上，上了楼，快速走过斯托克达的屋子，把它们狠狠地扔进走廊尽头的一个壁橱里。这样，这件偶然的事情结束了，整幢房子里又安静下来了。

在一个寡妇家里发现这样的衣物，如果是干干净净的，或者给虫蛀过，或者有油腻、或者搁的时间太久发了霉，本来也算不上值得大惊小怪的事儿；可是，衣物上面新溅上了泥，这就让斯托克达大伤脑筋了。一个年轻的精神领路人正当动了真情却又举棋不定，而且又每每因为鸡毛蒜皮的事儿就焦躁不安，在这种复杂局面下，某种真正实实在在不对头的情况，就成了一种搅得人心烦的事情。不过，在那个时候并没有接着出什么事；然而，他变得更加警觉，容易起疑，对事情的细枝末节难以忘怀。

一天早晨，他从自己的窗户向外眺望的时候，看见纽伯瑞太太本人在刷一件淡褐色厚呢大衣后身，要是他没有弄错的话，这件大衣正是那天摆在他卧室椅子上的那一件。上面溅满了泥浆，一直溅到后背束紧的腰上，从颜色来看，正是内瑟－莫因顿附近的泥土，在阳光下面，他可以把密密麻麻的泥点看得清清楚楚。前一两天下过雨，完全可以推断，穿这件大衣的人不久前曾经在一些小巷和野地里走过相当长的路。斯托克达打开窗户，向外面仔细察看。这时纽伯瑞太太扭过头来，她的脸慢慢泛红了，她看起来从来没有比这更美，或者说更高深莫测。他满怀深情地向她招呼，并且对她说早安；她不知所措回了他一声，就在她看到他的那一瞬间把自己手上的活儿停下，只清理了一半就把大衣卷了起来。

斯托克达关上了窗户。对她这种行为作出某种简单的解释完全是可能的；但是他本人连一种也想不出来；他多么希望，她当时当地就这件事自动地说点什么，免得让人满腹狐疑。

但是，丽琪虽然当时没有提供任何解释，在他们下一次碰上的时候，她还是把这个问题摆出来了。她同他闲扯到别的事情，并且说，那件事刚好发生在她给她去世的丈夫原来一些旧衣服打扫尘土的时候。

"你让它们保持干净，是出于看重纪念他吧？"斯托克达试探性地问她。

"我有时把它们晾一晾，掸掸土。"她说，同时摆出一副天真无邪娇媚无比的样子来。

"难道死人可以从坟墓里钻出来，在泥浆里走路吗？"牧师面对她表演的这套伎俩直出冷汗，嘟囔着说。

"你说什么？"丽琪问。

"没什么，没什么，"他垂头丧气地说，"不过几个字而已——星期天我讲道会说的一个成语。"看来十分清楚，丽琪没意识到，他看见了那件因为穿着走路后摆上新溅上泥浆而露了马脚的大衣；并且想象他还相信那是从搁衣服的哪个箱子或抽屉沾上的。

这桩公案现在看来是更加晦暗得可以了。斯托克达让它弄得那么沮丧，甚至也不想硬要她解释清楚，或是吓唬她说，要到未开化的海岛居民那里去传道，或是用随便什么方式责备她。他只是等她说完话以后就走开了，还是继续感到困惑不安，最后他日常的举止态度也一步一步变得忧愁郁闷了。

四、新月升起的时候

接着来的星期四天气变化无常，潮湿而又阴暗；夜晚像显示出要刮风，而且让人很不痛快的样子。斯托克达早上去了诺西，参加那儿的纪念仪式，回来的时候在过道里遇见了楚楚动人的丽琪。不知是那一整天都在欢快的节期当中还是在野外驱车让他受到影响，也不知是否出于既往不咎这种自然的天性，他让自己又着了迷，忘了那桩大衣事件，总的说来，过了一个愉快的晚上，这倒不是近在身边听到她的曼语轻声，因为她一直坐在后客厅里和她母亲说话，一直到她母亲去睡觉。在这以后，她也很快回自己的屋子去了，于是斯托克达自己也准备上楼，但是在离开那间屋子之前，他在那就要完全熄灭的火烬前面站了一会儿，思考一些这样那样的事情；他的烛台插孔里的蜡烛突然暗淡下来，闪了一下光亮，然后熄灭了，这才惊动了他。他知道他卧室里有个火绒盒，还有火绳和另外一支蜡烛，于是没有烛光摸着黑上了楼。他到了自己的屋子，用手尽量触摸每一个壁架和角落寻找火绒盒，可是找了很久也没找到。最后他总算找到了，打出一个火花，点燃硫黄石，这时他自己觉着听到过道里有点动静。他用力吹棉绒，火绳着了，门一直是开着的，他借了那点蓝光，从门框里看见一个男人的身影，沿着楼梯口转过去，就不见了，显然是想不让人看见。那个人穿的是丽琪刷过的那身衣服，轮廓和步态有点什么提示牧师，穿着那身衣服的就是丽琪本人。

不过他对这点并没有把握，而且斯托克达还感到非常刺激，所以决心要把这桩秘密调查一番，而且要按自己的方式去干。他把火绳吹灭，没点蜡烛，走进过道，踮着脚儿走向丽琪的屋子。等他走近一看，屋子里窗户的方向有一个方形灰色的微弱亮光，这让他知道门虚掩着，而且立刻提示他，住在里面的人不在。他掉转身来，在楼梯的扶手上砸了一拳："那就是她；穿着她死去丈夫的大衣，戴着他的礼帽！"

他多少松了一口气，知道没有其他人闯进这桩公案里来，但是他依然感到惊诧，于是牧师溜下楼梯，轻轻穿上靴子和大衣，戴上帽子，试了试前门。它像平常一样锁紧了；他走到后门，发现后门没上锁，于是走进花园。夜色柔和，没有月亮，前一阵曾经下过雨，现在早已停了。每当有风吹过摇动树枝的时候，大树和灌木上时不时地突然落下一阵水珠。在这些水滴声中，斯托克达听见轻轻的脚步踏在外面的大路上，而且从脚步声猜出那是丽琪。他循着这声音走，风是朝着行人迎面吹过来的，所以他走得和她靠近了，而且还一直保持着这个距离，也没有让她听见的危险。他就这样跟着她走过那些分别称作大街或者小巷却都是两边房屋少而树篱多的地方，一个人影从一所小农舍的门口向她走过来。丽琪站住了；牧师把脚踏在草地上也停了下来。

"是纽伯瑞太太吗？"走出来的那个男人问，斯托克达从声音认出来，他就是自己的所有教堂信徒里最虔诚的信徒当中的一个。

"是我。"丽琪回答。

"俺都准备好了——这一刻钟俺一直在这儿。"

"喂，约翰，"她说，"我有个坏消息；今天夜里我们的生意有危险。"

"你也这么说呀！俺梦见了会有这种事儿。"

"是有，"她急匆匆地说道，"你马上到伙计们等着的那些地方去跑一圈，告诉他们，今天不用他们，要等到明天夜里同一个时间。我去点着烽火让帆船避避。"

"俺这就去。"他说着就立即穿过一座大门走了。丽琪继续往前走。

她加快了脚步往前一直走到小巷拐弯上了税卡路，横穿过这条大路，跨上通往灵斯沃斯的小路。她从这里毫不耽搁地往山丘上爬，经过那座孤零零的小村子霍沃斯，然后下到对面的山沟。斯托克达从来没有朝这个方向走过这么远，但是他清楚，她要是沿着这条路再多走一段，就会靠近海岸了，那里距离内瑟－莫因顿总有两三英里；他们动身的时候大约是十一点一刻，所以她好像是想在午夜时分到达海边。

丽琪很快又上了一个小山丘，斯托克达在这同时则灵巧地绕到了左边；于是一种沉闷单调的轰鸣闯进了他的耳朵。小丘离悬崖顶上大约有五十码，白天里它显然可以对这整个海湾一览无遗。天空还有足够的光亮，她爬到山丘顶上的时候，可以把她乔装的身影衬托出来，她在山顶上停下，后来又坐下来。斯托克达无论如何也不愿意在这个时刻惊动她，然而又想和她靠近，所以就低下头，双膝跪下，向高处爬了一点，然后悄悄地待在那儿。

风很冷，地又潮，他不愿意保持这种姿势时间太长。然而还没等这个年轻人决定换个地方，他就听见身后有说话的声音。他们说的是什么意思，他并不知道；不过，他担心丽琪处于危险当中，所以正准备跑上前去，警告她有人可能看见她了，这时候，她向一小丛无遮无拦地长在那个暴露无遗的地点的灌木丛爬过去藏了起来。她的形体掺和进那幽暗骏黑而又长势不好的树丛之中，仿佛她也变成了灌木丛的一部分。她显然和他一样也听见了那几个人的声音。他们从她近旁走过去，高谈阔论，满不在乎，尽管海水拍岸的声音不断，谈话还能听得清楚，他们的谈话说明，他们干的并不是对自己有任何风险的事情。事实也正是如此，他们有些话吹送到他的耳边，让他立刻忘掉了他当时处境的寒冷。

"船是什么样的?"

"一条小帆船，载重约莫五十吨。"

"从瑟堡开来的吧，我猜?"

"对，俺相信。"

"可它不全是奥利特的吧?"

"噢，不全是。他只有一股。另外还有一两股——归一个农场主还有一个这类人，可姓名我不知道。”

谈话的声音渐渐听不见了，那几个人的头和肩膀越靠近悬崖就越小，最后看不出来了。

“我那位宝贝儿还一直受引诱，要经那个不信教的奥利特之手买一股呢。”牧师哼哼着，他对丽琪的纯真高尚的感情，在她的人身和名誉面临危险的时刻迅速达到了最高潮。“那就是她到这里来的原因，”他自言自语，“啊，这会毁了她的！”

他的焦虑不安给突然爆出的一道明亮的、而且越来越亮的火光打断了，那是从丽琪藏身的地方升起来的。过了几秒钟，还没等火光着到最旺，他听到她从他身边一直冲向凹地，像是扔出去的一块石头飞往家的那个方向。火光这时着得又高又大，清清楚楚照出了它的位置。她刚才点燃了一把常青棘，把它塞进了她曾经蹲在下面的那个灌木丛里；风扇起了火焰，噼噼啪啪地猛烧起来，像是要把灌木丛和树枝全都烧光。斯托克达待在那儿的那个时间，刚好看到了这么多，随后就顺着那个年轻女人的路赶快追。他本想追上她，显示出他是自己人；可是他跑了一会儿，却没有见到她的一点踪影。于是他飞速跑过霍沃斯周围的那片开阔地，还让那些突兀的小沟和斜坡拐了腿和踝骨，一直跑到丘陵草原通向大道的栅栏门，才不得不停下来喘口气。在他前面和后面都听不到什么动静，这时他才断定，她并没有跑在他前面，而是听见他在自己身后追赶，以为他是行动队里的什么人，于是就在路上什么地方藏起来，让他跑了过去。

他现在迈着一种比较轻松的步子向村子走去，快到那所房子的时候，他发现他的推测是对的，因为大门还是闩着，后门没有锁，正和他走的时候一样，斯托克达随身把门关上，悄悄地在过道里等着。大约过了十分钟，他听见了同样轻轻的脚步声，和他出去的时候听见的一样；脚步声在大门口停下，门轻轻打开又关上了，然后屋门闩拉开，丽琪走了进来。

斯托克达走上前来，并且马上说：“丽琪，别吓着，我一直在等你。”

尽管已经听出了他的声音，她还是一惊，“是斯托克达先生，是不是？”她说。

“是我。”他回答，这时见她安然无恙回到家里而且并不惊惧，他生起气来。“我还发现，今天夜里你出去耍了一个漂亮的花招，你穿着男人的衣服，我为你害羞！”

丽琪简直找不出一句话来回答他这突如其来的责备。

"我不过穿了一部分男人的衣服。"她一边支支吾吾地说，一边缩回到墙边。"我穿的不过是他的大衣和礼帽，还有马裤，这有什么关系呢，他原先就是我自己的丈夫嘛。我这样穿戴不过是因为大衣可以撑得很大，你总不能用胳膊撑吧。而且我还在里面照样穿上了我自己的衣服，那也不过是套在外面！你走开到楼上去，让我走过去好吗？我不想让你在这样一种时候看见我这种样子！"

"可是我有权利看你！你是怎么想的，难道现在我们之间还能隔着什么东西吗？"丽琪沉默不语。"你是一个走私贩。"他接着又伤心地说了一句。

"在这个买卖里面，我只有一股。"她说。

"那并没有任何区别。你参加那样一种行当究竟是为了什么，而且在整个这段时间都瞒着我？"

"我并不是总干这个。我只是到了冬天有新月的时候才干。"

"得了，我想那是因为在别的时候没法干……你真让我心烦，丽琪。"

"我为这件事很抱歉。"丽琪温顺地说。

"那么好了，"他比较温和地说，"反正到现在为止还没有什么损害。你愿意为了我的缘故，完全放弃这种该受谴责而且又很危险的生意吗？"

"我得尽最大努力去挽救这笔生意。"她说话的时候嗓子里显得有些干哑，"我不想放弃你——这你是知道的；但是我也不想丢下我的冒险买卖。我现在不知道怎么办才好！我为什么一直对你隐瞒，是因为我怕你如果知道了会生气。"

"我想是这样的！我推测，如果我没发现这件事就娶了你，你会照样继续干下去吧？"

"我不知道。我没有往前想得那么远。我今天夜晚只是去点起火，把那伙人烧跑，因为我们发现，缉私队员知道了那些酒要在哪里靠岸。"

"这事儿整个都弄得一团糟，是不是？"这位神魂颠倒的年轻牧师说，"那么，你现在怎么办？"

丽琪慢慢地悄悄说出了他们计划的一些细节，其中主要的是他们打算第二天夜里在这沿海一带另找一个什么地点去碰碰运气；在打算干这趟生意之前，有三个靠岸的地点总是早就商量妥了；他们知道，第一个地点是霍沃斯，就是她今天夜里去的那个地方，要是那艘船在那里给"烧跑了"，就像今天夜晚让她给弄得那样，那船上的人就要在第二天夜晚设法去第二个地点，就是卢温角；如果那里也有危险的迹象，他们在第三天夜晚就要去试第三个地点，那是再往西的一个地岬背后。

"假如那些稽查员也在那里让他们靠不了岸呢？"他说，这时他的注意力已经是针对这个有趣的计划，暂时顶替了他对她在其中还有一股的担心。

"那么我们在这整个黑黢黢的时候——我们就是这样称呼从这次有月亮到下次有月亮的这整段时间——就不再找什么别的地方了，也许他们会把酒桶都吊在一根漂绳上，把它们都沉到离岸稍远一点的地方，然后记好方位，等到有机会的时候，再用探海钩去取。"

"那是怎么个办法？"

"哦，他们划条船出海，带一根探海钩——那就是一个四爪锚——沿着海底捞，一直到捞着那根漂绳。"

牧师站在那儿沉思，除了楼道上的大钟滴答滴答地响，再加上丽琪半是因为走了那么多路，半是因为心情激动的喘息，屋子里没有一点声音。她当时不是处在一片黑暗之中，而是靠墙很近站着，牧师可以借着粉刷过的墙面的映衬，辨认出她披在身上的大衣和戴在头上的宽边帽。

"丽琪，所有这一切都是非常错误的，"他说，"难道你不记得上税的钱①这个教训吗？'该撒的物当归给该撒'。肯定不错，你长这么大，听诵读这段经文的次数一定够多了吧？"

"他死了。"她撅着嘴说。

"但是经文的精神还是同样有效的。"

"我父亲干过这一行，我祖父也干过，内瑟－莫因顿差不多每个人都靠这个过活，而且要不是还有这个，生活就太枯燥了，那我也就根本不愿意活了。"

"当然，那样我活着也就没有什么意思了，"他满怀辛酸地回答，"难道你就不想想，放弃这种疯狂的营生，仅仅为我而活着，是值得的吗？"

"我还从来没有像那样看待过这件事呢。"

"那么你不愿意答应一直等我安排好？"

"我今儿个夜晚没法给你回答。"她心事重重，眼睛看着地上，一点点移动着脚步走开，进到紧邻的那间屋子里，关上门，隔开了他俩。她摸黑待在那儿，一直到他等累了，上楼回到自己的卧室。

---

① 指臣民应当给国王交纳税款，见《圣经·新约全书·马太福音》第22章第19—21节。引文中该撒即罗马皇帝恺撒。

可怜的斯托克达整个第二天都是让头天夜晚发现的事情弄得垂头丧气，提不起一点精神。丽琪不折不扣是个让人着迷的年轻女人，但是，要做牧师的妻子，却很难对她加以考虑。"要是我仅仅守着父亲的那个小小的杂货生意，而不是努力要当个牧师，她对我就真是合适得完美无缺了！"他悲伤地说，后来才想起来，如果是那种情况，他就绝不会从自己家里大老远跑到内瑟－莫因顿来，也就绝不会认识她了。

他们之间的生分还并不是绝路一条，但是却足以让他们避免常相伴随了。那天他在花园的小路上遇见她，他一边向她投去责备的目光，一边说："你应许吗，丽琪？"但是她并未回答。黄昏快到了，他知道得很清楚，丽琪到了夜晚会再去远行——她那多少像是给人得罪了的态度表明：她目前根本无意改变自己的计划。他本不希望在这种冒险中再做自己的那一份；可是他要是这样做，他那由她引起的焦急不安，就会随着时间的流逝而不断增加。试想一下，如果她遭到什么不幸的事故，那他就会因为自己没在现场帮助她而永远不会宽恕自己，正如他厌恶那种好像是支持这类逃税行为的想法一样。

五、他们如何去的卢温角

正如他所预料，她在晚上同一个时刻离开了家，这一次走过他的屋门不是偷偷摸摸的，仿佛她知道得很清楚，他在监视，因而决心对他的不快听之任之。他早有准备，迅速打开屋门，几乎是同时和她走到后门的。

"那么你是要去了，丽琪？"他说，这时和她并排站在台阶上。她再次装扮得像个小个子的男人，那张脸和那身打扮完全不相配。

"我得去。"看到他态度严峻，她压着嗓门说。

"那么我也去。"他说。

"我敢保，你会觉得很有意思的！"她用比较轻快活泼的腔调喊着，"谁一干都觉得有意思。"

"上帝不许我这样！"他说，"可是我必须照看你。"

他们推开便门，并排走到路上，不过彼此隔开一点距离，相互之间也不大说话。这天晚上的天气对走私这个行当来说，比头一天更加不利。风刮得比较低，靠北面的天空又有那么点亮。

"天空好像太亮了一点。"斯托克达说。

"是呀，真倒霉，"她说，"可是，那不过是上面那几颗星星照的。今天是新月，要到四点钟才会出来，我料想还会有云。我希望我们能趁这么黑就干完，因为把它们沉在海里，时间长了就会让它们带上一股咸卤味，人家就不那么喜欢了。"

她走的这条路和头天夜里的不一样，他们一走出小巷就跨上爵爷丘向左拐，然后穿过大路。他们走到了夏勒顿草原丘陵。斯托克达开始一直拿不定主意，不知道对她说什么好。他这时决定在她为这场冒险激动不已的时刻，不要想去劝告她，而是要等到这件事情过去以后，再努力去让她在将来摆脱这种营生。有一两次他忽然想到，如果他们遭到缉私队的突袭，他的处境会比她的更加狼狈，因为很难证明他到这种地方来的真正动机；但是这种危险比起他想和她待在一起的愿望，就显得不在话下了。

这时他们走进了夏勒顿近郊的一条山沟，那里的一个村子离他们要去的海边那个地点还有两英里。这次丽琪打破了沉默："我得等在这里见见那些扛东西的人。我还不知道，他们是不是已经来了。我告诉过你，我们今天晚上去卢温角，比灵斯沃斯要远两英里。"

原来那些人早已来了，因为就在她说话的时候，大约有三十来个人头在山坡顶上露出来。丽琪和其他几个业主经常雇用这些扛夫，把一桶桶的酒从船上运到内地的藏酒处。他们全都是内瑟－莫因顿、夏勒顿和附近一带的年轻小伙子，寡言少语，不爱惹是生非，尽管有些人还随手带着粗重的棒子，他们只是受到雇佣来给丽琪和她的奥利特表兄运货，正像他们也受雇去干其他报酬很高的活儿一样。

她一声召唤，他们就一齐靠拢过来。"你们最好现在就收下，"她一边对他们说，一边递给每个人一个小包。包里装着六个先令，是他们今天夜晚干活儿的报酬。不管事情成功或是失败，这都是预付的工资；不过除此以外，事情成功了，他们还可以有权利当代销商。交接完毕，她对他们说："还是老地方，匕首窖，靠近卢温角。"道理很明白，一直到这时候才告诉他们是要去哪儿。"奥利特先生在那里和你们会合，"丽琪又加了一句，"我要跟在后面，得看着没有人盯梢。"

扛夫们往前走了，斯托克达和纽伯瑞太太离他们有一箭之遥，在后面跟着。"这些人白天干什么？"他问。

"他们中间有一打来人是干苦力活的。有些是砖匠，有些是木匠，有些是鞋匠，有些是铺草房顶的。我对他们都了解得很清楚。其中有九个还是听你讲道的人。"

"那我可管不着。"斯托克达说。

"哦,我知道你管不了。我不过是告诉你罢了。其他一些人更愿意上教堂,因为他们供应教区牧师所有他要的酒,而且也不愿意对一个主顾显得不友好。"

"你怎么挑选他们呢?"斯托克达问。

"我们挑选的是那些接近我们的人,还因为他们身强力壮,脚步稳健,能扛很重的东西走很远的路都不觉着累。"

她历数这些特点的时候,斯托克达叹了一口气,因为一个女人对这种行当的情况和要求这样了如指掌,也就说明她卷进去该有多深了。然而此时此刻他对她的柔情蜜意,却比以往所有的时日都更加深厚,也许正是因为这个缘故,她那经验丰富的神气和满不在乎的胆量不知不觉激起了他的钦佩。

"挽住我的胳膊,丽琪。"他悄悄对她说。

"我不想那样,"她说,"再说,我们彼此也许再也不会是我们有一度那样的了。"

"这就全在你了。"他说,于是他们还是像刚才那样继续往前走。

雇来的那些扛夫毫不迟疑地沿着夏勒顿草原丘陵向前走,就像是在大白天一样,他们避开大车走的路,把东夏勒顿村抛在左面,爬到了山顶上那个荒无人迹的地方,那里离人们称作圆丘的那种古代土堡不远。经过一刻多钟的轻快疾行,他们来到了一个叫做匕首窖的地方,这里离卢温角不过几百码,可以听见海涛声。他们大家在这里停下,丽琪和斯托克达也上前和他们会合,大家一起走到悬崖边上。这时一个人拿出一根铁棒,在离崖边一码远的地方,把它实实地敲进地里再解下绕在自己身上的那根粗绳子,把它拴在铁棒上。他们大家都开始下崖,一边用脚顶着,一边用手拽着,顺着绳子往下缒,绳子就从他们手中滑过去。

"你不到顶下面去吧,丽琪?"斯托克达焦急地问。

"不去,我留在这儿放哨,"她说,"奥利特在下面。"

那些扛夫下到海边的时候都十分安静;接着在崖顶的这两个人听到的就是沉重的桨声,海浪冲击船头的响声。过了一会儿,船的龙骨轻轻擦过岸边沙石,斯托克达听到了那三十六个扛夫在卵石上向靠岸地点跑过去的脚步声。

水中传来一阵扑通声,就像一窝鸭子潜下水去的声音,表示那些人并不在乎自己的腿甚至腰是不是会让海水浸湿；不过还是根本不可能看出他们究竟在干什么；又过了几分钟，又有了脚踏沙石的声音。斯托克达的手扶着的那根系着绳子的铁棒开始有点摇晃起来，扛夫又露面了，一个又一个爬上了略微倾斜的悬崖，可以听见他们上来的时候身上滴水的声音，他们都紧靠着那根纤绳，每个人爬到崖顶的时候就可以看得到他们都带着两个桶，一个在背后，一个在胸前，两个桶用穿过套环①的绳子拴在一起，挂在扛夫的肩上。有几个力气更大的汉子还在脊背上半部加挂了一桶，不过一般还是扛两桶。就这两桶也够沉的，让你扛着它们走上四五英里就觉得前胸和脊梁骨紧贴在一起了。

"奥利特先生在哪儿?"丽琪问一个扛夫。

"他不走这条路上来，"那个扛夫说，"他要躲在海岸边，一直等我们安全离开。"这时候走在最前面的人没有等待其余的人，已经跨过了草原；丽琪等到最后一个人上来以后，把绳子拉了上来，挽在胳膊上，再把铁棒从地下拔出来，然后转身跟上那些扛夫。

"你非常担心奥利特的安全。"牧师说。

"是个难得的人!"她说，"嗯，难道他不是我表兄吗?"

"是的，噢，这是在一个糟糕的夜间干活，"斯托克达沉闷地说，"不过，我可以帮你拿铁棒和绳子。"

"感谢上帝，这些酒到现在为止总算平安无事。"她说。

斯托克达摇摇头，拿起铁棒，跟在她身边走向草原丘陵地；大海的呻吟再也听不见了。

"这就是那天你说和奥利特有些事儿的意思吗?"这个年轻人问她。

"正是这个，"她回答，"我从来没有为别的事儿见他。"

"和一个年轻男人做这样一种合伙生意是很怪的。"

"这是我父亲和他父亲一起干开的，他们是姻兄弟。"

有她相伴并没有让他盲目，看不见眼前的事实，既然像丽琪和奥利特这样兴趣和追求如此相近，既然他们俩每一趟生意都是安危与共，那么她答复奥利特长久以来一直在提的婚姻问题要采取肯定的态度，也可以算是一种特别合情合理的事了。这种想法并没有安抚住斯托克达，反倒刺激他更加努力，尽量要让这一对儿显得尽可能不合情合理，要把她从这些夜间作业的一

---

① 指酒桶底板的突出部分两头装上的铁环。

伙人中抢出来，让她循规蹈矩，安坐在遥远内陆某个郡一间牧师的起居室里。

他们一直紧跟那些扛夫向前走，靠得很近足以让斯托克达看得出来，他们走上通向村子的大路时，分成了人数不等的两股，每一股都朝自己的方向走。人数少的一股走向教堂，等到丽琪和斯托克达走到他们自己那幢房子的时候，这伙人已经爬过了教堂墓地的围墙，正在静悄悄地穿过墙里的草地。

"我看得出来，奥利特先生已经安排好要把一批货又放在教堂里，"丽琪说，"你还记得你来这里的第一天夜里我带你到那里去的事吗？"

"当然记得，"斯托克达说，"毫不奇怪，你早已得到允许可以打开酒桶——那些酒都是他的吧，我想？"

"不，它们不是他的——它们都是我的；我得到了我自己的允许。第二天那些桶酒就给装在运肥料的马车里送到内地几英里远的地方去，卖了个很好的价钱。"

正在这个时候，刚才那会儿走了左边一条路的那一伙人，开始一个接一个地从丽琪家房子对面的树篱中跳出来，为首的那个人肩上没扛酒桶，他走上前来。

"是纽伯瑞太太吗？"他急匆匆地问。

"是的，吉姆，"她说，"怎么回事儿？"

"俺发现，俺们今天夜晚不能把酒放在狗灌丛林，丽琪，"奥利特说，"那地方有人守着。要是有时间，俺们得把那棵苹果树安在果园里。俺们送到教堂去的酒很多，没法全都塞在木料下面啦。俺那个垃圾堆早放满了，再放就不保险啦。"

"那很好，"她说，"赶快干吧——就这样。我能做点什么？"

"请吧，什么也不用。啊，这是牧师！——你们二位啥也干不了，最好进屋里去，别让人家看见。"

奥利特说话完全是干非法活动那种忧心忡忡的声调，丝毫也没有情人的那种嫉妒，在他说话的时候，跟着他的那伙扛夫一个个从树篱上翻下来，这时不幸发生了一件事故，走在最后的那个人跳下来的时候，吊着他那两个酒桶的绳子滑脱了：结果两个酒桶都摔在大路上，其中一个摔破了。

"真他妈倒霉！"奥利特一边说，一边冲回去。

"这值好大一笔钱吧，我想？"斯托克达说。

"啊，不——大概两个畿尼，而现在对我们来说也就值一半的价钱，"丽琪激动地说，"这倒没什么——问题是那酒味儿。现在还没有用水冲稀，它味儿大极了，像那样打翻在路上，那味儿闻起来太厉害！我真希望，在酒味吹散以前，拉提默别从这儿过。"

奥利特和另外一两个人把酒桶的碎片拾起来，然后在那块地上刮，刮了又踩，想尽可能让酒的味儿跑掉；他们大家随后都进了奥利特家果园的园门，那果园就在右边紧靠丽琪的花园。斯托克达不愿意跟着他们去，因为有几个人认出他来，就满脸诧异地盯着他看，尽管他们什么话也没说。丽琪离开他，走到花园的尽头，隔着树篱向果园望过去，隐隐约约看见那些人忙作一团，显然是在埋藏那些桶酒，大家都闷声不响地干着，连个灯亮也没有；等事情干完，他们就纷纷四散，那些把货送到教堂去的人则早已各自回了家。

丽琪回到花园门口，斯托克达还恍恍惚惚地靠在门上。"事儿都办完了，我现在回屋里去，"丽琪轻声说，"我给你把门留个缝儿。"

"啊，不用——你用不着留，"斯托克达说，"我也进去。"

可是他们俩谁都还没有举步，隐隐约约的马蹄声已经传到耳边，好像是从穿过草原的小路和大路连接的地方传来的。

"他们来得太晚了一点儿！"丽琪欣喜若狂地大叫了一声。

"谁?"斯托克达说。

"拉提默，那个骑着马的差官，还有他的一些手下人。我们最好回屋里去。"

他们进了屋，丽琪闩上门。"请别点灯，斯托克达先生，"她说。

"当然，我不会，"他说。

"我想，你可能站在国王一边吧。"丽琪说，带了一点挖苦的味道。

"我是，"斯托克达说，"不过，丽琪·纽伯瑞，我爱你，这你知道得一清二楚；而且如果你还不知道的话，你也应该知道，为了你，我最近这几天在良心上受了多大的折磨！"

"我全猜着了，"她急忙说，"然而，我不懂为什么。啊，你比我强！"

马蹄的嘚嘚声好像又在远处消失了，于是这一对倾耳细听的人，由于在某些事情上有严重分歧，冷淡地说了声"晚安"，手指头相互碰了一下。他们走上了楼梯顶，但是还没等他们分头走出三步远，那些骑马人的马蹄声突然之间又响了起来，几乎就在他们的房子旁边。丽琪转身走向楼梯上的窗口，把活动窗开了大约一英寸，把脸凑近那条缝。"是的，其中一个就是拉提默，”她小声说，“他总是骑一匹白马，大家都以为，这是干那一行的人最不该有的那一种颜色了。”

斯托克达望过去，看见了那匹走过去的牲口白色的亮影；不过拉提默走过去还不到十码远，就勒住了他那匹马的缰绳，对和他一起来的那个同伙说了点什么，无论是斯托克达还是丽琪都听不清楚。可是这话的意思马上就清楚了，因为另外那个人也让马站住了；他们猛地勒转马头，小心地往回走，又走到正对纽伯瑞太太花园的那个地方，拉提默翻身下马，骑在黑马上的那个人也照样下了马。

丽琪和斯托克达都聚精会神仔细听着，观察着他们的行动，自然而然地尽量把头凑向开了一点的那个活动窗上的小缝儿，最后他们俩的脸正好贴到了一起。他们继续倾耳细听，仿佛谁也不知道发生在他们脸蛋上的那个异乎寻常的事情，而且随着时间慢慢地过去，相互之间是靠得更紧，而不是放松了。

他们可以听见这两个海关人员一步一步缓慢前进的时候像猎犬一样嗅着味儿的声音。他们快到刚才摔碎酒桶那地方的时候，两个人都马上停下了。

“嘿，嘿，这儿的味儿很重，”另外那个海关人员说，“我们去敲敲门？”

“啊，不要去，”拉提默说，“也许这不过是一条诡计，想把我们骗得离开真正的地方。他们不会在靠近他们藏酒的地方弄出这种味道来。这种事儿我以前见的可多了。”

“不管怎么样，那些货，或者一部分货，一定是经过这儿弄走的。”另一个说。

“那是，”拉提默一边想一边说，“除非是他们想哄骗我们走错路。我倒有个想法，我们今天夜里各自回家，一声别吭，明天清早第一件事就是带上更多人一起来。我知道，他们在这附近有些藏酒的地方；可是在夜里，只有这么一点儿亮光，我们啥也干不了。我们在这个教区四处转转，看看是不是大家全都上床睡觉了，约翰，要是什么都安安静静的，我们就按我刚才说的办。”

他们向前走了，窗户里面那两个人可以听见他们悠悠闲闲地把整个村子转了一圈，在这个村子的街道尽头从另一个交叉点拐上了税卡路。两个差官沿着那条路走去，他们的马蹄声慢慢消逝了。

“你想怎么办？”斯托克达问，从原来那个位置抽身出来。

她心里明白，他是暗示差官就要开始的搜查，好把她的注意力从他们自己刚才在活动窗前那一温情事件上转移开来，他是希望它转眼即逝，变成一件梦寐以求的未来，而不是已经做过的往事。"噢，啥也不干。"她回答，她对他这种态度感到失望，而却尽可能显得不动声色。"干这种买卖，我们时常碰到这种风暴。你要是知道他们是什么样的糊涂虫，你就不会害怕了。你想想，他们骑在马上经过那些地方，弄出那么大的声音，他们当然什么也听不见，什么人也看不见；但是他们又老是害怕从马上下来，他们一下马，我们的人就会冲出来对付他们，把他们绑在大门的柱子上，就像他们从前干过的那样。晚安，斯托克达先生。"

她关好窗户，返回自己的卧室。在卧室里，她流下了眼泪；可那并不是因为那骑马差官的警觉。

六、内瑟－莫因顿的大搜查

斯托克达由于晚上的种种事情，同时由于自己夹在良心与爱情之间左右为难，心中极其激动，弄得不能入睡，甚至连打个盹都不能，但是一直十分清醒，仿佛在大青白天一样。直到灰蒙蒙的光线还只刚刚照到他卧室里比较白的东西上，他就起了床，穿上衣服，下了楼，走上了大路。

村子里早已惊动起来了。有几个扛夫头天夜里在黑暗中脱衣上床的时候，就听到了拉提默那匹马的慢跑声，并且早已就这件事相互之间，同时也和奥利特传送过消息。唯一的疑虑好像只是不放心藏在教堂唱诗廊楼梯下面的那些酒，大家在磨坊犄角上做过一番简短的讨论，全都认为应当在天色没有大亮以前把它们转移出来，藏在靠近附近野地边上的那双排树篱中间。可是还没等他们动手，就听到许多人从大路向小巷这边来的脚步声。

"该死的，他们已经到这儿来了。"奥利特一边说，一边拉开了放水经过的那道闸门，干起磨坊当天的活儿，他牢牢实实地站在落了一层面粉的磨坊门口，仿佛他一心一意关注的仅限于那正在震动的几堵墙壁之中。

刚才同他谈话的那两三个人都已经散去，干他们日常的活儿了，等到海关差官和他们雇用的很大一批人马，来到磨坊和纽伯瑞太太家之间的村中十字路口，村子里显出上午活儿正开始的那种自自然然的样子。

"喂，"拉提默对他那伙总共十三人的帮手说，"我知道，那批东西现在就在这个地方。现在已经是大白天了，如果咱们不能在天黑以前找到它们，把它们弄到蓓口海关去，那就很难办了。首先咱们要查燃料房，然后再查住房，再往后就查干草堆和牲口棚，就这样到处爬，慢慢看。你们没有啥东西来指引你们，就靠你们的鼻子，注意啦，要是你们这一辈子都还没这样用过鼻子，那么今天就用用吧。"

接着搜查就开始了。起初，奥利特从他磨坊的窗户向外察看，丽琪则是从她家的门口，完全是一副若无其事的神气。住在下头的一个农夫，在这桩买卖中也有一股，骑在马上四处转悠，一只眼睛盯着自己的地，另一只眼睛盯着拉提默和他那伙迈密登①，随时准备着，如果他们问他什么问题，就诱骗他们离开目前的线索。斯托克达本人根本不是走私贩，却比那伙最着急的人还着急，并且心情沉重地在自己的书房里来回转，还一次次地走到门口去问丽琪这样那样的问题：如果酒桶被发现了，会对她产生哪些后果之类。

"后果嘛，"她态度平静地说，"也不过是我会遭到这笔损失。我家里和花园里一桶酒也没有，他们对我本人不能怎么样。"

"可是你在果园里有一些呀？"

"奥利特先生租了我的果园，他又把它借给别人了。这样，要是那些酒被查出来了，也很难说究竟是谁把它们放在那儿的。"

在内瑟–莫因顿教区和附近地区，像那天那样大动干戈东闻西嗅，还是从来没有听说过的。一切都进行得有条不紊，多数都是手脚并用在地上爬来爬去。在那天不同的时间，他们有不同的方案。从天刚破晓到早饭期间，那些差官还是直截了当地利用他们的嗅觉，别处不停专停在按照猜想那些酒桶可能暂时秘密藏匿的地方，想不等到在第二天晚上转移到别处去以前就把它们截住。测试检查的地方有：

树上的空洞	碗柜	阴沟
土豆窖	挂钟的大匣子	栽成树篱的灌木丛
燃料房	壁炉烟道	柴火房②
卧室	接雨水的大桶	干草堆
储存苹果的阁楼	猪圈	铜罐和烤箱

早饭以后，他们开始加油大干，采取新的方针；也就是说，把注意力集中到根据猜想从海边搬运酒桶回来时可能发生接触的种种衣物，由于酒桶板渗漏，这些衣物通常会沾上酒。这时候他们嗅了这样一些东西：

---

① 指职业暴徒和杀手，原意为希腊神话中一个武士部落，曾追随除脚踵外全身刀枪不入的勇士阿基里斯进军特洛伊城。

② 专门用来储藏细小树枝准备生炉子点火之用。

罩衫	铁匠和鞋匠用的围裙
旧衬衣和背心	花匠膝垫和树篱工手套
外衣和帽子	雨衣雨帽
马裤和绑腿	大斗篷
妇女头巾长袍	稻草人

等到一吃过午饭，他们又把搜查扩大到可能在惊慌失措中把酒扔掉的地方：

饮马池	粪堆	庭院里的水槽
牲口棚排水沟	水沟	路边的碎渣
煤渣堆	污水坑	后门口的阴沟

但是这些不知疲倦的海关人员所发现的，也不过是丽琪家对面路上原来泄露了隐情的那股酒味，那味儿直到那时也还没有散完。

"俺得告诉你们咋办，伙计们，"拉提默在下午三点左右对他们说，"咱们得重新来一遍。俺一定得找到那些酒。"

那些伙计是当天雇来干这活的，他们看着自己的双手和膝盖，因为老得手腿并用地爬来爬去，弄得到处都是泥；他们还搓搓自己的鼻子，仿佛再也受不了啦，因为每个人的鼻子里呼吸过大量污浊的空气，已经弄得成了烟道，几乎什么味儿也嗅不出来了。然而，他们犹豫了一小会儿，又准备重新开始，只有三个人除外，他们这一天给折腾得精疲力竭，嗅觉完全失灵了。

整个教区这时候一个男性村民都看不见。奥利特不在自己的磨坊里，农夫也不在自己的地里，牧师不在自己的花园里，铁匠离开了自己的熔铁炉，铁匠铺里悄无声息。

"老百姓跑到什么鬼地方去啦？"拉提默说，这时他看出了这种情况，四处张望。"为这事儿我得把他们找来！他们干吗不来帮帮咱们？这地方除了那个卫理公会牧师，一个男的也没有，可他还像个老太太。我用国王的名义，要求援助！"

"咱们得先找到老百姓，然后才能要求援助呀。"他的副手说。

"对，对，咱们不用老百姓，可以干得更好。"拉提默说，他一转眼的工夫又改变了主意。"可是这么静悄悄的，又不见一个人影，那可大大值得怀疑，我得好好把它记牢。咱们这会儿就到对过奥利特的果园去。看看在那儿能找到些啥。"

斯托克达靠在花园的门边，听到了他们的这番讨论，着实感到惊慌，心想村子里的人这样完全不露面是犯了个错误。他自己也像那些缉私队员一样，刚才那半个钟头一直在琢磨他们究竟会出了什么事情。有些人确实要在远处地里干活，但是那些工头应当待在家里；尽管每个人在铺面上露过一下面，显然在大白天里都走了。他进屋去找丽琪，见她坐在后窗口缝东西，于是问她："丽琪，那些男人都到哪儿去啦？"

丽琪笑了。"他们让人追得这么紧，多数人都上哪儿去了呢？"她把眼睛向头顶上一翻。"上那儿去了。"她说。

斯托克达向上面一看。"怎么——在教堂塔楼顶上？"他看了看她目光所指的方向，又问她。

"是呀。"

"噢，我盼着他们马上都下来，"他脸色阴沉地说，"我一直听着那些差官说话，他们就要再去搜查果园，然后再去搜教堂里那些偏僻的旮儿。"

丽琪第一次显得神色惊慌。"你愿意去告诉我们的人吗？"她说，"应该让他们知道。"她觉察到他的良心像一壶开水在那里翻腾，于是又赶紧加了一句："不，没关系，我自己去吧。"

她出了门，下到花园，就在缉私队员上路去果园的同时，翻过了教堂的围墙。斯托克达岂能不立即跟着她，等她到达塔楼的入口，他也走到了她的身边，他们于是一起进去了。

内瑟－莫因顿教堂的高塔，和许多村子里的一样，并没有旋梯，上到塔顶的唯一通路是先上唱诗廊，然后再靠一把梯子通到钟楼地板上一个方形活动板门上去，钟楼地板上有一个固定的梯子，穿过那些钟，经过一个洞口才上到塔顶。丽琪和斯托克达上到唱诗廊抬头一望，只见到那个活动板门和为了那五根敲钟绳穿过而留下的五个小洞眼儿。梯子不见了。

"没法儿上去啦。"斯托克达说。

"啊，不，有办法，"她说，"有一只眼睛就在这当口从那个活动板门的一个小洞眼儿里盯着我们瞧呢。"

正在她说这番话的时候，活动板门打开了，衬着粉刷过的白墙可以看见正往下放着的那把梯子的黑影。梯子落地的时候，丽琪把它拽到它原来的地方，她说："你先上去，我随后跟着。"

这个年轻人上去了，此时他发现自己有生以来第一次站在了这些神圣的钟当中。斯托克达的血亲中有几代人都是非国教派的。他心神不安地看着那些钟，环顾四周想找丽琪。奥利特站在那儿，扶着梯子的顶头。

"怎么，你真是咱们一伙的？"那个磨坊主问。

"看来是这样。"斯托克达很丧气地说。

"他不是，"丽琪说，她在下面听见了他们的对话，"他既不赞成我们，也不反对我们。他不会做对我们有害的事。"

她上来，到了他们中间，然后他们又继续走上第二段。他们已经爬过了布满尘土的钟架，这一段就比较容易上去了。它通向一个洞口，从洞口露出了暗淡的天空，上去就是露天了。奥利特在后面待了一会儿，把下面那把梯子拖上去。

"把你们的头低下来。"他们的脚刚一踏上平台，就听见一个人这么说。

斯托克达在这儿看到了所有那些失踪的教民趴在塔顶，只有几个人身子较高，用手支着跪在地上，从护墙的洞眼儿向外面窥探。斯托克达也照他们的样儿做，他看见村子在下面就像一幅地图，面上移动着海关人员的身影，每个人都缩小得像只螃蟹一样，帽子的圆顶成了一个圆盘嵌在身体中间。年轻牧师的身影在那伙人中间出现的时候，有几个人把头转了过来。

"怎么，斯托克达先生？"马特·格雷说，带着一种惊讶的声调。

"俺倒宁愿他没来，"吉姆·克拉克说，"要是教区牧师看见他在这儿侵犯了他的塔楼，那对咱们可没啥好事，看看咱们教民都得怎样遭嫉恨吧，他就再也不会买咱们一桶酒啦。在咱们沃姆鲁这块儿，他可是咱们最好的主顾。"

"教区牧师在哪儿？"丽琪问。

"在他自己家里，保准不差。他兴许看不见现在这些事儿——所有好人都一定在这儿，这个年轻人也是。"

"喂，他带来了一些消息，"丽琪说，"他们要搜查果园和教堂；要是他们搜到了，咱们还能怎么办？"

"是呀，"她表兄奥利特说，"这就是咱们正在谈论的事儿；咱们已经定好了咱们的方针。哼，该死的！"

他大声咒骂是因为看到有几个搜查的人进了果园，弯着腰在这边走着，在那边爬着，这时正停在果园正中间，那里长着一棵树比别的树都小。他们越靠越紧，都在那块地上更低地弯下身去。

"啊，我那些酒。"丽琪从洞眼儿里窥视着他们，有气无力地叫了一声。

"他们找到酒了，俺相信。"奥利特说。

大家这个时候都集中注意紧紧盯着那些差官的动作，没有一个人的眼睛在看其他的地方。但是就在这个时刻，从他们身下的教堂下面发出的呼喊，也和原来在果园里的那批人一样，吸引了这伙走私者的注意，塔顶这些人站起身来，向靠墓地的那堵墙走过去。正在这同一时刻，趁走私者没有注意到而进了教堂的政府人员，突然大声叫了起来："到底在这里找到一些啦。"

走私者待在那里一声没吭，因为弄不清"找到一些"指的是酒还是人；但是他们再小心翼翼地从塔边偷偷向下一看，就懂得了那指的是酒；很快那些注定要完蛋的酒，给一桶一桶地从教堂楼座楼梯下面藏放的地方搬到了墓地中间。

"他们要把它们放在辛顿地窖，一直到他们把其余的都找到。"丽琪感到绝望地说。事实上，海关人员已经开始把那些酒桶码放在固定在那儿的一块石板上；等塔楼里的酒全部搬出来以后，他们留下两三个人看守，其余的人又到果园去了。

这伙走私者对敌人的这下一步行动的关注变得紧张得要死。仅仅三十桶酒暗藏在塔楼下的废旧木头中间，但是却有七十桶藏在果园里，这两项就是他们已经从海边运回的总数，剩下的货都系在一个坠子上从船上沉下去，等待另一个夜晚再去操办。缉私队员又进了果园，他们好像很有把握，认为其余的酒都藏在那里，而且下了决心，一定要在天黑以前查出来。他们在果园里四处散开，又像以前那样手脚并用匍匐前进，重新在园子里围着每棵苹果树转。果园正中那棵小树又引得他们停下来，最后全部人马又围在那里，那种样子表示第二轮思考推断的结果和第一轮完全一样。

他们对附近的土壤查看了几分钟，这时一个人站起来，跑到教堂里一个废弃不用只放了些工具的地方，拿回教堂司事用的鹤嘴锄和铁锨，用它们挖掘起来。

"难道它们真是埋藏在那儿吗?"牧师问道，因为那里的草都那么绿，丝毫未受到破坏，叫人很难相信曾经有人动过。那些走私者都非常聚精会神，没有回答，并且他们这时又很懊丧，看见那棵小树的每一边都有几个差官站在那儿，而且他们还弯下腰去，用手试了试那儿的泥土，亲自把树拔了起来，树根上还带着周围的泥土。现在看得出来，那棵苹果树是栽在一个很浅的匣子里，匣子四周每边都有一个把手好抬上抬下，在树下面露出了一个方洞，一个差官走过去朝下面看。

"现在啥都完了，"奥利特不动声色地说，"现在趁他们还没注意到咱们在这儿，你们大伙儿全都下去吧；并且为咱们的下一步行动做好准备。俺最好待在这儿，一直守到天黑，要不，他们会拿俺当嫌疑犯，因为这是在俺的地界上。等天一擦黑，俺就去和你们会合。"

"那么我呢？"丽琪问。

"请你照料制轮楔和螺丝钉；然后就回家里去，什么事也不知道，别的事儿有小伙子们去干。"

那把梯子又放回原处，除了奥利特，大家都下去，然后在教堂背后一个接一个地分散开，去忙各自的任务。丽琪大胆地沿着街走回去，牧师紧跟在后面。

"你要回家里去，纽伯瑞太太？"他问。

她从"纽伯瑞太太"这个字眼懂得，他们之间的隔膜又深了一层。

"我不是回家，"她说，"我回去以前还有点事情要做。玛瑟·萨瑞会给你准备茶。"

"噢，我不是指的这个意思，"斯托克达说，"在这件亵渎神明的事情上，你又能再干点什么呢？"

"只是一点点儿。"她说。

"那是什么呢？我要和你一起去。"

"不，我自己一个人去。请你回家去，好吗？我不到一个钟头就会回去的。"

"你不是去冒什么险吧，丽琪？"这个年轻人说，他的柔情重又表露出来。

"不管是什么，都不值得一提。"她回答说，接着就向十字路口走去。

斯托克达进了花园门，站在门后继续看着。缉私队员仍然在果园里忙着，最后他忍不住要进去看看他们在怎么干。等他走得靠近一些，他才发现，他原来一无所知的那个秘密的地窖，是用木料从一边到另一边搭着盖起来的，离地面一英尺，上面盖有草皮。

差官们抬头看看斯托克达白皙柔和的面容，显然认为他不在嫌疑之列，于是又继续他们的工作。等到所有的酒桶一取出来，他们就立刻连根拔掉草皮，把木料拖上来，把酒窖四边捣毁，一直把它破坏得不成样子，那棵苹果树倒在一边，树根向空中翘着。但是那时装了那么多非法商品的地窖，不论是在当时还是以后，从来都没有填平，直到如今还是葱绿草坪中的一块凹地，标明它是当年的现场。

七、走到沃默鲁十字路口及以后

因为那批货全都得在当天夜里运到蓓口，所以那些海关差官的下一个目标就是为这趟行程找到马匹和大车。他们为了这个目的在村子里四处找。拉提默迈开大步东奔西走，手里抓着一根粉笔，在他碰上的每一辆大车和每一套挽具上都那么狠狠地画上个粗大的箭头，这样就仿佛他也可以用粉笔给那些特别的树篱和大路都画上粗大的箭头似的。每一辆打上这种标记的运输工具，都得由主人交给政府使用。斯托克达对这个现场已经看够了，于是心事重重、无精打采地转身返回屋里。丽琪已经到家了，她是从后门进来的，连帽子还都没摘下来。她显得很疲倦，情绪并不比他好多少。他们相互之间也没有什么可说的；牧师走开了，想去看看书，可是连这也做不到，于是他摇摇那个小铃铛要茶。

丽琪自己给他端来了茶盘，那个姑娘下午出去跑到村子里去，看到那些事情感到过度兴奋，把自己的身份地位也忘了。然而，这对忧伤的情侣彼此还没来得及谈任何事情，玛瑟就兴冲冲地跑了进来。

"噢，外面那么乱哄哄的，纽伯瑞太太、斯托克达先生！国王的那些差官任凭咋样都没法儿把那些大车套好！他们把托马斯·阿特奈、威廉·罗杰斯和斯蒂芬·斯普拉克的车都拉到大路上，可那些车轱辘都脱了，车也倒了；他们发现轮辐上的刹车没了；后来他们又想拉塞缪尔·薛恩的运货大马车，可又发现螺丝都没了，最后他们查找奶场主的大车，啥也没找到！他们又去铁匠铺，要他给做几个，可哪儿也找不到他的人影儿！"

斯托克达看着丽琪，她脸上微微有点发红，并且走出了这间屋子。玛瑟·萨瑞跟着出去了。可是他们还没有穿过过道，就有人紧急地敲前门，斯托克达听出了拉提默招呼纽伯瑞太太的声音，她已经转身回来了。

"看在上帝分上，纽伯瑞太太，你看见哈德曼，那个铁匠，往这边来了吗？要是咱们逮住他，咱们简直就要抓住他的头发，把他拖回他那个铁砧上去，他本来就该待在那儿。"

"他是个懒汉，拉提默先生，"丽琪满脸诡诈地说，"你找他干什么？"

"咳，这地方没有一匹马是钉够了四个马掌的，有的还只有两个，车轮上没有轮箍，大车上也没有刹车。一方面是因为这些，另一方面又因为每套车具都弄得乱七八糟，咱们天黑以前都动不了身——的的确确，咱们动不了身。这可太糟糕了，纽伯瑞太太，你也让你在这儿扯进去了；不过这种把戏他们玩过了头，记住我的话吧，还会有他们好玩的！这个教区没有哪一个男人不该挨鞭子抽。"

真不巧，哈德曼正好这个时候就在这条小巷前面一点的地方，在冬青树丛后面抽着烟斗。拉提默说完那番话朝那个方向走去，哈德曼听见了这个骑马的海关差官的脚步声，好奇心太强也顾不得小心谨慎了，他从树丛里正偷偷往外瞧，刚好这个当口拉提默的眼睛扫在树丛上。他没有别的办法只好走出来，一副满不在乎的样子。

"俺一直在找你，都找了一个钟头啦！"拉提默直直地瞪着他说。

"听你这么说，真对不起，"哈德曼说，"俺是出来走走，想找找是不是还有更多私藏的酒，好交给政府。"

"噢，是呀，哈德曼，这俺们知道，"拉提默狠狠地挖苦说，"俺们知道，你会把它们上交给政府。俺们知道，整个教区都在帮助俺们，整天都一直是这样。好了，请你跟俺一起回你的铁匠铺吧，发发善心让俺用国王的名义雇你干活。"

他们一起沿着小巷走下去，然后铁匠铺里响起了不是非常轻快地抡铁锤的声音。不过，大车和马毕竟凑合起来，总算还可以上路了，但是这一直拖到时钟敲了六点，泥泞的道路反射着黄昏落日的余晖。那一桶桶走私的酒很快就装上了大车，拉提默还有他的那三个助手，缓慢地赶着车出了村，往蓓口港那个方向走，那还是一段很不短的距离呢。缉私队其余的人留下来监守剩下的货物，他们知道，剩下的货物早已沉在灵斯沃斯和卢温角之间的海里，还知道了已经暴露出来的奥利特，因为发现了酒窖，他显然是唯一有牵连的人。

女人和孩子们站在门口，看着那些大车在越来越黑的薄暮中驶过去，每辆车上都用粉笔画着政府那些鬼叉子①。他们站在那儿盯着那些没收的财产，脸上带着一种闷闷不乐的表情，这极其清楚地说明了他们同这种生意的牵连。

"好了，丽琪。"斯托克达说，这时车轮的咕隆声差不多完全消失了。"这对你的冒险是一个合适的了结。我真是感到高兴，你没有遭到任何怀疑就脱身了，不过是损失了那点儿酒。你愿意坐下来，让我跟你谈谈吗？"

---

① 指乡民把缉私队在征用车辆上画的箭头比作魔鬼的叉子。

"过一会儿吧，"她说，"我现在必须出去一下。"

"该不是又去那可怕的海边吧？"他茫然若失地说。

"不，不是那儿。我只是要去看看今天的事情怎么收场。"

他对这句话没有答理，于是她慢慢向门口走去，仿佛在等待他再说点儿什么。

"你没有提出要和我一起去，"她最后又加了一句，"我猜想，那是因为经过了所有这一切以后，你讨厌我了！"

"你怎么能这样说呢，丽琪，你知道，我不过是想把你从这种营生里挽救出来呀！和你一起去——当然我要去，如果这只是为了照顾你。但是，你为什么还要出去呢？"

"因为我不能够在家里歇着。有些事情正好闹出来了，我必须知道是什么事。好了，来吧！"于是他们一起走进了苍茫暮色之中。

他们走到了税卡路。她转向右边，他很快发觉，他们是在跟踪缉私队和他们运的东西。他让她挽着他的胳膊，她时不时突然把它往后一拉，表示他得停一下，好仔细听听。头一个四分之一英里，他们走得相当快，后来在第二次或第三次站住不走的时候，她说，"我听见他们就在前面——你听得见吗？"

"是，"他说，"我听得见车轮的声音。但是，那又怎么样？"

"我不过是想知道，他们是不是完全离开了这个地区？"

"啊，"他说，心里一下豁亮了，"正在打算干一场不顾死活的事儿！——现在我想起来了，我们离开的时候，村子里一个男人都没有。"

"听。"她小声说。大车的嘈杂声停了，换成了另外一种吵嚷声。

"打起来了！"斯托克达说，"会出人命的！丽琪，别抓住我的胳膊；我这就上去。凭我的良心，我不应该待在这儿无所事事。"

"不会发生杀人的事儿，甚至也不会打破脑袋，"她说，"我们是三十个人对付他们四个！根本不会发生什么伤人害命的事。"

"那么，是在攻击吧！"斯托克达大叫，"你知道要出事的。你为什么要和这样一些破坏法律的人站在一边？"

"你为什么要和那样一些拿村子里生意人东西的人站在一边呢？这些东西都是他们用自己的钱诚实无欺地从法国买来的呀。"她坚定不移地说。

"那些东西不是诚实无欺地买的。"他说。

"是诚实无欺，"她反驳他，"我和奥利特先生还有别的人花钱买的，酒在瑟堡装船以前每桶酒付三十先令，如果那个对我们一文不值的国王派人来偷抢我们的财产，我们就有权利把它再抢回来。"

斯托克达并没有站在那儿和她辩论这件事，而是迅速朝传来吵闹声音的地方走去，丽琪也跟在他身边。"你不要干涉，行吗？亲爱的瑞查德？"他们走近现场的时候，她焦急地说，"我们别再靠近啦；这儿是沃默鲁十字路口，就是他们抓住他们的地方。你什么好事都干不了的，你还会狠狠地挨一顿揍！"

"我们先看看情况怎么样。"他说。但是，还没等他们走多远，大车轮子又开始咕隆隆响起来了；很快斯托克达就发现，它们是朝他这个方向走过来了。三辆大车不到一分钟就到了他们跟前，斯托克达和丽琪站在沟里让它们过去。

大车出村的时候本来是四个人赶着的，这时跟着马和大车的却是一大帮人，有二十到三十个，让斯托克达见了大吃一惊的是，所有这些人全都把脸涂黑了，走在这伙人中间的还有七八个是体形高大的女人模样。斯托克达猜想是男扮女装。

这伙人一认出丽琪和她一个同伴在一起，就有四五个人等大车一过去就来到他们跟前。

"这条路现在过不去啦，"一个瘦干巴女人说，她留着一英尺长的鬈发，披散在她的脸边，这是当时时兴的发式。斯托克达听出了这位太太的声音是奥利特。

"为什么过不去？"斯托克达问，"这是公用的大路呀。"

"那么，看看这儿吧，年轻人，"奥利特说，"啊，你是那位卫理公会牧师！——怎么，和纽伯瑞太太在一起！好啦，你们最好别走这条路，丽琪。他们全都跑了，村里人又把他们自个儿的东西弄回来啦。"

磨坊主说完就匆匆走了，赶上了他那些伙伴，斯托克达和丽琪也转过身来。"我真希望，要是这一切没有强加在我们头上该多好，"她表示歉意说，"可是如果海岸缉私队真把那些酒拿走了，教区的人有一半都会在下一两个月里缺吃少穿啦。"

斯托克达对她这番话没有多加注意，他说："我想，我不能就这样回去。说不定那四个可怜的缉私队员都给杀害了。"

"杀害了！"丽琪不耐烦地说，"我们这儿不干杀人的事儿。"

"好吧，我要走到沃默鲁十字路口去看看。"斯托克达毅然决然地说。而且牧师没说祝她平安回家或是别的什么话，掉转头就走了。丽琪站在那儿一直望着他，直到他的身影融合在暗夜里看不见了，这时候她才满怀悲伤地朝内瑟－莫因顿方向走去。

路上人迹稀少，在一年的这个季节，天黑以后常常几个钟头都没有一个行人路过。斯托克达一路走去，除了自己的脚步声外，什么声音也没听见；走了一段时间，他从环绕沃默鲁十字路口人造林的树下经过，还没走到交叉路口那个地点，就听到了树林深处有人喊叫。

"嗨——嗨——嗨！救命呀，救命！"

那声音一点儿也不显得微弱或者泄气，但是明确无误地急切。斯托克达没带武器，于是他在闯进黝黑的树林深处以前，就先从树篱上抽出一根桩子，作为防身之用。他走进树林中，大声叫道："是什么事儿呀——你们在哪儿？"

"在这儿。"几个人的声音回答；他推开那个方向的荆棘，来到他寻找的那几个人附近。

"你们为什么不出来？"斯托克达问。

"我们给绑在树上啦！"

"你们是谁？"

"可怜的海关差官威鲁·拉提默！"一个人哭诉着，"是个好人，快过来把这些绳子割断吧。咱们还害怕今儿晚上不会有人路过呢。"

斯托克达给他们松了绑。这时他们伸伸胳膊腿儿，放心地站在那儿。

"那帮无赖！"拉提默说，虽然斯托克达刚刚走过来的时候，他好像还很胆怯，这时候却发起火来，"还是那同一批家伙，俺知道，他们一个个都是莫因顿那帮里的家伙。"

"可咱们没法断定是他们呀，"另外一个人说，"他们谁都没吭声儿。"

"你们要怎么办呢？"斯托克达问。

"俺愿意再回莫因顿，和他们再干一场！"拉提默说。

"俺们都愿意去！"他那些伙伴说。

"跟他们拼个你死我活！"拉提默说。

"俺们愿意，俺们愿意！"他手下的那些人说。

"可是，"他们走出了那片林子的时候，拉提默又蔫下来了，说，"咱们可并不知道那帮把脸涂黑了的家伙是莫因顿的人吧？要找到证据可是件困难的事。"

"是这样。"其余的人都说。

"所以咱们根本什么也干不了，"拉提默说，这时完全冷静下来了，"就俺自个儿来说，俺立马就愿意当他们，不愿意当咱们了。俺的两只胳膊弯火烧火燎，都是那两个捆俺的女人用绳子勒的。现在俺有时间把这事想了想，俺的意见是，你可以为你的政府干事儿，那代价也太高了。这两天两夜，俺一个钟头都没歇着；上帝开恩，这就回家吧。"

其余的差官都衷心同意他的这一套；于是他们谢了斯托克达及时的帮助，在十字路口和他分手，往西边的道上走了，斯托克达则返回内瑟－莫因顿去。

往回走的路上，牧师陷入了最为头疼的胡思乱想。他一进家门，还没回到自己的屋子，就径直走向后面那个小客厅的门前，丽琪通常总是同她母亲坐在那儿的。他发现只她一个人坐在那儿。斯托克达走上前去，像一个梦游的人一样，向下看着那张摆放在他和那个年轻女人之间的桌子。因为他没说话，她坐在椅子上抬头看着他。

"他们都去哪儿啦？"他于是有气无力地说。

"谁？——我不知道。后来我就没看见他们了，我直接回这儿来啦。"

"如果你们的人能够拿回那些酒，平安无事，我想，这对你就是笔很大的利润了。"

"一股归我，一股是我表兄奥利特的，那两个农场主每人一股。还有一股由帮过我们的那些人平分。"

"那么你还是认为，"他慢吞吞地说，"你不会放弃这种买卖？"

丽琪站起身来，把一只手放在他的肩上。"别问我这个，"她低声说，"你不知道你问的是什么，我必须告诉你，虽然这并不是说还要这样做。我用来养活我母亲和我自己的，全靠那种买卖挣来的钱。"

他大吃一惊。"我做梦也没想到这件事，"他说，"如果我是你，我宁愿去扫马路。和良心清白相比，钱算得了什么？"

"我良心是清白的。我只认我母亲，但是国王嘛，我可从没见过。他的税收对我来说毫无意义。但是我母亲和我要活命，这对我可是件大事。"

"嫁给我，并且答应放弃这个生意，我愿意赡养你母亲。"

"这是你的好意，"她说，有些感动，"让我自己想想这件事，我不大愿意现在答复。"

她把她的答复保留到了第二天，她满面严肃地来到他的屋子。"我做不到你所希望的！"她感情激烈地说，"要求得太多了。我这一辈子都是这样过的。"她的言辞和方式表明，她进屋以前一直在私下里和自己斗争，而且斗得很激烈。

斯托克达脸色变得煞白，但是他很平静地说："那么，丽琪，我们必须分手了。在这件事情上，我不能违反自己的原则，我也不能把我的职业变成一件愚弄人的事。你知道我多么爱你，还有我愿意为你做些什么；可是就是这件事，我做不到。"

"可是，你为什么要干那种职业呢？"她一下子冲出口来，"我有这么大一幢房子，你为什么不能娶我，在这儿和我们住在一起，不要再当什么卫理公会传道士呢？我向你保证，瑞查德，这没有什么害处，而且我希望，我干的时候，你就只在一边看着！我们只在冬天干这个营生，夏天一点也不干这个。在一年的这个时节，它可以让一个人枯燥的生活活泛起来，带来兴奋。我现在已经对它那么习惯了，没有它，我简直不知道该怎么办。在晚上，外面刮风的时候，你的心不再麻木迟钝，也不再管外面是不是刮风，它都在外边，即使你自己并不在外边；你在捉摸，那些小伙子干得怎么样了；你在屋子里来回走，向窗户外面张望，然后你自己走了出去，不管是黑夜还是白天，你都清清楚楚认识你的路，千钧一发，从拉提默和他那一伙人的手里逃脱，他们那伙人都太愚蠢，从来也没真正吓倒我们，不过是让我们更机灵了。"

"无论如何，他昨天晚上可有点把你们吓着了；我愿意对你提出忠告，放弃它吧，别等到更糟的时候。"

她摇摇头，"不，我既然已经开了头，就得接着干。我生来就是干这个的。它渗在我的血液里，没法儿治。啊，瑞查德，你没法想象，你要求的是多么困难的一件事，你把我夹在这件事和我对你的爱情中间，是在多么残酷地折磨我！"

斯托克达的胳膊肘靠在壁炉架上，两只手蒙着眼睛。"我们不该相遇的，丽琪，"他说，"那是我们一个倒霉的日子！我简直没想到，在我们缔结婚姻方面，还会有什么像这样毫无希望、毫无可能的事。得啦，像这样对后果懊悔，现在已经太晚了。见到了你，而且至少了解了你，我还是感到很幸福。"

"你叛离国教，我叛离国家，"她说，"这样我看不出为什么我们就不是很般配。"

他凄然地笑了笑。丽琪一直还是向下看着，两眼开始泪如涌泉。

那是他们俩的一个不幸的晚上，随后那些日子也是不幸的日子。她和他都是勉勉强强地干着自己的事情，村子里他那个教派和他有接触的人里面，不只个别人注意到他情绪沮丧，不过丽琪老在家里打发自己的时间，人们并未猜疑她是其中的缘由：因为尽人皆知，她和她表兄奥利特之间存在着不事声张的婚约，而且已经存在一段时间了。

这样踌躇不定地过了一个星期，有一天早晨斯托克达对她说："我收到一封信，丽琪，我走以前一定要见你。"

"走？"她茫然问道。

"是的，"他说，"我就要从这个地方走了。我觉得，在发生了那些事情以后，我不再留下，这样对我们双方都会更好。事实上，我也不能留在这儿，眼睁睁地一天又一天看着你，而不使自己在生活道路上变得软弱无力、畏缩不前。我刚刚听到了这样一种安排：另一位牧师一周左右就要到这儿来，让我去别的地方。"

原来他整个这段时间都继续下定决心坚定不移，这让她大出意料而又悲痛万分。"你从来都没爱过我！"她酸楚地说。

"我也可以说同样的话，"他回了她一句，"不过我不愿意。赏我一次光吧。在我离开这里的前一天，来听听我最后一次传道。"

丽琪每个星期天早晨上教堂，也经常同其他一些不大较真的人在傍晚去斯托克达的礼拜堂，于是她答应了。

斯托克达要离开，大家都知道了这个消息，很多不是他那个教派的人听到了也觉得惋惜。他动身以前的那些日子飞快地过去了。星期日晚上，也就是他离开的前夕，丽琪坐在他那个礼拜堂里，去听他最后一次讲道。那小小的建筑被大家挤得满满当当的，他讲的题目正如大家所预料的，是他们中间许多人从事的非法贸易。听他讲道的那些人，把他的话都听进心里去了，直到他讲得越来越有热情，差不多为感情所压倒以前，谁也没觉察到它们是特别针对丽琪的。说真的，他本人的那份激情，还有丽琪的充满凄楚、向上看着他的那双眼睛，都让这个年轻人觉得承受不了，再也无法保持自己沉着镇定的态度。他简直不知道，他的讲道是如何结束的，他仿佛通过迷雾看见丽琪转身和其他教友一起走了；过了不久，他跟随她回家了。

她请他吃晚饭，他们俩单独坐在一起，她母亲像往常星期天那样，早早就上了床。

"我们分别了也是朋友，是不是？"丽琪说，勉强装出一副愉快的神情，对他的讲道根本不提。这种保持沉默矢口不提的态度让他有些失望。

"我们会的。"他说，也保持一副勉为其难的笑容；他们于是坐下了。

这是他们生平第一次在一起用餐，或许也是他们最后的一次。用餐已毕，再也无法继续那种冷漠的谈话了，他站起身来，握住她的手。"丽琪，"他说，"你是说我们必须分手吗——你说呢？"

"你说吧，"她一本正经地说，"我没法儿再说了。"

"我也一样，"他说，"如果这就是你的回答，那么，再见了！"

斯托克达向她弯下身来，亲了她一下，她也情不自禁地亲了他一下。"我动身很早，"他慌慌张张地说，"我就不再见你了。"

他果真很早就动身走了，他踏进灰蒙蒙的晨曦之中，准备去搭那辆要载他离去的大马车，这时他心里想，他看见丽琪窗户上打开的窗帘中间有一张脸，但是光线昏暗而且窗户玻璃因为潮湿闪着亮光，所以他没有把握。斯托克达上车走了。下一个星期天，在莫因顿卫理公会礼拜堂讲道的是那位新来的牧师。

那次分别两年以后，已经在内陆一个城镇安顿下来的斯托克达，有一天像原先那样搭运输行的车又进了内瑟－莫因顿。他那天下午在马车上一路颠簸着，同时又问了车夫几个问题，车夫的回答是这位牧师深深关切的。结果就是他不带丝毫顾虑走向他原来房东的门口。这正是傍晚六点钟左右，也正是他那年离开时的同一个季节；这时地上也是湿漉漉的，闪着亮光，西方是明亮的，在墙边花坛里，丽琪的雪球花正在抽出新芽。

丽琪一定是从窗户里看见了他，因为他刚走到门口，她已经开着门站在那儿；然而，她仿佛并未充分考虑自己出来的这个动作似的，抽身退后，有点不大自然地说，"斯托克达先生！"

"你知道是我，"斯托克达握住她的手说，"我写过信，说我要来拜访。"

"是的，可是你没说什么时候呀。"她回答。

"我是没说，我那时候还不太拿得准，我的事务什么时候会让我到这一带地方来。"

"那么，你只是因为有事务要在附近办理，才来这儿的？"

"嗯，这是事实；但是我经常想到，我要特意来看看你……可是发生的这一切又都如何？我告诉过你，事情会怎么样，可你不愿意听我的呀。"

"我不愿意，"她悲伤地说，"但是我是在这种生活中长大的，它成了我的第二天性啦。然而，现在这一切都完了。那些差官逮住一个人，不论死活，都可以得到一笔要命钱①，所以这个买卖都要完蛋了。这些时候我们一直像老鼠一样让别人到处追捕。"

"奥利特远走高飞了，我听说。"

"是的，他现在在美国。上次他们想逮住他的时候，我们曾经有过一场可怕的搏斗。他能够活着逃掉，那完全是一次奇迹；而且我没给打死，也是件想不到的事。我手上中了一枪。这一枪本来不是朝我开的，它确实是要打死我表兄；不过我在后面，像以往那样正在瞭望。子弹射中我了，血流得吓人，不过我没有晕倒，还是回到家里来了。过了一段时间，伤口愈合了。你知道他遭了多大的罪吗？"

"不知道，"斯托克达说，"我只听说，他真是捡了一条命。"

"他背上中了枪，可是一根肋骨把子弹弹回去了。他伤得很重。我们绝不让他给逮住。我们的人整个夜晚抬着他，穿过草地去到王陴，把他藏在一个谷仓里，尽他们的一切力量给他的伤口敷药，又包扎起来，一直到他恢复得能够活动。后来他被抓住了，和别的人一起在巡回法庭②受审；但是他们全都给放了。他把他的磨坊丢开了一段时间；最后他去了布里斯托尔，又坐船去了美国，在那里安顿下来。"

"你现在对走私怎么想？"牧师认真地问她。

"我承认，我们那时候错了，"她说，"但是我为它吃了苦。我现在很穷，我母亲已经死了有一年啦……可是，你不进来吗，斯托克达先生？"

斯托克达进了门。大家认为，他们达成了谅解。两个星期以后，丽琪的家具办了一次拍卖。在那之后在附近一个教堂举行了婚礼。

他把她带走了，离开她的老家，去到他在故乡的那个郡里已经为自己安下的家。她以令人称道的勤恳学习牧师妻子的种种职责。据说在随后几年，她写出了一本杰出的小册子，书名是《报答恺撒，或，悔过自新的村民们》，她在书中隐去姓名，用自己的经历作为开讲的故事。斯托克达略加修改并且加了他自己的几句铿锵有力的警语，把这本小册子出版了。在他们的婚后岁

---

① 一个目击证人提出指证而使疑犯判处死刑，即可获得一笔奖金，人称要命钱。

② 当时英国法院定期在每一个郡流动开庭审判犯人，其中包括民事犯和刑事犯。

月中，这一对夫妇把这本书散发了成千上万册。

一八七九年

作者附注——本篇以丽琪与牧师结婚结尾，几乎纯系当年为一英语杂志写作时符合当时礼数①之故。但时至今日，三十年岁月业已逝去，结局按作者原意而不迎合当年世俗之见，亦并无不妥。不仅如此，且可更加切合所述故事真貌之蛛丝马迹。丽琪实际并未嫁给牧师，而与走私者吉姆信守前盟，婚后由于吉姆前此之冒险生涯而被迫相偕移居异乡，依作者愚见，此当更能为女主人公增色。此二人于一八五〇至一八六〇年期间在威斯康星州逝世。

一九一二年五月

---

① 原文为法文。

化身博士

[英国] 罗伯特·路易斯·斯蒂文森　著

赵毅衡　译

罗伯特·路易斯·斯蒂文森（Robert Louis Stevenson, 1850—1894）英国小说家，生于苏格兰爱丁堡一个灯塔建筑师家庭。曾入爱丁堡大学学习建筑，后转学法律，当过律师。大学时期开始写作。喜爱旅行并出版过游记。1882年富于异国情调的惊险浪漫故事集《新天方夜谭》面世。斯蒂文森的作品充满异域想象和新奇冒险，也善于在心理层面探讨人性的善恶。《金银岛》（1883）是斯蒂文森最著名的小说，描写少年吉姆去海上荒岛寻宝的惊险故事。中篇小说《化身博士》（1886）风格独特，描写医生杰基尔研制药物，分离出自身的邪恶本能，想以此区分人的善恶双重人格。而邪恶一经分离，医生就变成了不受操控的凶恶形象，往日的绅士形象和正常人格都难以恢复，甚至犯下谋杀罪，杰基尔不得已结束了自己的生命。隐秘的精神过程中的自我分裂、自我发现涉及了人的精神危机与拯救的问题，描写遵循的是人物的心理逻辑、某种精神发展的过程。

门的故事

律师厄塔森先生是个身材高瘦、面目粗犷的人。脸上从无笑容，生性沉默寡言，不善交际。叫人觉得此人索然乏味——但说到底，他却是个讨人喜欢的人物。每当好友相聚，只要酒合口味，他的眼光中便充满一种敦厚的温情。他的品格确实从未在谈吐中表现出来。但饭后他那沉默的面容却是这种品格的象征，而他的行动更是这种品质有力的证明。他律己极严，独处时只喝杜松子酒①，目的是刹一刹喝上等佳酿的瘾头；虽然他喜爱戏剧，可他已有二十年没进剧院的门。不过，他对别人却很能大度宽容。虽然有时对某些人一味胡作非为的精神倾向表示关注，甚至有点妒忌，但无论闹到何种地步，他都宁可提供救助，而不愿加以指责。他经常颇为风趣地说："我不反对该隐的歪门邪道②，我放手让我的兄弟上魔鬼那儿去。"有这样一种性格，他就只好经常做那些走下坡路的人的最后一个正派朋友，发挥最后一点良好的影响。这些人，只要上他家来，他都一如既往地对待，没有一丁点儿势利。

无可怀疑，厄塔森先生之乐于行善原是他的天性，因为他是个最不喜欢表现自己的人。甚至他的友谊也建筑在一种与人为善的信仰上。接受命运为他安排现成的社交圈子，是一个人处世谦恭的标志。而这也就是律师的交友之道。他的朋友多半是亲戚，或是结识多年的熟人。他的感情就像常春藤，年代越久远越茂盛，但他对结交的对象却并无特别的要求。因此，毫无疑问，他与他的远亲，有名的花花公子理查德·恩菲尔德之间的友谊也就是按这种格式形成的。好多人为此迷惑不解：这两个人互相看中了对方什么呢？他们之间能有什么共同兴趣？据那些见到他俩每星期天一起散步的人说，他们之间什么话也不谈，沉闷得出奇。一旦遇到一个可打招呼的人，两人都要松一口气。尽管如此，这两人依然很重视他们例行的散步，把它作为每星期最珍贵的活动。为了散步时不受打扰，不但可以把娱乐抛到一边，甚至连分内的要事也可置之不顾。

事情发生在他们某一次散步的时候。那天，他们走到伦敦闹市区的一条小街上。街很窄，但还算安静。要不是正逢星期日，生意倒也相当兴隆。街上的居民看来大都家底殷实，而且巴巴实实地想着再富一些。所以把多余的钱全用在装点上，于是大街两边的橱窗更显得引人注目，就像两排笑容可掬的女店员。即使在这星期天，那些色彩缤纷的陈列已罩上纱幕，路上行人稀少。尽管如此，这条街与周围那些邋遢的街相比，仍然光彩照人，有如森林里烧着的一把火。刚油漆过的百叶窗，擦得光光的黄铜把手，整齐清洁，色

---

① 杜松子酒：一种价格适中的酒。

② 据《圣经》载，亚当和夏娃有两个儿子。该隐是长子，但却是个"不信神的恶棍"，经常和"善良虔诚"的兄弟亚伯发生争吵，最后竟杀死了亚伯。

调明丽，吸引着过路人的注意，让人感到赏心悦目。

顺左手拐弯，走过两个门面，墙上开着一扇门，通向一座院子。这里有一幢模样难看的两层楼的大房子，它的山墙紧挨着街边，没有窗户，只在底楼有个门，门楣以上的墙面早已褪色，好像没眼睛的额头。种种迹象表明，这里已长期无人打扫，显得又脏又乱。门上既没铃，也没门环。漆皮起泡，斑斑驳驳。流浪汉懒洋洋地靠在那儿，在门板上划燃火柴；孩子们则在台阶上摆小摊；小学生在墙根凸缘上试刀子。差不多有一代人之久，从没人把这些不速之客赶走，把糟蹋坏的地方修复……

恩菲尔德先生和厄塔森律师这时正走到街对面正对着这道门的地方。恩菲尔德举起手杖指了指门说：

"你注意过这门吗？"他问。他的朋友回答表示肯定，他又说："这扇门在我记忆中牵涉到一个非常离奇的故事。"

"哦？"厄塔森说，他的声音有点异样，"怎么回事？"

"呃，是这么回事。"恩菲尔德叙述起来，"那是一个漆黑的冬夜，凌晨三点钟左右，我刚从天涯海角某个地方回来。一路上什么都看不到，只见到街灯，一条接一条的街。所有的人都沉睡了。街上空旷得像座教堂。我一个人听啊听啊，最后竟产生了这样一种心情：希望看到一个警察才好。正在这时，我忽然看到两个人影：一个矮个儿男人，正蹬蹬蹬地快步朝东走；另一个是个小姑娘，大约八九到十岁的模样，她正在一条横街上拼命奔跑。你瞧，这两个人当然会在转角上撞作一团啦。接着出现了可怕的事：那男人若无其事地从孩子身上踩过去，听任她躺在地上尖叫！听起来倒没什么，可是那景象实在可怕。这简直不是人干的事。他好像印度教的神车①，从人身上碾过去一般。我大喊一声，猛追上去，抓住那位绅士的领子，把他揪回原地。这时那里已经有不少人围住那惨叫着的孩子。但这人表现得非常冷静，也不反抗，只是朝我看了一眼；眼光如此凶恶，使我顿时浑身冷汗。那些闻声跑来的人是女孩家里的人。不久，医生也到了现场。原来那女孩子就是家里打发去请医生的。据医生说，孩子的情况还不怎么样，主要是惊骇过度。你大概以为事情就此可以了结了吧？怪就怪在这儿。我第一眼就对这位绅士

---

① 印度教神车：印度教大神毗瑟拿的神像，供奉在一个 12 世纪建的巨大神庙中。每年一度宗教大节，此神像被一辆三十五英尺见方，四十五英尺高，有十六个轮子的大车拉着去另一神庙接受朝拜。据说印度教笃信者在教节最后一天神车转回时，往往投身于此车七英尺直径的巨轮下，让自己被车碾死，凭此真诚，可得永福。

十分憎恶；那孩子一家当然不用说了。可那医生竟也如此，这使我十分诧异。他是那种再普通不过的行医者，说不出多大年纪，相貌也没什么值得一提的。一口爱丁堡①口音，冷冰冰的，就像一管苏格兰风笛。嘿，先生，那医生跟我们一样，每次朝那家伙瞅一眼就会一阵恶心，脸色发白，仿佛恨不得宰了那家伙。我明白他心里想什么；他也明白我的心理。既然'宰'了他是不可能的事，我们就取中策。我们告诉那家伙：我们能就这桩事大做文章，叫他的名字从伦敦这头臭到那头。要是他在社会上有交际来往，有点儿信用，那就会立即丧失殆尽。我们就这样连吓唬带威胁；一面尽可能地把妇女们拦在外围，因为她们个个都已经变得像妖婆那么疯狂。我从没见到过这么一圈仇恨的脸孔。而这个陷入重围的人却漠然置之。阴森森的，似乎在嘲弄我们——我看他也吓得不轻——但是他应付自如。先生，这人就像个魔王，毫不在乎。他说：'要是你们想拿这件事来敲竹杠，我自然也没办法。没有一个正派人愿意出乖露丑。你们开个价吧！'哼，我们逼他赔偿孩子的家庭一百英镑。他显然不同意，但看到我们这么一大群人个个摩拳擦掌，存心拿他下手，他终于也只好认了。接着的问题是如何付钱。你猜他把我们带到哪儿？就带到这门口！——抽出一把钥匙，开门走进去，接着又出来了。带着十镑金币，余额是一张开给库茨银行的支票，写着'见单即付携支票者'，签有一个名字，这个名字我不便说出来。虽然这是我的故事的主要内容之一。但至少我可以说这名字是尽人皆知，而且常常见报的。钱数确实不小，但这签名如果是真的，当然比这笔金额值钱得多。我冒昧地向那位绅士指出这张支票大有可疑之处：一个人哪能清晨四点钟闯进别人屋里，拿出一张几乎有一百镑的支票！但他淡然一笑：'放心，我跟你们待在一起，等银行开门，我自己拿这张支票去兑现。'于是我们朝银行走去。医生、女孩的父亲、一伙朋友、还有我，先到我的房间里坐等天亮。第二天一早，我们用过饭，一齐上银行去。我亲手递进这张支票，并说我完全肯定这签名是伪造的。不料结果并不是这么回事，支票是真的！"

"啧——啧。"厄塔森惊叹起来。

"瞧，你的感觉跟我一样。"恩菲尔德说，"是呵，这是个很糟糕的故事。那人是个谁也不想跟他打交道的家伙，一个真正该下地狱的恶棍；签支票的人家赀巨富，赫赫有名，而且，更糟糕的，是一个你们这批所谓功成名

---

① 爱丁堡：苏格兰一城市名。

就的人。依我看，这是桩讹诈案。一个老实人，不得不为他年轻时干的蠢事付出代价，因此这个门里的房子可以叫做讹诈堂吧。但即使这样解释，有的地方还是不太清楚。"他补充说了这一大段话，重又陷入沉思。

但厄塔森突然提出一个问题，把他从沉思中唤醒："你知不知道签支票的人是否住在这房子里？"

"应当住在里面，不是吗？"恩菲尔德说，"但我却碰巧注意过他的住址，他住在另一个广场。"

"你从来没打听过那门里住的是什么人家吗？"厄塔森问。

"没有，先生，我做事尚知分寸。我很想问个清楚，但这有点像参与末日审判。你若这么一问，就好像从山头上推下一块石头，静坐在山头看着那石头朝下滚，撞动别的石头，不用多久，一个老实人（完全出乎你预料之外的人），就会在他自家后院里，脑袋被石头打中，这一家就得换主人！不，先生，我给自己立下规矩：越是怪事，就越要少问。"

"真是条好规矩。"律师说。

"但我察看了一下这个地方，"恩菲尔德说，"它不像一幢房子，没有别的门，也没有人进出，要隔好多天，我那故事中的主人公才进出一次。底层没窗，二层楼上有三橙窗朝着那块小空地，擦得很干净，但总是关着。还有一个烟囱，大部分时间都在冒烟，所以里面肯定有人住。但也难说，院子里房子挤得很紧，说不出哪幢连着哪幢。"

两人又默默走了一段路。厄塔森忽然说："恩菲尔德，你那条规矩可真好。"

"是啊，我也这样认为。"恩菲尔德回答。

"尽管如此，"律师接着说，"我还有一个问题，我想问的就是那个往小孩身上踩的人的名字。"

"好吧，"恩菲尔德先生说，"我看这关系不大。此人名字叫海德。"

"嗨！"厄塔森说，"他什么模样？"

"很难描绘！他的相貌上有点很怪的东西，有一种叫人不快，叫人厌恶甚至害怕的东西。我从来没有讨厌一个人达到如此程度，但我说不出什么原因。他该是什么地方有点畸形吧，他给人一种强烈的畸形感。但我说不出到底在哪儿出了毛病。他是一个相貌奇特的人，但我也说不出究竟什么地方特别与众不同。不，先生，我帮不上忙，我描绘不出。这倒不是因为记忆力不行，我敢说就在此刻他的脸还浮现在我眼前。"

厄塔森先生一言不发，继续走了一段路，显然是在沉思，最后他问："你肯定有把握他用的是一把钥匙？"

"瞧你问的！……"恩菲尔德诧异得不知说什么好。

"是啊，我明白，"厄塔森先生说，"我明白我这问题太古怪。事实上我并没问你另一个人的名字，因为我已经心里明白。你瞧，理查德，你的故事正击中要害。你要是在哪个细节上说得不太精确，最好纠正一下。"

"我觉得你应该早点提醒我才对，"恩菲尔德不无恼怒地回答他，"我像个老学究一样精确。那个家伙有把钥匙，而且，他现在还带着，一个星期前我还看见他开门来着。"

厄塔森先生深深地叹了一口气，没有作声。但那年轻的恩菲尔德又说下去："这是又一个教训：我太多嘴多舌了。真惭愧。让我们讲定，今后别再提这事了。"

"我由衷地赞同，"律师说，"理查德，让我们握握手，一言为定。"

寻找海德先生

那天晚上，厄塔森先生回到他那单身汉的家里，心情烦躁，坐下来吃晚饭时没一点胃口。他每星期天的规矩是：晚饭吃完，坐在炉边，一卷枯燥的神学著作放在桌上，直到邻近的教堂钟敲十二响，他才上床。心情坦然舒畅，对上帝的恩德充满感激之情。但这天晚上，桌布一撤，他就拿了一支蜡烛走进他的事务处，打开保险箱，从最秘密的地方取出一份文件，那文件封面上写着："杰基尔博士遗嘱"。他坐下，满面阴沉地研究文件内容。这遗嘱是立书人亲笔写的。厄塔森先生虽然受托负责执行已经立好的遗嘱，但当初立书时他却拒绝给予任何帮助。遗嘱上不仅规定在拥有医学博士、民法学博士、法学博士、皇家学会会员等等头衔的亨利·杰基尔博士逝世时，他所有的财产转入他的"朋友兼恩人"爱德华·海德之手，而且还规定在杰基尔博士失踪，或无缘无故连续三个月不见踪影时，爱德华·海德也立即可以继承亨利·杰基尔的财产。除了给博士的亲属几笔小数目外，没有其他任何附加条件或义务。

这份遗嘱一直是律师的肉中刺。作为一个律师，他对这种条文感到生气；作为一个头脑清醒的、尊重生活习俗的人，他也感到恼火。在他看来，荒唐的想入非非是不正派的。更使他气恼的是，直到今天之前，他对这个海德一无所知！而今天，情况突然一变，他对海德已有所知，这使他气愤。本来，当这名字只是他无法了解的一个谜时，事情就够糟的了；而现在，这名字上又添加了那么可恶的品质，情况就更糟。

从那些长期遮住他视线的虚无缥缈的迷雾中，现在突然跳出了一个有血有肉的恶魔！

"我原以为这是发疯，"他说，把那引起他强烈反感的文件放回保险箱，"现在我开始害怕这是桩非常丢脸的事。"

说了这话，他吹熄蜡烛，穿上大衣，走向卡文迪许广场那座医学城堡，那里住着他的朋友，杰出的拉尼翁医生一家。他在那儿诊治蜂拥而至的病人。"要是有人知情，那只有拉尼翁了。"厄塔森心里想。

那面孔一本正经的管家认识他，把他迎进去，没来通报一类的繁文缛节，直接把他带到餐厅。拉尼翁正坐在那儿喝酒。这是一个生性和蔼，心宽体胖，衣着讲究，脸色绯红的绅士。蓬乱的头发过早地白了。他声大嗓粗，有种毅然决然的风度。看到厄塔森先生，他从椅子上站起身来，伸出双手表示欢迎。看那殷勤的姿态，就像在演戏，然而这却是出自诚挚的感情。因为他们俩是老朋友，中学同窗，大学校友。两人都是既自尊自爱，又互相钦佩，因此每次见面自然相得甚欢。

闲扯了一阵之后，律师就把谈话引到这个使他心里烦恼的题目上。

"我看，拉尼翁，"他说，"你和我应当是亨利·杰基尔最老的老朋友了吧？"

"我但愿咱们是年少点的朋友。"拉尼翁先生咯咯一笑，"不过我想应当是的吧。你想说什么？最近我很少见到他。"

"真的吗？"厄塔森说，"我还以为你们有不少共同兴趣。"

"曾经有过。但十年之前，亨利·杰基尔对我来说就已经是太荒唐、太过分了。他出了毛病，头脑里的毛病。虽然看在往日的情分上，我对他还是很不错的，但打那以后就很少见到他。"医生突然涨红了脸，激愤地说，"如此违反科学的无稽之谈，即便刎颈之交也得分道扬镳！"

这一场小小的发火倒使厄塔森放下心来："他们只是在科学问题上有分歧。"他想。他自己对科学（除了有关财产转让问题）并没有什么热情。他甚至还想："不过如此而已！"他停了一会儿，等他的朋友恢复镇静后，便提出了他特意来打听的那个问题："你有没有见到过他挺宠爱的一个人——一个海德？"

"海德？"拉尼翁重复说道，"没有，从来没有，有生以来没听说过。"

律师能带回到他那张大床上的，就是这么一点儿情况。他整夜辗转反侧，直到东方渐露晨曦，整整一夜没给他那辛苦的头脑提供一点休息。他的思想在漆黑一团中苦恼地折腾，被各种问题包围着。

教堂离厄塔森住所得近，钟敲七点时，他还在那个问题中翻箱倒柜。在这以前，这个问题只是使他百思莫解而已，而现在他的想象也卷了进来，更确切地说，也开始受这问题折磨了。他躺在床上翻来覆去，在漆黑的夜里，在挂着帷幔的房间里，恩菲尔德的故事闪现在他头脑中，像一卷连续的图画。他看到了夜城，一排排路灯，然后是一个人在疾走，一个小姑娘从医生那里回来，然后两人相撞，那恶魔把孩子踏在地上，不顾孩子尖叫继续往前走。或是他看到一个陈设富丽的房间，他的朋友躺着做梦，在梦中微笑，突然房门打开，帐幕撩起，这睡着的人被叫醒，瞧，前面站着一个人，拥有特殊权力，就是在这种时刻他都必须起身按其吩咐行事。一个人物，两段情节，整夜在律师头脑中作祟。他有时迷迷糊糊睡去，却看到那人更加贼头鬼脑地在大家都已睡着的房子之间穿来穿去，越走越快，越走越快，快到叫人晕眩的程度，穿过城市灯光的迷宫，在每个转弯处撞倒一个女孩子，让她躺着尖叫。但是这个角色却没有一张厄塔森一眼就可以识别出来的脸，甚至在梦中这个人也没有脸，或者只有一张看不真切的，在他眼前溶化开来的面庞。因此，在律师的心里突然产生了非常强烈的好奇心，几乎是过分的好奇心，使他非要亲眼看看这个真正的海德先生不可。他想，只要他能好好瞧上一眼，这秘密就会揭开一部分，甚至能完全揭开，正如一切貌似神秘的事都经不起仔细检查一样。他可以看出他的朋友做出如此抉择，或承担如此义务（随你怎么说吧）的理由究竟何在，甚至能看出遗嘱上那叫人胆战心惊的条款究竟是什么意思。至少，这张脸，一个没心肝、没天良的人的脸，一张只要稍一露面就让那位难得动感情的恩菲尔德长期感到憎恶的脸，是值得一看的。

从那时起，厄塔森就开始经常在那满是店铺的小街上，在那扇门前徘徊。在早晨上班之前，在中午业务最忙的时候，或者在夜里，在俯临雾城的月光下。总之，不论白天黑夜，不论什么时间，不管是阒无人迹，还是车水马龙，律师总是站在他选定的那个位置上。

他想："他能做无踪君子①，我就能做追命太岁。"

---

① "无踪君子"：原文直译即"海德先生"。"海德"英文 Hyde 动与词"躲藏"（Hide）同音，这里是双关语。

他的耐心终于如愿以偿。那是一个明朗无雾的夜，霜气凛人，街道像舞厅地板一样干净，没有一丝风摇撼灯光，因此路灯画出的光影线条分明。十点钟左右，店铺都关了门，小街上十分幽静，虽然伦敦城周围还在隐隐喧嚣，一点儿轻微的声音就能传得很远，房子里家务杂事的声音在街两边都能听到，远远就能预先听见一个行人的脚步声。厄塔森先生站在那固定的位置上已有好一阵，这时他听到一种奇异的轻快的脚步声越走越近。最近他每天夜巡，已经听惯了一个行人尚在远处、人未到声先行所产生的特殊效果。那种声音往往从城市低沉的嗡嗡声里突然跳出，变得清晰可闻。但是却从不像这次的脚步声，它是这样强烈地、明确地抓住他的注意力，他敏锐地，几乎有点迷信地预感到这次要成功。他缩进房子间的小空地。

脚步声很快逼近了，在街角转个弯，突然变得很响。律师从墙角朝外观察，很快看清他要与之打交道的是个什么人物。那人个儿很矮小，穿得相当素净；他的面容，甚至离这么远，也使观察者强烈地感到憎恶。那人笔直地向那门走去，斜穿马路以节约时间。当他走近门口时，像一个回到家的人，从袋里抽出钥匙。

厄塔森先生一步跨出，在那人擦过身边时，碰了碰他的肩膀："是海德先生吧？我想。"

海德猛然朝后一缩，倒抽了一口凉气。但他的恐惧只是一刹那间的事。他不正视律师的脸，冷冰冰地回答："正是，您有何贵干？"

"我看到您正在往里走，"律师说，"我是杰基尔博士的老朋友——住在贡特街的厄塔森——您必定听说过我。在如此不便的情况下跟您见面，还望恕罪。"

"您见不到杰基尔，他不在家。"海德说着，一边插进钥匙。突然，他头也不抬地问道："你怎么知道我的名字？"

"我也有一事乞君见惠，行吗？"厄塔森说。

"乐意遵命，"那人回答，"什么事？"

"能否让我一睹尊容？"律师说。

看得出海德犹豫了一下，但他似乎突然头一转，带着挑衅的神气，把脸对着厄塔森，这两个人一动不动、互相凝视有好几秒钟。"现在我有幸认识您了，"厄塔森说，"可能会有所裨益。"

"不错，"海德先生说，"既然我们见了面，顺便，我可以告诉您我的地址。"他说出索荷①区一个街名和牌号。

"我的老天,"厄塔森想,"他肯定也一直在想那遗嘱吧!"但他不露声色,只是嘟哝了一声,表示听懂了那个地址。

"那么,"对方说,"您怎么会认识我的呢?"

回答是:"听人说的。"

"谁说的?"

"我们有共同的朋友。"厄塔森说。

"共同的朋友?"海德先生声音沙哑地重复这几个字,"谁?"

"譬如说,杰基尔。"律师说。

"他从来没跟你说过!"海德吼起来,气得脸都涨红了,"我没想到你还会撒谎!"

"嗨嗨,"厄塔森说,"说话客气些。"

那人的嗥叫变成一声疯狂的大笑,一眨眼间他动作迅捷地打开门,消失在屋里。

海德先生走后,律师还站了一阵子,心烦意乱,然后慢慢地沿街走回去,每走一两步就停一下,以手加额,如同一个心中疑云密布、苦于索解的人。他一路走时心里在争辩的问题可不那么容易得到解答:海德脸色苍白,身材矮小,他给人一种畸形的印象,但又叫人说不出畸在何处。他的笑容令人不快,他给律师一种胆怯和鲁莽混合的可怕印象,他讲话时喉咙沙哑,低声轻语,似乎嗓子坏了,所有这些都不是好事,但这些全加起来仍不能说明厄塔森看到他时感到无可名状的厌恶、憎恨和恐怖。"总还有点别的东西,"律师心情沉重地说道,"总还有点别的东西,可是我说不出个究竟。上帝保佑,这个人实在不像有人性,好像有种人猿式的东西在里面。怎么说好呢?难道那是弗尔博士的老故事②? 还是仅仅是一个丑恶灵魂的光从里面透出来,

---

① 索荷区(Soho):伦敦一个区名。

② 弗尔博士的老故事:约翰·弗尔博士(1625—1686),基督堂修道院院长。据说他要开除一个太爱开玩笑的修道士汤姆·布朗,除非他能译出一首很困难的希腊警句诗。布朗当场口占一首:

弗尔博士,我讨厌你,
我说不清此中道理,
但这一点我完全清楚:
弗尔博士,我讨厌你。

这里借用此典故,说他对海德的憎恨说不出道理。

使包裹灵魂的肉体发生了变化？如果真是如此，哦，可怜的哈里①，杰基尔，如果我曾在一张脸上看到魔王的签名，那就是在你这位新朋友的脸上。"

在小街转弯处有一个广场，建筑都是些古老漂亮的房子，但现在已从昔日荣华高贵的地位败落下来，房间已成套或单间出租给各式人等：刻地图者、建筑师、形迹可疑的律师、野鸡公司的优理人等等。然而有一幢房子，从边上数第二幢，还是一家独占。这家大门还有一种安富尊荣的神气劲儿，虽然在这个时辰已隐藏在夜色之中，只有门楣上扇形窗还透出光来。厄塔森先生停下来敲门，一个衣冠楚楚的老仆人开了门。

"杰基尔博士在家吗，浦尔？"律师问。

"让我看看，厄塔森先生，"浦尔一边说，一边把来客让进屋。这是一间天花板较低的宽敞大厅，地面是石板铺的，像英国农村风俗，烧着一堆明晃晃的火，家具全是名贵的橡木制的。

"先生，您是在火边稍坐，还是让我给你点个灯到餐厅里坐坐？"

"就这儿，谢谢你。"律师说。他抽身坐近炉火，靠着那高高的围栏。现在只留下他一个人独自坐着的这间大厅是他的朋友、那位博士先生心爱的幻想之产物。厄塔森自己以前也常说这是全伦敦最舒适的一个房间。但今夜，他的心在不停地战栗，海德的脸沉重地压在他的记忆中，他感到（这在他是很少有的事）恶心，感到对生命的厌恶；他的精神如此抑郁，似乎在家具上反射出来的闪烁火光中、在天花板上影子不安的跳动中，他也看到一种威胁。当浦尔不一会儿回来告诉他杰基尔不在家时，他反而觉得轻松了，他有点为自己感到害臊。

"我看到海德先生从那老解剖室门里走进来，浦尔，"他说，"杰基尔博士不在时，海德也能这么进来吗？"

"不错，厄塔森先生，"那仆人回答，"海德先生有把钥匙。"

"你的主人看来对这年轻人很信任哪，浦尔。"厄塔森若有所思地继续问道。

"是的，不错，是这么回事。"浦尔说，"主人命令我们都服从他。"

"我想我从来没在这里会到过这位海德先生吧？"厄塔森又问道。

"哦，老天，没会过，先生，他从来不在这儿吃饭。"管家回答说，"实际上在屋子这边我们也很少见到他，他一般都从实验室那门进出。"

---

① 哈里（Harry）：杰基尔的名字亨利（Henry）的爱称。

"好吧，再见，浦尔。"

"再见，厄塔森先生。"

律师朝家走，忧心如焚："可怜的哈里·杰基尔？"他想，"真叫人难受，他一定日子很不好过哪！他年轻的时候有过一段放浪形骸的生活，那是多少年前的事了。不错，但是在上帝安排的法律中，是没有追诉时限的规定的。哎，肯定是这么回事：那是多年以前罪孽的幽灵，那是隐藏起来的耻辱长成的毒瘤。好多年过去了，记忆中早已忘却，自爱心早已原谅了这错误。但惩罚最后还是缓慢地，却又无法躲避地来到。"

想到这里，律师自己心中害怕起来，他也追思自己的过去，在记忆的各个角落里搜寻，怕的是碰巧一个多年的宿债会像匣中鬼①一样跳出来。他的过去真可说是白璧无瑕，很少有人能像他这样怀着极少恐惧读自己的历史；但想到做过的许多事，他依然羞愧得无地自容；又想到许多他差点儿动手却又悬崖勒马的事，一种又惊又喜的感恩心情不禁油然而生。然后，当他又重新思考那问题时，他突然看到了一线希望之光。他想："这个海德先生，只要仔细调查，肯定也有他自己的秘密。瞧那脸，肯定有些见不得人的隐私。跟他比，可怜的杰基尔做的最坏的事也像太阳那么光明。事情不能再这样下去，一想到这个怪物像贼一样摸到哈里的床边，我就凉了半截。可怜的哈里，他被人弄醒时，那景象该多惨！而且多危险！要是海德猜到有这么一个遗嘱，他很可能没有耐心等下去！哎，只要杰基尔同意，我就要力挽狂澜！"他想道，"只要杰基尔同意就行。"好像幻灯放出的影像一样，他在脑海中再次看到遗嘱中那奇怪的条款……

杰基尔博士稳坐钓鱼台

真是好运气，三星期后，博士又请客了，请的是五六个最老的挚友，都是聪明有为、声名卓著的人物，也都是品评好酒的行家。厄塔森故意在别人告辞之后再留坐一会儿。这么做并不是第一遭，至少已有几十次——只要是厄塔森受欢迎的地方，这欢迎总是热烈的。当那些快嘴的客人脚已踏上门槛，主人们都喜欢留下这个枯燥无味的律师，他们喜欢跟他坐一会儿，不受打扰，默然相对。在那欢乐热烈的气氛过后，此人深深的沉默反倒能使脑子

---

① 匣中鬼（Jack—in—the—Box）：一种玩具。一打开匣盖，里面就弹出一个玩偶鬼脸。

清醒清醒。这个规律对于杰基尔博士也不例外。此刻他正坐在炉火对面——他是个身材高大，体格健壮，容光焕发的人，约莫五十岁，神态似乎有点狡黠，但处处显露出能力非凡，而且心地善良——你可以从他脸色上看出他对厄塔森抱有一种诚挚的热烈的感情。

"我早就想跟你谈谈，杰基尔，"律师开始说，"你知道，你那个遗嘱？"

一个仔细的观察者或许能看出，对这题目博士感到讨厌，他想用几句快活话把它对付过去。"我可怜的厄塔森，"他说，"你有我这样一个委托人可真太不幸了！我从来没有看到一个人像你这样为我的遗嘱愁眉苦脸，除了那个一板一拍的老学究拉尼翁，每次谈到我科学上的异端邪说时也是这样一副苦脸。哦，我知道他是个好人——你不用皱眉——他是个呱呱叫的好人，我总希望能多和他见面，但尽管如此，他还是个迂腐透顶的老学究，无知无识而又喜欢大吵大闹的老学究。我从来没对谁像对拉尼翁那样失望。"

"你明白我可从来没赞同过这个遗嘱！"厄塔森紧追不舍，毫不留情地推开杰基尔的新话题。

"我的遗嘱？是嘛，当然啰，我知道，"博士说，口气有点刺耳了，"你早告诉过我好多次了。"

"好吧，我再告诉你一次，"律师继续说，"我最近听到了一些关于这个年轻的海德的事情。"

杰基尔博士那张面目端正的大脸突然发白，连嘴唇也白了，眼光顿时暗淡下来。"我不想再听，"他说，"我们说好不再谈这事的。"

"我听到的情况相当不妙！"厄塔森说。

"这无关大局。你不明白我的地位，"博士说，他有点举止失措了，"我的处境很痛苦，厄塔森。我的地位十分奇特——非常非常奇特，对于这种局面，空谈于事无补。"

"杰基尔，"厄塔森说，"你了解我，我是可信赖的人，你可以向我说知心话，告诉我所有的情况，毫无疑问我能帮你摆脱困境。"

"我的好厄塔森，"博士说，"你待我真好，你对我真是好到极点了。我不知道该如何谢你。我完全信赖你，要是让我选择的话，我对你的信任超过其他任何活人。哎，还超过对我自己的信任。但是，真的，情况不是你想象的那么回事，并没有糟到那种程度。还是让你的同情心安静下来吧。我可以告诉你一件事：任何时刻，只要我愿意，我就能永远摆脱这个海德先生，这点我可以向你保证。不过我对你真是感激不尽，我还要加一句话，我相信你不会见怪的：这是桩我私人的事，我恳求你别再管它。"

厄塔森眼睛看着炉火，沉思了好一会儿。

"我不怀疑你是正确的。"他最后说，站了起来。

"好吧。你既然已经谈起这事，我最后再表示一点希望，"博士继续说，"有一点我希望你能理解，我对这个可怜的海德的确关切，我怕他为人过于粗鲁，但我对这个年轻人的确有一种相当深的、非常深的关切。一旦我去世，厄塔森，我希望你答应我要容忍他，把他应得的东西都给他，我相信要是你知道其中一切情况，你肯定会这样做的。你答应我，就搬走了我心上的一块大石头。"

"我没法假装说我喜欢这个人！"律师说。

"我没问你喜不喜欢，"杰基尔恳求说，他把手放到厄塔森臂上，"我只问法律上的正义，我求你当我去世时，看在我的面上，你要帮助他。"

厄塔森忍不住长叹了一声，接着说道："好吧，我答应你。"

卡鲁凶杀案

差不多过了一年，在一八——年十月十八日那天，一桩残暴得出奇的罪行震动了全伦敦。此案因被害者地位极高因而更轰动一时。案情细节不明，但泄漏的一些情况已足够让人胆战心惊。

一个女仆，独自住在离河岸不远的一幢房子里，夜里近十一点时上楼去睡觉。虽然那天深夜浓雾笼罩着整个城市，上半夜却是晴空如洗。那女仆的房间俯临一个巷子，满月的清辉照得通明透亮。她的性格似乎有点喜爱幻想，因为她在窗前的木箱上若有所思，似梦非梦地坐了好一会儿。她从来没有（每当她讲起这段事，她老是泪流满面地说这句话），她从来没有像那一刻那样感到与世上一切人、一切思想如此和谐。正当她这么坐着，她看到有个满头白发、面容清癯的老绅士沿着小巷越走越近，而迎着他走的则是一个个儿很矮的人。她起初对这第二个人没加注意。当他们走到可以互相说话的距离（恰好在这女仆的眼前），老人领首致意，并且彬彬有礼地上去和那人攀谈。看起来他问的话也并非十分要紧。他的手指指点点，似乎只是在问路而已。此时月光朗朗，照在他脸上，那姑娘挺感兴趣地看着，因为他脸上表现出一种天真的、淳朴的善良，同时又有一种仪态高贵的神情，好像他有充足的理由应该悠然自得。不久她眼光转到另一个人身上，她惊奇地发现那个人是一个名叫海德的人，此人有一次到他主人家拜访，当时她曾对这客人感到十分憎恶。此刻这人手中正拿着一根沉重的手杖，他玩着手杖，一个字也没回答，好像是用一种不怀好意的耐心在听着。突然间，他勃然大怒，跺着脚，挥舞起手杖来。老人往后一缩，神色十分惊诧，并且有点气愤。这时，海德已经无法按捺自己的性子，他不顾一切，挥起粗手杖把老人一棍打翻在地，接着他像个猿人一样，朝倒在他脚下的老人狂暴地用脚接连猛踩几下，拼命用手杖暴雨般地狠揍。那老人的身体被摔在路面上，连骨头折断的声音都听得见。这景象、这声音是如此恐怖，那女仆当即吓得晕倒在地。

等她苏醒过来，已是半夜十二点钟。她忙去报警，凶手早已逃之夭夭。但被害者还躺在巷子里，血肉模糊，惨不忍睹。那根杀人用的手杖虽然是稀有的质地坚硬的木料制的，在这场疯狂的暴行中也因用力过度而断成两截，一半滚落在附近的沟里；另一半肯定已被凶手携走。一个钱包和一只金表压在被害者身子下面，但没有名片或任何纸张，只有一封封好的信，大概是他带往邮局去寄的，信封上写着厄塔森先生的地址和姓名。

这封信第二天一大早律师还没起床就被送到他那儿。他看了这信，听人们介绍了情况，立即严肃地紧闭起嘴唇。"等我看到尸体再说吧。"他说，"这可能是件非常严重的事。劳驾略等片刻，让我穿上衣服。"他脸色阴沉地匆忙吃了早点，就坐马车赶到警察局。尸体已经运到那里。他一看那小房间就点点头。

"不错，"他说，"我认识他。我很遗憾，这是丹佛斯·卡鲁爵士。"

"我的上帝！"警官惊叫起来，"先生，这可能吗？"但职业上的雄心立即使他眼睛发亮了。"这可有一场好戏了！"他说，"你大概能帮我们找到这个人吧？"他简单地把那女仆看到的情况介绍了一下，把那半截手杖拿给律师看。

厄塔森听到海德的名字早就吓了一跳，当这段手杖放在他面前时，就毫无怀疑的余地了。虽然已经折断破裂，但他认出这是他多年前赠送给亨利·杰基尔的一根手杖。

"这个海德先生是个矮个儿？"他问。

"特别矮小，相貌相当凶恶，这是那女仆说的。"警官回答道。

厄塔森思考了一会儿，然后抬起头说："如果你搭我的车跟我走，我想我能把你带到他家里去。"

此时已是上午九点钟，那天正遇上这季节的第一场雾。一种巧克力色的帷幕从天上挂下来。只是风不断地冲击着，驱开这城墙一般厚的雾气。因此，当马车从一条街爬向另一条街时，厄塔森看到昏暗晨光中的各种层次和各种色调。有的地方黑得就像深夜最暗的时候，有的地方却是色彩浓艳的红棕色，就像一场奇异的大火照亮了烟雾；有的地方雾气暂时被驱散，一抹憔悴的日光穿过旋转的雾圈落到地面。在这千变万化的光线下，索荷区那阴霾的房子，那泥泞的路面，那些衣衫褴褛的行人，那几乎从来没有熄过，也从来没有好好点亮以击退黑暗卷土重来的街灯，在律师的眼中，这地方看起来好像是一个梦魇中的城市。除此以外，在他自己的思想里也充满了最阴森的色调。当他的眼光落到与他同车的警官身上时，他也感到一丝对法律和执法官员的恐惧，因为，法律偶尔也可能打击到最诚实的人身上。

马车驶到预定地点时，迷雾已稍澄清了一些，露出一条肮脏的街道、一家酒店、一个低级的法国饭馆、一家零售一分钱杂货、二分钱凉拌菜的小店。一伙衣衫破烂的孩子拥挤在门口，各种民族的妇女们走进走出，钥匙提在手中，出来喝一杯晨酒。但一会儿雾又落了下来，像赭石一样的深褐色，把人们跟那肮脏下贱的背景分隔开来。这就是亨利·杰基尔心爱的朋友的家，而这个人却是二十五万英镑资产的继承人！

一个面孔仿佛是象牙制的白发老妇开了门，她脸相凶恶，但因挂着虚伪的笑容而显得稍和气些。她的举止也还相当有礼。"是啊，"她说，"这就是海德先生的寓所，但是他不在家。他昨天夜里很晚才回来，不到一小时又走了。这没什么可奇怪的，他的生活毫无规律，经常不见人影。譬如说吧，昨晚之前，他已经两个月没回来过。"

"很好，我们想看看他的房间。"律师说。但那女人声明这不可能。于是厄塔森说："我最好告诉你这个人是谁，这是苏格兰场①的纽可曼警长。"

这女人的脸上马上出现一种狞恶的笑容："啊，他出事了！他干了什么？"

厄塔森和警长交换了一下眼色："这个人看来很不得人心。""那么，"警长说，"我的好太太，让我和这位先生去看一下吧。"

整座房子就住着这老太婆一个人。海德只用了其中两个房间。但那两个房间的陈设不仅富丽，而且趣味高雅。有一个柜子里放满了酒，盘子是银的，餐巾很素净，一幅名画挂在墙上，这必定是（厄塔森心里想）亨利·杰基尔送的礼物。杰基尔是个美术品鉴赏家。地毯相当厚，颜色很悦目。但这

---

① 苏格兰场：伦敦警察局。

房间好像才被人匆忙搜寻过的样子。衣服扔在地上，口袋翻了出来，带锁的抽屉拉开着，炉架上有一堆灰，看来刚烧掉不少纸。从这灰烬中警官捡出一本绿色的没烧完的支票簿票根。在门背后找到了那手杖的另半截。警官看到他的推测得到了证实，兴高采烈。到银行去跑一转，发现凶手有几千英镑的存款，更使他感到满意。

"你可以放心，先生，"他对厄塔森说："他已经在我手心里。他是昏了头，不然不至于把那半截手杖扔在家里，更不会烧掉那支票簿。本来嘛，钱就是命。我们只消在银行等他，同时发出通缉告示就行了。"

然而这后一个措施并不那么容易落实，因为海德先生只有寥寥可数的几个熟人，甚至那女仆也只见过他两次。他的家眷无踪可寻，他也从来没拍过照。而那几个能描述他相貌的人，说法又大相径庭。这也难怪，一般人观察别人都是如此。只有一点，他们都看法一致，那就是，这个在逃犯给所有的人印象最深之处就是一种畸形感；无法说清，而又叫人始终难以忘怀的畸形感。

信件插曲

等到厄塔森能抽身上杰基尔博士家去时，已是下午很晚的时候了。他马上被浦尔引进去，穿过厨房和院子，这院子原先是个花园。他们走进那幢既称作实验室，又称作解剖室的房子。博士是从一个有名的外科医生的继承人手中把这房子买下来的。他自己的兴趣主要在化学上，而不是解剖学，所以他把底层建筑改作别的用途。律师还是第一次走到他朋友寓所的这一部分。他挺好奇地看着那幽暗的不开窗的房子，环顾四周，他有一种奇异的感觉，很不是滋味。他穿过阶梯教室，那里原先渴望求知的学生人头簇拥，现在却静悄悄阴森森的。桌子上堆满化学仪器，地板上到处是箱篓，四处都扔着填瓶子的麦秸。暗淡的光线穿过已不太透明的圆顶。在教室的一头有楼梯通向一扇门，穿过门，厄塔森最后被引进博士的工作室。那是个大房间，周围都是玻璃罩面的橱柜。

除了其他陈设外，还有一面落地大镜子和一张办公桌。一个蒙满灰尘的带铁栏的窗子向着房子之间的空地开着。炉膛里生着火，炉台上点着一盏灯，因为甚至在房子里面都落下了厚沉沉的雾。在那里，紧靠着火边，坐着病容惨戚的杰基尔博士。他没站起来迎接客人，只伸出一只冰凉的手，口中表示欢迎，但他的嗓音都变了。

等浦尔一走出房门，厄塔森就说：“你听说这事了？”

博士浑身一颤：“他们在广场上大叫大嚷呢！我在餐厅里听到了。”

“一句话，”律师说，“卡鲁爵士是我的委托人，你也是。我要知道我应该如何行事。你不会疯狂到把这家伙藏起来吧？”

“厄塔森，对着上帝起誓，”博士嚷道，“我对着上帝起誓，我再也不想见他，我以我的名誉向你保证，我在这世界上已跟他一刀两断。一切全结束了。实际上他也不需要我帮助。我了解他，你不了解。他现在很安全，非常安全。你留心听我的话：他永远不会再露面了。”

律师心情阴郁地听着他说，他不喜欢博士那发热病似的神态。“看起来你对他倒是挺放心，”他说，“为了你，我希望情况的确如此，要是弄到法院去，你的名字会被提出来。”

“我对他的确放心，”杰基尔说，“我有理由放心，这一点别人没法理解。但有一件事我要请你指教，我——我收到一封信，我不明白是否应当交给警方，我把它给你，厄塔森，我能肯定你能作出最好的判断。我最信任的人就是你。”

“我想你是怕这信会使人追踪到他，对吗？”律师说。

“不，”博士说，“我对这个海德结局如何不再关心，我已跟他从此断绝来往。我只是在考虑这桩糟糕的事情可能败坏我的名声。”

厄塔森缄默良久。他对朋友的自私感到吃惊，但同时又感到松了一口气。“好吧，”他最后说，“让我看看这信吧。”

这封信笔迹奇特，线条陡直，签名是爱德华·海德，内容很简短，说是写信人的恩人，杰基尔博士，使他很久以来深蒙恩眷，沾沐厚泽，他无以为报，深以为憾。现在，可以不必为他的安全担心。他已决定逃亡，到一个他认为极安全的地方。律师见这信当然十分欢喜，这封信说明这两人的关系比他以前的看法要磊落得多。他责怪自己以前的某些猜测太过分了。

“信封呢？”他问。

“我烧了，”杰基尔说，“我还没意识到自己在做什么就把它扔到火里去了。但那上面没有邮戳，信是他打发人直接送来的。”

“要我把信带走，妥善藏起来吗？”厄塔森问。

“我希望你代我作全盘考虑，”博士回答，“我已失去自信。”

“好吧，我来考虑一下。”律师说，“我还有一句话：是海德要你在遗嘱里写了那一段关于失踪的条款吗？"

博士显得好像一阵眩晕突然发作，他两眼紧闭，点了点头。

"我早就明白，"厄塔森说，"他想杀害你，你算是死里逃生了。"

"我得到的东西比生命重要，"博士庄重地说，"我得到一个教训——哦，上帝，厄塔森，我得到了多大一个教训！"有好一阵子，他用手捂着脸。

律师走出来后，停下来跟浦尔说了几句话："顺便问你一件事，"他说，"今天有人送来一封信，那送信的人是什么模样？"可是浦尔肯定地说今天除了邮班没人送过信来。"而且邮班送来的也只是报纸。"他补充说道。

律师带着这个消息走了，恐惧又重新回到心头。很明显，信是从后门递进来的，很可能就是在博士房间里写的，要真是那样的话，此信就得仔细查看，慎重处理。他一路上听到报童在人行道上喉咙都嚷哑了。"号外！惊人消息！议员被杀！"——这就是他的一个朋友，一个委托人的葬礼演说。他止不住一阵恐怖，怕的是另一个朋友的好名声也会被这件丑闻的漩涡给吸进去。至少，这是一个棘手的问题，他一向独自作出判断，此时却盼望能有人指点。当然，不便直接询问，但是他想可以旁敲侧击地听点意见。

不久，他就在自己的火炉旁，与他的事务所主任盖斯特先生面对面坐着。两人中间，离炉火不近不远的地方放着一瓶储藏在地窖里多年的陈年佳酿。浓雾枕在自己的翅膀上，躺在这个被淹没的城市上空。灯光闪烁，就像红宝石的光芒。虽然这些厚积在地面的云压住了声音，这城市日常生活的进程仍在穿过那些大动脉滚动，有如吼叫的风声。而在这火光融融的房间里，气氛却是愉快的。在酒瓶中，酸味早就化为醇香，浓艳的色彩随着时间而变得柔和，而在雾水滴滴的窗子里，天色已越来越浓。在丘坡上的葡萄园里，秋日下午炎热的阳光已经准备好冲下来，驱散伦敦的雾气。不知不觉，律师全身舒畅起来。他对任何人都没有像对盖斯特先生透露过那么多的秘密，有时连他自己也不清楚是否已在此人面前讲了他本不愿讲的事。盖斯特经常处理与博士有关的业务，常到杰基尔家去，并且也认识浦尔，他不太可能没听说过海德先生，他可能也明白此种情况。是不是索性也让他见见这封把秘密捅穿的信？尤其是因为盖斯特专门研究过书法，是个鉴定笔迹的行家。因此，是否可以认为走这一步不会有害处，甚至很有必要？况且这个职员是个很有点见地的人，他不会读了这么一份奇怪的信件而不提半点看法的。而他的意见可以帮助厄塔森安排他可以采取的部署。

"丹弗斯爵士的事真叫人难过！"他于是说。

"不错，先生，真的，现在是舆论鼎沸，"盖斯特说，"这个家伙当然是发疯了。"

"我倒想听听你的看法，"厄塔森说，"我这里有一份他亲笔写的东西。此事只在你我之间，不宜与外人道，因为我还不知道该如何处理。说得再好听些也是件丑事。你来看，这就是一个杀人凶手的亲笔信。"

盖斯特眼睛发亮了。他立即坐下，认真地研究起来。"不，先生，"他说，"毫无疯狂的迹象，只是笔法奇异。"

"据大家说的情况看来，写这信的人确实是个怪人。"

正在这时，仆人走进来，送上一张便条。

"这是杰基尔博士写来的条子吗？"那职员问，"我想我认识这笔迹，有什么不便让人知道的事吗？厄塔森先生。"

"只是请我去吃饭罢了。怎么啦？你想看看？"

"就看一眼。谢谢你，先生。"那职员把两张纸并排放在前面，仔细比较。"谢谢你，先生。"他最后说，把两张纸都还给厄塔森，"的确是一封非常有趣的亲笔信。"

有一阵子两人都没说话，因为厄塔森内心在激烈斗争。"你为什么要把两封信这么比较，盖斯特？"他突然问。

"呃，先生，"那职员回答说，"这两者之间有一种古怪的相似之处，两种书法在许多特点上是相同的，只不过倾斜方向不同罢了。"

"太离奇了！"

"不错，正如你说的，太离奇了。"盖斯特回答道。

"我不会跟别人讲这件事，你明白。"

"是的，先生，我能理解。"

但当只剩下厄塔森一个人留在房间里时，他立即打开保险箱，把这封信锁在里面，让它从此永远留在那里了。"这还了得！"他想道，"亨利·杰基尔为杀人凶手伪造信件！"想到这里，他不由得浑身冰凉。

拉尼翁医生的怪事

时间一天天过去，出了几千英镑的赏钱，因为丹佛斯的死被舆论认为是对社会的威胁。但是海德先生从警方的视野中永远消失了。似乎此人从来没有存在过。这人过去的历史已被翻出不少，都是些声名狼藉的听闻：不少事讲到此人的凶恶，残暴到毫无人性的地步；他与之打交道的都是一些怪人；还讲到此人自始至终到处引起别人憎恨。但这个凶手目前的行踪则杳无音讯。自从那天早晨他离开索荷区的房子起，这个人似乎被墨水涂掉了。

光阴荏苒，厄塔森开始从惊恐之中恢复过来，感到比较安心了。对他来说，海德先生的消失足以抵偿丹佛斯爵士之死而有余。对杰基尔博士来说，既然罪恶的影响已经消失，他就可以开始新的生活了。他从他那蛰居之处走出来，与朋友们重新交往。他一向以支持慈善事业而声誉卓著，现在则更以宗教信仰而名噪一时。他很忙，越来越多地参与公共事务，干得不错。他容光焕发，好像意识到自己做的好事可以消除内疚。有两个月之久，博士生活得很安宁。

一月八日，厄塔森在博士家小宴。只有几位挚友同桌，包括拉尼翁医生。主人瞅瞅厄塔森，又瞅瞅拉尼翁，一如那美好的昔日，这三人还是不可分离的朋友时的样子。十二日，接着十四日，律师却被挡驾了。"博士没法走出房间，"浦尔说，"他没法见客。"十五日他又试了一次，仍被拒见。近两个月他已习惯了几乎天天见到他的这位朋友，现在重新回到孤独之中，使他心情沉重。第五夜他留盖斯特吃晚饭，第六夜他去见拉尼翁。

至少在这里他不会吃闭门羹，但他一进门，看到医生外貌变得那么厉害，他大吃一惊。从医生脸上可以明显看出他已临死期不远。以前红润的面孔，现在已变成死白，肉全掉了。头发明显地秃了不少，人已苍老了许多。不仅是这些肉体上的迅速朽败征象，就连他的眼神，他的举止仪态，都令人觉得他有一种深入骨髓的恐怖。作为一个医生，他不应当怕死，但是厄塔森不得不如此怀疑。"是的，"他想，"他是个医生，他知道自己的状况，他离死不远了。知道这情况使他无法自持。"奇怪的是，当厄塔森说出他脸色不太好时，医生竟语气肯定地宣称自己已是必死无疑。

"我最近受了一次惊吓，"他说，"我再也不会复原，只是几个星期的事了。生命是可贵的，我热爱它。是啊，先生，我以前一直热爱生活。有时我想，如果我们无所不知，我们就会更从容地离开人间。"

"杰基尔也病了，"厄塔森说，"你见过他吗？"

拉尼翁立即脸色大变，他举起颤颤巍巍的手。"我不想见到这个杰基尔博士，也不想听人说起他！"他嗓门很高，但声音发抖，"我与这个人已经一刀两断。我希望你行行好，别再提这个我已把他当做死人的人。"

"啧——啧，"厄塔森说，然后，经过了好长一段时间沉默，他终于问道："我能做点什么吧？我们三个人是好朋友。拉尼翁，我们的余年也不会再有这么好的朋友了。"

"毫无办法。"拉尼翁说，"你去问他自己吧。"

"他不愿见我！"

"我也料想如此。"医生说，"总有一天，厄塔森，等我死了，你可能会知道这里面的是非曲直。现在我无可奉告。你如果能坐下来跟我谈谈别的事，看在上帝面上，就坐下来谈谈。要是你非谈这该死的题目不可，我以上帝的名义请你还是走吧，我受不了。"

厄塔森一回到家，就坐下来写信给杰基尔，指责他为什么又离群索居；问他与拉尼翁断交的原因。第二天他收到一封很长的回信，措词感伤。有的地方语意十分神秘。他和拉尼翁的破裂已无可挽回。"我不责怪我们的老友，"杰基尔写道，"但是我同意他的看法，我们不能再见面。我决定从今天起将过一种完全与世隔绝的生活。虽然我的门将永远关着，哪怕对你也不例外，但请你不必惊讶，不要怀疑我们的友谊。你必须放手让我走自己的黑路。我已经给自己带来我无以名之的一种惩罚，一种危局。如果我是罪魁祸首，我也是受害最多的人。我无法想象这个地球上还有另一处会有我现在所受的这种非人的痛苦和恐怖。但你厄塔森也是爱莫能助，你只能做一件事来减轻我命定的痛苦，那就是尊重我的沉默。"

厄塔森怔住了。本来，那魔王的影响已经消除，博士已经回到他旧日的工作中，回到朋友圈子里。仅仅一星期前，前景还似乎光明灿烂，博士的余年看来还能安享富贵寿诞。但曾几何时，友谊，心灵的安谧，甚至全部生活都被击得粉碎。如此巨大的不期而至的变化只能说明疯狂，但是拉尼翁的神情和言谈，透露着其中似有更深的原因。

一星期后，拉尼翁医生已卧床不起，又过了不到半个月他就去世了。参加葬礼那天，厄塔森悲痛欲绝。回来后，他把事务所大门落上锁，在惨淡的烛光下抽出一个信封放在面前，这信是他死去的朋友用自己的印章封的口。信封上手书着一行字："私人密件；由加·约·厄塔森在单独一人时亲启；万一他去世，必须不经启阅直接销毁。"这行字下面画着强调记号。律师心情惶惑地看着这行字。"今天我已经埋葬了一个朋友，"他想，"要是这信再送了另一个朋友的命怎么办？"但他立即谴责自己的胆怯和对友谊的不忠。他打开了封印，可是里面还有一层包封，同样密封着，面上写着："到亨利·杰基尔博士死亡或失踪后方可启阅。"厄塔森简直不相信自己的眼睛。

是的，失踪，又是这两个字，跟他早已还给杰基尔本人的那份疯狂的遗嘱一样，又把失踪这概念和亨利·杰基尔的名字放在一起。但在那份遗嘱里，这个写法来自海德那个家伙恶毒的建议，显然居心不善，用意非常清楚。不过拉尼翁亲手书这几个字又作何解释呢？这位受托律师的心里产生了强烈的好奇心。他想不顾那禁令，直接揭开这些神秘事件的底细。但职业上的自尊、对死去朋友的忠诚使他养成了一种严格的责任感，因此这封信又放入他私人保险箱最深的角落里。

但是，抑制好奇心是一回事，战胜它又是另一回事。很可怀疑，从那天起厄塔森希望见到他那还活着的朋友的心情是否还那么迫切。他想念杰基尔，但他的想法时常使他心烦意乱，甚至不寒而栗。他去看博士，但仍被拒绝，这倒反而使他轻松一些。可能在他心中他还是情愿在露天，在城市的喧嚣中跟浦尔在门口说上几句，而不太愿意被引入那自愿幽闭者的屋子，坐下来与这不可思议的隐士谈话。浦尔实际上没有什么好消息可奉告。博士显然把自己关得比以往更紧闭，整日躲在实验室楼上的工作室里，甚至夜里也睡在那儿。他精神委顿，沉默寡言，看来心事重重。厄塔森每次听到的消息如此雷同，他耳朵都听熟了，以至他来访的次数也渐渐稀疏了。

窗口发生的事

这事发生在一个星期天。厄塔森又和恩菲尔德一起进行他们惯常的散步，他们又一次走过那条小街，又一次走到那扇门跟前。两个人都停住了，眼睛望着那扇门。

"嗯，"恩菲尔德说，"那个故事终于结束了。我们再也见不到海德先生了。"

"我希望别再见到他。"厄塔森说，"我有没有告诉过你我曾见到这人一次，而且也跟你一样产生一种反感？"

"是啊，这两件事必然会联系在一起。"恩菲尔德说，"顺便说一句：你大概不致认为我是个大蠢驴，当时竟然不知道这是杰基尔博士家的后门！虽然这是我自己后来发现的，但我终究弄清了这个问题，我看这件事你也要负一部分责任。"

"那么你也明白了，是吗？"厄塔森说，"既然如此，我们不妨走进那块小空地，看看上面那三樘窗子。告诉你实话，我对可怜的杰基尔很不放心，哪怕咱们是在外面，能看到朋友一面，对他总是好事吧。"

空地里凉飕飕的，有点潮湿，黄昏似已过早来临，虽然头顶上高高的天空仍照耀着落日的光芒。三槽窗扇中间的一个半开着，厄塔森看到杰基尔博士紧靠窗坐着，在呼吸新鲜空气。他形容枯槁，像个苦不堪言的囚徒。

"是你，杰基尔！"他叫起来，"我相信你近来身体好些了。"

"我情况很糟，厄塔森，"博士疲倦地回答，"非常不好，我的日子不会长了，感谢上帝。"

"你待在屋子里时间太多了，"律师说，"你应当出来，活动活动，就像恩菲尔德先生和我一样。这是我的表弟恩菲尔德先生——杰基尔博士。出来吧，戴上帽子，稍微溜达一会儿。"

"你真好。"博士叹了口气，"我很想出来，但是不行，不行，这是不可能的，我不敢。可是真的，厄塔森，见到你我很高兴，这确实是一件非常愉快的事。我很想请你和恩菲尔德先生上来，但这地方不太合适。"

"没什么，"律师和蔼地说，"我们就待在下面跟你谈一会儿，这就挺好。"

"这也就是我想冒昧提议的。"博士脸上露出微笑回答说，但这句话还没说完，他脸上的微笑就一下子不见了，而突然冒出一种恐怖和失望已极的神情，使下面的两个人毛骨悚然。他们只瞥到一眼，因为窗子马上啪的一声关上了。但这一眼也就够了。他们转过身，离开那地方，一言不发。他们穿过马路，仍是沉默着，直到他们来到一个邻近的大街，那里即使在星期天也是生机盎然，熙熙攘攘。这时，厄塔森先生才转过身来看着他的伙伴。他们两人都吓得面无人色，眼睛里也同样充满恐惧。

"上帝饶恕我们，上帝饶恕我们！"厄塔森说。

但是恩菲尔德只是严肃地点了点头，继续走路，再次陷入沉默。

最后一夜

一天晚饭后，厄塔森正坐在炉火边，很惊奇地看到浦尔来访。

"老天爷，浦尔，什么事把你使来了？"他嚷嚷起来，仔细看了看浦尔，"你生病了吗？还是博士生病了？"

"厄塔森先生，出事了。"来人说。

"坐下来，喝了这杯酒。"律师说，"来来，别慌，一五一十地跟我说。"

"您知道博士的生活习惯，先生，"浦尔回答说，"您也知道他是怎样把自己关起来的。嗯，他最近又把自己关在工作室里，我可不喜欢，厄塔森先生，我害怕。"

"来来，我的好伙计，"律师说，"说清楚点，你怕什么？"

"有一个星期了，我一直心里害怕，"浦尔说，闭口不答律师的问题。"我再也受不了啦。"

这个人的表情给他的话作了充分的证明，他的动作变得很笨拙。除了第一次说他害怕，他一直没再朝律师看一眼。甚至现在他坐在那儿，酒杯捧在膝上，滴酒未尝，眼睛只盯住墙角。"我再也受不了啦！"他说。

"来吧，"律师说，"我看你是有话要说，浦尔，我看是出了什么严重的事，告诉我，是怎么一回事？"

"我想这里面有谋杀……"浦尔嗓子沙哑地说。

"谋杀！"律师大吃一惊，叫了起来，接着又有点恼怒："什么谋杀！你这是在说什么呀？"

"我不敢说，先生，"管家回答，"您能跟我一起去亲眼瞧瞧吗？"

厄塔森的回答是立即站起来，戴上帽子，穿上大衣。他惊奇地发现当他做这些事时，管家脸上显得宽心多了。他也惊奇地发现管家一口未沾就把酒杯放下跟着他走了。

这是一个狂风呼啸、寒气袭人的典型的三月之夜。一勾惨淡的弯月朝后躺着，好像被风吹倒了，又酷似一条轻纱或细麻布的碎片在空中飘荡。风很紧，谈话很困难，而且使血液一阵阵涌到脸上。风好像已把街上行人一扫而空，厄塔森从没见过伦敦这个地区如此荒凉。他但愿行人多几个，他一生从来没像现在这样盼望能多看到几个人，多接触几个人。他努力克制自己的情绪，可是心中却涌起一种大难临头的沉重预感。他们走到广场，那里风沙满天，花园里黄叶稀疏的树枝在抽打着篱笆。浦尔一路上总是走前一步，这时却停在人行道中间，尽管寒气砭人肌骨，他还是脱下帽子，用一块红手帕擦脑门子。他一路走得很急，但他擦的却不是赶路出的汗，而是一种使人窒息的痛苦引出的汗。他脸色苍白，说话时嗓音沙哑，而且语不成句。

"先生，"他说，"我们到了，上帝保佑别出什么事。"

"但愿如此，浦尔。"律师回答。

仆人小心翼翼地敲门，有人从里面解开链子，一个声音问道："是浦尔吗？"

"不错，是我，"浦尔说，"开门吧。"

他们走进大厅，大厅中间生着旺火，整个厅堂照得通明。所有的仆人，男的、女的，全都围在火炉边上，好像一群羊似地挤在一起。看到厄塔森，那女仆歇斯底里地抽泣起来，而厨子则大声喊："上帝保佑，厄塔森先生来了！"他奔上来，好像要抓住厄塔森的手臂。

"怎么？怎么？你们都待在这儿？"律师不高兴地说，"不正常啊，不太好吧，你们的主人会不高兴的吧。"

"他们都害怕。"浦尔说。

一阵静默，没人声辩，只有那个女仆的哭声越来越响。

"别嚷了！"浦尔朝她嚷嚷，语气如此凶狠，说明他自己的神经紧张之极。实际上当那姑娘突然放开嗓门大哭起来时，大家都惊跳起来，朝里面门看，好像担心什么可怕的事会发生。"喂，"管家对那小厨工说，"给我拿一支蜡烛来，我们马上来把这桩事弄个清楚。"然后，他请求厄塔森先生跟着他走进后花园。

"先生，来，"他说，"请您尽可能步子放轻些。我让您听听，但您自己别被他听见。我先说清楚，先生，如果他真叫你进去，你可千万别进去！"

这个安排方式使厄塔森神经突然一紧，差点使他慌了神。但他马上鼓起勇气，跟着管家走进实验室，穿过那个堆满篓子瓶子的阶梯教室，走到楼梯跟前，浦尔就在这儿打手势叫他站在门边仔细听，而浦尔自己则把蜡烛放下，壮起胆喊了一声，走上台阶，有点犹豫地敲敲镶铺着厚呢的房门。

"先生，厄塔森先生想见您。"他叫道。他一边叫，一边做剧烈的手势，叫厄塔森注意倾听。

里面有个声音回答："告诉他，我不能见任何人。"那声音充满了怒气。

"谢谢您，先生。"浦尔说，话音里颇有点得意扬扬的味道。他拿起蜡烛，领着厄塔森穿过院子走回大厨房。那里炉火早熄了，虫子在地板上乱跳。

"先生，"他说，看着厄塔森的眼睛，"这是我主人的声音吗？"

"好像有点变了……"律师说，脸色苍白，也瞪眼瞧着对方。

"变了？不错，我想是这么回事。"管家说，"我在这个人家里干了二十年，会辨不出这个声音？不，主人已经被谋害了，八天前就被人干掉了。那天我们听见他呼天抢地地哭。可是里面要不是主人又是谁呢？为什么要耽在里面老是喊上天救助呢，厄塔森先生？"

"这可真是件怪事，浦尔，不如说这是个疯狂的故事，我的伙计！"厄塔森先生咬着自己的手指说，"但是，假如情形正如你设想的，假定杰基尔博士已经被——嗯——被杀害了，又是什么原因使凶手留在那里呢？这推论不能成立，无法自圆其说。"

"好吧，厄塔森先生，您是个不轻易相信别人话的人。我再告诉您一点情况：最近一星期来——您应当知道——这个人，或者这个家伙，或者随便您怎么称呼房间里住着的这个东西，白天黑夜都在哭，要一种什么药品，但老是想不起来。他把他的命令写在一张纸上扔在楼梯上——这倒是我主人原先的作风，是他的做法。最近一个星期我们得到的没别的东西，只有命令，和关紧的门。饭留在楼梯口，等没人的时候被偷偷拿进去。先生，每天——哎，有时一天两次，三次——扔出命令，有时扔出的是怒气冲冲的话。我被使得满城飞，去找每一家化学药品批发店，每次我拿回那些玩意儿，总会再接到命令，要我退回那家店去，说那东西不纯，要我上别的店。这种药他要得那么紧，先生，是为了什么呢？"

"你有他写的这种纸条吗？"厄塔森问。

浦尔在口袋里掏摸，拿出一张皱巴巴的纸，律师靠着烛光仔细地看，上面的文字是这样的：

"杰基尔博士向毛乌店号老板致意。他肯定刚购的那批货质地不纯，不合他目前的用途。在一八——那一年，杰基尔博士曾向贵号购得数量相当大的一批货，他现在恭请贵号竭尽全力仔细搜寻，若有任何数量存留，请立即给他送来，价格不予考虑，因此物对杰基尔博士来说，其重要性无法估量。"至此为止，这封信还是写得够平静的，但在这儿，墨水一溅，写信的人情绪控制不住了，"看在上帝面上，"他又写了一句，"给我找点那批老货色来吧！"

"真是个奇怪的条子！"厄塔森说着，转向浦尔责问道："你怎么打开信的？"

"毛乌店号的人发了火，先生，把这信像废纸一样扔还给我。"浦尔慌忙解释。

"你难道看不出这毫无疑问是博士的笔迹吗？"律师又问。

"我看像。"仆人愁眉苦脸地说，但他立即又换了一种口气："笔迹算得了什么！我见到过这个人！"

"见到过这个人？"厄塔森心不由己地重复他的话，"怎么回事？"

"就是见到过嘛！"浦尔说，"是这么回事：我从花园里突然走进阶梯教室，他看来是从工作室里出来找药品，或是找其他东西的，因为房门开着。他在教室那一头的篓子里翻寻，我走进去时他抬头朝我看一眼，大叫一声，转眼就奔进工作室里去了。我只看到他一眼，但当即头发在我头上一根根竖起来，就像猪鬃一样！先生，如果这是我的主人，为什么他脸上有个假面？如果这是我的主人，他为什么要像老鼠一样叫起来，从我跟前逃走？我给他干事的时间够长的，因此——"他停住没说下去，用手抹了一下脸。

"这可真是桩怪事。"厄塔森先生说，"经你这么一说，我想我有点明白个中底细。浦尔，你的主人看来是得了一种使人很痛苦、甚至能变形的怪病，很有可能这就造成了他的嗓音改变，造成了所谓假面具，使得他不愿见朋友，使得他拼命想找到那种药。这个可怜的人还保留一线希望，靠这种药可以复原——上帝保佑他不至失望。这就是我的解释。浦尔，哎，想起来怪怕人的，但事情很清楚，很自然，互相符合，互相印证，可以让我们摆脱不必要的惊慌。"

"先生，"管家说，脸上红一块，白一块，"但这个人不是我的主人，我说的是真话。我的主人——"说到这儿他朝四周看了看，开始耳语："是个大高个儿，而这人是矮个子。"厄塔森想反驳，但浦尔嚷了起来："哦，先生，您以为我干了二十年还不认识自己的主人？你以为我不知道在他房门口时他头要朝哪边转？我会不知道我这一生每天早晨能在哪儿看到他吗？不，先生，那个戴假面的人绝对不可能是杰基尔博士——上帝才知道那是个什么东西。但反正不是杰基尔博士，我从心底里相信发生了谋杀案。"

"浦尔，"律师回答说，"如果你这么说，我就有责任把事情搞个水落石出。我非常愿意体谅你主人的感情，可是这张条子让我糊涂了，根据这条子判断，你主人还活着。但我还是认为我有责任把门撞开。"

"啊，厄塔森先生，这才是您说的话！"管家大声说道。

"现在还有第二个问题，"厄塔森继续说，"谁来干这事？"

"怎么？我和你！"浦尔毫无惧色地回答。

"说得好！"律师回答，"无论出现什么情况，我会承担责任，不会让你吃苦。"

"阶梯教室里有一把斧子，"浦尔说，"你可以拿那根拨火棍武装自己。"

律师把那根粗重的工具提在手中，掂量了一下："你知道，浦尔，你我正面临把自己置身于一个有点危险的局面。"

"是这么回事，先生，不错。"

"好吧，那么我们应当有话直说。"律师说，"我们俩心里的话其实都没有全部说出来，让我们说清楚，你见到的这个戴假面的家伙，你能认出他是什么人吗？"

"嗯，先生，他跑得那么快，弓着身子，我很难说我是不是看清楚了。"管家回答说，"但是，如果您的意思是说这个人是不是海德先生——，是啊，我想他就是！您看，身材很像，动作同样轻巧！除他以外还有谁能从实验室那里进来呢？大概您没忘记吧，先生？那桩谋杀案发生时钥匙还在他手里呢！还有，我不知道您是否见过这个海德先生？"

"见过，"律师说，"我跟他说过一次话。"

"那么您一定和我们一样知道这位绅士身上有点奇怪的东西——一种叫人毛骨悚然的东西——我不知道该怎么说才好，先生，比这还严重，你简直会觉得你的骨髓都在发凉，发毛。"

"我承认我也感到有点你描写的那种感觉。"厄塔森先生说。

"就是这么回事！"浦尔回答，"瞧，我看到那个戴假面的家伙，像猴子一样从药品堆里跳出来，逃进房间里，我就感到像冰水从我背脊一直浇下去似的。哦，我知道这不能算证据，厄塔森先生，这点书本上的知识我还是有的，但一个人总有他的知觉，我敢对着我的圣经起誓，这个人就是海德先生。"

"哎，哎，"律师说，"我怕的也正是这个。罪孽一旦铸成，我怕总会有恶报。哎，真的，我相信你，我相信可怜的哈里已经被杀害了，我也相信这凶手（只有上帝才知道是什么原因）还在他的被害者的房间里摸来摸去，让我们复仇吧。把布拉德肖叫来。"

那个男仆被唤来了，他脸色苍白，神情紧张。

"打起精神，布拉德肖！"律师说，"这桩情况不明白的事我知道，你们大家都挺不好受，但我们现在决心把它弄个水落石出。浦尔在这里，还有我，我们俩闯进门里去。要是一切顺利，我的肩膀够宽的，可以承担一切责任。可是，为了防止出什么岔子，或者有什么坏蛋想从后门逃走，你和那小伙子带两根大棍子绕到后面角落去，站到实验室后门口。现在给你们十分钟时间，赶快到那里去守住。"

布拉德肖走后，律师看了看他的表。"现在，浦尔，让咱们动手干吧！"他说着，把拨火棍夹在胁下，走在前面跨进院子。此时，飘飞的雾，蒙住月亮，夜色幽暗。风吹到这井筒似的建筑群中间，断断续续，一阵松一阵紧。

他们走上台阶时，蜡烛火焰被风吹得直摇晃，直到他们走进阶梯教室才避开了风。他们在那里坐下来，安静地等待着。在他们四周，伦敦城庄严地嗡嗡作响。但在他们近旁却只有那工作室里徘徊的脚步声打破寂静。

"他就这么整日地走，先生。"浦尔低声说，"哎，大半夜也都这么走来走去，只有当药剂店送来一个新样时，才停一会儿。哎，他心里有鬼，所以没法休息。哎，先生，这每一步都有血在滴啊！您再听，靠近些——尽量仔细地听，厄塔森先生，您说，这是博士的脚步声吗？"

这脚步声很轻，很古怪，好像有点摇摆，虽然步子走得很慢。这的确与博士沉重的、把地板都踩得吱吱嘎嘎响的脚步声不同。厄塔森叹了口气："其他还有什么情况吗？"

浦尔点点头。"有一次，"他说："有一次我听见他在哭。"

"哭？怎么哭？"律师说，他突然感到一阵恐怖的战栗。

"哭得像个女人，或者像个无家可归的鬼魂。"管家说道，"我走开了，心里难受极了，好像自己也要哭了。"

这时十分钟时间到了。浦尔从那一堆包瓶子的麦秸堆中拿出斧子，把蜡烛放在最近的一张桌子上，给他们照亮以便采取行动，他们屏息静气，走近这宁静的夜里徘徊的脚步声无休无止的房间。

"杰基尔，"厄塔森大声喊起来，"我要求见你！"他停了一会儿，没听到回答。"这是为了你好！现在我给你一个警告，我们有大团的疑问，我必须见你，非见不可！"他又说："不能好见，就歹见——你不答应，我们就来硬的！"

"厄塔森，"里面的声音说道："看在上帝面上，可怜可怜我吧！"

"啊——这不是杰基尔的声音——这是海德！"厄塔森叫起来，"浦尔，砸门！"

浦尔把斧子挥过肩膀，那一声猛击震动了整幢房子，蒙着红呢的门在门锁和铰链之间跳起来。一声凄厉的惨叫，好像一头恐怖万分的动物发出的声音，从房间里传出来。斧子又举起来，门板裂开了，门框弹跳着。斧子砍了四次，但这木材是如此坚硬，而且装配得那么考究，直到第五次锁才被砍成碎片，破门板朝里翻倒在地毯上。

这两个进攻者被自己的粗暴举动和接着而来的寂静吓得呆住了。他们往后退了一步，朝里窥看。房间就在他们眼前，在宁静的灯光中，生着一炉火，炉火里木柴噼噼啪啪地爆裂着，水壶正吟唱着轻盈的旋律。一两个空抽屉，办公桌上整齐地放着纸张。离火炉近一点的地方，放着茶具……你会说，这是一个最安静不过的房间，除了那些装满了化学药品的玻璃柜子外，这是夜伦敦随处可见的一个普通房间。

在房间正中躺着一个人，身子痛苦地蜷曲着，仍在抽搐。他们蹑着脚走近他，把他身体翻过来，看到了爱德华·海德的面孔！海德穿着比他个儿大得多的衣服，博士那么大身材的衣服。他脸上的紧张肌肉还像活人一样在抽动，但生命是早已离去了。在他手中，捏着一个小瓶，空中有一股强烈的苦杏仁味①。厄塔森明白他们看到的是一个自我毁灭者的遗体。

"我们来得太晚了，"厄塔森板着面孔说，"无论是来救援，还是来惩罚都太晚了。……海德得到了应得的报应。现在我们的任务就是找到你主人的尸体。"

这楼房的最主要部分就是那个阶梯教室，占了几乎整个底层，光线从上面照过来，也从工作室照出来。工作室在二楼的一头，俯临着房外空地。有一条走廊把阶梯教室和小街连起来，而房间也有一条出门的楼梯通到街上。此外，还有几间漆黑的小房间；一个宽敞的地窖。所有这些地方他们都搜寻了。每个房间其实只要看一眼也就够了，因为全是空的，而且所有房间的门都开着。只有地窖里堆满了古怪的杂物，那都是博士这幢房子的前主人——那个外科医生留下的。他们一打开地窖门，就看出在这里搜寻毫无意义，因为门口多年来形成的厚厚的蜘蛛网简直像织了一张席子，把进口都封住了。而亨利·杰基尔，无论是死是活，都无处可寻。

浦尔在走廊的石板地上跺脚，倾听那声音："他肯定被埋在这下面。"他说。

"或者他早逃走了！"厄塔森说，转过身去检查通小街的门。在门口附近的石板上，他们找到了那把钥匙，已经长满了铁锈。

律师检查了一番说："好像一直没用过。"

"没用过，"浦尔说，"先生，您没看到吗：钥匙已经裂开了，好像有人用脚狠狠踩过。"

"是的，"厄塔森继续说，"而且裂口处也同样生锈了！"这两个人诧异地相对而视。"浦尔，这真叫我摸不着头脑了！"律师说，"让我们回到房间里看看。"

---

① 苦杏仁味：某些有机剧毒品有苦杏仁味。

他们沉默地上了楼梯，身不由己地隔一会儿就恐惧地朝那尸体看上一眼。他们开始对整个房间作更彻底的搜查。在一张桌子上有做过化学实验的痕迹，各种数量的白色盐类放在玻璃碟子中，好像正准备进行一次实验，而这可怜的人没能进行下去。……

"这就是我给他买的药剂。"浦尔说。就在他说话的当儿，水壶呼啦一声喷溢出来，把他们吓了一跳。

这声音把他们引到火炉边。一张安乐椅很舒适地靠在边上，旁边搁着茶具，侧放在坐着的人手边，糖已经放在杯子里。一个架子上放着几本书，其中一本打开着放在茶具旁边。厄塔森惊奇地发现那是一本杰基尔几次极其尊崇地赞誉过的神学著作，而现在其书页上却涂满了出自他手迹的边批，都是些不堪入目的亵渎神明的词句。

接着，他们一边搜寻房间一边走近了那面落地大镜子，他们心怀疑惧地朝里看，但镜子里什么也没有，只有天花板上那红玫瑰色的火光，炉火闪闪掩掩地在柜子玻璃门上反射出的各种映象，还看到他们自己胆战心惊的脸俯身看着自己。

"这面镜子肯定看到过许多奇事，先生。"浦尔低声说。

"不会比它本身更奇吧！"律师也同样轻声地说。"为什么杰基尔"——说到这个名字，他自己也吓了一跳，但马上就克服了自己的软弱——"杰基尔要这东西有什么用？"

"倒也是的！"浦尔说。

接着他们转向办公桌，纸张整齐地推放在桌上。最上面有一个信封，上面有博士的笔迹，写着厄塔森先生的名字。律师拆开信封，里面有好几件密封件落到地板上。第一份是遗嘱，写着六个月前他交还给博士的那份相同的离奇条款：如果失踪，则作为馈赠文书。但是原来写着爱德华·海德名字的地方，律师几乎不相信自己的眼睛，那里写着加百里尔·约翰·厄塔森的名字！他看看浦尔，又重新看看文件，最后望望躺在地毯上的凶手。

"我头发晕了……"他说，"他一直在这儿，看到这份东西，他没有任何理由喜欢我，他看到自己的名字被人代替肯定要大怒，但他却没有毁了这份文件！"

厄塔森拿起第二份文件，这是博士手写的一个短束，上面有日期。"哦，浦尔，"律师说，"今天他还活着，他还在这里，这么短的时间内他不可能被干掉，他肯定还活着，他肯定逃跑了！可是，为什么要逃跑呢？又怎么个逃法呢？在这种情况下，我们怎能随随便便地说这是自杀？哦，我们必须谨慎，我预感到我们可能把你的主人拖进什么惨祸里去了！"

"你为什么不念下去，先生？"浦尔问。

"我害怕，"律师肃然说道，"但愿我不是造成这局面的罪人。"他这么想着，拿起信来看，文字是这样写的：

> 我亲爱的厄塔森：当这张纸落到你手中时，我肯定已经失踪了，究竟具体情况如何，我现在无法预见，但我本能的感觉，以及我目前无法描述的境遇，都告诉我结局是无可避免而且指日可待了。请你先去读拉尼翁曾经警告过我他将委托给你的那份材料。然后，如果你愿意多了解一些情况，请你再读我的自白书吧。
>
> 你的不幸的不配做你朋友的
亨利·杰基尔

"还有第三封？"厄塔森问。

"在这儿，先生，"浦尔递给他一包盖了几处封印的沉甸甸的大纸包。

律师把它放在口袋里："我现在不读这份东西，如果你的主人逃跑了，或者死了，我们至少还能够挽救他的名誉。现在是十点钟，我得回去安静地读这些文件，半夜之前我一定赶回，那时我们再去报警。"

他们走出去，关上阶梯教室的门。厄塔森离开围在炉火边的仆人们，再次顶着狂风，艰难地走回他的事务所，去读那些理应使这秘密真相大白的两份文件。

拉尼翁医生的叙述

一月九日，也就是四天之前，晚班邮件送来时，我收到一封挂号信，信封上是我的同行和同学亨利·杰基尔的笔迹。我很惊奇，因为我们从无通信的习惯。我刚见过他，实际上前一天晚上我们才一同进过餐。我想象不出我们之间有什么话要郑重其事地用挂号信来传送，而信的内容使我更惊讶了。原文如下：

> 亲爱的拉尼翁，你是我最老的朋友之一，尽管我们在科学问题上有

分歧，至少从我这方面说，从没有任何感情上的龃龉。绝不会有这样的日子，当你对我说："杰基尔，我的生命，我的名誉，我的理智，全都靠你了"的时候，我却不肯赴汤蹈火地帮助你。拉尼翁，现在我的生命，我的名誉，我的理智，就全靠你的帮助了。如果你今夜失败，我也就完了。看了这段开场白，你可能会认为我要求你做什么不正当的事，你自己判断吧。我希望你推迟你今夜的一切事务——哪怕今天要被召去给皇帝诊病。如果你自己的马车没空，你就搭一辆出租马车，带着这封信作为具体指示，直接驶往我家。我的管家浦尔已接到我的命令，你会看到他已经请了一位锁匠在那里等你。然后你们把我的工作室门强行打开，但你必须一个人进去，打开左边的标有 E 字的玻璃柜，如果柜子是锁着的，你就把锁砸开，把从上往下数第四个抽屉，或从底下往上数第三个抽屉（二者是一回事），<u>连同里面全部东西原封不动抽出来</u>。我现在心里极为担忧，我有一种毛骨悚然的恐惧，担心是否把抽屉位置说错了，但即使我说错了，你亦可凭抽屉内的物品知道我指的是哪个抽屉，里面应当有几种药粉，一个小瓶，几本簿子。我恳求你把这抽屉原样带回卡文迪许广场你家中。

这是我冒昧请求你做的第一部分。第二部分是这样的：如果你收到这封信后，立即出发，那么半夜时分你就早已该回到家里了，但我给你时间上留点宽裕，不仅是害怕会出现无法预料的、也无法预防的阻碍，而是因为最好让你的仆人全上床一小时后再进行最后一部分工作。到午夜时分，我希望你一个人留在你的门诊室里，亲手开门放进一个人，他会用我的名义作自我介绍，你把已经从我的房间取来的抽屉交到他手中。至此你的任务已结束，你已经使我感恩戴德，永志不忘。五分钟之后，如果你一定要求得到对这一切的解释，你将会理解这一切安排都至关紧要。这一切看来虽然有点荒诞不经，但如果一环失错，你就得承担置我于死地或使我失去理智的罪名。

我对你充分信任，相信你不会对我的请求掉以轻心。但是一想到有这样一种可能性我的手就发抖，我的心跳都停止了。你可设想此刻我正处境危急，愁心不已。我挣扎于痛苦之中，处境之危，超出你的任何想象。同时，我又明白，如果你毫不走样地按我所请求的去办理，我的惨境即会像一个已经说完的故事离我而去。你得帮助我！亲爱的拉尼翁，你得救救我！

你的朋友

亨·杰

一八——年十二月十日

又及：——我已经封上信，但又一个恐怖的念头使我顿时意夺神骇。可能邮班会出问题，可能此信明晨才能到你手中。在这种情况下，亲爱的拉尼翁，请你在明天白天最方便的时刻为我办这件事。同样到半夜里等我派遣的人来取货。但如果第二天夜里无人来，你将明白你现在读到的正是亨利·杰基尔一生写的最后几行字了。

读完这封信，我完全相信我的同行是神志不清了。但即使断定他已发疯，我还是有义务按他的吩咐办事。我越是不理解这一团乱麻，就越没有可能判断其重要性。但这呼吁如此措词，使我感到责任重大，不能轻易置之不理。因此我按其指示撇开工作，搭上一辆马车，直接驶到杰基尔家去。管家正在等我来到，他也是从晚班邮件收到一封挂号信，给了他相应的指示。他已经去请了一个锁匠和一个木匠，我们正说着话，这两个手艺人就到了。我们一起来到老丹芒医生的阶梯教室。从那里（正如你肯定十分了解的那样）进入杰基尔的工作室是最方便的。门相当结实，锁又是质量最好的。木匠赌咒说他的工作困难之极，如果非进去不可，必须搞坏很多地方才行；锁匠几乎已经表示毫无希望，幸亏这个锁匠手艺相当高明，两小时后门就打开了。标明 E 字的柜子没有上锁，我拿出那个抽屉，把它用麦秸裹起来，用一张床单包好，带回卡文迪许广场。

在家里我开始检查其中的物件。药粉制备得挺精致，但不如店里药剂师做得出色，看来是单晶盐类。接着我注意到那小瓶子，里面有差不多半瓶血红的液体，气味十分刺鼻，我觉得里面含有磷和一种挥发性的醚类物质。至于其他成分我就无法猜测了。那本子是一本普通的笔记本，里面内容不多，只是一连串的日期，前后记了好多年，我注意到大约记到一年前，记载就突然结束了。某些日期上散见一些很短的批语，经常只有两个字："双倍"；这两个字在这几百条日期中出现过六次。在早期某一处有一条批语上加了几个惊叹号"彻底失败!!!"所有这些情况都勾起了我的好奇心，却没有告诉我任何明确的内容，只不过是一些药剂，一包盐类，一份一系列实验的记录，根本没有得出（正如杰基尔许多其他研究项目一样）任何实际的结果。我屋里的这些东西如何能影响我这位常有奇思异想的同事的名誉、神志和生命呢？要是他的使者能上我这儿来，为何又不能直接到他自己家里去呢？即使有什么不便之处，为什么这位先生又必须由我亲自秘密接待呢？我越思考越觉得我正在处理一桩脑疾病例。虽然我把仆人打发去睡觉了，我还是把一支旧左轮手枪上了实弹，万一必要时可以自卫一下。

伦敦上空十二点钟还没敲完，我就听到轻轻的叩门环声。我去开门，看到一个矮个儿的人，蜷着身子，靠在门廊的柱子上。

"是打杰基尔博士那儿来的吗？"我问。

他做了一个紧张的手势，表示"是的"，当我叫他进屋来，他没马上进来，而是先向后面黑暗的广场扫了一眼，不远的地方有个警察，正在那儿打着灯笼巡视。我观察到我的客人看到警察时吓了一跳，慌慌忙忙地进了门。

我承认，这些情景使我相当不快，当我跟着他走进灯光明亮的门诊室时，我手一直搁在武器上。到屋里我才第一次有机会仔细看看这个人。我从来没见到过这个人，这是肯定无疑的。正如我说过的那样，他个儿矮小，此外，他脸上有一种十分丑恶的表情使我震惊。他体格很弱，但肌肉活动能力很强，而且——这是最后一点，也是相当重要的一点——我发现一靠近他，我就有一种主观上的紧张反应，有点像发烧刚开始寒战的症状，同时还有明显的脉搏变弱的现象。当时我把它归因于我自己特异个性的一种个人的反感，只是不明白为什么症状那么严重。但以后我找出了缘由，相信其原因就深藏在此人的本性之中。我的反应并不是由于仇恨，而是出于一种较为高尚的动机。

因此，这个人刚进门，就使我产生了一种我只能称之为可厌的好奇心。他穿的服装，要是在一个普通人身上，肯定会让人发笑。他的衣服可以说都是优等质料，色调高雅。但在他身上无论哪一处都嫌太大了，裤子挂在腿上只好卷起裤脚以免拖到地上，大衣腰身落到臀部下面，大领子铺在肩膀上。说来很奇怪，这套滑稽装束一点没引起我发笑。相反，因为在这家伙本质里有一种反常的可鄙的东西——一种令人胆寒甚至憎恶的东西——所以这衣着上的不相称倒反而与之相配，并加强了他给予别人的反感。所以在我对此人性格的兴趣之上又添了一种好奇心，想知道其来历，其生平，其财产地位等等。

以上这些观察，记录下来花了一大段时间，实际当初只是几秒钟之内的事。我的客人真如火燎眉毛一般着急。

"你拿来了吗？"他叫道，"你拿来了吗？"他的耐心已耗尽到如此地步，使他几乎要把手搁到我手臂上摇晃我。

我把他推开。我感到和他的手一接触就有一种冰冷的痛楚沿着我的血管流动。"嗨，先生，"我说，"您忘了我还没荣幸认识您，请坐下吧。"尽管那阵时间已太晚，我心里又充满了各种乱糟糟的想法，而且我又对这位客人相当害怕，我还是鼓起了勇气。我给他做个样子，坐到我惯常坐的位置上，模仿着我平时接见病人的姿势。

"我想请您原谅，拉尼翁先生，"他很谦恭地回答，"您言之有理，我太急躁，使我失礼了，我是照您的同行亨利·杰基尔所请，到这儿来做一桩至关重大的事情。据我了解——"他停下来，把手搁到喉咙上，我看得出虽然他强作镇静，他是在尽力压制冒上来的歇斯底里发作——"据我了解，一个抽屉——"

到此时，我对这位客人的恐惧产生了怜悯，也有可能是我自己的好奇心越来越强烈。

"就在这儿，先生，"我指着一张桌子后面地板上仍然用床单盖着的抽屉。

他一步跳到那里，把手按住心口，我听到他的嘴由于痉挛引起牙齿捉对厮打的声音。他的脸看上去像鬼一样可怕，我惊慌起来，担心他的生命，也担心他会不会发疯。

"镇静些！"我说。

他给我一个可怕的微笑，而且，好像孤注一掷似地，一把拽走了床单，看到抽屉里的东西他发出如此大声的一种宽心的呜咽，以致我完全怔住了。接着他问："你有量杯吗？"此时他的声音已相当有控制了。

我用了把力气，才从座位上站起身来，递给他所要的东西。

他微笑一下，点点头以示感谢，倒出少量药水，再加进一种药粉。这混合物开始呈现一种微红的颜色，然后，随着晶体渐渐溶化，颜色变得越来越淡，听得见沸腾的声音，并且冒出一小股烟气，忽然，在同一瞬间，气泡的翻腾停止了，溶液突然变成一种深紫色，然后又渐渐变淡，慢慢化成一种水绿色。我的客人凝视着这一变化过程，微笑起来，把杯子放到桌上，转过身来看着我，好像是在端详我。

"好吧，"他说，"剩下的事咱们来个了结吧。你想不想做一个智者？你愿不愿知道一切？你是情愿让我手里拿着这个杯子离开你的房子，一走了之，再不啰唆？还是情愿让好奇心过分控制你的理智？先好好想想再回答，因为你一决定，就木已成舟了。选择前者，你就会和以前一样，既没富一点，也没聪明一些。当然，你那种对身受致命痛苦的人类的服务精神，可以称为一种财富。反过来，选择后者，那么一种知识的新天地，荣誉和权力的康庄大道就展现在你眼前。现在，就在这房间里，就在这一刻，这奇迹不仅会使你不相信自己的眼睛，甚至足以叫睥睨一切的魔王也折服。"

"先生，"我说，装出一种远非我实际心情的冷冰冰的口吻，"您在故弄玄虚。如果我告诉您，刚才您的话并没有深刻地令我信服，您大概不会见怪吧！但是今天我用莫明其妙的方式为您服务，我已经走得太远了，在看到结果之前，我没法停下来。"

"好的。"客人说，"拉尼翁，你记得你的誓言——下面出现的事情，由我们的职业荣誉担保绝对保密。听我告诉你，你如此长期地被束缚于最狭隘，最实利的观点，你一直否认超越性药剂的功用，你嘲笑比你更有才华的人——现在，你请看吧！"

他把杯子搁到嘴上，一口饮完，接着大喊一声，身子打了一个旋转，踉跄了几步，他抓住桌子边不让自己倒下，他的眼睛突出，张开大口喘气……当我凝视着这一切，我看到变化出现了：他好像在膨胀，他的脸突然发黑，脸上五官好像溶化了，又好像在变形——突然间我直蹦起来，往后一跳，背靠到墙上。我举起手挡住自己的视线，不敢看这奇事，我的心已淹没在恐怖之中。

"哦，上帝！哦，上帝！"我喊道，一遍又一遍。因为在我的眼前，脸色苍白，浑身战栗，几乎要晕倒，两手在前面摸索，好像一个刚死而复生的人——我前面站着的，正是亨利·杰基尔！

接着他用了一小时时间跟我讲的事，我无法再打起精神写下来，我看够了，我听够了，我的灵魂至今犹在恶心。现在，当这景象已在我眼前淡漠，我问自己是否还相信它，我无法回答。我的生命已从根基上动摇，我无法入睡。最致命的恐怖日日夜夜坐在我的身边，我觉得我活的日子已不长了，我已离死不远，但我就是死也不会相信这一套。对于那个人向我揭示出来的道德上的卑鄙堕落，哪怕他已淌着眼泪向我表示忏悔，我现在在回忆中，一想起来，还会吓得心惊肉跳。我只想说一件事，厄塔森（如果你能使你的头脑相信），此事也就够说明问题。那天夜里偷偷跑进我屋子的家伙，杰基尔自己也承认，就是那个全国在通缉的杀死卡鲁的凶手，那个名叫海德的人！

哈斯梯·拉尼翁

亨利·杰基尔的自白

我生于一八——年，生来就占有大笔财产，此外，天赐予我许多禀赋，以及勤劳的天性，那些善良而聪颖的人的尊敬使我醉心，因此，自然而然地，我注定要有一个声名显赫的锦绣前程。的确，我唯一最坏的缺点就是一种急不可耐的寻欢作乐的性格，这种性格使很多人得到幸福，却使我很难与自己趾高气扬的傲慢猖介相调和。因此，我在人们面前摆出一副与众不同的庄重神气。我变成这样一个人，时刻隐藏着追求快乐的欲望。当我长大到了能够思考的年龄，我开始观察周围世界，并且估量我在这世界上的前程和地位。此时，我已被紧紧束缚于极端的双重性格之中。我做出的一些不正常的事，许多人甚至会认为值得吹嘘一番。但是我已经形成了一种孤高自许的立场，这些事使我感到羞耻难受，因此我竭力加以掩盖。我之所以成为现在这样一个人，与其说是由于我的缺点的日益严重，还不如说是由于我的抱负过于狂妄。在每个人身上，善与恶互相分离，又同时合成一个人的双重特征。但这两者在我身上有一条比大多数人都更深的鸿沟。在这种情况下，我被迫更深刻地寻根究底地思考人生的严酷法则。这法则是宗教的基础，是最常见的痛苦的根源。虽然我是一个不可救药的两面派，但无论怎样说我都不是一个伪善的人。我的两个方面都是极端真诚的。当我把自我控制丢在一边时，我是我自己，一头扎进可耻的寻欢作乐中；但当我在白天辛勤劳作，促进科学知识发展，或致力于减轻人们的悲惨痛苦时，我就变得更是我自己。恰好我的科学研究方向全部集中于神秘的超越问题，这正反映并清晰地说明了我自己心灵组成部分之间长年不断的搏斗。随着每日的钻研，我的悟性的两个方面，即道德方面和智力方面，都渐渐接近了那个真理。但由于我对这真理只认识了一部分，使我注定要遭到如此悲惨的结局。这真理就是：人事实上并非是单一的，而是双重的。我说双重，是因为我的研究成果还没能超过这个水平。别人会跟上来，别的人会在这同一方面超过我。我大胆作一推论，人类最终将被认识到只是一个由各种各样不相容的相互独立的移民构成的政体。而我，就我来说，由于自己的天性，我毫不动摇地朝一个方向前进，只对准一个方向。我从自己的道德和亲身体验中，学会了认识人的彻头彻尾的原始的两面性。我看到两种天性在我良心的战场上角斗，即使把我说成是其中之一，也只是因为我在根本上是两者兼有。从很早起，甚至在我的科学发现向我提示了创造这种奇迹的明确可能性之前，我就学会了自我陶醉地，像做白日梦似地凝神静思，把这些因素区别开来。我对自己说：如果每一因素能放在不同的个体之中，那么生活就可以从难以忍受的桎梏中解放出来，恶人可自行其是，那善良的孪生兄弟不必出来横加指责。他的雄心抱负也不会有所损害，他可以在他步步高升的道路上安全地迈步前进，做他自得其乐的好事，再也不会苦于并非出自他本意的恶行所造成的羞辱或悔恨。这些互不相容的木柴被捆在一起是人类的祸根——在良心这痛苦的子宫里，祸害在于这两个截然对立的孪生兄弟不停地互相殴斗。因此，现在的问题是如何把他们分开。

这就是我当时的想法。就在这个时候，我刚才已提到过，实验桌上得出的结果给我从侧面提供了线索。我开始比我刚才所阐述的想法更深一步地进行思考：我们这个穿着衣服走来走去的，外表似乎挺结实的身体，实际上有一种闪闪忽忽的无定形性，有一种烟雾一样的易变性。我发现某些化学品能震撼并抽紧肉体的外衣，就像风能吹动亭子里的帷幕一样。有两个重要的原因使我在这篇自白书中不想更具体地阐明我的研究结果：首先，我已被迫认识到我们命定的负担，是永远束缚在我们身上的。试图扔开它，只能使它重新落到我们身上。而且压力超出我们已习惯的分量，变得更加可怕。其次，我的下文将非常清楚地说明我的发现是不完全的，唉！因此，我现在所能说的只是：我不仅认识到自然赋予我的肉体只是构成我心灵的那些力量所发出的气味或辉光，而且我成功地配成了一种药剂，用它可以把这些力量从至高无上的皇座上废黜下来，而且可以用另一种形式，另一种外表来替代。这第二种形式对我来说同样自然，因为它们是我心灵的低级成分的表现形式，并带着这些成分的烙印。

我在把这种理论付诸实施之前犹疑了很久。我清楚地知道我在冒死亡的危险，因为拥有如此大的力量能够震动个性堡垒的药剂，稍一不慎，使用过量，或选择的时机只要有一点不合时宜，就会把我想加以改变的那烟雾似的肉体完全抹掉。但是，科学发现的诱惑力是如此强烈，终于克服了我的恐惧。此后，我花了很长时间配制这种药剂，我从一家化学品批发商号一次购买了大量某种盐类，我从实验中知道这种盐是最后需要投入的成分。在一个该诅咒的夜晚，我终于把各种成分配合起来，看着他们在杯中沸腾，冒烟。当沸腾停止，我壮起胆把药剂一口喝了下去。

紧接着产生的是一种撕裂五脏六腑的痛楚：骨头里似乎有东西在磨，恶心得要命；还加上一种精神上的恐怖，有如诞生或死亡时的痛苦。不久，这些痛苦都过去了。我清醒过来，好像大病初愈。我有一种奇怪的感觉，一种无法描绘的新鲜的感觉，在这新奇感中我体会到一种难以置信的幸福。我觉得自己变年轻了，身体轻快多了，精神上也更愉快了。我内心有一种令人晕眩的鲁莽冲动，混乱的感觉印象像风车一样在我的幻想中乱转，一切义务感的束缚都溶解了。我感到一种从未体验过的，但并非纯洁无邪的心灵的自由。当我在这新生命里呼吸第一口气时，我就明白自己已变得十分邪恶，十倍的邪恶，好像已经把自己卖身为奴，奉献给了我的恶德。这思想，在那个时刻，就像酒一样使我振作，使我兴奋，我伸展手臂，生气勃勃的感觉令我欣喜若狂。我一动，立即明白我的体格变得矮小多了。

那时我的房间中没有镜子。我此刻正在写这些时旁边的落地大镜子是我后来专为这种变形购置的。那天晚上，时间已经很晚，差不多已是第二天早晨了。黎明前虽然很黑，拂晓却行将来临——我屋子里住的其他人此时尚沉于梦乡。胜利和希望使我脸色通红。我决心以我的新形式走一段路，到我的卧室去。我穿过星光灿烂的院子，惊愕地想到我是长夜不眠的星星所见到过的第一个这类生物。我穿过走廊，成了我自己家里的陌生人。我走进房间，第一次在那儿看到了爱德华·海德的相貌。

在此，我只想从理论角度分析这个问题，我谈的不是我已经研究清楚的科学事实，而是在我看来最大的可能性。我把自己的体格已全部转送给性格中恶的一面，这恶的一面比起我刚摆脱的善的一面来说瘦小得多，发育差得多。此外，我一生之中，使用了十分之九的精力努力工作，去完善道德和自我克制，而这些东西，现在已很少再用，以至精力不易耗尽。我想正是这原因使爱德华·海德比起亨利·杰基尔来是那么瘦小、轻巧而且年轻。善性的光照耀在一张脸上，同样恶德也明明白白地写在另一张脸上。此外，恶德（我仍然相信这是置人于死地的品性）在身体上留下了畸形和朽败的烙印。但是，当我在镜子中看到这个难看的相貌，我并不觉得反感，相反，却有种一见如故、相见恨晚的感觉：这人也是我自己，也是自然的，人性的。在我看来，它的形象表现了一种更加轻快的精神，他比我以前称为自我的那个不完备的，却是仪表堂堂的面貌更来得直截了当，单一纯粹。我以上的分析无疑是正确的，因为我观察到当我以爱德华·海德的外形出现时，没有人能走近我身旁而不心惊肉跳。产生这种现象的原因，据我看，是因为我们遇到的任何人都是善和恶的混合体，而爱德华·海德是人类中唯一纯粹由恶组成的人。

我在镜子前流连了一阵子。那第二步的、但却是结论性的实验还需要做，我尚须证实我是否已经无可挽回地丧失了原来的形体，是否必须趁天未亮就从已经不属于我的房子里溜出去。我赶回工作室，再次配制药剂，把杯中物饮下，再一次受到机体溶解的煎熬，于是我又重新返回原身，重新取得了亨利·杰基尔的形体和面貌。

那天夜里，我走到了决定一生命运的十字路口。如果我能用一种崇高的意愿来对待我自己的发明，如果我冒险以身试之的目的只是为了造福人类，一切情况就会不同，我也能从这些生和死的煎熬中走出来，成为一个天使，而不是一个恶魔了。药剂本身是没有倾向性的，它既不属于魔鬼，又不属于天神。它只是推开了我的天性牢狱的大门而已，就像腓律比囚徒，凡是关起来的总得放出来①。可是就在那时，我的善的一面睡着了，我的邪恶面因野心勃勃而清醒着，它非常敏捷地抓住这个机会，产生出爱德华·海德。因此，现在虽然我有两个人格，两个外貌，一个纯由恶构成，另一个还是那个旧有的亨利·杰基尔。我早就明白我是无法改造，也无法改善的一个不调和的混合体了。于是在这种情况下，整个局面朝越来越糟的方向发展。

甚至到这把年纪，我仍未完全克服我对枯燥研究生活的厌恶，经常想找点乐趣。我的爱好，说好听一点，是很不名誉的，偏偏我不仅声名卓著，受人尊敬，而且年事渐高，我生活中这种自相矛盾的情况越来越使我烦恼。正是这个原因，我的新的能力诱惑我，直到使我变成它的奴隶。我只需要喝一杯，立即就可丢弃那个知名教授的肉体，而像穿上一件大衣一样穿上爱德华·海德的形体。想到这里我不禁莞尔而笑。那时候，这一想法对我来说是相当有趣的。我非常仔细地做了一切准备工作，我在索荷区买了那幢警方追踪海德时曾去过的那幢房子，添置了家具，雇佣了一个女仆，我知道她寡廉鲜耻，又不会多嘴。此外，我向我的仆人宣布说海德先生（我将此人描写了一番）在我的房子里拥有一切自由活动的权利。为了避免意外，我甚至还来拜访自己，让我的第二肉身在自己家中成为常客。第二步，我立了一份遗嘱，就是你竭力反对的那份，这样，万一杰基尔博士出了什么事，我就能进入爱德华·海德身体里去，而不至于遭到经济上的损失。这样从各个角度安

---

① 据《圣经》载，圣徒彼得到腓律比城传教，被地方长官囚禁，至夜全城地动，市民大骇，第二天早晨地方官遂恭请彼得出狱。

排妥帖，我就能从因我的特殊地位而获得的豁免权中得到无穷的好处。

从前有人雇佣亡命之徒来干犯罪勾当，而主使人自己的人身和荣誉都可安全地隐藏着。我是第一个能为寻欢作乐而这样做的人，我是有史以来第一个人，可以在公众眼前辛勤劳作，德高望重，而一刹那间，好像一个小学生把借来的衣服一脱，一头扎进自由自在的大海。在我无法看透的外衣底下，我自己是绝对安全的。你想——我根本不存在，我只要逃进实验室的门，化一两秒钟配制我常备的药物，一口喝下，此后，无论爱德华·海德干了什么事，他都能像镜子上呵的一口气那样立即消失，而代替他出现的是宁静地坐在家中，在书房中剪烛花的亨利·杰基尔。任何外来的怀疑都可一笑置之。

我在伪装之下急不可耐地去追寻的那种赏心乐事，我已经说过，是很不名誉的。我不想使用更严重的罪名，在爱德华·海德手中，它们很快变成暴虐凶残的化身。每当我从这种夜游中归来，我常对我这位代理人的罪恶行径感到吃惊。这个我从自己的灵魂深处召出来，并打发出去寻找欢乐的朋友，实在是一个本性凶残的家伙。他的任何行动，任何想法，都完全以自我为中心。他带着野兽般的贪欲寻欢作乐，而不惜给其他人以任何程度的痛苦和折磨。他像石头一般无情。亨利·杰基尔有时在爱德华·海德的行为前目瞪口呆。但这种罪孽法律无可奈何，甚至良心也无须自责，毕竟有罪的是海德，与杰基尔毫无牵连。他一早醒来仍旧是一个德才超群的知名人士，丝毫未受损害。只要有机会，他甚至愿意赶快把海德做的坏事加以补偿，这样他的良心就可使他高枕无忧了。

我参与的不名誉事的详情我不想多谈（因为至今我还不愿承认这些事是我做的），我只想说警钟是如何开始敲响的，我的惩罚是如何一步步来到的。我遇到一件小事，因为没产生什么后果，所以我不想再提。一桩虐待一个孩子的事，引起一个过路人的义愤，这个人后来我发现是你的亲戚。医生和那孩子一家人都加进来，一时我担心自己的生命，为了平息他们理由十足的愤恨，爱德华·海德不仅有必要把他们带到那所房子的门口，而且还得用亨利·杰基尔的支票赔一笔钱。但这种危险今后可以避免。我在另一个银行用爱德华·海德的名义另立了一个户头，而且，让我的笔迹向后倾倒，我给另一个自己也造了一个签字式。我想，以后我的地位就可万无一失。

在丹佛斯爵士遇害两个月之前，有一次我出去冒险，回到家里已经很晚。第二天早晨醒来时，我有一种奇特的感觉，抬头四顾，看看房间、家具，没发现什么异样，然后我看到帐帷的花纹和红木的床架，使我感到似乎不曾睡在家里，我醒得不是地方，却好像是在索荷，在我惯于以爱德华·海德身份在那儿就寝的小房间里。我对自己笑了笑，我懒洋洋地用心理学方法分析刚才的幻觉。在这过程中我竟然又舒舒服服地打了个早盹。当我还在想这件事的时候，我清醒了一些，我的眼睛落到自己手上。你知道，亨利·杰基尔的手是科学家类型的，宽大，白皙，很有样子，而此刻在伦敦早晨的黄光下，我看得很清楚，那半握着、搁在床单上的手瘦削，青筋毕露，骨节突出，像天幕那么苍白，而且厚厚地长着一层黝黑的毛。这就是爱德华·海德的手。

我瞪眼看着这手几乎有几秒钟之久，惊奇得发呆了，直到恐怖在我心中敲响，有如钟钹齐鸣。我从床上直跳起来，魂飞魄散，全身冰凉。确实，我昨夜已经恢复为亨利·杰基尔，但醒来后却又变成了爱德华·海德。这如何解释呢？我问自己。但另一个问题又吓住了我——目前如何补救？现在已是上午，仆人们早已起来，而我的药剂却在工作室里，——要走一大段路，过二道楼梯，穿过走廊，院子和那间阶梯教室。我站在那里，呆若木鸡。当然可以把脸遮起来，但我身材变得太厉害，这如何隐藏？过后，我想起来仆人们对我的第二自我在这屋子里出入业已习以为常了，这才如释重负。我立即穿衣，用我自己的衣服尽可能装束得像样些，迅速穿过屋子。布拉德肖看到海德在这么早的时候穿这样一套怪衣服出现，惊奇得直往后退。但十分钟后杰基尔博士又恢复了原形，满面愁容地坐下来，装出一副吃早饭的样子。

当然我毫无胃口。这件无法解释的事，颠倒了我往常的经验。就像巴比伦的手指，在墙上写出我的判决①。我开始更严肃地考虑我的双重存在中的各种问题和各种可能性。我变化出的那一部分自我最近以来经过了锻炼和滋养，我觉得似乎爱德华·海德的体格开始长大，而且（当我变为这个形体时）血气更旺盛了。我开始感到一种危险，如果情况任其发展下去，我天性的平衡会永远地向另一边倾倒，自愿的变化将会变成强制性的，而爱德华·海德这角色就会变成不可改变的自我。药剂的效应不是平衡地表现出来的。很早以前，有一次我曾彻底失败，自此以后我就被迫不止一次地将剂量加倍，甚至有一回，冒极大的生命危险，用了三倍的剂量。迄今为止我对自己的发明颇为自得，但那几次的失败证明我的研究尚有很大的问题。现在，看

---

① 据《圣经》载，巴比伦王尼布甲撒荒淫无道，天怒人怨。在一次宴席上墙上忽然出现一个手指，写下几句谁也不懂的话。后有一犹太先知翻译说，墙上的字是指"你天数已尽，你将死，国家崩溃"。当夜王即被暗杀，巴比伦国四分五裂。

到今天上午发生的情况，我不得不作出结论，起初的困难在于摆脱杰基尔的肉体，尔后情况就逐步地、但确定无疑地向另一个方向转化。一切情况都证明了这一点。我慢慢失去了我对善的第一自我的控制，渐渐与我的恶的第二自我紧密结合。

看来我不得不在这两者之中进行抉择了。我的两个自我有共同的记忆，但其他能力却分配得很不平衡。杰基尔（他是复合性的）一会儿有最理智的恐惧，一会儿有贪婪的欲望，既能变化为海德，又能分享海德的冒险；但海德对杰基尔却完全漠不关心。即使想起他，也只是像一个山中大盗想到他可以作为躲避追捕的洞窟而已。杰基尔对海德的关切比父爱还强烈，而海德对杰基尔之冷漠又超过一个逆子。如果将我的命运与杰基尔结合在一起，就必须从此洗手不干，放弃那些我一直偷偷享受、而最近期间可以肆无忌惮放手行事的癖好；但若与海德共命运，则意味着我的无数兴趣和雄心抱负势必全部告终，从此变成一个人所不齿的、亲朋不屑一顾的人。这份交易似乎是太一边倒了。但在天平上还有一层考虑：杰基尔为克制欲望受尽煎熬，而海德甚至对他的损失根本想不起来。我的处境固然特殊，但这场利弊权衡却是自有人类以来古已有之，屡见不鲜的；对每个由于受到诱惑而战栗的罪人来说，他们一样必须在诱惑和恐惧之间作一抉择。我的选择，正如我的同类中绝大多数人的选择一样，是选择了善，但我发现要坚持下去极其困难。

是啊，我情愿做那个年老的、欲壑难填的博士，好友如云，情操高尚，向我以海德的伪装享受到的自由放纵、青春年华和轻快的步伐、兴奋的冲动以及秘密的欢乐等等坚决告别。不过我虽然作了这一选择，可能仍不自觉地有所保留，因为我既没有放弃索荷区的房子，也没有烧毁爱德华·海德的衣服，那些衣服我收在柜子里。有整整两个月，我忠于我下的决心。两个月之中我比前一段时期严于律己得多，我听到良心的赞赏，感到安慰。但终于时间又模糊了我记忆犹新的恐怖，而良心的夸奖又变成了不言而喻本该如此的事。我开始备受渴望的痛苦，仿佛海德正拼命想挣脱出来。最后，在道德感软弱的那一刻，我又配制了药剂，一口喝下了变形药。

我认为，当一个醉汉就自身的罪孽与自己辩论时，他在五百次自我辩解中没有一次能不受他那畜生般的肉体上麻木不仁的影响。同样，虽然我长期考虑过我的处境，却没能给予作为爱德华·海德主要性格的道德上的麻木不仁和无理智的作恶倾向以足够的考虑，而我正是因此才受到了惩罚。我的魔鬼给关在笼里太久，一旦放出来它就放肆咆哮了。甚至当我喝药时，我就意识到我有了一种更疯狂的作恶癖好，正是这种癖好在我灵魂中掀起了脾气暴躁的风暴。当我在听那个不幸的受害者彬彬有礼地讲话时，我心中正是这种风暴在狂啸。至少在上帝面前我可以宣称没有一个神志健全的人会因这样微不足道的小事犯下那种罪行。我在动手时，并不比一个小孩任性地打碎一件玩具更理智一点，我已经自愿地从我身上除去了那维持平衡的本能。而这种本能，是我们当中最坏的恶人也能以一定程度的稳定步伐在诱惑中行走的必要因素。于是对我来说，任何微小的诱惑都意味着总崩溃。

立即，恶的精神在我身上升起并大显威风。带着一种狂喜，我踩躏着那个毫无抵抗的人。每击一下，我都感到痛快，直到处于兴奋的高峰，我心中才突然透过一阵恐怖的凉气。迷雾散开了，我看到自己有必将偿命的危险，才从暴行的现场逃走。我同时感到欢乐和恐惧，我作恶的欲望得到了满足，同时又受到更大刺激，因而我对生命的留恋达到了最紧张的高度。我奔到我在索荷区的房子，为了保证我的安全，我烧毁了一切文书。然后我又重新穿过路灯照亮的街道，心情还是又喜欢又恐惧，我为自己犯下的罪行洋洋自得，心情轻松地准备再干它几桩，可是我却又急急忙忙赶路，仔细倾听后面是否有人追踪。海德重新配药时，高兴得真想唱起歌来。为祝福那死者，他干了那一杯。但变形的剧痛尚未结束，亨利·杰基尔已经泪流满面，感激和悔恨交加，跪倒在地上，紧合双手向上帝祈祷。那自我放纵的幕布已从头到脚撕去，我看到了我的一生，我想到我的童年时代，当我还由父亲牵着手走路的时候；我也回忆起长年清心寡欲、夙夜不寐的科学研究生活。我一次又一次地回到那天夜里的恐怖情景里去，但总感到那并非现实。我痛苦得想尖声大叫，我流着眼泪祈祷着，想压下我的记忆硬塞给我的大量可怕的形象和声音。但是，在这些祈求中，我那不安分的性格的丑脸依然在向我的灵魂凝视。当悔恨的剧痛终于渐渐消失，接踵而来的反而是庆幸：我的踪迹去向得到了解决，海德今后不可能再存在。不管我是否愿意，我现在已被束缚于我生活中善的部分。哦，想到这点我是多么高兴！我带着何等快乐的羞辱感重新拥抱我的正常的约束！我带着何等真诚的重新做人的心情锁起那扇我经常进出的门，并且用脚踩裂钥匙。

第二天消息传来，说是那桩谋杀案已开始侦查，海德的罪行已公之于世，而受害者是一位深孚众望的人，这不仅是一桩犯罪行为，而且是一桩悲剧性的罪孽。听到这些，我很高兴，我想这可以加强我向善的推动力：绞刑架的恐怖可以保证我非走这条路不可。杰基尔现在是我避难的城堡，海德只要一露脸，所有的人都会举起手来要他的命。

我下决心以行动补偿我的过失。现在，我确实可以说我下的决心还是做了一些好事。你自己也知道我在去年最后一个月如何真心诚意做各种善事以减轻人世的痛苦。你知道我为人们做出了多少善行。那些日子我心绪安宁，几乎可说是快乐欢欣，而且我并没有对这种乐善好施的清白生活感到厌倦。恰恰相反，我很喜欢这种生活。但我仍然被那两面性拖累。在我改悔的最初阶段，曾长期使我醉心的我自身的卑劣倾向渐渐减退，并被锁入牢笼。但到后来又开始嗥叫，企图挣脱出来，我又开始梦想让海德复活。这是我自己受到诱惑而玩弄自己的良心，正如一个未被揭发的罪犯一样。最后，我终于在诱惑的攻击面前倒下了。

万事总有了结之日，再大的容器也终归要盛满。我的恶德的这次凝聚最后摧毁了我心灵的平衡。我并没有感到惊诧，这次堕落看来是很自然的，就像回到了我做出这科学发现之前的日子。那天正是一月，天空晴朗。霜溶化的地方，脚下有点潮湿，但头上是万里碧空。摄政王公园①充满冬末的鸟语和初春的花香。我坐在长凳上晒太阳，我内心的那头野兽正在贪婪地回忆往事，我的神志方面却有点昏昏欲睡。虽然它许愿再进一步悔过，但不曾有付诸行动之意。我想，反正旁人不比我强多少，而且，把我与其他一些人相比，把我积极的善行与某些人麻木不仁、懒懒散散的残酷相比，我还能对自己微笑。就在这虚荣心产生的一刹那，我突然一阵痉挛，一阵可怕的恶心，一阵痛苦不堪的战栗，等这一阵发作过去，我晕倒了。不过眩晕的感觉也接着消失了，我感到心情变了，我变得胆大鲁莽，藐视一切危险，敢把一切人世的束缚抛到九霄云外。我朝下看，我的衣服走了样，挂在我紧缩的四肢上；搁在膝盖上的手青筋暴起，长满了毛。我又成了爱德华·海德。几秒钟之前，我还是安享尊荣，富有并被人钦羡——家里的餐厅桌子已摆好，正等我去用膳；而我现在却成了一个人们追捕的对象，一个无家可归的、臭名昭著的杀人犯，一个该上绞刑架的罪人。

我神志已昏乱，但没有完全失去思考能力。我不止一次观察到，在我的第二个自我身上，我的能力反而加强了，我的精力更加旺盛而且富于弹性。因此出现了这样的情况：在杰基尔可能手足无措的时候，海德却能应付自如。现在我的药剂在工作室的一个柜子里，如何才能弄到手呢？我手按住太

---

① 摄政王公园（The Regent's Park），伦敦市内一著名公园。

阳穴，思考这个问题，我必须加以解决。实验室门已锁上，如果我从大门走进去，我自己的仆人会把我捆送警方。我明白必须另外请人帮助，我想到了拉尼翁。怎么通知他呢？又如何请得动他呢？假定我在街上走而不至被捕，我又如何走到他面前呢？而我，一个素不相识，让人厌恶的不速之客，又如何劝说这位名医到他的同行杰基尔博士的书房里去搜查一番呢？这时我想到了我仍具有的我原身的一个能力，那就是我的字迹仍旧未变。我一想出这个能点燃大火的火星，我就清楚地看出了从头至尾我必须采取的步骤。

于是，我尽可能把衣服整理得像样一些，叫了一辆路过的出租马车，驶往波特兰街一家我碰巧还记得名字的旅馆。看到我这副模样（我的样子确实够滑稽的，虽然这衣服遮盖的是一个悲惨的命运），马车夫忍俊不禁，微笑起来。看到他如此无礼，我咬紧牙齿，不让狂躁的怒火爆发出来。不过他的微笑马上就消失了，这对他是好事，对我更是万幸，不然再过一秒钟，我肯定要把他从座位上揪下来。我走进旅馆，环顾四周，表情如此阴森，侍者吓得直哆嗦，在我面前他们不敢抬头看我一眼，他们谦恭地执行我的指示。他们把我安在一个单间，给我拿来文具纸张。一个处在危险之中的海德对我来说还是新东西。他由于恼怒过度而发抖，恼怒到想要杀人的地步，渴望找个人来折磨一番。但这家伙还是很狡狯，竭尽全力控制住他的暴怒，写完了那两封重要的信件：一封给拉尼翁，一封给浦尔。他要得到明确证据：信已发出。所以他指示一定要发挂号信。

此后，他在单间的火炉边咬着指甲坐守终日。他在房间里吃饭，与他同座的只有他的恐惧。侍者在他眼前畏畏缩缩。当夜幕全部落下时，他搭上一张密闭的出租马车，从旅馆出发，在这城市里来回兜圈子。我说"他，"——我没法说那是我。那个地狱之子没一点人气，此刻他身上没别的思想，只有恐惧和仇恨。后来他想到马车夫可能会起疑心，就把马车打发走，冒险步行，穿着他那套不合身的衣服，倒是个很引人注目的目标。他走在那些夜行者之中，心中如风暴狂卷的仍是那两种卑劣的感情。他快步疾行，被恐惧所驱赶，自言自语，偷偷地穿过行人稀少的街道，计算着到午夜还有多少时间。有一次，一个女人对他说话，我想是想卖给他一匣火柴罢了，他扇了那女人一个耳光，那女人吓得逃跑了。

当我在拉尼翁家里恢复原形后，我的老朋友丧魂落魄的情景也许使我有点不安，对此我不太清楚。但这种不安比起我现在回顾那一天前前后后所感到的憎恶，只不过是一件小事，沧海之一粟罢了。我身上出现了一种变化，折磨着我的不再是害怕绞刑架，而且害怕再变成海德。我似梦非梦地听完了拉尼翁的谴责，仍然半在梦中地回了家，睡到床上。整个白天大部分时间我都沉睡着，神经虽紧张，却睡得很死，甚至那纠缠住我的梦魇也没能使我醒过来。等早晨醒来，我筋疲力尽，但恢复了精力。我仍然害怕我心中的那个野兽，我当然也没忘记使人胆寒的前景，不过我已回到自己家中，药剂就在手边。我从九死一生之地逃脱，一种感恩心情照亮了我的心灵，似乎是给了我光明的希望。

我当时正吃过早饭，懒洋洋穿过院子，高兴地吸着凉飕飕的空气，突然，我又感到那预示变形即将到来的无可名状的感觉向我袭来。我只勉强来得及赶回我的工作室，又变成了怒火冲天而又吓得浑身冰凉的海德。这次我喝了双倍剂量才使我复原。但是，唉！六小时后，当我坐着，悲伤地看着炉里的火光，剧痛又回来了，我又得服药。简单地说，从那天起，我尽管用尽各种本领保持平衡，也只能在药物的短期作用下我才维持着杰基尔的外貌。白天黑夜，每时每刻我都可能受到预兆性颤抖的袭击，特别是在我睡着时，或是在椅中稍打一会儿盹，我醒来时就又变成海德。末日已迫在眉睫，加之我现在又开始苦于失眠症。这精神压力之大，超过了我过去想象的人能忍受的限度。在这种情况下，我的原身已变成了一个被痛苦蚀完的人，身体上，精神上都已十分委顿衰弱。我只想着一件事：害怕变成另一个我。但每当我睡着，或当药力过去，没有任何过渡期（因为变形的剧痛日益微弱），我会立即变成一个满脑子恐怖形象的幻想，一个沸腾着无名仇恨的灵魂，一个瘦弱得似乎不可能再包含那么多狂暴生命力量的身体。海德的力量似乎随着杰基尔病况日渐严重而日益加强，他们之间现在对对方都怀着相同的仇恨。从杰基尔来说，这仇恨是一种求生的本能。他现在已看清了这个家伙的全副面目，这个家伙分享他的一部分意识，而且将与他一起走向死亡；除了这些使他最感痛苦的共同点外，他心目中的海德虽然有那么强的生命力，不过是一个物件，不仅模样丑恶，而且无生机可言。这洼潭里的污泥居然也能呼号讲话，这无定形的尘土居然有步态姿势，居然也能作孽犯罪，这无生命的东西竟然窃踞了他的生命的府邸，真是桩叫人震惊的事。还有，这如潮涌来的恐怖与他的结合居然比夫妻还密切，比眼睛置于骨肉中还紧密。他听到这恐怖在他身体里叽叽咕咕地说话，他感觉得到它挣扎着要生出来。在每个软弱的时刻，在每次睡眠的疏忽中，这恐怖就能战胜他，夺走他的生命。

但是海德对杰基尔的仇恨却是另一种类型。他对绞刑架的恐惧驱使他不断地进行暂时性的自杀，回到他作为人的一部分的从属地位，而不再是整个人。但他憎恨这种必要性，他憎恨杰基尔现在已无法自拔的沮丧失望状态，他怨恨杰基尔对待他的那种厌恶，所以他像个人猿一样跟我捣蛋，用我的笔迹在我的书页上涂满了渎神的语句，烧了我所有的信件，毁了我父亲的肖像。而且，实际上如果不是自己怕死，他早就会用毁灭自己来把我也拖入毁灭。但他对生命真心热爱，这样我就占了上风。我一想起他就恶心，就浑身寒战。当我想起他对生命的留恋使他的心境如何凄惨，又如何充满渴望时，当我知道他如何害怕我会用自杀来摆脱他时，我心里不禁对他多少有点怜悯。

用不着再多花笔墨描述这情形了，而且时间已所余无几。从来没人受到过我这样的磨难和痛苦，这样说已够说明问题了。久而久之，习惯最后也给这些痛苦带来一种心灵的麻木，一种绝望的默认，却没带来痛苦的缓解。对我的这种惩罚应当可以延长好多年，但最后的灾难降临了，终于把我与我的面貌和本性一刀两断。自从第一次实验以来，我所需的那种盐一直没有重新购置，现在不够用了。我遣人去购买，并且用新货制备溶液，同样有沸腾，同样有第一次变色，但没有第二次。我喝下去，然而发现无效。你能从浦尔那里得知我如何在全伦敦搜寻，却毫无结果。我这才明白我那批货是不纯的，正是我还不认识的那种杂质，使药剂产生了预期的效果。

一个星期过去了，我现在正在利用我最后一份旧药剂的作用来结束我这叙述。没有奇迹药物，这就是最后一次机会让杰基尔能想自己的思想，能在镜子中看自己的脸（已经变得那么多！）我不能多耽搁，得赶快写完，我的这些叙述未遭毁灭，完全是因为我特别谨慎，再加上侥天之幸。万一变形的痛苦在我写作时突然抓住我，海德就会把这些纸撕成碎片。但如果我事先把它搁到一边，当中隔一段时间，海德那种奇特的利己主义，以及那时的环境限制，或许能使这封信从他那兽性的怨恨中侥幸留下。实际上，我们俩共同的末日已经到来，已使他有所变化，精神崩溃。半小时之内，我又会变成那个可恨的人，而且永远留在里面了。我知道我将坐在椅子中，发抖，哭泣，或者尖起耳朵，恐怖而出神地谛听着，继续在这最后的避难所里来回踱躅，倾听每个威胁的声音。海德会死在绞刑架上吗？还是他有勇气在最后一刻解脱自己？上帝才知道。我并不在乎。此刻已是我真正的临终时刻，接着发生的事只与另一个我有关。在此，我放下笔，站起身来封装我的自白书，同时也让不幸的亨利·杰基尔的生命来一个结束。

苹果树

［英国］约翰·高尔斯华绥　著

董衡巽　译

约翰·高尔斯华绥（John Galsworthy，1867—1933）英国小说家、剧作家，1932年诺贝尔文学奖获得者。生于富裕的律师家庭，毕业于牛津大学法律系并获律师资格，28岁开始写作，在他二十多年的创作生涯中，几乎每年都有一部小说和一部剧本问世。主要作品有《福赛特世家》三部曲：《有产业的人》（1906）、《进退两难》（1920）和《出租》（1921）。《福赛特世家》以福赛特家族兴亡史的描写，反映了19世纪80年代至20世纪20年代英国的资产阶级社会和家庭生活及其由盛而衰的历史。福赛特一家奉行"紧抓住财产不放"的福赛特精神，主人公第二代的索姆斯更以敛财聚富为最高准则，凡生活中的一切（包括自己的美女妻子），他都会像收藏名画一样据为己有。一旦发现妻子心有他属，他会认为是对他基本财产权的否定，由此采取的反击即使造成家庭分裂也在所不惜。中篇小说《苹果树》文字优美，作者自认为是他最好的故事之一。男主人公在苹果树下相恋、定情，但又因为阶级意识遗失了他一生中最美好的东西。

这苹果树，这歌唱，这黄金。

——欧里庇得斯《希波吕托斯》

阿瑟斯特和他妻子在银婚纪念日①那天，开汽车沿着荒野的边缘一路兜去，他们想在托奎伊②过一夜，好好庆祝一番，那是他们初次相遇的地方。这是斯妲拉·阿瑟斯特的主意，她的秉性有点多情的色彩。二十六年前，她那对蓝色的眼睛、花一般的妩媚、恬静的脸容、苗条的身材、苹果花似的气色，具有一股奇妙的魅力，一下子吸引住了阿瑟斯特，眼下她四十三岁了，这一切虽说已经消失，却仍是一位可爱而又忠实的伴侣，她两颊略有斑点，蓝灰色的眼睛带有某种阅历丰富的神情。

　　是她停的车，这里左边陡坡上去就是公地，右边有一狭长林地长有落叶松和山毛榉，中间夹着一两棵松树的树林子伸向山谷，林子的一边是公路，一边是荒原和一座长长的高山。她正在寻找一处可以用饭的地方，因为阿瑟斯特从来不管这类事儿。这地方，一边是黄澄澄的荆豆叶子，一边是茵绿细软的落叶松，在四月阳光的余晖里发出一阵阵柠檬的香气——这地方，往下看得见深深的峡谷，往上是一长溜荒原的山冈，对于这个喜欢找浪漫去处画水彩画的人来说，看来是很适宜的地方。她拿起画盒，走出车来。

　　"这儿行吗，弗兰克？"

　　阿瑟斯特蛮像留了胡子的席勒，两鬓微白，高个子，老长的腿，灰色的大眼睛神色茫然，有时候却富有深意，可以算得上美丽。他鼻子有点偏，留着胡子的嘴唇半张不张的样子。阿瑟斯特四十八岁了，他默默无言，只是拎起放食物的篮子，跟着跨下车来。

　　"啊呀！弗兰克，你看，一座坟！"

　　从公地下来的小路正好同公路交叉，并穿过狭树林的峡口。就在这公路边上，有一垄草根蔓生的薄薄的土堆，六英尺长一英尺宽，朝西的方向竖了一块石头，有人在上面扔了一根带刺的树枝、一把风信子。阿瑟斯特见了之后，动了诗人的兴致。十字路口，自尽人的坟冢！可怜的俗人，如此迷信，可是躺在这里面的倒是得天独厚，不必进那湿冷的墓穴，挤在阴森可怕、志文俗滥的坟墓中间，只消石头一块，就独享辽阔的天空，陌路人的悼念！阿瑟斯特在家里向来不想当什么哲学家，所以他不加评论，只是跨上公地，把放吃食的篮子往墙角一靠，给他妻子铺了毯子，好让她坐，她饿了自会放下素描的，他呢，从口袋里掏出穆雷的《希波吕托斯》译本。他很快就读完塞

---

　　① 西方风俗，结婚二十五年为银婚，五十年为金婚。
　　② 托奎伊：英格兰西南部德文郡一市镇。

浦路斯女神①和她复仇的故事，这会儿他抬头仰望着天空。他眼望蓝澄澄天上朵朵白云，在这银婚纪念日，渴望着——渴望着什么呢？他自己也不清楚。男人的肌体——不适应生活。一个男人的生活格调可能很高，可能一丝不苟，但总有一股贪婪的暗流，一番奢望，一种虚度年华之感。女人是不是也这样？谁知道呢？然而，男人总是图新鲜，热切渴望新的传奇、新的冒险、新的乐趣，却毫无疑问，受到纵乐的折磨，倒不是饥饿的煎熬。没有办法摆脱！文明人啊，真是不适应生活的动物！具有美感的人，不可能想要什么乐园就有什么乐园，不可能如可爱的希腊歌队所唱的，享受"这苹果树，这歌唱，这黄金"，不可能找到人间的天堂，不可能找到能快活一世的避难所——无法同艺术作品相比。艺术作品表现出来的美是永恒的，你看了、读了，永远有那种崇高、静谧、如痴如醉的感觉。人生无疑也有这样美妙的时刻，叫你意想不到的销魂时刻，但麻烦的是，它们好比太阳上面掠过一拃宽的云彩，你不可能留它们在身边，比不得艺术的美经久不变。它们一眨眼就消失，好似你在灵魂本质中见到一点闪闪发光、或者黄金般的幻象，看到它茫然沉思的景象。在这个地方，太阳暖融融地照在脸上，杜鹃在带刺的树枝上啼叫，空中飘来荆豆的香味儿——这个地方，又是细密的羊齿小草，又是星星似的黑刺李，而晶莹的白云高高地飘浮在山峦和昏昏欲睡的峡谷上空。——此时此地，才是这样的景象。但这景象一会儿就过去了——好比潘神的脸儿，躲在岩石后头瞅着你，你一看它，它就不见了。突然之间，他坐了起来。这一带景色，这片公地，这条路，他身后这堵墙，他似曾相识。刚才一路兜过来，他不曾注意到，他向来不去注意什么景色；那会儿他正想着虚无缥缈的事情，或者说什么都没想，但是，这会儿，他看到了！二十六年前，正是这个季节，正是这一天，他从离这儿半英里的一个农庄出发，上托奎伊去，他这一去可以说永远没有回来过。他突然觉得一阵心痛；他回忆起生平的一段经历，这段美得销魂的经历，他没有能够留住，已经飘向冥茫之界；他回忆起这段被埋没了的往事，那些放荡而又甜蜜的日子，可是很快就中断了，告终了。他转过脸来，两手托住下巴，两眼望着那些短短的小草，望着那蓝色的小小的远志草……

　　下面是他回忆起来的往事。

---

　　① 塞浦路斯女神：指阿弗洛迪忒，是《希波吕托斯》剧中人。

一

　　五月一日那天，弗兰克·阿瑟斯特和他的朋友罗伯特·加顿一起读完大学的最后一年，正在徒步旅行。那天他们从布兰特出发，想走到查格福德，但阿瑟斯特因为踢足球腿受伤，走不动，可按照他们的路线，前头大约还有七英里路。他们坐在路边的一面坡上，这条路正同沿林子的一条小道交叉，他们一边歇歇腿，一边海阔天空地闲聊，反正年轻人都是那个样儿。两个人都身高六英尺，瘦得像芦苇秆似的；阿瑟斯特脸色苍白，一副空想家茫然若失的神情；加顿长得古怪，有棱有角，一头鬈发，神情恍惚，像一头原始动物。两个人都有点文学气质；谁也没戴帽子。阿瑟斯特头发平滑，颜色暗淡，有点卷曲，前额两边的头发直竖，好像老是在往后甩；加顿的头发是黑的，乱蓬蓬的一团。他们走了好几英里路不见一个人影儿。

　　"好伙计，"加顿正说着话，"怜悯无非是自以为是的一种后果；这是近五千年来的弊病。这世界要是没有怜悯倒更好些。"

　　阿瑟斯特两眼望着白云，回答道：

　　"这可是宝贵的东西啊。"

　　"好伙计啊，我们现代人的一切不幸都从怜悯而来。你瞧瞧动物，瞧瞧红印第安人，只管他们自身的、偶然的痛苦；再看看我们自己——连人家的牙痛都操心。让我们返回到过去。别愁人家的事，痛痛快快过日子。"

　　"你永远做不到。"

　　加顿忧虑地拢一拢他乱七八糟的头发。

　　"一个人要充分发展，一定不能拘谨。感情上叫自己挨饿是错误的。一切感情都为的是一桩好处——丰富生活。"

　　"是啊，不过同骑士精神发生冲突怎么办？"

　　"啊！这真是英国人派头！你一说起感情，英国人便以为你要的是生理上的东西，于是惊慌起来。他们害怕激情，倒不怕性欲——哦，不怕，只要他们能把性欲私下里藏起来。"

　　阿瑟斯特没有搭话；他摘了一朵蓝色小花，朝着天空捻弄。一只杜鹃在树枝上面啼叫起来。这天空，这花朵，这鸟儿的歌唱！罗伯特又在说着痴话！他说道：

　　"得了，咱们走吧，找一处农家宿一夜。"他正说着话，只见一位姑娘从他们上面的公地走过来。她背衬蓝天，挎着一只篮子，你可以从她胳膊弯里见到天空。阿瑟斯特欣赏美，却不去想于他自身有什么好处，心里想道："多美啊！"风刮着她的粗呢裙子，裙子贴着她身上，把她旧的花便帽吹得一抖一抖的；她灰色的上衣是破旧的，鞋子裂了口，两只小手很粗，红红的，脖子晒黑了。她黑色的头发是波浪形的，凌乱地盖住她宽阔的上额，脸蛋儿短短的，上嘴唇不长，露出一排洁白的牙齿，眉毛又直又黑，睫毛长长的，颜色很深；但她那双灰色的眼睛却无比动人——水汪汪的，仿佛那一天才睁开来似的。她瞧着阿瑟斯特，也许她觉得他的样子奇怪：一拐一拐的，又不戴帽子，两只大眼睛盯着她，头发往后甩着。他头上没戴帽了，没有什么好脱，只好招手表示敬意，说道：

"请你告诉我们，附近有没有农场可以让我们宿一夜的？我的腿摔坏了。"

"附近只有我们的农场，先生。"她一点不害羞，声音很好听，又柔和又清脆。

"在哪儿？"

"在下面，先生。"

"你们能让我们住一夜吗？"

"啊！我想是可以的。"

"请你引路好吗？"

"好的，先生。"

他一拐一拐地往前走，没有说话。加顿接了话茬。

"你是德文郡的姑娘吗？"

"不是，先生。"

"那你是哪儿人呢？"

"威尔士人。"

"啊！我想你是凯尔特人①；这么说来，那农场不是你的啰？"

"是我姑母的，先生。"

"那你姑父呢？"

"他死了。"

"那么，这算是谁的农场呢？"

---

① 古代居住在中欧、西欧的部落，后裔今散居在爱尔兰、威尔士等地。

"我姑母和我三个表兄弟的。"

"可你姑父是德文郡人啊?"

"是的,先生。"

"你在这儿多久了?"

"七年了。"

"你住惯了威尔士,觉得这儿怎么样?"

"我不知道,先生。"

"我想你是不记得了吧?"

"不,我记得的!它可不一样。"

"我相信你说的话!"

阿瑟斯特突然插话:

"你多大了?"

"十七了,先生。"

"你叫什么名字?"

"曼吉·戴维德。"

"这位是罗伯特·加顿,我叫弗兰克·阿瑟斯特。我们原来想走到查格福德去。"

"可惜您腿痛了。"

阿瑟斯特微微一笑,他笑的时候样子是很好看的。

他们往下走,经过狭长的林子,一下子就到了农场,这是一溜长长的房子,很矮,石头砌的,有玻璃窗,园子里养着猪和鸡,还有一匹老牝马,它们零零落落地散在各处。农舍后面是一座青山,山上长着几棵苏格兰杉树,前面是一座古老的苹果园,果树含苞待放,这个园子一直伸延到河边,再过去是一长片杂草丛生的牧地。一个小孩长着一副黑溜溜的斜眼,正守着一头猪,房子门口站着一个女人,她朝他们走来。姑娘说:

"这是我姑妈纳拉柯姆比太太。"

"我姑妈纳拉柯姆比太太"眼睛黑溜溜的,很灵活,像母鸭子的眼睛,她像蛇似的歪着脖子。

"我们在路上遇见你侄女,"阿瑟斯特说,"她觉得你也许会同意我们在这里过夜。"

纳拉柯姆比太太把他们从头到脚打量了一番,回答道:

"可以过夜,不过你们得合住一个房间。曼吉,把那间空房间收拾一下,准备一碗奶油。我想，你们该喝点茶了吧。"

那姑娘穿过两棵杉树和一些开茶花的树丛围成的门廊，进了屋，她那鲜艳的花便帽映衬在玫瑰色的花儿和深绿的杉树之间。

"你们不到客厅来歇歇？你们是大学生吧，对不对？"

"过去是大学生，现在毕业了。"

纳拉柯姆比太太像早料到似的，点了点头。

客厅是砖铺的地，桌上一尘不染，椅子擦得发亮，沙发里垫的是马鬃，这客厅收拾得十分整洁，好像从来不曾用过似的。阿瑟斯特一屁股坐在沙发上，双手捧住他的瘸腿，纳拉柯姆比太太看着他。他是一位已故的化学教授的独生子，可是人家在他身上见到一副贵族气派，因为他总是那么超脱，常常对周围的人浑然不觉。

"这儿有没有小河可以洗个澡的？"

"果园尽头有条小河，可是你坐下去，水还没不到头。"

"多深？"

"嗯，也许是一英尺半吧。"

"啊！那就不错了。从哪儿走？"

"穿过廊子，过右边第二道门就是池子，池边有一棵很大的苹果树。河里还有鳟鱼，只要你有本事逮。"

"它们倒有可能逮我们。"

纳拉柯姆比太太笑了一笑，说道："你们回来的时候，茶就准备好了。"

这个池子是用石头拦成的，底上铺了沙子；旁边是园子最低的一棵果树，密集的树枝几乎全遮住了池子；枝上尽是叶子，花儿还没开——红色的蓓蕾刚要开放。池子狭小，一次只能洗一个人，阿瑟斯特在边上等着，一面搓他的膝盖，一面放眼荒野牧地，只见满是岩石、野树和野花，再过去是一片山毛榉树，接着就是一片平整的高地。所有的树枝都在风中荡漾，每一只春鸟都在啼唱，阳光斜照下来，草地上出现明明暗暗的斑纹。他想到忒俄克斯托斯①，想到戚威尔河②，想到月亮，想到眼睛像晨露的姑娘；他想到的东西太多了，等于什么都没有想；他只感到快活得出奇。

_____

① 公元前 3 世纪古希腊田园诗人。
② 戚威尔河：英格兰中部一条河流，汇入泰晤士河。

二

那顿茶点开始得很晚，却很丰富，有鸡蛋、奶油和果酱，有新鲜的薄饼儿，上头还撒了点橘黄色的果丝，喝茶的时候加顿大谈凯尔特人的问题。他说的是凯尔特民族觉醒的时期，他发现这家人有凯尔特人血统，就激动起来，把自己也当成凯尔特人了。他伸开四肢靠在马鬃沙发上，嘴角叼着一支自己卷的香烟，两只冷峻的眼睛盯着阿瑟斯特的眼睛，正在赞美威尔士人如何精细。从威尔士来到英格兰，就好比是从瓷器堕落到陶器。弗兰克这该死的英格兰人，当然欣赏不了威尔士姑娘精致的心灵和丰富的感情！他一面轻轻地抖了抖还没干的一团黑黑的头发，一面说明曼吉如何正好体现十二世纪威尔士行吟诗人某某莫尔根的作品。

阿瑟斯特全身躺在马鬃沙发上，腿伸在沙发外面，抽着一只深色的烟斗，没有去听加顿说什么话，曼吉端一盘薄饼进来的时候，他端详着她的脸儿。他就好像见了一朵鲜花，或者自然界一件美丽的东西，可是她微微一怔，低着头出去了，轻盈无声，像是一缕青烟。

"我们上厨房里去，"加顿说，"再去看看她。"

厨房刷得雪白，墙角挂着熏火腿；窗台上放着花盆，枪支悬挂在钉子上，还有奇形怪状的杯子、瓷器和锡蜡器皿，再加上维多利亚女皇的肖像。一溜狭长的木头桌子，上面放着碗和勺，桌子上头高高地吊着一大捆葱；两只看羊狗、三只猫躺在厨房里。凹进墙里去的壁炉一边坐着两个肤色淡黄的小男孩，乖乖地待在那里；另一边坐着一个健壮的年轻人，浅色的眼睛，红润的脸色，头发和眼毛都是亚麻色的，同他正用来擦枪管子的麻团一个颜色。纳拉柯姆比太太站在他们中间，正出神地在锅里炖着一种香味十足的菜。有两个也斜着眼、黑头发的年轻人，跟两个小孩一样，一脸狡诈气，正懒洋洋地靠在墙上聊着天；一个胡子刮得光光的矮老头，穿着灯芯绒的裤子，坐在窗台上，仔细地读着一份破旧的杂志。只有曼吉姑娘一个人在忙碌——从桶里把苹果汁灌到壶里，端到桌上去。加顿见他们快吃饭了，就说道：

"啊哟！你们允许的话，我们吃完晚饭再来。"他们没等回答，又回到客厅里去了。但是，厨房里色、香、味俱全，气氛温暖，还有那些各个不同的脸，更显得明净的客厅冷冷清清，他们各坐原位，怏怏不乐。

"那些孩子是普通的吉卜赛人类型。只有一个撒克逊型，擦枪的那个。那个姑娘是微妙心理的典型。"

阿瑟斯特撇了撇嘴。他觉得加顿这个时候真像个笨蛋。微妙心理的典型！她是一朵野花。叫人看了舒服的生灵。什么典型！

加顿接着说：

"她感情一定丰富，不过她还没有觉醒。"

"你想去唤醒她吗?"

加顿看了他一眼笑了。他撇嘴一笑，好像是说："你这个粗俗的英格兰人！"

阿瑟斯特抽着烟斗。叫她觉醒！这个笨蛋自以为了不起！他推开窗户，向外眺望。暮色加深了。农场的房子和磨房依稀难辨，蓝沉沉的，苹果树林成了模模糊糊的一片；空中净是厨房里烧柴的味儿。一只迟睡的鸟儿好像受了夜色的惊扰，吱吱地叫着，心里不大踏实似的。马厩里传来马边吃草边抽鼻子、蹬蹄的声音。远处是朦胧的荒野，再远一点是还没有亮透的含羞的星星，在深蓝色的空中一闪一闪。一只猫头鹰用发抖的声音叫着。阿瑟斯特深深地吸了一口气。这夜晚出去散步有多好啊！小路上传来没装蹄铁的马"啪啪"的脚步声，三个模糊的黑影过去了——那是夜里遛的小马。只见毛茸茸的黑色的马头掠过园门。他磕了一下烟斗，落下一些火星，马儿惊了，掉头就跑。一只蝙蝠飞过，发出几乎听不见的"喊喊"声。阿瑟斯特伸出手去，手心上感到露水的凉意。突然他听见楼上传来小孩含糊不清的说话声，脱掉小靴子扔在地上的声音，还有一个清脆而又柔和的声音——毫无疑问，那是姑娘在侍候孩子们上床；"不行，里克，不许把猫放在床上"，这句话听得清清楚楚；接着是一阵争夺的咯咯笑声，轻轻地打了一下，又是一阵笑声，笑得这么轻，这么好听，阿瑟斯特微微一怔。蜡烛一吹，闪起一条火柱闪向黑暗的上空，接着灭掉了；于是，一片安静。阿瑟斯特回到房里坐下；他的膝头痛，心里不高兴。

"你到厨房去吧，"他说，"我要去睡了。"

三

阿瑟斯特平素很快就睡着了，没有一点声响，睡得很顺当，但是，他朋友进来的时候他好像睡熟了，其实清醒着呢。这屋子房顶很低，加顿躺在另一张床上，鼻子朝上，睡得呼呼的，而阿瑟斯特还在听猫头鹰叫。他除了膝盖痛之外，没有什么不称心的事情——这位年轻人在黑夜里不用操心生活上的事。其实他没有什么好操心的：他刚刚注上册，去当律师，文学上又有抱负，前程似锦，父母双亡，自己一年又有四百镑的收入。他上哪儿去，他干什么，什么时候干，这一切成什么问题？他的床是硬的，可以免得过于兴奋。他躺着，用鼻子吸进从他头旁边窗格子渗进房来的夜的气息。他只是对他的伙伴有点厌烦，这是自然的，你跟他一起步行了三天了嘛，除了这一点，那一晚上阿瑟斯特脑子里浮起的景象是美好的、热切的、动人的。有一幕景象分外清晰，他当时不曾去注意，所以他说不清为什么这会儿去想它，那就是那擦枪的年轻人脸上的表情：殷切地、集中地、惊慌地抬起头，朝厨房的门口看着，目光一下子又转到端着果汁壶的姑娘的身上。这张脸红润润的，蓝色的眼睛，浅色的睫毛，短短的头发，给他印象之深，不亚于那位姑娘，她那张脸儿洁莹似露，这么单纯。末了，他透过没有帘子的方窗户，见到曙光挤进黑幕，听到一只乌鸦朦胧嘶哑的叫声。接着鸦雀无声，一片死寂。后来一只没有醒透的画眉唱起歌来，冲破了寂静。阿瑟斯特看着窗框里亮堂起来的天空，渐渐睡着了。

第二天，他的膝盖肿得很厉害，徒步旅行显然是不行了。加顿次日必须返回伦敦，所以正午走了，走的时候似讽非讽地一笑，叫阿瑟斯特好不恼火，等他大跨步地拐过陡峭的小路、身影消失之后，阿瑟斯特才消了气儿。阿瑟斯特一整天坐在杉树廊子旁边一把绿色椅子上，保养膝盖，脚下是一块草地，那个地方，树根、石竹在太阳光的照射下散发出香气，还有花蕾正待开放的树丛里传来的一股幽香。他快活得跟天使似的，又吸烟，又幻想，四处眺望。

春天的农场处处生机盎然——什么芽呀、壳呀，都长出东西来，人们如痴如醉地观察这些新东西的生长，又是喂养又是护理。这年轻人坐在那里纹丝不动，一只雌鹅迈着庄严稳重的步子，跟着六只黄脖子、灰背毛的小鹅跑到他脚边，在青草叶片上磨它们的小嘴。不是纳拉柯姆比太太便是曼吉姑娘，常来问他要不要什么东西，他总是回答："不要什么，谢谢。这儿挺好。"到了喝茶的时候，她们一起过来，端了一只碗，里面放着一长条黑色的什么药膏，她们仔细认真地瞧了又瞧，把药敷在他红肿的膝盖上。她们走了之后，他想起姑娘轻轻地叫"啊哟"一声，想起她表露同情的目光，又想起她眉头一皱。这时他又对他的伙伴感到一阵不可理喻的愠怒，他说了她这么多蠢话。她端茶出来的时候，他问道：

"你觉得我这个朋友怎么样，曼吉？"

她抿上嘴唇，生怕笑出声来不礼貌。"那位先生很滑稽；他叫我们发笑。我想他是很聪明的。"

"他说了什么话叫你们发笑呢？"

"他说我是行吟诗人的女儿。行吟诗人是什么人？"

"是威尔士诗人，生活在好几百年以前。"

"请问我为什么是他们的女儿呢？"

"意思是说你就是他们吟唱的那种姑娘。"

她皱了皱眉头。"我想他是开玩笑。我是他们的女儿吗？"

"如果我说了，你相信吗？"

"哦，我相信的。"

"嗯，我认为他说得对。"

她笑了一笑。

阿瑟斯特心里是想："你是一个美人儿！"

"他还说乔是撒克逊型。那是什么样子？"

"哪个是乔？蓝眼睛、红皮肤那一个吗？"

"是的。我姑父的外甥。"

"这样说来，不是你表哥啰？"

"不是的。"

"嗯，他是说乔像一千四百年前跑来征服英格兰的那族人。"

"啊！那我知道；可他是那族人吗？"

"加顿对那类事情着了迷；不过我应该说，乔看来是有点像早期撒克逊人。"

"是的。"

这一声"是的"把阿瑟斯特逗乐了。他说的话，很明显她是不懂的，可是这两个字她竟回答得这么干脆，这么顺畅，这么肯定，很有礼貌地同意他的说法。

"他说别的男孩都像一般的吉卜赛人。他不该说那种话。我姑妈笑了，可是心里当然不高兴，我那些表弟都生气了。姑父是农民——农民不是吉卜赛人啊。叫人家难过是不对的。"

阿瑟斯特想拉她的手，捏一捏，但他只是回答：

"说得对，曼吉。唉，我昨天晚上听你弄小家伙上床了。"

她红了红脸。"请喝茶吧，快凉了。我要给您拿些点心吗？"

"你有没有工夫忙你自己的事？"

"有的。"

"我一直在观察，我还没有看见。"

她迷惑不解，皱眉蹙额，接着脸红了。

她走了之后，阿瑟斯特心想："她以为我是开她玩笑吗？我才不呢！"他处在那个年龄：正如诗人所说，在某些男人眼里，"美啊就是花儿"，于是引起一阵阵对女士献殷勤的想法。阿瑟斯特从来不大注意周围的事，过了好一会儿才发觉加顿称为"撒克逊型"的青年正站在马厩门边，他一身装束好不鲜艳：棕色的绒带，土黄色的高筒靴，配上蓝色的衬衫；红润的胳膊，红润的脸，太阳把他亚麻色的头发映染成黄黄的；他呆头呆脑地站在那里，一动不动，脸上没有一丝笑容。临了，他注意到阿瑟斯特正看着他，就穿过庭院，走路的姿态一副年轻乡绅的派头，以为步子缓慢、腿脚沉重是丢脸的事，接着消失在屋后，朝厨房门口去了。阿瑟斯特热烈的情绪凉了半截。乡下人！你心眼儿再好，也没法同他们打交道！然而，你看看那位姑娘！她的鞋是破的，手很粗糙；但是——这是什么呢？是不是如加顿所说，她真的是凯尔特血统？她天生是一位高贵的妇女，哪怕她只有会读会写的水平！

昨天晚上他在厨房里看见的那位胡子刮得干干净净的上年纪的人，带着一条狗赶着牛群去挤奶。阿瑟斯特看到，他的腿是瘸的。

"你这些奶牛不错啊！"

瘸子脸上露出了喜色。他的眼睛朝上眨，长年累月的受苦人常常是这样的。

"是啊，这些牛不错，奶也好。"

"我看奶准好。"

"您腿见好了吧，先生？"

"谢谢你，好起来了。"

瘸子摸摸自己的腿说："我自己吃过苦头；真叫人发愁，我这膝盖，我这脚坏了十年了。"

阿瑟斯特发出一声同情的叹息，对于不靠别人、自己有收入的人这种自然的同情，瘸子又笑了。

"虽然这样说，我也不叫苦——现在也不大痛了。"

"啊呀!"

"真的,跟过去比较比较,现在跟好腿一般。"

"她们给我敷了药包上了。"

"是姑娘采的药。这好姑娘会弄花。有的人就懂什么花治什么病。我母亲就有这种少见的本事。我盼您痊愈,先生。回头见,先生!"

阿瑟斯特笑了起来,"会弄花!"她自己就是一朵花嘛。

那天晚上,他吃的是冷鸭子、凝乳甜食和苹果汁,吃完之后姑娘进来了。

"姑母说——您要不要尝一块我们五朔节①糕?"

"我可以上厨房吃去吗?"

"啊,可以啊!您一个人在这儿会想念您朋友的。"

"我才不想念他呢。你准知道他们不会不高兴?"

"谁会不高兴?我们都欢迎您去。"

阿瑟斯特一下子起得太猛,僵硬的膝盖一晃,又坐了下来。姑娘喘了一口气,伸出手来。阿瑟斯特握着这双粗壮而又红润的小手,他真想放在嘴边吻吻,却控制了自己,让她把自己拉起来。她紧挨他身边,让他扶她的肩头,他扶着她的肩走出房。那个肩头,他好像从来没有碰过这么叫人惬意的东西。不过他头脑清醒,在架子上取下拐杖,放开她的肩头,自己走到厨房里去。

那天夜里他睡得香极了,醒来的时候他膝盖差不多消肿了。上午他仍坐在草地的椅子上,忙着写诗;下午他跟着涅克和里克两个小孩散步。这是星期六,他们放学早;这两个六七岁的黑黑的小鬼又机灵又腼腆,可一会儿话就多了,因为阿瑟斯特有办法对付孩子。到四点钟光景,怎么弄死生命的办法,他们都一一表演给他看了,就是抓不住鱼;不过他们撅着屁股,肚子贴在小河边上,表示他们也有这份本事。当然,他们什么也没抓到,他们又喊又笑,什么有斑点的东西一露出水面就给吓跑了。阿瑟斯特坐在山毛榉树树墩旁边的石头上,瞧着他们,一边听着杜鹃歌唱。末了,大孩子、不那么淘气的涅克跑来,站在他身边。

"这个吉卜赛妖怪就坐在这块石头上。"他说。

"什么吉卜赛妖怪?"

---

① 春天的节日。

"不知道，我没见过。曼吉说他就坐那儿，老吉姆见过他一回。我们的小马踢我爸脑袋瓜的头一天晚上，他就坐在那儿。他拉提琴。"

"他拉什么调子？"

"不知道。"

"他怎么个样子？"

"长得黑黑的，老吉姆说他浑身上下全是毛。他是个好妖怪，夜里才来。"孩子两只乜斜的黑眼睛睁得大大的，"你说他会来抓我吗？曼吉害怕他。"

"她见过他吗？"

"没有。她不怕你。"

"我看不会怕我。她为什么要怕我呢？"

"她为你祷告。"

"这小鬼，你怎么知道？"

"我睡着了，她就说：'上帝保佑我们，保佑阿谢斯①先生。'我听见她这么轻轻地祷告来着。"

"你这小鬼，不该听的你听了，还说呢！"

小孩不说话了。接着蛮劲儿又来了：

"我敢剥兔子皮。曼吉她就不敢。我喜欢看兔子流血。"

"啊！你喜欢看流血；你这个小魔鬼！"

"什么叫魔鬼？"

"喜欢损害人家的叫魔鬼。"

小孩瞪着眼喊起来："是死兔子啊，就是我们吃的兔子。"

"那可以，涅克。对不起。"

"我还敢剥青蛙皮。"

但是，阿瑟斯特的心已经不在了。"上帝保佑我们，保佑阿谢斯先生！"涅克见他突然出了神，就回到河边去，河边立刻又热闹起来，又是笑又是叫。

曼吉给他送茶来的时候，他问道：

"吉卜赛妖怪是什么，曼吉？"

她抬起头来，很吃惊的样子。

---

① 小孩发音不准，读错了音。

"他叫人倒霉。"

"你当然不相信有鬼的啰?"

"我希望一辈子见不到他。"

"你当然见不到。没有这种东西。老吉姆看见的是小马。"

"不是小马!岩石堆里有妖怪;他们好多年以前是人。"

"怎么说也不是吉卜赛人,这些老头儿死了好久以后吉卜赛人才来呢。"

她只是回答:"他们都是坏人。"

"为什么呢?就是有的话,他们也是野生的,跟野兔似的。花是野的,可并不坏呀。带蒺藜的树,大家不会去种——你也不把它们放在心上。我晚上去看看你的妖怪,同他谈一谈。"

"啊哟,您别去!您别去!"

"啊哟,我要去!我要去坐在他的石头上。"

她交叉紧握着两只手:"啊哟,请您别去!"

"这有什么呢!我出了事同你有什么关系呢?"

她没有搭话。他像闹别扭似的说道:

"嗯,我敢说我看不见他了,因为我看我得快走了。"

"快走了?"

"你姑妈不愿意留我在这儿。"

"啊呀,这怎么会呢?我们夏天总是出租房间的。"

他边盯住她的脸边问道:

"你愿意留我吗?"

"愿意。"

"我今天晚上为你祷告!"

她满脸通红,蹙着眉头,跑出房去。他坐在那里咒骂自己,一直骂到茶煮好的时候。这好比是他用举重的靴子乱踢一簇盛开着蓝花的风信子。他为什么说了这么愚蠢的话呢?他岂不是跟罗伯特·加顿一样,很不了解这位姑娘,也是个城里的笨蛋大学生?

四

接下来的一个星期,阿瑟斯特在乡间近处走走,试试他的腿恢复得怎么样。今年的春天对于他是一个启示。他欣喜若狂,欣赏那山毛榉粉红的蓓蕾背衬着蓝天，施展在阳光之中，欣赏那罕见的苏格兰杉树给强烈的光照晒成黄褐色的树枝，再看看那落叶松，被风刮得弯下腰来，风吹着黑锈色树丛上面的绿叶，如此富于生气。再不，他就躺在河岸上，看着那野生的紫罗兰，躺在枯死的蕨草里，玩赏悬钩子粉红、透明的花蕾，杜鹃在叫，啄木鸟在笑，高处的百灵鸟在低婉地歌唱。这当然跟他以前经历过的春天不一样，因为春天就在他心中，不在身外。白天他几乎看不见这一家人；曼吉进来送饭的时候，她不是张罗屋里的事，便是照看院子里的小孩，总是没工夫多谈谈。到了晚上，他到厨房里去，往窗台上一坐，边吸烟边同瘸腿的吉姆或纳拉柯姆比太太谈天，姑娘做针线活，或者忙来忙去，收拾碗碟。有时候他感到一阵高兴，那劲头跟猫高兴起来一个样，因为他感觉到曼吉那双水汪汪的灰眼睛老在盯着他，含情脉脉，使他分外得意。

那是一个星期天的黄昏，他正躺在果园里听画眉歌唱，一边创作情诗，他听到大门闪动的声音，只见曼吉急急忙忙从果树林间跑来，脸红润润的，健壮的乔从后面紧追。他们跑到距离他二十码的地方，停了下来，两个人你瞧着我，我瞧着你，谁都没注意草地上躺着一个人。那青年一步步逼来，姑娘用手挡着他。阿瑟斯特看得见她的脸儿，气冲冲的，情绪纷乱，那个青年的脸——谁会想这红脸的乡下佬会癫狂成这般模样！阿瑟斯特难受得看不下去，猛地站了起来。这时他们才看见他。曼吉放下手来，躲在树后头；青年气冲冲地咕哝了一声，奔向前去，爬过岸坡，不见影儿了。阿瑟斯特慢慢地向她走去。她站在那里，一动不动，紧咬着嘴唇，秀丽的黑发披在脸上，两只眼睛瞅着地——真是美丽极了。

他说："对不起。"

她睁大了眼睛，抬头看了他一眼，接着吸了一口气，掉头就走。阿瑟斯特跟在她后面。

"曼吉！"

但她还是往前走，他一把拉住她的胳膊，轻轻地拨过她身子来。

"别走，你跟我说话啊。"

"您为什么说对不起我呢？您不该向我道歉。"

"好吧，那么向乔道歉。"

"他怎么竟敢追我？"

"我想是爱上你了吧。"

她跺跺脚。

阿瑟斯特扑哧一笑："我去揍他脑袋好不好？"

她突然激动地喊道：

"您讥笑我——您讥笑我们！"

他抓住她两只手，可是她往后退，一直退到一簇簇苹果树粉红的花蕾碰到她激动的小脸和散乱的黑发。阿瑟斯特握着他抓住的她的一只手，抬起来，放到自己唇边。他觉得自己是那么尊重女性，比那个乡下佬乔高明多了，他竟用嘴来回擦那只粗壮的小手。她骤然停了下来，仿佛颤抖地向他靠过来。阿瑟斯特感觉一股温存的热流从头暖到脚。这么说来，这位苗条的姑娘，这么纯洁、美丽的姑娘高兴了，他把她的手放到他唇边，她高兴了！他一下子冲动起来，伸出双手去拉她，把她搂在自己怀里，吻她的前额。接着他害怕了，因为她脸色变得这么苍白，闭上眼睛，又长又黑的眼睫毛搭在颊上；她两只手垂在身边，不会动弹了。她的胸脯贴在他身上，他感到一阵哆嗦。他叹了一口气，叫一声"曼吉"，松开了她。寂静无声之中，画眉叫了起来。临了，曼吉抓住他的手，放在自己的脸上、心坎上，又放在唇上，热情地吻了吻，接着逃走了，消失在满身青苔的苹果树中间。

阿瑟斯特在一棵几乎与地面平齐的歪扭的老树上坐了下来，他心慌意乱，望着刚才盖过她头发的花蕾出了神，粉红色的蓓蕾之间，只开着一朵白色的苹果花。他刚才干的什么事？他怎么让美丽、或者只是让春天弄得如此神魂颠倒！不过，他感到幸福得出奇；他感到幸福、得意，浑身一阵阵哆嗦，又模模糊糊地觉得恐慌。这预告了什么？蚊子叮他，飞舞的小虫子想飞到他嘴里去；他觉得他周围的春意越来越可爱，越来越活泼；杜鹃的歌唱，画眉的鸣叫，啄木鸟的欢笑，斜照的夕阳，她头上那朵苹果花……他从老树干上站了起来，大步走出果园，他需要空间，需要辽阔的天空，来消受这些新鲜的感觉。他走向荒原，树丛里一棵白蜡树上飞出一只喜鹊来给他引路。

男人从五岁开始，谁敢说没有恋爱过？阿瑟斯特在跳舞班上爱过他的舞伴，爱过护理他的家庭女教师，爱过假日同他一起游玩的姑娘们；可以说他没有不恋爱的时候，他总是珍惜这份多少总有点模糊的爱慕。但是这一次不同，一点儿也不模糊。这是一种崭新的感觉，叫人愉快极了，感到自己已经完全长大成人。把这么一朵野花捏在手指头里，能够放在唇边吻吻，能够感到她高兴得颤抖起来！真令人销魂，又叫人害臊！怎么办呢？下一次怎么同她见面呢？他头一次吻她，心是平静的，出于同情之感；但是，接着的一次可不一样了，因为她已经热乎乎地吻过他的手，把他的手放在自己心坎上，他知道她是爱上了他。有的人性子变粗鲁，因为爱情是人家赐给他们的；另外的人呢，比方阿瑟斯特，因为感到奇迹来临，性情又游移又热切，温暖柔和起来，简直是意气扬扬。

他在这多石的小山上，内心非常矛盾，既想热切地欢庆一番他心中新的春意，又模模糊糊感到一阵非常现实的不安。一会儿，他得意忘形：居然俘虏了这位漂亮、可靠、水盈盈的姑娘。过了一会儿，又严肃地思考起来："哎哟，老兄！小心你干的事！你知道会有什么后果！"

夜幕降临，他没有注意到。夜色笼罩在雕塑似的岩石堆上，一派东方古国的情调。自然发出声音："这是你的新世界！"他好比是清晨四点起床的人，领略夏天早晨的景色，鸟兽、树木都看着他，他仿佛感到这是一个新生的世界。

他在那里一待好几个小时，后来天凉了，他摸黑绕过石头和各色各样的树根，回到路上，又穿过荒野牧地，来到果园。他划了一根火柴，看看表。快十二点了！果园现在一片漆黑，万籁俱寂，跟六小时前鸟语花香的时光何等不同！突然，他用外界人的眼光来审察他这首田园牧歌，他仿佛看到纳拉柯姆比太太脖子蛇似的一扭，黑眼珠子骨碌一转，把一切看在眼里，这张精明的脸板了起来；他仿佛看到那些吉卜赛人似的表弟们在狞笑，信不过他；乔呆头呆脑，很是生气；只有瘸腿的吉姆，一副受苦人的目光，好像还不错。还有村里的小酒店！他散步时碰见的好说闲话的家庭主妇；再有，他自己的友人，他想起十天前罗伯特·加顿走的时候那副笑容，似讽非讽，一副早就料到的神气！真叫人讨厌！不管你愿不愿意，你得活在这冷嘲热讽的尘世上，他当时真是恨透了。他紧挨着的大门有点亮了起来，他眼前掠过一道微光，微微地照亮了蓝沉沉的黑夜。月亮！他看见月亮刚刚悬在山坡后面；红红的，几乎圆了——好奇怪的月亮！他转过身来，走上小路，路上散发出黑夜、牛粪与新叶子的味道，在堆草的院子里，他看得见牛群的黑影，只有它们的弯角闪出微白的光，好比倒竖起这么多小月亮。他蹑手蹑脚，拉开农场大门的插闩。屋里全都黑了。他放轻脚步，走进门廊，躲在一棵紫杉树后面，抬头看曼吉的窗户。她的窗开着。她是睡着了，还是躺着没有睡着？说不定因为他不在，她心里不安、不高兴？他站着抬头张望的时候，一只猫头鹰叫了起来，叫声好像填满了整个儿黑夜，因为周围一切都非常静寂，只有果园下头的小河传来永不休止的潺潺声。杜鹃白天啼叫，现在猫头鹰叫——它们多么奇妙地传达出他心中纷繁杂乱的激情。突然，他看见她在窗口，向外张望。他离开杉树几步，轻轻地叫："曼吉！"她缩了回去，不见了，接着又出现了，倚着窗子往下看。他轻轻地在草地上向前走了几步，下巴撞在绿色的椅子上发出响声，他屏住声息。她伸下来的胳膊和脸儿，灰白模糊，纹丝不动；他把椅子往前挪，轻轻地站了上去。他往上伸手，刚刚能够得着。她手里拿着开前门的大钥匙，他抓住握着冰冷钥匙的火热的手。他只看得见她的脸儿，嘴唇间洁白的牙齿，披散下来的头发。她还穿着衣服——可怜的人儿，准是等着他呢！"美丽的曼吉啊！"她粗糙、火热的手指缠住他的指头；她脸上有一副奇异的、迷惘的神情。够得着她的脸儿有多好——哪怕用手！猫头鹰叫了，蕃蔷树丛的香气冲到他鼻孔里来。接着农场的一只狗叫了起来，她松开手，退了回去。

"再见，曼吉！"

"再见，先生！"她不见了！他叹了一口气，退回到地上，坐在椅子里，脱掉靴子。没办法，只好溜进去睡觉；然而，他一动不动，望了很长时间，脚踩在露水上，凉冰冰的，他沉醉在回忆之中，想起她那迷惘的微微带笑的脸，想起她用火热的指头紧紧地缠住他，把冷冷的钥匙塞在他手里。

五

他虽然没有吃晚饭，但是第二天醒来的时候，感到好像是头天晚上吃得太多了似的。昨天的韵事仿佛缥缈而又朦胧。可是，早晨天气非常之好。春天终于降临了：一夜之间，孩子们叫"金杯"的那种花儿好像占据了所有的田野，他从窗口望出去，满园子都是苹果花，园子像铺了一条红白相间的花被单。他走下楼去，有点怕见曼吉的面，然而端饭进来的不是曼吉，而是纳拉柯姆比太太，他见了大失所望，感到恼火。那女人今天早晨好像眼珠子转得更快，蛇似的脖子扭动得更加灵活。难道她已经注意到了？

"您昨天晚上跟月亮一起散步了，阿瑟斯特先生？您在别处用饭了吗？"

阿瑟斯特摇摇头。

"我们给您留着饭呢，不过我想您脑子太忙乎，想不起吃饭这种事了吧？"

她的口音仍保留着某些威尔士话的清脆味儿，而没有沾染西部的喉音，她用这种嗓门说话，是不是在挖苦他？她知道了怎么办呢！那个时候，他想到："不，不，我走吧。我不能处在这种虚妄尴尬的处境。"

但是，吃罢早饭之后，他渴望见到曼吉。这种渴望越来越急迫，又害怕人家对她说了什么话，把一切都毁了。她不露面，他见不着她，这可是不祥之兆啊！昨天晚上他在苹果树底下写的情诗，写得这么认真，这么入迷，现在看来不值一顾，他撕掉了，捏成点烟斗的纸捻儿。她没抓住他的手吻的时候，他懂得什么爱情！现在呢，他还有什么不懂的？但是，把它写下来，简直乏味透顶！他上楼到睡房里去拿一本书，见她正在拾掇床铺，他心跳得很厉害。他站在门口看着她；突然他见她俯下身去，吻吻他的枕头，正是他昨天晚上头枕得凹下去的地方，他真乐坏了。怎么能让她知道他已经看见了她这一亲昵的举动呢？要是偷偷地溜走，叫她知道了，反而不好。她拿起枕头，抱住它，好像舍不得抹掉他脸颊的印记；她放下枕头，转过身来。

“曼吉！”

她用两手捂住脸，可是眼睛像是盯住他。他从来没有想到，这对水汪汪的眼睛含有这样纯洁、动人、真挚的深情，他支支吾吾地说道：

“你真好，昨天晚上一直等着我。”

她还是不说话，他结巴着说下去：

“我一直在荒野上散步，夜色真是好。我——我上楼是来拿书的。”

他见到她刚才吻他的枕头，这个举动顿时叫他冲动起来。他走上前去，用嘴唇吻她的眼睛，心里分外激动：“我吻了她！不管怎么说，昨天是突然发生的，今天，我可吻了她了！”姑娘的额头依偎在他的嘴唇上，他的嘴唇往下移，吻到了她的嘴唇。那是一对恋人头一次真正的亲吻——陌生、奇妙，又带点无邪的稚气，谁的心房最纷乱呢？

“今天晚上等他们睡下了，你到大苹果树下来。曼吉——答应吧！”

她轻声回答：“我答应。”

接着，他见她脸色苍白，心里就怕，他什么都怕，一切都怕，就松开了她，回到楼下。啊哈！他现在已经完成了！他接受了她的爱情，也宣布了自己的爱情！他走出门去，到绿椅子跟前，手上仍是没有书；他坐在那里，茫然地望着前面，又得意又悔恨，而就在他鼻子底下，在他背后，农场的活儿正在进行。他在那奇怪的茫然神态之中，究竟望了多长时间，他自己也不知道，后来看见乔站在他后面靠右边的地方。这年轻人准是刚从地里干了重活儿回来，只见他轮番地歇着两条腿，气喘吁吁，满脸通红，好比正在下落的太阳，蓝色的衬衣卷起了袖子，两条胳膊像桃子熟了的颜色，也像桃子似的，毛茸茸的，发着亮光。他张着红润的嘴唇，眼睫毛是浅黄色的，蓝色的眼睛直盯着阿瑟斯特。阿瑟斯特冷冷地说：

"好啊，乔，有什么事情要我帮忙吗？"

"有的。"

"什么事呢？"

"你可以离开这里了。我们不需要你。"

阿瑟斯特这张脸本来就不谦虚，这回越发高傲了：

"承蒙你通知我，但是，你明白，我倒喜欢别的人自己来跟我说。"

年轻人向前走了两步，一股热汗的味道冲进阿瑟斯特鼻孔里。

"你在这里待着干什么？"

"我乐意。"

"等我砸了你的脑袋，看你还乐意不乐意。"

"真的！那你什么时候开始砸呢？"

乔只是大声地喘着气，可是两只眼睛鼓了出来，好比一头小公牛生了气。接着脸上一抽一抽的，像痉挛似的。

"曼吉不要你。"

阿瑟斯特又妒忌又蔑视。

这个粗壮、大声喘气的乡下佬说这种话，阿瑟斯特一阵妒忌一阵蔑视，好不生气。他控制不了自己，跳将起来，把椅子往后一推。

"你见鬼去吧！"

他刚说了这句话，见曼吉站在门口，怀里抱着一只棕色的小狗。她快步走到他跟前。

"它眼睛是蓝的！"她说。

乔转身就走；他后脖子可真是通红通红的。

阿瑟斯特用手指头摸摸她怀里这只棕色小动物的嘴巴。它躺在她怀里多惬意啊！

"它已经喜欢你了。哎哟！曼吉，什么东西都喜欢你。"

"请问，乔跟您说些什么？"

"他叫我走开，说你不要我在这儿待着。"

她顿顿脚，抬头看着阿瑟斯特。那是爱慕的眼光，他见了感到身上一阵哆嗦，正好比见到一只飞蛾烧焦了它的翅膀。

"今天晚上！"他说道，"别忘了！"

"不会的。"她用脸蛋儿蹭着小狗肥胖、棕色的身子，悄悄地溜回屋里去了。

阿瑟斯特漫步穿过小路，来到草地门前，遇见瘸腿的人带着一群母牛。

"好天气啊，吉姆！"

"啊哟！长草的天气啊。今年白蜡树比橡树发得晚。'橡树要是发得比白蜡树早——'"

阿瑟斯特漫不经心地问道："吉姆，你瞧见吉卜赛妖怪的时候，站在什么地方？"

"大概是那棵大苹果树底下吧。"

"你现在真的认为它是在那儿吗？"

瘸子小心翼翼地回答：

"我不敢说它不在那儿。我印象是就在那儿。"

"你说它究竟是谁？"

瘸子压低了嗓子说道：

"他们都说，我们那位老主人，纳拉柯姆比先生，是吉卜赛血统。可这只是说说的。吉卜赛人，您知道，喜欢把谁都认作他们自己人。说不定他们知道他快死了，派这个家伙来陪他。我一直是这么想的。"

"他是什么样的长相？"

"他长了一脸的毛，走起路来这个样子，好像夹着提琴。他们说没有妖怪这个东西，可是我那天黑夜，看见狗身上的毛都竖了起来，可我自己什么也看不见。"

"有月亮吗？"

"有月亮，快圆满了，不过刚出来，黄黄的，在树后边。"

"你觉得鬼出现就惹麻烦了吧，是不是？"

瘸子抬了抬帽子，用热烈的目光瞧着阿瑟斯特，神情更加真切。

"我不敢这么说——可他们的样子挺不安的。有些事咱们不明白，确实不明白。有的人看东西看得清楚，有的人就看不清楚。你看，咱们这个乔，您把东西放在他眼面前，他一点也看不见；别的那些年轻人，也都是冒冒失失的。可是，您叫我们曼吉去看，她看得到，而且看得更清楚，准没错儿。"

"那是因为她敏感。"

"什么叫敏感？"

"我是说，她什么都感觉得到。"

"啊！她非常好心。"

阿瑟斯特感到一阵脸红，拿出烟袋来。

"来一筒，吉姆？"

"谢谢您，先生。我看，她真是百里挑一。"

"我看也是。"阿瑟斯特只说了这一句，收起烟袋，继续散步。

"好心！"是啊！那么他这是在干什么呢？他对这位多情的姑娘用心——俗话说"用心"——何在呢？田野开遍了金凤花，棕红色小牛在吃草，燕子飞翔，他一边漫步在田野上，一边老在想这个问题。是啊，橡树比白蜡树发得早，已经是棕黄色的了；每一棵树都在长，显出不同的颜色。杜鹃鸟，上千种鸟，都在歌唱；溪水晶莹明洁。古人相信黄金时代，相信赫斯帕里迪丝①的果园……一只雌蜂停在他袖子上。弄死一只雌蜂等于减少两千只黄蜂，等果园里花蕾结成苹果的时候，苹果可以少损失一些；但是，你今天心中荡漾着爱情，怎么忍心杀生呢？他走进一块田里，看见一头棕红色的小牛在吃草。在阿瑟斯特眼里，这头小牛活像乔。可是小牛没有注意到这位来访者，也许是小牛自己也有点陶醉，只顾脚下黄金色的草原，那草原随风歌唱，多么迷人。小牛不惹他，他就穿过田野，跑到小溪上头的山坡上。从那面坡上去是一座小石山，一直到山顶都是岩石。坡面上是一大片风信子，还有十几棵酸苹果树，盛开着花。他躺在草地上。刚才田野上金凤花多么妩媚，金黄色的橡树如此迷人，这回又来到这个灰岩石下飘飘欲仙的去处，他心里不由产生奇妙的感觉。一切都改了样，只有流水潺潺、杜鹃啼啭依旧。他躺了很长时间，看着阳光转移。末了酸苹果树的影子遮住了风信子，他只有几只野蜂做伴了。他神志已经不大清楚了，老在回想那天早晨的一吻，惦记着今天晚上苹果树下的幽会。在这等去处，肯定有牧神②和树精出没；白得像酸苹果花似的仙女闲居在树林里；黄得像死蕨树那样的牧神正竖着耳朵，等待着林间的仙女。他醒来的时候，杜鹃还在啼叫，溪水还在流，只是太阳已经西沉在石山后面，山坡有点凉意，几只兔子出来了。他想道："今天晚上！"大地上，万物都向上伸展，好像有一只看不见的手在地下放开它柔软而急切的指头，阿瑟斯特的心灵和感觉也像大地一般，向上伸去，施展开来。他站起身来，从酸苹果树上摘下一枝蓓蕾。这些蓓蕾恰似曼吉——贝壳似的，粉红色，野性未灭，又那么清新；曼吉也像开着的花朵，那么洁白，那么开朗，

---

① 古希腊神话中看守会苹果园子的女神。

② 指古罗马传说中半人半羊的牧神。

那么迷人。他把花揣在大衣里。他身上的春意冲了出来，他吐出一口胜利的气。可是兔子却一溜烟跑掉了。

六

那天晚上阿瑟斯特手里拿着一部袖珍本的《奥德赛》，他坐了半个小时没有读一句，等他放下的时候，快十一点钟了，他轻手轻脚走过院子，来到果园。月亮刚刚升起，黄澄澄地挂在山顶上，好像一位明亮、有力的守护神透过白蜡树叶子尚未茂繁的树干凝视着大地。苹果园还是黑洞洞的，他站住，定一定方向，用脚踩摸着毛茸茸的草地。他身后有一大团黑黑的东西动来动去，发出笨重的、呼噜呼噜的声音，原来是三头大猪，这会儿又相互紧靠在一起，缩在墙脚。他听一听：没有动静，没有风，只有流水发出汩汩声响，像是低声欢笑，声音比白天大两倍。一只他不知叫什么名称的鸟"噼泼"、"噼泼"地叫着，好不单调；他听到很远的地方，一只夜莺在啼唱，叫声越来越小；又一只猫头鹰在叫。阿瑟斯特挪动了一两步，又停了下来，他注意到他头顶上活跃着一大片白茫茫的东西。在黑黑的、纹丝不动的树上，无数朵柔软、模糊的花和蓓蕾，在渐渐渗透进来的月光下，像着了魔似的，活了起来。他十分奇怪，感到自己有了真正的侣伴，好像上百万只飞蛾或者精灵飞了进来，夹在黑暗的天空和更黑暗的大地中间，在他眼前上下闪动着翅膀。在这没有香味的、宁静迷人的美妙时刻，他简直忘记了自己为什么到果园里来。白天笼罩着大地的飞速即逝的魅力并没有在夜间消失，只是变成这番新的景象。他经过满是白花的树干和树枝，终于来到这棵大苹果树跟前。这棵树就是在夜间也不会弄错，比旁的树高出一半、粗出一倍，枝叶伸向大草原和小河。他站在树枝下面，静静地听着。还是这些声响，加上猪打呼噜的声音。他把手扶在干燥的、几乎是温暖的树身上，那粗糙、长满苔藓的树皮经他一摸，发出泥煤的味儿。她会来——会来吗？他处身在颤抖的、神秘的、月色朦胧的树丛之间，对什么都感到迷惑。这里一切都不是人间的东西，非尘世的恋人所能领略，只有男神、女神、林间的仙男仙女才配，他和农村小姑娘没有这福分。她要是不来，是不是他几乎就解脱了呢？但他始终在听着。那只不知名的鸟还是"噼泼"、"噼泼"地叫着，再有就是那有小鳟鱼的小河喋喋不休地流着，月儿透过交叉的树枝隐隐约约地照射下来。他眼前的那朵苹果花好像每时每刻都在活起来，仿佛以她神秘的白色的美渗入他等待的心情。他摘下一些，捏在手里——三片花瓣。采果树的花朵真是亵渎圣物，她们是这么柔软、圣洁、年轻，竟然被随手一扔！突然之间，他听到关门的声音，猪又动了起来，发出呼噜呼噜的声响；他靠在树身上，摸着身后长着苔藓的树皮，屏着声息。她声音这么轻，真像是穿过树丛的精灵！接着他看见她走过来——她暗色的身材像一棵小树，白白的脸像是树上的白花；这么宁静，凝视着他，向他走来！他轻声叫道："曼吉！"伸出双手，她跑了过来，到了他胸前。她贴在他身上，他感到她心房在跳动，他深深感到骑士式的激动。她不是他那个世界圈子里的人，却这么单纯、年轻、无所顾忌，这么崇拜他，又无人保护，在黑夜之中，他怎么能不保护她呢！她是自然美的化身，好比这春夜，好比这盛开的白花，他怎能不接受她将赋予他的一切呢？怎能不舒展他俩心房里的春意呢？他在这两种感情的支配下，紧紧地拉住她，吻她的头发。他们默默无言，站了多长时间，他也不知道。河水在流，猫头鹰在叫，月牙儿越升越高，越变越白；他们上下左右的白花焕发出光彩，保持着生机盎然的美。他们两人在黑暗中你吻我，我吻你，不说一句话。一开口，这番幸福就会失真！春天没有言语，只是瑟瑟、戚戚之声。春天时节，花儿开放，溪流淙淙，甜蜜芬芳，生机盎然，这种无声胜过有声！有的时候，春天活了起来，好比神秘的精灵，用她的胳膊抱住恋人们，用令人魂销的手指抚摸着他们，叫恋人们嘴唇对着嘴唇，忘怀一切，陶醉在亲吻中。他感到她的心在跳动，她的嘴唇在颤抖，这时候，他只感到骨酥神迷，命运送她到他的怀抱，爱神怎能抗拒！可是，在他们嘴唇分离、想要喘气的时候，马上有了距离。不过，现在是激情占了上风，他叹一口气，问道：

"啊呀！曼吉！你为什么来呢？"

她受了伤害，抬起头来，吃惊地说：

"先生，是您叫我来的。"

"你别叫我'先生'，我心爱的人儿。"

"那我该叫您什么呢？"

"弗兰克。"

"我不能这样叫，啊呀，不能！"

"可你是爱我的啊，是不是？"

"我控制不了自己，我爱您。我要同您在一起——这就够了。"

"够了！"

她的声音轻得几乎听不见：

"我要不跟您在一起我就死。"

阿瑟斯特吸了一大口气。

"那你来，我们在一起吧！"

"噢！"

这一声"噢"有惊有喜，他如醉似狂，轻轻地往下说：

"我们到伦敦去。我带你去见见世面。我一定会照顾你的，曼吉，我答应你。我不会待你粗暴的。"

"我只要跟您在一起，这就够了。"

他抚摸着她的头发，轻声地说：

"明天我就到托奎伊去，取点钱，给你买些衣服，不会有人知道，我们偷偷地走，等我们到了伦敦，如果你很爱我的话，说不定我们很快就会结婚。"

他感到她摇头的时候头发都在颤抖。

"噢，不！我不能同您结婚。我只要同您在一起就行了。"

阿瑟斯特为自己的殷勤所陶醉，继续低语道：

"是我配不上你。噢！曼吉，你什么时候开始爱上我的？"

"在路上我看到您的时候，您当时看着我。我头一眼就爱上您了，可是我从来没有想到您会要我。"

她突然低下身子，跪在地上，想去吻他的脚。

阿瑟斯特感到恐慌，浑身颤抖，他把她抱起来，紧紧地抱住她——激动得说不出话来。

她轻声说："您为什么不让我吻？"

"该是我吻你的脚！"

她一笑，感动得他流出了眼泪。她那张月光照得白白的脸儿贴得这么近，她微微张着的嘴唇呈现出浅淡的红色，这一切生机盎然，尘世难见，像苹果花一样的娟娟美好。

突然之间，她睁大了眼睛，费劲儿地看着他的背后，她从他怀抱里挣脱出来，轻声说："你看！"

阿瑟斯特只看到闪闪发光的河水，微微发亮的荆豆丛，月光照射下的山毛榉，再过去便是月色朦胧的山峦。她在他身后用颤抖的声音低低地说："吉卜赛鬼怪！"

"哪儿?"

"那儿——石头旁边——在树下!"

他急了,一下子纵过小河,大步奔向山毛榉的树墩。原来是月光在捣乱!什么也没有!他一边在石头和荆棘中间冲冲撞撞,一边咕咕哝哝咒骂,心里还有点害怕。可笑!愚蠢!接着他回到苹果树边,可是她不在了。他听得到衣服瑟瑟的声音、猪叫和关门的声响。她走了,只剩下那棵古老的苹果树。他双手抱住树身。树身代替不了她柔软的身子;粗糙的树皮衬在他的脸上——代替不了她娇嫩的面庞,只有树木的香味儿,还有一点相似。他头上和周围的苹果花,让月光照得越来越亮,越来越有生气,仿佛要开颜、要呼吸的样子。

七

阿瑟斯特从托奎伊车站下了火车,犹豫不决,徘徊在海滨道上,因为他不熟悉这处英格兰水乡胜地。他没有意识到自己穿的是什么衣服,不知道他的穿着在当地颇为显眼,他穿一件粗糙的诺福克夹克衫,尘土满布的靴子,戴着一顶破帽子,没有注意人们用迷惑不解的神情盯着他看。他在寻找他存钱的伦敦银行分行,他找到了一家,却也头一次发现他愉快的心情受到挫伤。他在托奎伊有熟人吗?没有。那么,请他打电报给伦敦总行,这里得到回音即能为他效劳。这个就事论事的世界对他发生了怀疑,多少挫伤了他乐观的看法。不过他还是打了电报。

几乎就在邮局对面,他看到一家专卖妇女服装的商店,他用奇异的感觉,看了一看陈列商品的橱窗。一想到要给他心爱的农村姑娘买衣服,他心里着实不安。他走进商店。一位年轻的妇女走上前来,她的眼睛是蓝色的,前额皱着,略带迷惑不解的神情。阿瑟斯特看着她,一言不发。

"先生,您买什么?"

"我要给一位年轻的妇女买件衣服。"

这位年轻妇女笑了一笑。阿瑟斯特皱皱眉头——他突然强烈地感到他的要求有点古怪。

年轻妇女紧接着问道:

"您要什么式样——要时髦的吗?"

"不。要简朴的。"

"这位年轻妇女什么样的身材？"

"我不知道。该比你矮两英寸。"

"您能告诉我，她腰围多大？"

曼吉的腰围！

"嗯，一般大小吧。"

"行。"

她不在的时候，他闷闷不乐地看着橱窗里的模特儿，突然想起曼吉——他的曼吉——怎么能老穿他看到的那种粗呢裙子、质量粗劣的外套，戴苏格兰小花帽，他感到这简直无法令人相信。那位年轻的女售货员回来了，抱着几件衣服。阿瑟斯特看着她一件件地往自己时髦的身体上比试。有一件的颜色他喜欢，是鸽毛似的灰褐色，不过曼吉穿在身上怎么个样子，他难以想象。售货员走了，又拿了几件来。阿瑟斯特感到无能为力。怎样挑呢？她还得买一顶帽子，一双鞋，还有手套；他就是买齐了，万一她穿上显得俗气怎么办，乡下人穿上好衣服常常显得俗气！她为什么不能穿她现在这一身衣服出门呢？啊哟！穿着显眼是要出事的，他们这私奔可是一件严肃的事情。他眼望着售货员，心里想："我不知道她是不是在猜测，以为我是什么坏人？"

"那件灰的，请你给我保留一下行不行？"他临了没有办法，只好这么说，"我现在定不下来；今天下午我再来。"

年轻妇女叹了一口气。

"哦！当然行。这件衣服式样很美观。我看您要想买的，这件最合适。"

"我看也是。"阿瑟斯特喃喃地说了这一句，走出店门。

他又一次从这就事论事的、充满怀疑的世界解脱出来，吸了一口长气，又回到他憧憬的世界。他在幻想中看到这位忠实、美丽的姑娘将同他生活在一起；他见到自己跟她两人在黑夜里偷偷地溜出来，在月下走过荒野，他一只手搂着她，一只手挟着她的衣服，天快亮时到达远处的林间，她就脱掉旧衣服，换上新装，他们在一个偏僻的车站搭上一辆早车，做蜜月旅行，最后到了伦敦，爱情的理想就实现了。

"弗兰克·阿瑟斯特！老兄，拉格比分别以后没见过你啊！"

阿瑟斯特愁容消失了；他面前这张脸上，眼睛是蓝色的，充满着太阳的光辉——这张脸上，内心的阳光和外来的阳光结合起来，发出光泽。阿瑟斯特回答道：

"菲尔·哈里台，天啊！"

"你在这里干什么？"

"啊！没有干什么。到处看看，取点钱。我正待在荒野呢。"

"有地方吃中饭吗？来，跟我们吃饭去；我同我妹妹在这儿。她们得了麻疹。"

阿瑟斯特让哈里台友好地挽着胳膊，跟着走去，先上山，再下山，离开了市镇，他们边走哈里台边说着话，他满脸是太阳的光辉，声调里回荡着欢乐，他解释说如何"在这个发霉的地方，唯一值得做的事情是洗澡和划船"，如此等等。一会儿他们来到一长溜弯月形建筑物面前，这一溜房子高出海面，离海较远，他们走进正中的一幢房子，这就是旅馆。

"上我屋来，洗一洗。饭一会儿就好。"

阿瑟斯特在镜子里照了照自己。他在农舍待了半个月，房里只有一把梳子、一件替换的衬衣，来到这间堆满衣服和刷子的房间，好比到了卡普阿①。他心想："真怪——我没有意识到——"意识到什么——他自己也不知道。

他跟着哈里台走进客厅去吃饭，哈里台介绍："这是我朋友弗兰克·阿瑟斯特——这几位是我妹妹。"这时三张蓝眼睛的、白净的脸儿一下子转了过来。

两个姑娘年龄很小，大约十岁和十一岁。第三个可能十七岁，个子高，头发也是浅黄色的，脸蛋儿经太阳一晒，白里透红，眉毛的颜色比头发深些，从中间向两旁稍稍往上斜。这三个姑娘的嗓门都同哈里台一样，高亢、愉快；她们站得笔直，同弗兰克很快地握了一握手，仔细打量了阿瑟斯特一下，又马上走开，去讨论她们下午干什么事情去了。真是标准的狄安娜②和她的随身仙女！阿瑟斯特过了一阵农场生活，对于这种爽快急切、好用俚语的谈吐，这番干净利索、习以为常的典雅风度，起初感到不习惯，后来就习惯了，而乡间的一切就突然模糊起来。这两个小的名字好像叫莎宾娜和弗瑞达；大的叫斯姐拉。

那个叫莎宾娜的姑娘接着转过身来对他说：

"我说，你跟我们去摸虾好吗？特好玩！"

阿瑟斯特想不到她这样友好地邀请，喃喃地说：

"我今天下午恐怕得回去。"

---

① 卡普阿：意大利南部一游览地。
② 罗马神话中的月亮女神。

“啊哟！”

“你不能推迟吗？”

阿瑟斯特转过脸来，看着刚刚说这个话的斯妲拉，摇一摇头。她长得真漂亮！莎宾娜遗憾地说：“你可以推迟嘛！”接着她们去谈山洞，谈游泳了。

“你能游得很远吗？”

“大约两英里。”

“噢！”

“真的！”

“多棒啊！”

三对蓝色的眼睛盯着他，使他意识到自己新的重要性，这种感受令人愉快。哈里台说：

“我说，你一定得待在这儿，洗个澡。晚上最好在这儿住。”

“对，在这儿住！”

但是阿瑟斯特又笑了一笑，摇摇头。接着，他顿时感到人家在盘问他体育方面的成就。在别人印象中他在大学里划过船，参加过足球队，赛跑中得过名次；他从桌子边上站起来，颇有英雄之感。两个小女孩一定要他去看看“她们的”洞穴，她们边走边叽叽喳喳说话，阿瑟斯特走在她们中间，斯妲拉和她哥哥跟在后面。这个洞穴像一般洞穴一样，又潮湿又阴暗，特点是有一汪池水，可能会钓到小鱼什么的。可以装在瓶子里玩。莎宾娜和弗瑞达两人健美的腿上没有穿袜子，她们催阿瑟斯特下水，到中间去帮她们筛水。他也马上脱掉靴子和袜子。对于有美感的人来说，时间是过得很快的，尤其是池子里有两个孩子，池边上站着一位年轻的狄安娜，你不论逮到什么，她们都欢叫。阿瑟斯特从来没有时间概念。他拿出表来，一看三点多了，大吃一惊。今天没法兑支票了——等他赶到银行，银行关门了。女孩们见了他这副表情，马上叫起来：

“好哇！现在你得住下了！”

阿瑟斯特没有回答。他又看到曼吉的脸了，那是吃早饭的时候，他轻轻地同她说：“亲爱的，我这就到托奎伊去，把什么都准备好；今天晚上回来。如果行，我们今天夜里就可以走了。你准备好。”他现在又见到她当时是怎么颤抖，怎么相信他的话的。她会怎么想呢？接着他振作起来，忽然觉得这位高个子、月神似的漂亮姑娘站在池边悄悄地打量着他，注意到她稍有点往上倾斜的眉毛下面那双游移的蓝色的眼睛。如果她们知道他脑子里想什么——如果她们知道就在今天晚上他打算——！这样，她们会表示厌恶，会把他一个人留在洞穴里面。气愤、懊恼和害臊的情绪混杂在他的心头，他把表放回口袋，出其不意地说道：

"好吧，今天我被打败了。"

"好哇！你可以跟我们去洗澡了。"

这些漂亮的孩子表示满意，斯姐拉嘴边浮起了微笑，哈里台说："好啊，老兄！晚上我把东西借你用！"——对于这些反应，他没法不屈从。但是他心里感到一阵阵的刺痛，又渴望又懊丧，他闷闷不乐地说：

"我得去发一个电报！"

他们在水池子里玩腻了，回到旅馆。阿瑟斯特发了电报，是发给纳拉柯姆比太太的："今晚有事，明日返回，甚歉。"曼吉一定会知道他事情太多，办不完；他放心了一些。下午天气很好，很暖和，蓝色的海面风平浪静，他心旷神怡；这些漂亮的孩子待他好，他瞧着他们，瞧着斯姐拉，瞧着哈里台那张被太阳晒得黑黑的脸，心里很高兴；他感到这一切有点不太像现实的境界，却又非常自然——好比最后瞧上一眼正常的生活，便要同曼吉去冒风险了。他借到游泳衣，他们一起出发了。哈里台和他躲在一块岩石后头脱衣服，三位姑娘在另一块岩石后面脱。他先下海，使出浑身解数，来证明自己刚才自我宣传绝非夸口。他转过身来，看见哈里台正沿着岸边游，姑娘们边扑水边泡在水里，在小小的波浪里玩，这种游法他向来是看不起的，但现在他觉得很好、很实际，因为这样能显出唯独他才是敢游进深水的老手。他向她们游去，心里嘀咕她们喜不喜欢陌生人去参加她们拍水的圈子，他游近那位苗条仙女的时候，感到难为情。这时，莎宾娜叫他过去教她浮水，他忙着教两个女孩，没有工夫去注意斯姐拉在不在乎他在场，突然之间他听见她惊慌的叫声。她站在那里，水齐她的腰，身子微微向前冲，伸着细长雪白的手臂指着，脸是湿的，太阳晒得有点皱，一副恐惧的表情。

"看，菲尔！他没事吗？啊哟，你们看！"

阿瑟斯特一眼就看到菲尔出了事。他远在一百码左右，在水里又拍打又挣扎，快要没顶了，他忽然喊了一声，举起双手，沉了下去。阿瑟斯特眼看那姑娘投入水中向菲尔游去，喊道："你回去，斯姐拉！回去！"自己游向前去。他从来没有游得这么快过，游到的时候，恰好哈里台第二次浮上水面来。他是抽筋，无力挣扎，所以不难把他拖起来。那姑娘站在阿瑟斯特叫她停住的地方，帮他浮出水面，到了岩上，他们就一人一边坐在菲尔的身旁，擦他的四肢，两个小的站在一旁，满脸惊慌。哈里台不久就露出笑脸。他说——他不行，全垮了！他请弗兰克扶他一把，他现在可以去穿衣服了。阿瑟斯特伸出胳膊让他扶着，同时瞧着斯姐拉哭得红润润的脸蛋儿，她已经失去她镇静时的模样，他心想："我刚才叫她斯姐拉！不知道她生不生气？"

他们在穿衣服的时候，哈里台镇静地说：

"你救了我的命，伙计！"

"别提了！"

他们穿好衣服，心里还有点后怕，一起到了旅馆，坐下来喝茶，只有哈里台一个人躺在房间里。他们吃了几片面包和果酱以后，莎宾娜说：

"我说，你知道吗，你是个好人！"

弗瑞达插进来说："真是好人！"

阿瑟斯特看见斯姐拉眼睛朝下看，他心情慌乱，站了起来，走到窗前。他从那里听到莎宾娜喃喃地说："我说，咱们歃血盟誓吧。你的刀在哪里，弗瑞达？"又从眼角里看到她们每人庄严地戳刺自己，挤出一滴血来，滴在一片纸上。他转过身，向门口走去：

"别溜！回来！"她们抓住他的胳膊，挟着他，把他拉到桌边。桌上放了一张纸，纸上用血水画了一个肖像，斯姐拉·哈里台、莎宾娜·哈里台、弗瑞达·哈里台三个名字，也是用血写成的，像星星的光柱围着这个肖像。莎宾娜说：

"那是你啊。你知道，我们都得吻吻你。"

弗瑞达附和说：

"噢！来——是啊！"

没等阿瑟斯特跑掉，潮湿的头发就松散地奄在他的脸上，像有什么东西在他鼻子上叮了一下。他感到他左臂被人挟紧了，另一位用牙齿轻轻地碰在他的面颊上。她们松开了他，弗瑞达说：

"斯姐拉，现在该你啦。"

阿瑟斯特红着脸，瞧着坐在桌子那一边的斯姐拉，觉得很不自在，她也红着脸，很不自在。莎宾娜咯咯地笑；弗瑞达叫道：

"快点——别扫兴！"

阿瑟斯特感到浑身一阵又奇怪又害羞的渴望，接着他心平气和地说：

"住嘴，你们这两个小鬼！"

莎宾娜又咯咯地笑出声来。

"这样吧，她可以吻她的手，你就把她的手放在鼻子上闻一闻。反正你们占便宜！"

那姑娘果真吻了一吻自己的手，并把手伸出来，他感到惊讶。他庄重地抬起那只冰冷、纤巧的手，放到自己的脸颊上。两个小姑娘拍起手来，弗瑞达说道：

"好，从今以后，我们随时要救你的命；这就定下来了。斯妲拉，我可以再喝一杯茶吗？茶别这么淡。"

他们继续喝茶，阿瑟斯特折起那张纸，放进口袋里。她们的话题转向得了麻疹的好处，谈到红橘、匙里的蜂蜜，以及没有功课等等。阿瑟斯特静静地听着，同斯妲拉友好地交换着眼色，斯妲拉已经恢复过来，又是经过太阳晒后那种白里透红的脸色。他能够这样进入这个愉快家庭的圈子，真是舒服，看着这些脸儿，也够迷人的。他们喝完茶以后，两个小姑娘压海藻玩，他同斯妲拉站在窗台旁边说话。一边欣赏她画的水彩画素描。这一切像一场愉快的梦；时间和事情都停住了，什么重要的现实都悬挂起来。明天他要回到曼吉那里去，把这一切统统忘怀，只剩下这些小孩的血书还在他口袋里。小孩！斯妲拉可不是小孩——跟曼吉一样大！她说起话来很快，硬邦邦的，却很友好，好像为他的沉默添了光彩；她虽冷淡，却具有姑娘的特征——这是大家闺秀的风度。吃晚饭的时候，哈里台没有来，因为他海水喝多了，莎宾娜说：

"我要叫你弗兰克了。"

弗瑞达附和道：

"弗兰克，弗兰克，弗兰克。"

阿瑟斯特笑笑，点点头。

"斯妲拉每回叫你阿瑟斯特先生，就得罚她。真可笑。"

阿瑟斯特看着斯妲拉，斯妲拉的脸渐渐红了起来。莎宾娜咯咯地笑；弗瑞达叫道：

"她'冒烟了'——'冒烟了，——哟！'"

阿瑟斯特左抓右抓，每只手上抓住几根金黄色的头发。

他说："我说，你们两个！别惹斯妲拉，再不听我把你们绑起来！"

弗瑞达咯咯地笑道：

"哎哟！你真野蛮！"

莎宾娜小心地低语道：

"你管她叫斯姐拉，你看！"

"为什么我不该叫？这名字很好嘛！"

"好吧；我们同意你叫！"

阿瑟斯特放开她们的头发。斯姐拉！

打这以后——她叫他什么呢？但是她什么也不称呼他；睡觉之前，他特地说：

"晚安，斯姐拉！"

"晚安，阿——阿，晚安，弗兰克！你真有趣，你知道！"

"噢，那个！别提了！"

她伸直了手，很快地握着他的手，突然握得紧紧的，又突然松开了。

阿瑟斯特站在空荡荡的客厅里，一动不动。就在前一天晚上，他站在苹果树和生气勃勃的花朵下面，紧紧地抱住曼吉，吻她的眼睛，吻她的嘴唇。他一想起这些情景，就气喘吁吁的。今天晚上，本该开始与她共同生活，她只求和他在一起！现在一定超过二十四小时了，这是因为——因为没有看表！他为什么要同这个纯洁的家庭交朋友呢？他正想同一切纯洁的事物告别！"我是要娶她的，"他心想，"我答应过她！"

他拿起一支蜡烛，点着了，走到卧房去。他的卧房在哈里台的隔壁。他走过的时候，听见他朋友叫他：

"是你吗，伙计？我说，你进来。"

哈里台坐在床上，一边抽着烟斗一边看书。

"坐一会儿。"

阿瑟斯特坐在开着的窗户边上。

"你知道，我一直在想今天下午的事，"哈里台颇为突然地开始他的话题。"他们说你同过去告别了。我没有，我想我还远没有过完呢。"

"你在想什么？"

哈里台沉默了一会儿，接着平心静气地说：

"嗯，我想着一件事情，挺怪的，想一位剑桥的姑娘，那姑娘我蛮可以——你知道；我幸好没把她放在心上，伙计啊，多亏你，我现在还在这儿呢；不然我现在该在茫茫的海里呢。没有床，抽不了烟，什么都没有了。我说，你看死是怎么一回事？"

阿瑟斯特低声说：

"依我看，像火焰似的熄灭。"

"呸！"

"我们可能闪烁、燃烧一会儿。"

"哼！我以为这相当悲观。嗯，我那些妹妹待你好吗？"

"挺好。"

哈里台放下烟斗，两只手叉在脖子后面，转过脸来，朝着窗子说：

"这些孩子不坏！"他说道。

阿瑟斯特看他的朋友躺在那儿微笑着，烛光映在他的脸上，自己不觉一阵寒战。真是的！他可能没有一丝微笑地躺在那儿，永远不会再有健康的气色！他也可能压根儿躺不到那里去，而是"填"在海底，要等到第——第九天才复活，是不是？哈里台脸上那些笑容，在他看来，好比是生与死的全部区别——是小小的火焰——生命的一切！他站起身来，轻声说道：

"好吧，我想你该睡了吧。要吹灭蜡烛吗？"

哈里台抓住他的手。

"你知道，我也没把握；不过我想死了就完了。晚安，老兄！"

阿瑟斯特心里很激动，紧紧地捏了一捏哈里台的手，下了楼。大厅的门还开着，他走出去，走到新月旅馆前面的草坪上。暗蓝色的天空上，星星闪闪发亮；星光下，一些丁香花呈现出神秘的颜色，这种颜色在晚上是无法形容的。阿瑟斯特把脸靠在一棵小树枝上，闭上眼睛，曼吉就出现了，胸前抱着那只棕色的小狗。"我想一位剑桥的姑娘，那姑娘我蛮可以——你知道；我幸好没把她放在心上！"他猛地把头从丁香的树枝上挪开，开始在草坪上徘徊，从两边来的灯光现出一个灰色的影子。他又同她在一起了，站在鲜艳欲吐的白花底下，河水汩汩流去，月亮隐隐约约地照在洗澡的池塘上，一片灰蓝色；他回忆起她抬起头，一副纯洁谦逊的表情，让他热烈地吻着，回忆起那个离经叛道的、犹豫的、美丽的夜晚。他又一次站在丁香花树荫下面。这里，晚间的声音是大海，不是小河；海洋在叹息，沙沙作响；没有小鸟、猫头鹰和夜莺啼唱，也不拉长声音叫；只有叮叮当当钢琴的声音，轮廓鲜明的白色建筑物插入天空，还有丁香花的味儿弥漫空中。旅馆楼上有一扇窗户点着灯，他看到一个人影儿掠过窗帘。他心里泛起极为古怪的感触，这是一种单一的感情自身在搅动、在缠绕、在旋转，好比迷惑难解的春意和爱情正在寻找出路，却遭到挫败。这位姑娘叫他弗兰克，用手突然一下捏紧他的手，她这么冷静，这么纯洁，她要知道这种放荡不羁的爱情会怎么想呢？他蹲下身去，盘腿坐在草地上，背朝房子，一动不动，像一尊石雕的菩萨。他真是想亵渎纯洁，偷偷地干吗？嗅一嗅野花的香气——也许——就随手扔掉？"一位剑桥的姑娘，那姑娘我蛮可以——你知道！"他的手放在两边草地上，手掌朝下按着；草地还有暖气，不太湿，又柔软又结实，富于友情。他想："我怎么办呢？"也许曼吉正站在窗边，望着苹果花，惦记着他！可怜的小曼吉！"为什么不行？"他心想，"我爱她！但我——真爱她吗？是不是只因为她漂亮，她爱我，我才要她的呢？我怎么办呢？"钢琴叮叮当当地响着，星星在眨眼；阿瑟斯特眼望着前面黑色的海洋，好像入了迷似的。他终于站了起来，手脚麻木，觉得相当冷。窗子里都没有灯光了。他进楼去睡觉。

八

　　他一个晚上没有做梦，正在熟睡之际，被嘭嘭敲门的声音吵醒。一个尖尖的声音喊道：

　　"嗨！吃早饭啦。"

　　他跳了起来。他是在哪儿？啊哟！

　　一会儿，他已经吃上果酱了，坐在斯姐拉与莎宾娜之间的空位子上，莎宾娜瞧了他一会儿，说道：

　　"我说，快点吃，我们九点半就出发。"

　　"我们上贝利岬去，老兄；你一定得去！"

　　阿瑟斯特想："去！不可能。我该准备东西回去了。"他看看斯姐拉，她很快地说：

　　"去吧！"

　　莎宾娜插嘴：

　　"你不去就没意思了。"

　　弗瑞达站起身来，走到他椅子后面。

　　"你得去，不去我拉你头发！"

　　阿瑟斯特心想："好吧——再拖一天——考虑考虑！拖一天！"他说道：

　　"好，好。你不用拧我头发了！"

　　"好哇！"

　　他在车站写了第二份电报，接着——撕掉了；他不知怎么个解释法。他们从布列克萨姆出发，乘坐一辆很小的马车。他挤在莎宾娜和弗瑞达中间，膝盖碰着斯姐拉的膝盖，他们玩"金基斯"牌戏；他的心情从忧郁转变为欢乐。这拖延的一天本是为考虑的，可是他不想考虑！他们赛跑，摔跤，玩水——今天谁也不想游泳——他们轮唱，玩游戏，把带来的东西都吃光。回来的路上，两个小姑娘靠在他身上睡着了，他坐在马车上，还是同斯姐拉膝头对着膝头。三十个小时以前，他还从来没见过这三个头发浅黄的姑娘，这真叫人难以相信。火车上，他同斯姐拉谈诗，问她喜欢什么诗，还告诉她他喜欢什么，心里颇感优越；突然之间，她低声问道：

"菲尔说你不相信来世生活，弗兰克。我觉得这挺可怕的。"

阿瑟斯特不安地咕哝道：

"我也信也不信——我就是不知道。"

她说得很快：

"我受不了。那活着有什么用处呢？"

阿瑟斯特看见她皱起她那漂亮的、微微倾斜的眉毛，回答道：

"我不赞成因为希望什么才去信仰什么。"

"如果一个人不想来世，为什么还想再生呢？"

她仔细地看着他。

他不想伤她的心，但他想逞威风，就说了下去：

"一个人活着自然想永远活下去，那是生活的一部分。但可能就此而已。"

"这么说来，你根本不相信圣经？"

阿瑟斯特心想："这下我真得伤她的心了。"

"我相信耶稣传道，因为它写得漂亮，永世长存。"

"难道你不相信基督是神圣的？"

他摇摇头。

她很快地把头转向窗子，他脑子里马上响起曼吉的祈祷，就是小涅克转告的那句话："上帝保佑我们，保佑阿谢斯先生！"她这会儿准是在等他——等他从小路上走来，谁像她那样，会为他祈祷？他突然想到"我真是个坏蛋！"

那天晚上，他翻来覆去想这个问题；但是，正如通常情况那样，强烈的程度逐渐减低，末了，坏蛋几乎是做定了——奇怪！——他不明白是他想回到曼吉身边去成了坏蛋呢，还是不想回去成了坏蛋。

他们玩牌，玩到孩子们上床；接着，斯姐拉去弹钢琴。阿瑟斯特坐在几乎全暗的窗户台上，借着烛光看着她——一头浅黄色的头发，又长又白的头颈，低着头用两只手弹着。她弹得很自然，没有多少表情；但是她的形象，她浑身上下，带着点黄金般的光彩，一种天使般的气氛！她身穿白衣服，一头天使般的头发，摇摆着身子，在这样的姑娘面前，谁能产生情欲和邪念呢？她弹的是舒曼的一个曲子《为什么?》，哈里台拿出一只笛子，迷人的气氛就消失了。他吹完后，他们叫阿瑟斯特唱歌，斯姐拉从舒曼乐曲中挑了几首，为他伴奏，他正唱到《我不恨》的中间的时候，两个穿蓝睡衣的小家伙溜进来，想躲在钢琴下面。那天晚上就在混乱中散了，莎宾娜说像"一场极妙的胡闹"。

那天晚上，阿瑟斯特几乎没有睡着。他翻过来，转过去，一直在想。这两天来，他跨进这个亲密的家庭圈子，这哈里台家庭的气氛如此富于魅力，把他包围住了。农场、曼吉——包括曼吉在内——好像都不是现实的。他真的同她恋爱了吗——真的答应把她带走，同她一起生活吗？他一定着了春天、夜晚和苹果花的魔了！这种五月的狂热只能毁了他们两个！他一想到要把这不到十八岁的单纯的孩子当情妇，内心就感到恐惧，虽然有时也感到激动。他嘀咕道："糟糕，我做的事——糟糕!"他脑子兴奋，舒曼的乐声又不断袭来，同他的想法混杂在一起，他又见到斯姐拉的身影，冷静，穿着白衣服，浅黄色的头发，低着头，有一种奇异的、天使般的光彩。"我当时一定是——我一定是——疯了!"他想道，"我怎么啦？可怜的小曼吉!""上帝保佑我们所有的人，保佑阿谢斯先生!""我要同您在一起——只要同您在一起!"他把脸埋进枕头，抑制住一阵哭声。不回去是糟糕！回去呢，更糟糕！

当你年轻的时候真正动了感情，这种感情会失去它折磨人的力量。他入睡的时候，心里想："这有什么——无非是接了几个吻——一个月就忘干净了。"

第二天早晨，他把支票拿去兑现，却是像躲瘟疫似的躲开那家卖灰鸽色衣服的服装店；倒是给自己买了一些必需品。这一整天他情绪反常，自己跟自己生气。他失去了前两天的高兴劲儿，只感到一片茫然——一切热烈的期望都不见了，好像被那阵泪水扑灭了。喝完茶以后，斯姐拉放了一本书在他身旁，腼腆地说：

"弗兰克，你看过这本书吗?"

这是法雷的《基督传》。阿瑟斯特笑了一笑。在他看来，她操心他的信仰，是一种滑稽的事情，却很感人。也许他受了她的影响，虽说不想说服她，却想为自己辩护。晚上他趁孩子们和哈里台修补虾网的时候说道：

"根据我所能看到的，在正统宗教背后，总是报应的观念——你行好就能得什么好处，这是一种求恩。我看这一切根源都在害怕。"

她正坐在沙发上用线打平结。她很快地抬起头来：

"我看比这一层深奥得多。"

阿瑟斯特又感到要支配人家。

"你这样想，"他说，"但是要'补偿'是我们大家身上最深奥的东西！要追根究底是很难的！"

她皱起眉头，迷惑不解。

"我不懂你的话。"

他固执地往下说：

"好，你想一想，最虔诚的人是否也就是感到今生没有满足他们全部要求的人。我相信行好，是因为行好的本身就是好。"

"那么你相信行好了？"

她现在多漂亮——在她面前行好是容易的！他点点头，说道：

"我说，你教我那个结怎么打法！"

他调弄这一点线，手指碰到她的手指的时候，他感到舒适和幸福。他去睡觉的时候，心里有意识地想着她，沐浴在她美丽冰洁的姐妹般的光泽之中，好比披上一件保护的衣衫。

第二天他发现他们打算坐火车到陶讷斯去，在贝利·波梅洛城堡进野餐。他下了决心忘怀过去，同他们坐上马车，坐在哈里台旁边，背朝马匹。他们沿着海滨一路过去，快要拐弯到车站去的时候，阿瑟斯特的心几乎跳了出来。曼吉——确是曼吉——正在远处的便道上走着，还穿着旧裙子、旧上衣，头戴圆帽，抬头察看过路人的脸！他本能地抬起手来，遮着脸，只装在眼睛里揉沙子的样子，但是他透过手指缝，仍然看得见她，她走路的样子不像在乡间那样轻快，而是摇摇晃晃、茫然若失、可怜巴巴的，像是小狗丢失了主人，不知往前跑呢还是往后跑，到底往哪里跑好。她怎么这个样子跑到这里来的？——她用什么借口跑掉的？——她有什么希望呢？但车轮滚滚向前，他离她越来越远，他的心翻腾起来，向他叫喊：叫他们停车，他要出去找她！马车转弯到车站的时候，他再也受不了了，打开车门，低声说："我忘了一件东西！你们走吧——别等我了！我坐下一趟车，到城堡找你们！"他跳下车，绊了一跤，转过身来，站稳脚跟，向前走去。哈里台一家人十分吃惊，坐在马车里继续前进。

他从拐角的地方，只能见到曼吉在前面老远的地方。他跑了几步，停下来，换成走路的速度。他每走一步，离她越近，离哈里台一家人越远，就越走越慢。见了她一眼——怎么一切就改样儿了？跑去找她，后果就不难堪了？事情不容回避——他见了哈里台一家人之后，心里越来越明白，他是不会同曼吉结婚的。要是结婚，那无非是狂热地相爱一阵，这种困苦、懊恼的日子不好过——然后，然后他厌倦了，原因就在她什么都给了他，她是这么简单，这么可靠，这么像露水。露水——很快就会消失！她的圆帽成了一小点减退了的颜色，在前面很远的地方晃动；她抬头察看每一张脸，在人家的窗户外面张望。有哪个男人经历过这么痛苦的时刻？他不管怎么办，他感到自己总是个畜生。他大声呻吟，一个护士转过身来看他。他看见曼吉停下来，靠在海堤上，望着大海；他也停了下来。很可能她从来没有见过海；即便心里难受，她也忍不住要看看大海的气象。"是啊——她从前什么都没见过，"他想道，"现在什么都在她眼前。就因为狂热了几个星期，我就将她的生活撕成碎片。尤其如此，我还不如去上吊吧。"突然他好像看见斯妲拉的眼睛镇定地瞧着他，她前额蓬松的头发随风吹动。哎哟！这就等于他发了疯，就等于他丧失了他所尊重的一切，丧失了自尊心。他转过身来，快快地走回车站去。但是，一想起那个可怜的、娇小的身影，想起她用焦急的、彷徨若失的目光察看过路的人，他心里又一次感到煎熬，他又回过身来向海边走去。帽子看不见了；那一点有色的小点消失在中午海滨漫步的人流之中。他怀着热烈急切的渴望，期望着人生企求不到的东西，急急忙忙向前走去。哪儿都不见她的人影；他找了她半个小时，临了他脸朝下躺在海滩上。他知道，要想再见到她，他只消到车站去等她，她找不到自会回去；这样就可以坐车带她回家去，或者他自己搭车到农场去，等她回来就能见到他。但是他一动不动躺在沙滩上，周围是一群群漠不关心的孩子，带着铲子、拎着水桶。在他春情盎然的血液里，几乎产生对她的同情，同情她游荡着、寻找着的瘦小的身影；他全部狂热之情就是这个了，原先还有骑士精神，现在消失殆尽。他又感到需要她，需要她的亲吻，需要她柔软、娇小的身子，需要她不顾一切的爱情，需要她全部迅速、热烈、异教徒式的感情；他需要那天晚上月色朦胧的苹果树下奇妙的感情；他以强烈得吓人的感情企望着这一切，好比农牧神需要林中仙女一样。粼光闪闪的、有鳟鱼的小河淙淙地流着，野生的黄花照得人眼花缭乱，老"野人"附身的岩石；杜鹃和啄木鸟的啼叫，猫头鹰的叫声；红黄色的月亮透过夜色照在活跃的、白色的苹果花上；曼吉的脸，他够不到，倚靠在窗户上，沉湎在爱恋之中；苹果树下，她的心贴着他的心，她的嘴唇贴着他的嘴唇——这种种情景把他围困住了。然而，他躺着不动。是什么东西阻塞了他的同情，阻碍他热烈的向往，使他瘫痪在温暖的沙滩上呢？三个亚麻色头发的脑袋——一张漂亮的脸、一双友好的灰蓝色的眼睛，一只纤细的手握着他的手，一个急促声音唤着他的名字——"这样，你就不相信行好？"是啊，这是一种围墙里花园的气氛，里面有石竹，有菊花，有玫瑰、熏衣草、丁香花，香气阵阵——这种气氛是静穆的，美丽的，干净的，甚至是神圣的——他的成长环境就培养他这种感觉，感到那一切都是纯洁的、美好的。他顿时想到："她要是再沿海滨过来，见到我怎么办！"他站起身来，走到海滩最边远那一头的岩石那儿，浪花溅在他脸上，他可以更加冷静地思考。回到农场去，在林间，在岩石堆里与曼吉相爱，周围事物又粗犷又称心——他知道，那是不可能的，完全不可能。把她弄到大城市去，在一套房子或几间房子里安置这么一位大自然中的人——他虽有诗人的气质，却不敢这么设想。他的激情无非是在感官方面寻欢作乐，顷刻就会消逝；到了伦敦，她简单无知、缺乏理智的质地，只能暗中充当他的玩物——别无他用。他坐在岩石上，两只脚悬着，下面是一潭绿色的池水，他这样坐得越久，这一层他看得越清楚；但是她的手臂、她的身子好像慢慢地、慢慢地从他身上滑下去，滑进池里，冲出海去。她神色迷惘的脸往上仰着，一副哀求的神情，乌黑的、浸湿的头发——这一切又占据着他，缠着他，折磨着他！末了他站起来，跨过低低的岩石，来到一处隐僻的海湾里。也许到了海上，他能控制自己——减低他这番热度！他脱掉衣服，游了出去。他想拼命游，游乏了便什么都不在乎，所以他不顾一切，游得又快又远；突然，他感到莫名的恐惧。如果他游不回岸去怎么办——如果风浪把他冲了出去怎么办——或者像哈里台似的，抽筋了怎么办！他转身往回游。红色的峭壁看来离他很远。他如果淹死了，他们会发现他的衣服。哈里台一家人会知道；但是曼吉也许永远不会知道——他们农场是不订报纸的。菲尔·哈里台的话又回响在他耳际："一个剑桥的姑娘我蛮可以——幸好我没把她放在心上！"他在那份莫名的恐惧之际，下定决心，不把曼吉放在心上。于是，他不怕了；他很轻松地游了回去，晒了晒太阳，穿上衣服。他心里感到难受，但不再痛了；他全身感到又凉快又精神。

一个人像阿瑟斯特那么年轻的时候，同情并非是一种激烈的感情，他回到哈里台的起居室，狼吞虎咽地吃了一顿茶点，颇感自己像是退了烧正在恢复的人。什么都新鲜；茶、黄油面包和果酱好吃得出奇；烟的味道从来没有这么好闻过。他在空屋子里来回走着，这儿摸摸，那儿看看。他拿起斯姐拉的活计篮子，摸摸棉线卷轴，摸摸丝线织成的、颜色鲜艳的褶子，他闻闻小口袋里的味道，因为她在里面放了香草的叶子。他走到钢琴前面，用一个指头弹琴，心想："今天晚上她会弹琴；我要看着她弹；我看她弹琴感到惬意。"他拿起那本她昨天放在他身旁的书，想读一读。但是曼吉瘦小、愁苦的身影又出现在他眼前，他站起来，靠在窗户上，听画眉在旅馆的花园里鸣叫，眼望着树林底下梦一般的蓝色的大海。一个佣人进来收拾喝过茶的餐桌，他依旧站着，呼吸夜晚的空气，想撇开思念。这时，他看见哈里台一家人走进花园的门，斯姐拉在前面，后面是菲尔和孩子们，都拎着篮子，他本能地往后一缩。他内心太痛苦太懊丧，害怕同他们会面，却是需要友谊的慰藉——他既埋怨它的影响，又渴望它的纯洁无瑕，高兴看到斯姐拉的脸蛋儿。他站在钢琴后面的墙边，见她走了进来，站在那儿，脸上毫无表情，像是失望的样子；她见到他以后，露出笑脸，这是很快的、开朗的一笑，阿瑟斯特见了又温暖又心烦。

"你没来找我们，弗兰克。"

"没有；我发现我来不了了。"

"你看！我们采了这么好看的晚开的紫罗兰！"她拿出一束来。阿瑟斯特用鼻子闻了一闻，心里激起模糊的希望，却马上消失，他想起曼吉用焦躁的神色看着过路人脸的景象。

他只简单地说了一句"多好啊！"就走掉了。他走到自己房间里，不想见正在上楼的孩子们，一头倒在床上，交叉着双手，捂盖住脸。他已经真的横下一条心放弃曼吉，却是怨恨自己，也有点怨恨哈里台一家人和他们健康、愉快的英国家庭的气氛。他们为什么正巧到这里来，冲散他的初恋——让他看到自己不过是一个庸俗的勾引妇女的人？羞答答的、美丽的斯姐拉有什么权利使他下决心不娶曼吉，更糟糕的是，使他感到又懊恨又期望的痛苦，感到怜悯的心理？曼吉可怜巴巴地寻找了一番，疲倦极了——可怜的小东西——现在该回到家了，说不定以为她回家的时候会发现他在农场呢。阿瑟斯特咬住袖子，免得心里懊恼会发出呻吟声来。他去吃晚饭的时候情绪低沉，一言不发，这种情绪甚至影响了孩子们。这天晚上大家心情忧郁不快，因为都累了；有好几次他看见斯姐拉用委屈、不解的表情看着他，这反倒满足了他的坏心情。他睡得很少；起来很早，到外面去散步。他走到海滩。他独自一人面对阳光照耀下宁静、蓝色的大海，心里稍觉轻松一些。以为曼吉会如此放在心上——庸人自扰！过一个星期或两个星期，她就忘得差不多了！他呢——他就得到贞洁的美名！一位好青年！要是斯妲拉知道了，她会求上帝祝福他，因为他抵制了她所相信的魔鬼；他发出一声苦笑。但是，渐渐地他面对宁静的大海、美丽的天空，看到海鸥孤独地飞翔，心里感到惭愧。他洗完澡，走回家去。

斯妲拉正在旅馆的花园，坐在折凳上画素描。他悄悄地走过去，站在后面。她多么整洁，多么漂亮，辛勤地弯着腰、拿着画笔，皱起眉头度量着。

他轻声说：

"对不起，我昨天晚上这么粗鲁，斯妲拉。"

她转过身来，吃了一惊，两颊绯红，很快地说道：

"没有关系。我知道总有点什么事。朋友之间，这无所谓，对不对？"

阿瑟斯特回答道：

"朋友之间——我们是朋友吗？"

她抬起头来望着他，用力点点头，迅速、开朗地一笑，又露出她上腭洁白的牙齿。

三天以后他回到伦敦，与哈里台一家人同行。他没有给农场写信。他有什么可说呢？

第二年四月份最后一天，他与斯妲拉结了婚……

这就是阿瑟斯特在银婚纪念日那一天靠在墙边、坐在荆豆草上回忆起来的往事。他铺放餐具的地点。一定是他头一次看见曼吉的地方，当时她背衬蓝天，从上面走来。有这么奇怪的巧事！他心动了，想下去看一看农场和果园，看一看吉卜赛妖怪出没的草地。时间不会长；斯妲拉可能还得一个小时才画好呢。

回想起来多么清楚——松树的树梢拱成小小的圆顶，后面是陡峭的绿山！他停留在农场门口。低矮的石头房子，杉树围成的门廊，正在开放的茶花——一点也没有变；就是那把旧的绿椅子也还放在窗子下头的草地上，那天晚上他曾经踩在上面，从她手里接过钥匙。接着他从小路下去，靠在果园的门上——那扇门跟当年一样，只剩下了深灰色的残架。甚至还有一头黑猪在树林里游来荡去。果真事隔二十六年了吗？还是他适才做了一场梦，醒来发现曼吉在大树边等他？他下意识地抬起手来，摸摸自己灰白的胡子，回到了现实世界。他打开果园的门，从酸枣和荨麻之间穿过去，来到尽头，见了那棵古老的树。没有变！只多了一点深绿色的苔藓，死了一两条树枝，其他一切照旧，仍是昨天晚上曼吉走后他所拥抱过的那棵长苔的、散发出香气的大树，而在他上头，月色迷蒙的花朵好像要呼吸，要活起来的样子。今年春早，已经有几个蓓蕾放了出来，画眉在歌唱，杜鹃在啼叫，阳光灿烂，暖照林间。一模一样，叫人无法相信——有鳟鱼的小河淙淙流去，这是他每天早晨躺在里面洗身子、洗胸膛的小池子；再过去就是荒野的草地，其中有山毛榉的树墩，传说是吉卜赛妖怪坐的石头。阿瑟斯特喉咙里一阵痛楚，悲悼失去了的青春，感到一番向往，向往那失去了的甜蜜的爱情。当然，在这赋予荒芜的美的大地上，人人心里该感到高兴，因为大地和天空含有这份喜悦！然而，你却高兴不起来！

他走到小河边上，眼望着池水想道："青春与春天！我不知道，你们都怎么了？"临了，他突然害怕遇到什么人打断他的回忆，他心情忧郁，退回到小路上，忧郁地走到十字路口。

一位年迈、长花白胡子的农民拄着拐杖，在一辆汽车旁边同司机在说话。那老头儿似乎觉得失礼，马上停住了，碰了一碰帽子，打算沿小路走下去。

阿瑟斯特指着狭长的绿色的土堆说："请问这是什么？"

老头儿停住脚步；脸上的表情似乎说明他心里在想："你找对人了，先生！"

"这是一座坟。"他说。

"坟怎么在这儿呢？"

老头儿笑笑，说道："您可以说，这里头有一段故事。我不止说一遍了——好多人问我这一堆草根土是什么。我们这儿的人都管它叫'姑娘的坟'。"

阿瑟斯特拿出烟袋："抽一筒吧？"

老头儿又碰了碰帽子，慢慢地装着土烟斗。他的眼睛周围虽然净是皱纹和发毛，却是炯炯有神。

"先生，您不在意的话，我想坐下说——今儿个我腿有点疼。"他坐在这片草根土上面。

"这座坟上老有一朵花。这样她就不会太寂寞了；现在好多人时髦了，都坐新式的机动车或者别的什么到这里——跟从前不一样。她也有了伴儿。

这是一个可怜的人儿，自杀死的。"

"我明白了。"阿瑟斯特说，"葬在十字路口。我不懂这是什么风俗。"

"啊哟！这是很早的事情了，我们当年那个牧师，很是敬畏上帝。我想想，到今年米勒迦节①我拿救济金拿了六年了，出事的时候我才五十岁。这事数我最熟悉。她就住在这儿，就是我干活的纳拉柯姆比太太的农场——现在是归涅克·纳拉柯姆比的了。我有时候还替他干点活儿。"

阿瑟斯特靠在门上，点燃了烟斗，火柴灭了，他的手还弯着，好久才放下来。

"后来呢？"他问道，他说话的声音自己听起来也觉得嘶哑，觉得古怪。

"这可怜的姑娘，真是百里挑一啊！我每次走过都放上一朵花。她又漂亮又好心，可是他们不把她葬在教堂里，也不葬在她自己选的地方。"老头儿停了一停，用毛茸茸的、扭曲的手拍拍风信子边上的草根土。

"后来呢？"阿瑟斯特问道。

"可以这么说，"老人继续说，"我看这里头有爱情的事——不过谁也说不准。姑娘脑子里想什么，你没法知道——不过我是这么想的。"他的手顺着草根土摸过来，"我挺喜欢那姑娘——不知道有谁比我更喜欢她。可是她太痴心——我看就是太痴心。"他抬起头来看看。阿瑟斯特嘴唇在发抖，只是外面有胡子，旁人看不见，他喃喃地问道："后来呢？"

"那是春天，跟现在差不多时间，或许稍晚一点，反正是开花时节，农场上来了一位年轻大学生，住了下来——也是个好人，就是想入非非。我很喜欢他，我没看到他们来往，但是我想，这姑娘爱上了他。"老头儿从嘴里取出烟斗，吐了一口唾沫，继续往下说：

"你瞧，有一天他突然走了，没有回来过。他们还留着他的背包，一些小东西还在那儿呢。我不明白——他没来取这些东西，名儿叫阿谢斯什么的。"

"还有呢？"阿瑟斯特又问。

老人舐了舐嘴唇。

"姑娘啥也没说，可是打那一天起，她神情恍恍惚惚，样子很不对劲儿。我从来没有见过一个人变化会那么大——从来没见过。农场还有一个年轻人——叫乔·比达福，也特喜欢她；我捉摸他老去缠她；她后来的样子弄得

---

① 天使米迦勒祭日，9月29日，为英国结账日之一。

很痴狂。我晚上赶牛回来，有时候见到她；她就在果园里站在那棵大苹果树下，眼睛直瞪瞪地朝前望着。我老在想：'不知你是怎么一回事，你的样子真可怜，真可怜！'"

老头儿又点燃烟斗，边想边抽着烟斗。

"后来呢？"阿瑟斯特问。

"记得有一天我对她说：'怎样一回事，曼吉？'她的名字叫曼吉·达维，跟她姑妈纳拉柯姆比太太一样，从威尔士来。我问她：'你什么事犯愁？'她说：'吉姆，我没犯愁。'我说：'你犯愁！'她说'没有'，她说着，眼泪簌簌地往下流。我说：'你哭了——什么事，到底？'她把手放在胸口，说：'这儿痛；不久就会好的。'她又说：'万一我有什么三长两短，吉姆，我要埋在这棵大树底下！'我笑了，说：'你会有什么三长两短？别傻了。'她说：'不，不是傻。'反正我知道姑娘们的脾气，也就没把这件事放在心上，过了两天，大约下午六点钟模样，我赶着牛回来，看见有一样黑黑的东西躺在河里，就挨着那棵大苹果树。我跟自己说：'那是猪吗？猪怎么跑到这儿来，真奇怪！'我走近一看才明白。"

老人停住了。他抬起头来，炯炯有神的眼睛含着痛苦。

"原来是那姑娘，淹死在小池子里，池子是石头砌成的，我有一两次见到过那位年轻先生在里头洗过澡。她躺在水里，脸儿朝下。石头缝里长出一朵黄花，就在她头上面。我去看她的脸，这脸蛋真可爱、真美丽、真宁静，像孩子的脸似的——美极了。医生看了以后说：'这么一点点水是淹不死人的，除非她是痴迷了。'从她的脸色看，确是这么一回事。这真叫我伤心得哭了——那张脸真美丽！当时是六月份，可是她不知什么地方找来几朵苹果花，插在头上。她高兴到这等样子，所以我相信她当时准是痴迷了。你看！池水不到一英尺半。不过，我告诉你一件事——那一块草原上有鬼；我知道，她知道；没有人敢说没鬼。我告诉人家说，她同我讲过，要葬在那棵苹果树下。但是我想这反倒叫人家——看出来她是存心这么做的；他们就把她葬在这儿。我们当年那位牧师很是严厉。"

老头儿又伸手抚摸那片草根土。

"看来真奇怪，"他慢吞吞地说，"姑娘们为了爱情，啥都做得出来。她太痴心了；我猜她的心是碎了。不过我们什么都不知道！"

他抬起头来，想看看人家怎样欣赏他讲的故事，但阿瑟斯特却走了过去，好像他不在那里的样子。

阿瑟斯特爬上山顶，那里看不见他准备用餐的地方；他躺在地上。他的美德得到如此报应，那位"塞浦路斯人"，爱情女神，复了仇！在他泪水盈盈的眼前，出现了曼吉的脸，她潮湿的黑头发里插着一小朵苹果花。"我干了什么错事？"他想，"我干了什么？"但是他回答不上来。春天，激情奔放的春天，开着花儿，唱着歌儿——这是他和曼吉心里的春天！这正是爱神在寻找替死鬼！希腊人说得对——《希波吕托斯》里的话今天也适用：

> 爱神的心儿痴狂，
> 爱神的翅膀金黄；
> 爱神施展的春天里，
> 一切都迷了心窍：
> 山川河流之间，
> 野生的、年轻的生命，
> 大地上长出来的生命，
> 阳光中呼吸的生命；
> 是啊，还有人类。塞浦路斯女神，
> 唯有你至高无上！

　　希腊人说得对！曼吉！可怜的小曼吉——从山那边走来！站在老苹果树下等待、张望！曼吉去世了，她永远是美！——

　　有一个声音说道：

　　"啊，你在这儿！你看！"

　　阿瑟斯特站起来，接过他妻子的素描，一声不吭地看着。

　　"这前景合适吗，弗兰克？"

　　"合适。"

　　"但总缺了点什么，是不是？"

　　阿瑟斯特点点头。缺了点什么？缺苹果树，缺歌唱，缺黄金！

死 者

[爱尔兰] 詹姆斯·乔伊斯　著

王逢振　译

　　詹姆斯·乔伊斯（James Joyce，1882—1941）爱尔兰作家，生于都柏林，都柏林大学毕业。从青年时代就离开爱尔兰，侨居欧洲大陆，从事文学创作。乔伊斯的早期作品有小说集《都柏林人》（1914）、自传性小说《一个青年艺术家的画像》（1816）等。为作家带来世界性声誉的是其长篇小说《尤利西斯》（1922）。该小说叙述了爱尔兰首府都柏林一天里发生的故事，却以此展示西方现代生活的历史。小说描摹斯蒂芬、布卢姆和莫莉三位主人公的日常琐事和杂乱纷呈的飘忽思绪，绵延不绝的意识活动，想象和自由联想串起了细密的生活细节、感觉印象、非理性意识，改变了以时间为顺序的传统小说叙述模式和艺术真实性的认知模式，塑造了20世纪文学中的"反英雄"典型，被认为是代表了西方意识流小说的最高成就。《死者》出自《都柏林人》，是经典名篇。小说以看似漫不经心的笔触，描写了都柏林人平板无味的生活，一次新年聚会之后，主人公加布里埃尔无意中触碰到妻子格莉塔深埋在心底的一段刻骨铭心的恋爱史，这才让他对自己这些年来的麻木、冷酷产生了某种顿悟。

　　李莉，看门人的女儿，几乎没有一点儿歇脚的时间。她刚刚把一个男士领进底层厨房后面的餐具室，帮他脱下外套，前门的门铃又不停地响了起来，于是她只得急匆匆地穿过空荡荡的过道，引进另一个客人。好在她不必去照顾女客。可是凯特小姐和朱丽娅小姐早就想到了这点，已经将楼上的浴室临时改成了女士们的更衣室。凯特小姐和朱丽娅小姐此时正待在那里，说说笑笑，又吵又闹，她们先后走到楼梯口，把头伸过栏杆向下张望，对楼下的李莉呼喊，问她是谁来了。

莫肯家小姐们的一年一度的舞会，一向是件大事。凡是认识她们的人，家庭的成员，家里的老朋友，朱丽娅唱诗班的伙伴，已经差不多长大成人的凯特的学生，甚至玛丽·简的一些学生，全都来参加。没有一次舞会不是热热闹闹的。多年以来，凡是人们能记得的，每次都开得光彩壮观。凯特和朱丽娅在她们的哥哥帕特去世之后，便离开了在斯托尼巴特的房子，带着她们唯一的侄女玛丽·简，一起住到了阿舍尔岛上这座阴暗、萧条的房子，她们从楼下做谷物生意的福尔汉姆手里租下了上面一层。自那以后，年年都举行盛大的舞会。现在已经足足有三十年了。她们刚搬来的时候，玛丽·简还是个穿短衣服的小女孩，现在已是这家的支柱了，因为她在哈丁顿路教弹奏风琴。她上过专科学校，并且每年都在安提恩特音乐厅的楼上乐室里举办一次学生音乐会。她的许多学生都是金斯顿和达尔基一带上等家庭的孩子。她的两个姑妈虽然年事已高，却也还做一些工作。朱丽娅尽管头发灰白，仍然是"亚当和夏娃"唱诗班的首席女高音；凯特太虚弱，不宜过多走动，便在后屋用那架旧的方形钢琴给初学者上音乐课。看门人的女儿李莉，为她们做家庭女仆的工作。她们的生活虽然简朴，但主张吃得要好；一切食品都是最好的：菱形骨牛排，三先令一磅的茶叶，上等的瓶装黑啤酒。李莉照吩咐办事，极少出错，因此与三个女主人处得很好。她们都爱大惊小怪，但也不过如此而已。她们唯一不能容忍的事就是顶嘴。

当然，在这样一个晚上，她们大惊小怪也有充分的理由。当时早已过了十点，然而还不见加布里埃尔和他妻子的影子。此外，她们也非常担心弗雷迪·马林斯会喝得醉醺醺的才来。她们决不愿意玛丽·简的学生看见他那个样子；而每当他喝醉时，有时候还真拿他没办法。弗雷迪·马林斯总是晚来，但她们不知道什么事绊住了加布里埃尔：那就是为什么她们每两分钟便走到楼梯扶栏处，问李莉加布里埃尔或弗雷迪是否来了。

"哦，康洛伊先生，"李莉为加布里埃尔开门时对他说，"凯特小姐和朱丽娅小姐还以为你不来了呢。晚上好，康洛伊太太。"

"我料到她们会这么想的，"加布里埃尔说，"可她们忘了，我太太要花整整三个小时梳妆打扮。"

他站在门口的垫子上，搓去套鞋上的雪污，与此同时，李莉把他的太太引到楼梯底下，口里喊道：

"凯特小姐，康洛伊太太来了。"

凯特和朱丽娅立刻摇摇摆摆从昏暗的楼梯上走了下来。她们二人分别吻了吻加布里埃尔太太，说她一定给活活地冻僵了，接着又问她加布里埃尔是否和她一起来了。

"我在这里，像铠甲一样结实，凯特姨妈！你们先上去。我随后就来，"加布里埃尔在暗处喊道。

他继续使劲搓他的双脚，三个女人高兴地笑着上了楼，向女更衣室走过去。薄薄的一缕雪像披肩似的盖着他大衣的双肩，套鞋头上的雪像是套鞋的包头；他解开大衣上的纽扣时，被雪冻硬的粗呢子发出咯吱咯吱的声响，一股来自户外的寒冷的香气从衣缝和皱折中溢出。

"是不是又下雪了，康洛伊先生？"李莉问。

她在前面把加布里埃尔引到餐具室，帮他脱掉大衣。加布里埃尔听她称呼自己的姓名时用三个音节，微笑着瞥了她一眼。她身材细长，是个正在成长的姑娘，面色苍白，头发呈干草似的黄色。餐具间的煤气灯照得她的脸更显苍白。她还是个孩子时加布里埃尔就认识她了，那时她常常坐在最下面的一层台阶上，抱着个破布娃娃玩耍。

"是的，李莉，"他答道，"我看会下一夜呢。"

他抬头望望餐具间的天花板，由于楼上踏脚和走动震得天花板直颤动；他听了一会儿钢琴弹奏，然后又瞥了一眼女孩，她正在搁板的另一端小心地叠他的大衣。

"告诉我，李莉，"他以友善的口气说，"你还上学吗？"

"哦，不上了，先生，"她回答，"今年以来我就不上了。"

"噢，那么，"加布里埃尔高兴地说，"我想最近某个好日子我们会去参加你和你那年轻人的婚礼了，对吧？"

女孩回头瞥了他一眼，苦涩地说：

"现在的男人全是骗子，千方百计占你的便宜。"

加布里埃尔满脸通红，仿佛他觉得自己做了什么错事，于是他不再看她，蹬掉脚上的套鞋，灵巧地用围巾轻轻地掸了掸他的漆皮鞋。

他是个身材结实、个儿高高的年轻人。他的双颊一直红到了前额，在额头分散成几片不成形状的淡红；在他没有胡子的光溜溜的脸上，架着一副亮光光的金边眼镜，不停地闪着光辉，遮住了他那一双敏锐而不安的眼睛。他油光乌黑的头发从中间分开，长长地弯曲着梳向耳后，在帽子压成的辙纹下面微微地卷起。

他擦亮皮鞋之后，便站起身来，往下抻了抻背心，使它更贴紧他那丰满的身体。然后他从口袋里迅速摸出了一枚硬币。

"噢，李莉，"他把硬币塞进她的手里说，"过圣诞节了，对吧？这里只是……一点点……"

他快步朝门口走去。

"啊，不，先生！"女孩大声说，向他追了过去，"真的，先生，我不要。"

"过圣诞节了！过圣诞节了！"加布里埃尔说，几乎小跑着奔向楼梯，一边挥着手请她收下。

女孩见他已走上楼梯，在他身后喊道：

"好吧，谢谢您了，先生。"

他在客厅门外等候华尔兹舞结束，听着裙子的摩擦声和脚步的踢踏声。他仍然因那女孩尖刻突然的反驳而有些失态。这使他情绪低落，为了驱散这种情绪，他整了整袖口和领结。然后他从背心的口袋里掏出一张纸片，看了看他为自己演讲准备的提纲。他对是否引用罗伯特·勃朗宁的几行诗犹豫不定，因为他担心他的听众会理解不了。引用莎士比亚的诗或引用情歌会更好一些，他们赏识这些东西。那些男人笨拙的鞋跟磕碰声和鞋底的踢踏声，使他想到了这些人的文化程度与他的不同。如果对他们引用他们不可能理解的诗，那只能使他自己显得滑稽。他们会觉得他是在炫耀自己所受的高等教育。他会在他们面前失败，就像在楼下餐具间里和女孩的谈话失败一样。他一开始就把调子定错了。他的整个讲稿从头到尾都是个错误，是个彻底的失败。

恰在那时，他姨妈和妻子从更衣间里走了出来。他的两个姨妈都是又矮又小、穿着朴素的老太太了。朱丽娅姨妈大概略高一个英寸。她的头发低垂，覆盖着耳朵的上部，已经灰白；她那宽而松弛的脸，由于较暗的阴影也变得灰白。虽然她身体壮实，腰板挺直，但她那迟钝的眼睛和微启的双唇，使人一眼便看出她是个上了年纪的女人，不知道自己在什么地方，也不知该去什么地方。凯特姨妈精神多了。她的脸色比她姐姐的健康，布满了皱纹和折痕，像只萎缩了的红苹果，她的头发还是照老样子盘起来，仍然没有失去熟栗子那样的颜色。

她俩坦诚地吻了吻加布里埃尔。他是她们最喜欢的外甥，是她们已故的姐姐爱伦的儿子。爱伦曾嫁给船坞公司的 T. J. 康洛伊先生。

"加布里埃尔，格丽塔对我说，你们今晚不打算坐马车回蒙克斯顿。"凯特姨妈说。

"是的，"加布里埃尔说，一面转向他的妻子，"我们去年受够了坐马车的罪，对吧？凯特姨妈，您还记得格丽塔坐马车冻成什么样子吧？马车的窗子一路咔嗒咔嗒响个不停，刚过了默里恩，东风就直往里灌。风真是太大了。格丽塔患了要命的感冒。"

凯特姨妈严肃地皱着双眉，每听完一句就点一次头。

"不错，加布里埃尔，非常正确，"她说，"多加小心总不会错的。"

"可是还有格丽塔呀，"加布里埃尔说，"要是依着她，她宁愿踏着雪走回家去。"

康洛伊太太咯咯地笑了。

"别理他，凯特姨妈，"她说，"他可真是太麻烦了，什么汤姆的眼睛夜里要戴绿眼罩啦，让他练哑铃啦，强迫伊娃吃麦片粥啦。可怜的孩子！她看见麦片粥就恶心。……哦，可你们绝对猜不出，他现在要我穿些什么！"

她发出一阵响亮的笑声，看了看她的丈夫。他那赞赏而幸福的目光，正从她的衣服上往她的脸上和头发上游动。两位姨妈也开怀大笑，因为加布里埃尔的过度关心一向是她们的笑料。

"套鞋！"康洛伊太太说，"那是最近的事。只要脚下的地一湿，我就必须穿上套鞋。甚至今天晚上，他也要我穿上，可我就是不肯。下次他要给我买东西，想必是一套潜水衣了。"

加布里埃尔不自然地笑了笑，然后又自信地拍了拍他的领带；而凯特姨妈却几乎笑弯了腰，因为这个笑话太让她开心了。很快，朱丽娅姨妈脸上的笑容不见了，她将闷闷不快的目光转到了外甥女的身上。停了一会儿，她问：

"什么是套鞋，加布里埃尔？"

"套鞋呀，朱丽娅！"她妹妹有些惊讶，"天哪，难道你不知道什么是套鞋？你把它们套在……套在你的靴子外面，对吧，格丽塔？"

"对，"康洛伊太太说，"是用'古塔'胶做的。现在我们俩各有一双。加布里埃尔说欧洲大陆上人人都穿它们。"

"噢，欧洲大陆上，"朱丽娅姨妈咕咕哝哝，慢慢地点了点头。

加布里埃尔皱起眉头，似乎有点生气地说：

"这不是什么新奇的东西，但格丽塔觉得非常滑稽，她说套鞋这个词使她想到了克里斯蒂剧团。"

"可是，告诉我，加布里埃尔，"凯特姨妈爽快而得体地说，"当然，你已经找好了房间。格丽塔刚才说……"

"哦，房间是安排好了，"加布里埃尔答道，"我已经在格雷沙姆订了一个房间。"

"诚然，"凯特姨妈说，"这事做得最好了。可是还有孩子们，格丽塔，你不担心他们吗？"

"啊，只有一夜，"康洛伊太太说，"再说，贝茜会照顾他们的。"

"说真的，"凯特姨妈又说，"有那样一个姑娘该多放心呀，一个能靠得住的姑娘。你看看那个李莉，我真不知道她最近是怎么了，好像换了个人，根本不是从前的她了。"

这时，加布里埃尔正想问他姨妈几个问题，她却突然中止了谈话，注视着她姐姐朱丽娅慢悠悠地走下楼梯，把脖子伸出栏杆外探视。

"喂，我问你们，"她几乎生气地说，"朱丽娅要去哪里？朱丽娅！朱丽娅！你到哪里去呀？"

朱丽娅已经走到上段楼梯的半腰，她折回来和蔼地宣布说：

"弗雷迪来了。"

就在这同一时刻，一阵掌声和钢琴演奏的最后一个华丽的乐段传来，宣告了华尔兹的结束。客厅的门从里面打开，几对舞伴走了出来。凯特姨妈赶紧把加布里埃尔拽到一边，凑着他的耳朵小声说：

"悄悄地下去，加布里埃尔，要显得热情而亲切，看看他是否没事，要是他喝醉了别让他上楼。我肯定他喝醉了。我敢肯定。"

加布里埃尔走到楼梯，将头探过栏杆听了听。他听得见两个人正在餐具间里交谈。接着他听出了弗雷迪·马林斯的笑声。于是他咚咚咚地走下楼去。

"让人放心的是，"凯特姨妈对康洛伊太太说，"加布里埃尔在这里。只要他在，我心里就觉得踏实。……朱丽娅，戴莉小姐和鲍尔小姐出来了，她们想吃点儿点心。戴莉小姐，谢谢你弹的优美的华尔兹。实在是令人愉快。"

一个面容枯萎的高个子男人和他的舞伴走出。他蓄着硬挺的灰白胡子，皮肤黝黑，走过身边时问道：

"我们是不是也可以吃点儿点心，莫肯小姐?"

"朱丽娅，"凯特姨妈即刻说道，"这是布朗先生和福龙小姐。朱丽娅，让他们与戴莉小姐和鲍尔小姐一起去吧。"

"我是个女士们喜欢的男人，"布朗先生说。他撇起嘴，翘起他的胡子，笑得一脸皱纹，"你知道，莫肯小姐，她们这么喜欢我的原因是——"

他没有说完这句话。因为，他一发现凯特姨妈听不见他说话，便立刻领着三位年轻的女士到后屋去了。屋子中间放了两张方桌，头对头地摆着，朱丽娅姨妈正和看门人把一块大桌布铺在桌子上扯平。餐具柜上摆着杯盘碗碟和一束束刀叉及汤匙。方形大钢琴合着的盖子也当成餐桌用了，上面摆着食品和水果。在屋角一个小些的餐柜旁边，两个年轻人正站着喝蛇麻子苦啤酒。

布朗先生把三个让他照顾的女士带到那里，开玩笑地请她们都喝点又热、又烈、又甜的女用合成酒。然而她们说她们从来不喝烈性的东西，于是他便为她们开了三瓶柠檬水。接着，他又请年轻人中的一位让开一些，拿起带玻璃塞子的细颈酒瓶，给自己斟了一大杯威士忌。当他呷了一口品尝时，年轻人不无敬意地望着他。

"上帝保佑我，"他笑着说，"这是医生的命令。"

他枯萎的脸上绽出一副开朗的笑容，三位年轻的小姐对他的幽默报以音乐般的笑声，直笑得前仰后合，肩头也不停地颤动。其中胆子最大的一位说：

"喂，布朗先生，我敢肯定医生决不会让人做这种事情。"

布朗先生又啜了一口他的威士忌，鬼鬼祟祟装模作样地说：

"噢，你们看，我就像那个著名的卡西第太太，据传她曾说过：'喂，玛丽·格莱姆斯，假如我不喝，你就强迫我喝，因为我真觉得想喝极了。'"

他热乎乎的脸向前倾着，显得有点过分亲昵，然后他装出一副非常低的都柏林口音，以致三位年轻女士本能地默默听他说话。福龙小姐是玛丽·简的一个学生，她问戴莉小姐刚才她弹的那支美妙的华尔兹舞曲是什么名字；这时布朗先生发现自己受到冷落，便立刻转向那两位更有欣赏力的青年。

一位面色红润、身穿三色紫罗兰的年轻女人来到屋里，她兴奋地拍着双手嚷道：

"跳四对舞! 跳四对舞啦!"

凯特姨妈也紧跟着她进来，大声说：

"请两位先生和三位女士，玛丽·简！"

"哦，这里有伯金先生和科里根先生，"玛丽·简说。

"科里根先生，你带鲍尔小姐好吗？福龙小姐，让我给你找个舞伴，伯金先生。啊，现在正好。"

"要三位女士，玛丽·简。"凯特姨妈说。

两位年轻的先生邀请女士们跳舞，玛丽·简转向戴莉小姐。

"啊，戴莉小姐，你真是太好了，你刚才已经给两场舞伴奏过了，可是今晚我们的女舞伴实在是太少。"

"我一点也不在意，莫根小姐。"

"不过，我给你找了个绝好的舞伴，就是巴特尔·达西先生，那位男高音。待会儿我要请他唱歌。整个都柏林都为他疯狂了。"

"绝妙的嗓音，绝妙的嗓音！"凯特姨妈说。

当钢琴弹了两次第一乐段的序曲时，玛丽·简急忙带着她请的几位离开了屋子。他们刚走，朱丽娅姨妈慢悠悠地走了进来，一边回头向身后望着什么。

"怎么啦，朱丽娅？"凯特姨妈急切地问道，"是谁呀？"

朱丽娅拿进来一卷餐巾，她转向姐姐，好像这问题使她感到惊讶似的，简单地说道：

"就是弗雷迪，凯特，加布里埃尔陪着他。"

事实上，就在她身后，可以看见加布里埃尔正领着弗雷迪·马林斯走过楼梯的平台。后者是个大约四十岁的年轻人，与加布里埃尔个头身材差不多，有一副浑圆的肩膀。他的脸肉乎乎的，有些苍白，只在肥厚的耳垂和宽大的鼻翼上浮现出些微红润。他相貌粗俗，矮鼻子，额部上凸下陷，嘴唇厚而卷突。他那厚重下垂的眼睑和稀疏零乱的头发，使他显出一副没睡醒的样子。由于他在楼梯上给加布里埃尔讲的一个故事，他尖声地开怀大笑，同时用他左拳的指关节来回揉着他的左眼。

"晚上好，弗雷迪。"朱丽娅姨妈说。

弗雷迪·马林斯向莫根小姐们道声晚安，看上去非常随便，其实他说话时有习惯性的哽咽；然后，他看见布朗先生站在餐柜旁边正冲着他咧嘴，便摇摇晃晃走过房间，开始低声重复他刚才给加布里埃尔讲的故事。

"他不怎么醉，是不是？"凯特姨妈对加布里埃尔说。

加布里埃尔紧皱双眉，但随即便舒展开来，答道：

"哦，不，几乎看不出来。"

"其实，他真不是个可怕的家伙！"她说。"而他可怜的母亲竟在除夕之夜让他发誓。来吧，加布里埃尔，到客厅里去。"

她在和加布里埃尔离开房间之前，皱了皱眉头，又来回晃了晃她的食指，暗示布朗先生要注意自己。布朗先生点头作答，等她走后，便对弗雷迪·马林斯说：

"喂，泰迪，让我给你倒一大杯柠檬水，提提精神。"

弗雷迪·马林斯正要讲到故事的高潮，不耐烦地挥挥手，拒绝了他的好意，但布朗先生先让马林斯注意他衣服的杂乱，然后便给他倒了满满一杯柠檬水递了过去。弗雷迪·马林斯的左手机械地接过杯子，而右手则忙于机械地整理他的衣服。布朗先生再次笑得满脸皱纹，又给自己倒了一杯威士忌。这时，马林斯的故事还没真正达到高潮，但他自己却爆发出一阵咳嗽般的尖声大笑，他一边放下尚未尝过、晃得溢出来的杯子，一边又开始用他左拳的指关节来回揉他的左眼，强忍着咳笑，重复最后讲过的一段。

* * *

玛丽·简正在寂静的客厅里弹奏学院派乐曲，其中充满了速奏和困难的乐章，但加布里埃尔却听不进去。他喜欢音乐，但她弹奏的曲子他觉得没有主调旋律，而且他也怀疑其他听众是否会觉得有什么主调旋律，尽管他们都曾要求玛丽·简为他们弹奏点什么。四个年轻人听到钢琴声从吃点心的房间里赶来，停立在门口，几分钟之后便又一对对离去。真正能欣赏这音乐的似乎只有两个人，一个是玛丽·简本人，她的双手沿着琴键快速移动，时而跃起停顿一下，像女祭司短暂祈求时的手势；另一个是凯特姨妈，她站在玛丽·简的肘边为她翻着乐谱。

打着蜂蜡的地板在辉煌的枝形吊灯下闪闪发光，加布里埃尔的眼睛受不了闪光的刺激，便巡视着钢琴上面的墙壁。那里挂着一幅画，画的是《罗密欧与朱丽叶》里的阳台会场景；它的旁边是另一幅画，表现两个王子在塔楼遇害的故事，是朱丽娅姨妈年轻时用红、蓝、棕三色毛线绣成的。也许在她们上的那个学校里，女孩子要学一年这样的手工课。他母亲曾给他织过一件紫色羊毛背心，作为生日的礼物，背心上有小狐狸头图案，镶棕色缎边，配着紫红色的纽扣。奇怪的是，他母亲没有任何音乐才能，而凯特姨妈却总说她集中了莫根家的才智。她和朱丽娅二人似乎一向为她们这个庄重的、母亲般的姐姐而有些感到骄傲。她的照片摆在穿衣镜前面。她拿着一本打开的书放在膝上，指着书里的东西给康士坦丁看；康士坦丁拿着一套海军服，躺在她的脚旁。她儿子们的名字全是由她起的，因为她对家庭生活中的尊严十分敏感。正是由于她，康士坦丁现在成了鲍布里根的高级助理牧师；也正是由于她，加布里埃尔自己才在皇家大学获得了学位。当他回想她阴沉着脸反对他的婚姻时，他的脸上掠过了一片阴云。她当时用过的一些轻蔑词语，仍然使他想起来便隐隐作痛；有一次她谈到格丽塔，说她像乡下人那样矫揉造作，其实格丽塔根本不是那个样子。她在蒙克斯顿老宅临终前长期卧病期间，全是由格丽塔服侍她的。

他知道玛丽·简快要弹完她的曲子了，因为她又弹起开头时的旋律，而且每一小节后面都有一段速奏。他等着曲子的结束，怨恨的心情也渐渐消逝。乐曲以高八度的颤音和最后深沉的低八度音结束。听众对玛丽·简报以热烈的掌声，而她却有些羞臊而紧张地卷起乐谱逃出了客厅。最热烈的掌声来自门口那四个年轻人，曲子开始时他们到休息间去了，曲终时又折了回来。

四对舞开始了。加布里埃尔发现自己的舞伴是爱佛丝小姐。她是个落落大方、善于言谈的年轻女士，脸上长有雀斑，褐色的眼睛有些凸鼓。她没有穿袒胸的衣服，领前别着一枚大大的胸针，上面有某个爱尔兰的纹章和格言。

他们站好位置时，她突然开口说：

"今天我有件事想问你个明白。"

"问我？"加布里埃尔说。

她严肃地点了点头。

"什么事？"加布里埃尔问，对她一本正经的样子微微一笑。

"G. C. 是谁？"爱佛丝小姐答问，一边用眼睛盯着他。

加布里埃尔红了脸，他正要皱起眉头装作没有听懂时，她又突兀地说道：

"啊，天真的爱弥！我发现你给《每日快报》撰稿。怎么样，你不觉得害羞吗？"

"我为什么觉得害羞呢？"加布里埃尔反问，眨眨眼睛想露出笑容。

"好呀，我倒替你害羞呢，"爱佛丝小姐坦率地说，"你竟然会为那样一家报纸写稿。我以前没想到你竟是个西不列颠人①。"

加布里埃尔脸上露出一种窘困的表情。确实，他每星期三为《每日快报》写一个文学专栏，为此他得到十五先令的报酬。但那样做决不会使他成为一个西不列颠人。他收到的那些让他写评论的书，远比那张微不足道的支票让他动心。他喜欢抚摸新出版的书的封面，翻阅崭新的书页。几乎每天在大学教完课之后，他都要到码头一带的旧书店去逛逛，比如巴奇勒人行道上的希基书店，阿斯顿码头上的韦伯书店或马西书店，或者巷子里的奥克罗希赛书店。他不知道如何对待她的指责。他想说文学是超越政治的。但他们是多年的朋友，而且他们的经历也大致相同，先是上大学，然后当老师：他不能冒险对她说一句自以为是的大话。他继续眨着眼睛想露出笑容，并且结结巴巴地低声说，他看不出写书评与政治有什么关系。

当轮到他们转到对面时，他仍然陷入窘困之中，茫茫然心不在焉。爱佛丝小姐热情地一把抓住他的手，温柔而友好地说道：

"当然，我不过是开开玩笑。来吧，我们该绕过去了。"

等他们再度一起时，她谈起大学的问题，加布里埃尔觉得宽松多了。她的一个朋友给她看过他写的关于勃朗宁诗歌的评论。这就是她发现秘密的由来：但她非常喜欢那篇评论。接着她突然说：

"哦，康洛伊先生，今年夏天你愿不愿意去阿兰群岛旅行？我们准备在那里住一个月。置身大西洋之中一定很有意思。你应该来。克兰西先生要来，基尔克利先生和凯瑟琳·吉尔尼也来。如果格丽塔来，她也会觉得极有意思。她是康纳特人，对吧？"

"她祖上是那里的。"加布里埃尔简短地说。

"可是你会来的，是不是？"爱佛丝小姐说，一边把她温暖的手热切地搭到他的臂上。

"事实是，"加布里埃尔说，"我刚刚安排好去——"

"去什么地方？"爱佛丝小姐问。

"啊，你知道，每年我都和几位朋友去作一次骑自行车旅行，所以——"

"可是去什么地方呢？"爱佛丝小姐问。

"哦，一般我们去法国或比利时，或许还去德国，"加布里埃尔尴尬地说。

---

① "West Briton"是爱尔兰的一种贬义说法，指土生土长却崇拜英国的爱尔兰人。

"为什么去法国和比利时，"爱佛丝小姐说，"而不去看看自己的国家？"

"哦，"加布里埃尔说，"一方面是与这些国家的语言保持接触，一方面是换换环境。"

"难道你不要和你自己的语言——爱尔兰语保持接触吗？"爱佛丝小姐问。

"啊，"加布里埃尔说，"如果说到这一点，你知道，爱尔兰语并不是我的语言。"

他们旁边的人都转过来听这一来一往的盘问。加布里埃尔不安地看看左右，虽然他尽量在这窘困的情况下保持自己的风趣，但他的前额也已泛起了红晕。

"难道你没有自己的国家去看看？"爱佛丝小姐继续说，"你对自己的人民，自己的祖国究竟知道多少？"

"哦，说实话，"加布里埃尔突然反驳说，"我讨厌我自己的国家，讨厌它！"

"为什么？"爱佛丝小姐问。

加布里埃尔没有回答，因为他的反驳使他激动起来。

"为什么呀？"爱佛丝小姐再次问道。

他们得一起穿梭对舞，既然他没有回答，爱佛丝小姐便温和地说道：

"当然，你答不出来。"

加布里埃尔为了掩饰他的激动，便非常起劲地跳舞。他避开她的目光，因为他看见她脸上显出一种酸楚的表情。不过，当他们在长队里再次相遇时，他惊讶地发觉自己的手被紧紧地握住。她从眉毛下疑惑地瞄了他一会儿，直到他露出了微笑。然后，就在舞队又要开始之时，她踮着脚对着他的耳朵低声说：

"西不列颠人！"

四对舞结束后，加布里埃尔走到房间偏僻的一角，弗雷迪·马林斯的母亲正在那里坐着。她是个矮胖羸弱、满头白发的老妇人。她的声音和她儿子的一样，也有些吞噎，讲话稍微有点结巴。有人告诉她弗雷迪已经来了，而且几乎没有一点醉态。加布里埃尔问她渡海过来时是否一切顺利。她跟她结了婚的女儿住在格拉斯哥，每年到都柏林来访问一次。她平静地回答说她渡海时顺利极了，船长对她格外照顾。她还说到她女儿在格拉斯哥的漂亮的房子，以及她们在那里所有的朋友。在她东拉西扯说个不停的时候，加布里埃尔极力想从他脑海里抹去与爱佛丝小姐的不愉快的插曲。当然，那个女孩或女人，或者不管她是什么，无疑是个热心的人，可是什么事都得有个时间呀。或许他不该那样回答她。然而即使是个玩笑，她也无权当众称他是西不列颠人。她试图在众人面前使他出丑，当众诘问他，还用她那双兔子似的眼睛盯着看他。

他看见自己的妻子正穿过一对对跳华尔兹的人向他走来。来到他面前时，她对着他的耳朵说：

"加布里埃尔，凯特姨妈让我问问你，是不是一如既往由你来切鹅肉。戴莉小姐负责切火腿，我切布丁。"

"没问题，"加布里埃尔说。

"这场华尔兹一结束，她就把那些年轻人先打发到客厅里来，那样我们就可以在桌子上干活了。"

"刚才你跳舞了吗？"加布里埃尔问。

"当然跳了。你没看见我？你和莫莉·爱佛丝小姐吵什么呢？"

"没吵呀。怎么啦？她说我们吵了吗？"

"意思是吧。我正想法子让那位达尔西唱歌。我觉得他怪傲气的。"

"我们根本没吵，"加布里埃尔不快地说，"她只是要我到爱尔兰西部旅行，我说我不想去。"

他妻子兴奋地拍拍手，还跳了一下。

"啊，去嘛，加布里埃尔，"她说，"我真想再看看高尔韦岛。"

"你想去你可以去嘛，"加布里埃尔冷冷地说。

她看了他一会儿，然后转向马林斯太太说：

"瞧跟你说话的人是个多好的丈夫，马林斯太太。"

在她又穿过人群回去的时候，马林斯太太未注意谈话的中断，继续向加布里埃尔讲述苏格兰的风景名胜和旖旎风光。她的女婿每年都和家人到湖区去，他们还常常钓鱼。她的女婿是个钓鱼的好手。有一天他钓了一尾漂亮的大鱼，旅馆里的主人帮他们烹好当做晚餐。

加布里埃尔几乎没有听见她说了些什么。现在，由于晚饭时间快到了，他又开始想他的演讲和引文。当他看见弗雷迪·马林斯穿过房间来看他母亲时，加布里埃尔便把椅子空出来让给他，自己退到窗口的凹处。餐具间已经清好，从后屋传来了盘子和刀子磕碰的叮当声。仍然留在客厅里的那些人似乎已经跳累了，正在三五成群地静静地交谈。加布里埃尔温暖颤抖的手指弹着冰冷的窗玻璃。外面该是多冷呀! 独自一人出去散散步, 先沿着河走, 再穿过公园, 那该多么愉快呀! 雪会积聚在树枝上, 会在威灵顿纪念碑顶上形成一个明亮的雪帽。在那里一定比在晚餐桌上愉快多了!

他很快地看了一遍他的演讲提纲: 爱尔兰人热情好客, 不幸的回忆, 三女神, 帕里斯, 引用勃朗宁的诗句。他对自己重复了一遍他在评论中写过的一个句子:"一个人觉得他正在倾听心潮汹涌的心声。"爱佛丝小姐刚才称赞过这篇评论。她真心称赞吗? 在她宣传的那一套主张背后, 她是否真正有任何自己的生活? 直到这天晚上以前, 他们谁对谁也不曾有过不好的感觉。想到她坐在晚餐桌上, 在他演讲时用挑剔讥讽的目光望着他, 真使他忐忑不安。也许她看见他演讲失败一点也不会同情。突然一个念头出现在他的脑际, 给他鼓起了勇气。他将以暗示凯特姨妈和朱丽娅姨妈的方式说:"女士们, 先生们, 我们当中现在处于黄昏期的一代人, 可能有自己的短处, 但我个人认为, 这代人有不少美德, 如热情好客, 幽默、仁慈, 而我们周围正在成长的新的一代, 虽然非常认真并受过高等教育, 在我看来却缺少这些美德。"好极了: 这正好适用于爱佛丝小姐。他的姨妈只不过是两个没有学识的老太太, 他担心什么呢?

房间里叽叽喳喳的低语声引起了他的注意。布朗先生正从门口进来, 殷勤地陪着朱丽娅姨妈, 她倚着他的胳膊, 微笑着, 低着头。一阵此起彼落的掌声一直把她送到钢琴旁边, 然后, 当玛丽·简坐在琴凳上, 朱丽娅姨妈也不再微笑, 半转过身使屋里所有人都能听清她的声音时, 掌声才渐渐停了下来。加布里埃尔听出了弹奏的序曲。那是朱丽娅姨妈的一支老歌——《盛装待嫁》——的序曲。她的歌声音调响亮而清晰, 情绪激昂地合着重重装饰性的速奏, 虽然唱得很快, 但没有漏掉任何一个最小的装饰音。听着那歌声, 无须看唱者的表情, 人们便会感受并分享那轻快平稳地翱翔的激情。歌声结束时, 加布里埃尔和所有其他人都热烈地鼓掌, 从看不见的晚餐桌上也传来了响亮的掌声。掌声里充满了真诚, 当朱丽娅姨妈弯身将签有她缩写名字的羊皮封面旧歌本放回乐谱架上时, 她的脸上禁不住泛出一抹激动的红晕。为了听得更清楚一些, 弗雷迪·马林斯曾斜仰着脑袋倾听, 当其他人都停止鼓掌时, 他仍然在鼓掌欢呼, 兴高采烈地向他母亲谈论, 而他母亲则认真地、慢慢地点着头默默称许。最后, 当他不再鼓掌时, 他突然站起身, 匆匆穿过房间走到朱丽娅姨妈面前, 双手抓住她的一只手摇着, 激动得说不出话来, 或者说他的嗓音哽咽得太厉害了。

"我刚才对我母亲说，"他说，"我从未听见您唱得这么好，从未听见过。真的，我从未听见您的嗓音像今晚这么漂亮。好呀！现在您相信我说的吧？我说的是实话。我以我个人的人格担保，我说的是实话。我从未听见您的嗓音这么清脆，这么……明澈而清脆，从未听见过。"

朱丽娅姨妈满脸堆笑，低声说了些客气话，抽回她被握住的手。布朗先生向她伸出张开的手，以一个节目主持人向观众介绍一位天才的姿态，对他身边的人说：

"朱丽娅·莫肯小姐，我最新的发现！"

正当他自己对这种举止得意地开怀大笑时，弗雷迪·马林斯转向他说：

"听我说，布朗，要是你认真的话，你可能有一个更糟的发现。我唯一可说的是，自从我到这里来，我从未听见她唱得有一半这么好。这是千真万确的实话。"

"我也没听见过，"布朗说，"我觉得她的嗓音大有改进。"

朱丽娅姨妈耸了耸肩膀，以适中的自豪口气说：

"就嗓音而言，三十年前我倒是有一副不坏的嗓子。"

"我常常对朱丽娅说，"凯特姨妈强调说，"在那个唱诗班里她简直毁了自己。可是她从来不听我的话。"

她转过身，仿佛恳求其他人的高见来训教一个不听话的孩子，但朱丽娅姨妈却凝视前方，脸上隐隐浮现出一副回忆往昔的笑容。

"不，"凯特姨妈继续说，"她不肯听任何人的劝告，不分昼夜，夜以继日地在那个唱诗班里像奴隶似的辛劳。圣诞节一大早六点钟就去了！这都是为了什么呀？"

"可是，那不是为了上帝的荣耀吗，凯特姨妈？"玛丽·简在琴凳上转过身微笑着问。

凯特姨妈气呼呼地冲着她的外甥女说：

"上帝的荣耀我清楚得很，玛丽·简，可是我觉得，教皇从唱诗班里把一生在那里当奴隶的妇女们赶出来，让一群乳臭未干的小男孩骑在她们的头上，绝对不是什么荣耀。我想教皇这样做是为了教会的利益。但这是不公正的，玛丽·简，这样做是不对的。"

她越说越激动，本想继续为她妹妹辩护，因为这是一个令她伤心的话题，但玛丽·简看到所有跳舞的人都已回来，便态度平和地把话岔开：

"喂，凯特姨妈，你这是在惹布朗先生不高兴呢，他可是属于另一个教派呀。”

凯特姨妈转向布朗先生，他对这样说他的宗教正咧着嘴发笑，于是凯特姨妈赶紧说：

“哦，我并不怀疑教皇是对的。我不过是个愚笨的老太太，没想到会做这样的事情。然而总还有日常的礼貌和感激这样的事吧。假如我处在朱丽娅的地位，我就会直截了当面对面地对希利神父说……”

“另外，凯特姨妈，”玛丽·简说，“我们大家真的都饿了，人一饿了就很容易发火。”

“人渴了的时候也容易发火，”布朗先生补充说。

“所以我们最好去吃晚饭，”玛丽·简说，“以后再来完成这场讨论。”

在客厅外的楼梯平台上，加布里埃尔发现他妻子和玛丽·简正劝说爱佛丝小姐留下来吃晚饭。但爱佛丝小姐不肯留下，她已经戴好帽子，正在结大衣的扣子。她一点不觉得饿，而且她已经待过了预定的时间。

“可是，只不过十分钟的时间，莫莉，”康洛伊太太说。“不会耽搁你太久。”

“刚跳完舞，”玛丽·简说，“少吃一点嘛。”

“我真的不能再耽搁了，”爱佛丝小姐说。“我怕你是玩得不痛快吧，”玛丽·简失望地说。

“我向你保证，从未这么痛快过，”爱佛丝小姐说，“可是你现在真的一定得让我走了。”

“可你怎么回家呢？”康洛伊太太问。

“哦，沿码头往上只有几步远。”

加布里埃尔犹豫了片刻说：

“如果你同意，爱佛丝小姐，我可以送你回家，假如你真的非走不可的话。”

但爱佛丝小姐突然离开了他们。

“我不要听这种话，”她嚷道，“看在老天爷的分上，进去吃你们的晚饭吧，别管我了。我挺好的，能自己照顾自己。”

“唉，你真是个怪气的姑娘，莫莉，”康洛伊太太坦率地说。

“晚安，诸位，”爱佛丝小姐笑着大声说，奔下了楼梯。

玛丽·简凝视着她的背影，脸上露出阴郁困惑的表情，康洛伊太太把头探过栏杆，倾听大门的动静。加布里埃尔默默自问，是不是因为他的缘故她才突然离去。但她不像是不高兴的样子：她笑着离去的。他茫然地朝下凝视着楼梯。

这时凯特姨妈摇晃着从餐厅里走出，几乎有些绝望地绞着双手。

"加布里埃尔在哪儿？"她喊道，"加布里埃尔究竟在哪儿呀？大家都在那里等着，桌子腾好了，可没人来切鹅了。"

"我在这儿呢，凯特姨妈！"加布里埃尔喊道，突然变得活跃起来，"如果需要，我随时准备切一群鹅呢。"

一只肥肥的棕颜色的鹅摆在桌子的一端；另一端，在一张点缀着荷兰芹小枝的绉纸垫上，摆着一只大火腿，外皮已经去掉，上面撒满了面包碎屑，胫骨处套着一圈整洁的纸边，旁边是一块加过香料的牛肉。在两道主菜之间，平行摆着一排排配菜：两盘堆得像小教堂似的果子冻，一盘是红的，一盘是黄的；一只浅盘装满一块块鱼胶凉粉和果子酱；一个把如叶梗的绿色叶形大盘里摆着一团团紫色葡萄干和去了皮的杏仁，另一只同样的盘子里是堆成一个坚实的长方形的士麦那无花果；一个盘子里盛蛋糕，顶上撒满了豆蔻；一只小碗装满了用金银纸包着的巧克力和糖果；还有一个玻璃瓶，里面插了不少长长的芹菜茎。桌子正中放着两个矮胖的旧式刻花玻璃酒瓶，一个盛着白葡萄酒，一个盛着红葡萄酒，它们像卫兵似的守着一个果盘，盘子里装着堆成金字塔形状的橙子和美洲苹果。在盖着盖的方形钢琴上，摆着一个黄色大盘，里面盛满了等待取用的布丁；它后面是三排黑啤酒、淡啤酒和矿泉水，依照各自瓶子的颜色排列成行，前两排是黑的，带有棕色和红色的标签，第三排也是最少的一排是白色的，瓶子上横向系着绿色的饰带。

加布里埃尔大模大样地在桌首就座，然后察看了一下刀锋，把他的叉子牢牢地插进了鹅的肉里。现在他心情相当舒畅，因为他是个切肉的行家里手，而且他最喜欢坐在摆满丰盛食品餐桌的桌首。

"福龙小姐，你要点什么呢？"他问。"一个翅膀还是一块鹅脯肉？"

"一小片鹅脯肉就行了。"

"希金斯小姐，你呢？"

"啊，随便什么都行，康洛伊先生。"

当加布里埃尔和戴莉小姐调换鹅肉盘子和火腿及五香牛肉盘子时，李莉端着一盘用白餐巾裹着的热乎乎的粉状土豆分送给每一位客人。这是玛丽·简的主意，她还建议给鹅肉浇上苹果酱，但凯特姨妈说她觉得没有苹果酱的纯烤鹅一向很好，她不希望吃到比这差的鹅肉。玛丽·简照顾着她的学生，让他们得到最好的部分；凯特姨妈和朱丽娅姨妈打开钢琴上的瓶子，把黑啤酒和淡啤酒递给男士们，把矿泉水递给女士们。屋里一片混乱，充满了笑声和嘈杂声，有叫菜和应菜的叫嚷声，有刀叉的碰撞声，还有瓶塞和瓶盖的开启声。加布里埃尔分完了第一轮，自己没尝一口，又开始切分第二轮了。大家都高声鸣不平，于是他表示妥协，喝了一大口黑啤酒，他发现切肉也是件令人出汗的差事。玛丽·简静静地坐下用她的晚餐，可是凯特姨妈和朱丽娅姨妈仍然围着桌子摇摇摆摆地转来转去，一前一后，有时互相挡路，各自互不照应地让人做这做那。布朗先生请求她们坐下吃她们的晚饭，加布里埃尔也请求她们，但她们说有的是时间，最后弗雷迪·马林斯站起身来，抓住凯特姨妈，在大家的笑声中突然把她按在了椅子上。

加布里埃尔给大家分得差不多了，便笑着说：

"喂，假如谁还想要点俗人们说的鹅肚子里的料，请告诉我。"

大家异口同声地请他自己快点用餐，李莉端着她留给他的三个土豆走到他跟前。

"好吧，"加布里埃尔友好地说，又喝了一口为他备好的酒，"女士们，先生们，这几分钟就算把我忘了吧。"

他开始埋头吃饭，不参与桌上的谈话，虽然谈话声淹没了李莉收拾盘子的声音。谈话的主题是正在皇家剧院演出的歌剧团。男高音巴特尔·达尔西先生是个面庞黝黑的年轻人，蓄着潇洒的小胡子，他高度赞扬那个歌剧团的首席女高音，但福龙小姐却觉得她的演出风格相当粗俗。弗雷迪·马林斯说，在舞剧《欢乐》的第二部分里，有个黑人酋长演唱，那是他听到过的最佳男高音之一。

"你听他唱了吗？"他隔着桌子问巴特尔·达尔西先生。

"没有，"巴特尔·达尔西先生心不在焉地回答。

"因为，"弗雷迪·马林斯解释说，"我现在很想听听你对他的意见。我觉得他的嗓音太伟大了。"

"真正好不好要让泰迪来说，"布朗先生随便地对桌子上的人说。

"为什么他不能也有个好嗓子？"弗雷迪·马林斯尖刻地问，"难道只因为他是个黑人？"

无人回答这一问题，玛丽·简又把桌子上的议论引回到正统的歌剧。她的一个学生曾经给过她一张《迷娘》的戏票。当然那场戏很好，她说，但使她想到了可怜的乔治娜·彭斯。布朗先生追溯得更远，追溯到常常来都柏林的老牌意大利歌剧团——提耶让斯、伊玛·德·穆兹卡、坎帕尼尼、伟大的特雷贝里·久格里尼、拉维利、阿格布洛。他说，那才是在都柏林有像样的歌剧可听的日子。他还谈到老皇家剧院的顶座如何常常每夜爆满，有天晚上一个意大利男高音如何应观众要求一连唱了五遍《让我像士兵一样倒下》，而且每遍都唱出一个高音 C，最后他谈到顶座上的男孩子们如何热情地从某个女主角的马车上把马卸下，亲自拉着她的车穿过街道把她送到旅馆。可是，为什么他们现在总不上演伟大的旧歌剧《狄诺拉》和《鲁克里齐亚·鲍吉拉》呢？他问。因为他们没有唱那些歌剧的好嗓子：那就是原因。

"哦，这个，"巴特尔·达尔西先生说，"我觉得今天和以前一样有优秀的歌唱家。"

"他们在哪里呢？"布朗先生挑衅地问。

"在伦敦、巴黎、米兰，"巴特尔·达尔西先生热情地说，"举例说，我觉得卡鲁索就很好，即使不比你刚才提到的那些人更好。"

"或许是这样，"布朗先生说，"但我可以告诉你，我非常怀疑。"

"噢，我愿意付高价听卡鲁索唱歌，"玛丽·简说。

"我认为，"凯特姨妈说，她正在剔一块骨头，"只有一个男高音。我的意思是，使我满意的男高音。但我想你们谁也没有听他唱过。"

"他是谁，莫根小姐？"巴特尔·达尔西先生彬彬有礼地问。

"他的名字，"凯特姨妈说，"叫帕金森。我是在他唱得最好的时候听他唱的，我认为那时他的嗓音是最纯的男高音。"

"奇怪，"巴特尔·达尔西先生说，"我竟从没有听说过他。"

"是的，是的，莫根小姐是对的，"布朗先生说，"我记得听过老帕金森唱歌，但对我来说他是太久以前的事了。"

"一个漂亮、纯净、甜美、圆润的英国男高音，"凯特姨妈热情地说。

加布里埃尔吃完之后，一大盘布丁端到了桌上。叉子和勺子的撞击声又响了起来。加布里埃尔的妻子盛出一勺勺布丁，用碟子沿着桌子传递过去。传递中间由玛丽·简接着配上木莓或橘子冻，或者牛奶冻或果酱。布丁是朱丽娅姨妈做的，大家都称赞她的手艺。她自己则说烤得还不够焦黄。

"啊，莫根小姐，"布朗先生说，"我希望你觉得我够焦黄的了，因为，你知道，我完全是焦黄的①。"

----

① 布朗之英文为 Browne，与黄褐色之 Brown 同音，故布朗先生戏称自己是"焦黄的"。

除了加布里埃尔之外，所有的男士们都吃了布丁，以示对朱丽娅姨妈的敬意。由于加布里埃尔从不吃甜食，所以就给他留下了芹菜。弗雷迪·马林斯也拿了一根芹菜就着布丁吃。他听人说芹菜是补血的，而他当时正接受医生治疗。晚饭间一直一言不发的马林斯太太说，她儿子大约一个星期后要去麦勒雷山。于是桌上的人们便谈起了麦勒雷山，诸如那里的空气多么清新，那里的修士多么好客，他们从不向客人收一分钱，等等。

　　"你们的意思是说，"布朗先生半信半疑地问，"一个人可以到那里去，像住旅馆一样住下来，又吃又喝，然后一分钱不付就离开吗？"

　　"啊，大部分人离开时都会给修道院捐些钱的。"玛丽·简说。

　　"我希望我们教会也有那样一个机构。"布朗先生老老实实地说。

　　他听说修士们从不讲话，早上两点起床，夜里睡在棺材里，感到无限惊讶。于是他便问为什么他们这么做。

　　"那是他们的规定。"凯特姨妈肯定地说。

　　"是呀，可是为什么呢？"布朗先生问。

　　凯特姨妈重复说那是规定，规定就是规定。布朗先生似乎仍然不懂。弗雷迪·马林斯尽可能向他解释，告诉他修士们是在努力为外界所有罪人们犯的罪赎罪。这种解释并不十分清楚，因为布朗先生咧着嘴笑着说：

　　"我非常喜欢那种想法，但舒适的弹簧床和棺材对他们不都是睡觉吗？"

　　"棺材，"玛丽·简说，"是提醒他们自己最后的归宿。"

　　由于这个话题变得阴郁起来，桌上的人们沉默不语，此时马林斯太太用别人听不见的低声对邻座的人说：

　　"他们是些非常善良的人，那些修士，是非常虔诚的人。"

　　葡萄干、杏仁和无花果，苹果和橙子，巧克力和糖果，这时围着桌子轮番传递，朱丽娅姨妈请所有的人都喝点红葡萄酒或白葡萄酒。最初巴特尔·达尔西先生什么酒都不要，但他的一个邻座用肘子碰碰他小声对他说了些什么，他便答应把酒杯斟满。当斟最后几杯酒的时候，谈话渐渐停了下来。接着是一阵沉默，只有喝酒和挪动椅子的声音将它打破。三位莫根家的小姐低头望着桌布。某人咳嗽了一两声，几个男士便轻轻拍拍桌子示意安静。完全静下来了，加布里埃尔向后推开椅子站起身来。

　　拍桌子的声音立刻变响以示鼓励，接着又全都停了。加布里埃尔将十个颤抖的手指按在桌布上，紧张地对大家笑了笑。他看到一排仰起的面孔，便抬眼望着枝形的吊灯。钢琴正在弹奏一首华尔兹乐曲，他能听见衣裙拂动客厅门的声音。也许有人正站在外面码头上的雪地里，仰首凝视着灯光照亮的窗子，倾听华尔兹音乐。那里的空气纯净。远处是树上压着积雪的公园。惠灵顿纪念碑戴着一顶闪光的雪帽，耀眼的白雪覆盖着西边"十五亩地"的原野。

他开始演讲：

"女士们，先生们，

"今天晚上，如同往年一样，这项非常令人愉快的任务注定又落在了我的头上，但我恐怕我拙劣的演讲才能实在是难以胜任。"

"不，不能这么说！"布朗先生说。

"不过，无论如何，今晚我只好请你们理解我勉为其难的心意，注意听一会儿我的演讲，让我尽力向你们表达我在这种场合的心情。

"女士们，先生们，这已不是第一次我们聚在这个好客的房子里，坐在这张好客的餐桌周围。也不是第一次接受这几位善良女士的热情款待——或许我最好说，这几位女士热情的受害者。"

他的手臂在空中画了一个圈，停顿了一下。大家都冲着凯特姨妈、朱丽娅姨妈和玛丽·简大笑或微笑，而她们也都高兴得面色绯红。加布里埃尔胆子更大了，继续说：

"我一年比一年更强烈地感到，我们国家没有任何传统像这种热情好客的传统那样，给国家带来如此的荣耀，值得如此小心地维护。就我自己的经历而言（我访问过国外许多地方），在现代国家中，这是一个少有的优良传统。也许有人会说，对于我们，这毋宁说是一种弱点，而不是什么值得夸耀的事情。但即使如此，我也认为它是一种高贵的弱点，一种我相信会在我们中间长期发展下去的弱点。至少有一点我是肯定的。只要这房子里仍然住着前面提到的三位善良的女士——我从内心里祝愿她们还会在这里住许多许多年——真正热心殷勤的爱尔兰好客传统就会在我们中间继续下去，我们的先辈把这种传统传给了我们，我们也必须把它传给我们的子孙。"

一种真诚赞同的低语声在桌子周围传开。这使加布里埃尔突然感到，爱佛丝小姐不在这里，她已不礼貌地走了；于是他心里充满自信地说：

"女士们，先生们，

"我们中间一代新人正在成长，他们受到新观念和新原则的激励。这代人对这些新观念既认真又热情，甚至当他们受到误导时，我相信他们的热情也非常真诚。但是我们生活在一个怀疑的时代，如果我可以这么说的话，也是一个思想遭受折磨的时代：有时我担心，尽管这新的一代受过教育或高等教育，但他们将缺少昔日那些仁爱、好客和善良的幽默等优良品质。今晚听到所有那些昔日的大歌唱家的名字时，我必须承认，我觉得我们生活在一个比较狭隘的时代。毫不夸张地说，过去那些日子可以称之为广博的时代；倘若它们已经从我们的记忆中消失，那么至少让我们期望，在像今晚这样的聚会上，我们仍将骄傲而亲切地谈论它们，仍将在心里记住那些已经逝去的伟大人物，他们的名声将在世界上永垂不朽。"

"听见了，听见了！"布朗先生大声说。

"然而，"加布里埃尔继续说，声音变得更加柔和委婉，"在像今晚这样的聚会上，总是有些悲伤的想法袭上我们的心头：想到过去，想到青春，想到世事变化，想到我们今晚思念而又不在的那些人们。我们人生的旅程布满了这样一些悲伤的回忆：但如果我们总是忧郁地陷入这些回忆，我们就没有心思勇敢地继续我们生活中的工作。我们大家都有生活的责任，也有生活的情感，它们要求我们——合情合理地要求我们——奋发努力。

"因此，我不想沉湎于过去。我不想让任何阴郁的道德说教在今晚侵扰我们。我们离开日常奔波忙碌的生活，短暂地相聚在这里。我们在这里相聚，作为朋友，怀有相亲相爱的精神；作为同事，在某种程度上也怀有志同道合的'同志'精神；而作为客人——我该怎么说呢？——我们是都柏林音乐界的三女神的客人。"

这一比喻使全场爆发出一阵掌声和笑声。朱丽娅姨妈茫然地请她的左右邻座告诉她加布里埃尔讲了些什么。

"他说我们是'三女神'，朱丽娅姨妈，"玛丽·简说。

朱丽娅姨妈仍不明白，但她面带微笑地望着加布里埃尔；他继续兴致勃勃地演讲：

"女士们，先生们，

"今晚我不想扮演帕里斯那次扮演的角色。我不想在她们之间评断高低。这种工作令人感到厌恶，而且也不是我力所能及的事情。因为当我依次考虑她们时，我分不出谁高谁低。我们的第一位主人，她心地善良，太善良了，这话已经变成了所有认识她的人的口头禅；而她的妹妹，似乎是青春永驻，她今晚的歌声真是令人拍案叫绝，出乎我们大家的意料；至于最后但并非最不重要的一位，我们最年轻的女主人，我觉得她才华横溢，生性活泼，工作勤奋，可说是最好的外甥女；女士们，先生们，我必须承认，我不知道应该给谁以奖励。"

加布里埃尔向下瞥了一眼他的两位姨妈，发现朱丽娅姨妈满脸堆笑，凯特姨妈眼里噙着泪珠，于是便准备赶紧结束他的讲话。他豪放地举起他那杯葡萄酒，桌上的人也都期待地用手指把住了酒杯，他大声说道：

"让我们为她们三位一起祝酒。为她们的健康、富有、长寿、幸福和成功干杯，祝她们长期保持她们在事业上通过自己努力而赢得的值得骄傲的地位，并愿她们在我们的心中永远保持受人尊敬和热爱的地位。"

所有的客人都站了起来，手持酒杯，转向三位坐着的女士，然后由布朗先生带头，齐声唱道：

> 因为他们是非常快乐的朋友，
> 因为他们是非常快乐的朋友，
> 因为他们是非常快乐的朋友，
> 大家都说是这样。

凯特姨妈毫不掩饰地用手帕擦起了眼泪，甚至朱丽娅姨妈看上去也大为感动。弗雷迪·马林斯用他的布丁叉子打着拍子，唱歌的人转过身面面相对，仿佛以优美的音乐开着讨论会，他们以高昂的声音唱道：

> 除非他说谎，
> 除非他说谎。

接着，他们又转向女主人唱道：

> 因为他们是非常快乐的朋友，
> 因为他们是非常快乐的朋友，
> 因为他们是非常快乐的朋友，
> 大家都说是这样。

随后的欢呼由餐室外的许多其他客人们应和，一次又一次地掀起高潮，弗雷迪·马林斯像个指挥官，高高地挥舞着叉子。

……

刺骨的清晨寒气涌进了他们站着的厅里，于是凯特姨妈说：

"谁去把门关上吧。马林斯太太会得重感冒的。"

"布朗在外面，凯特姨妈，"玛丽·简说。

"布朗总是到处跑，"凯特姨妈说，压低了她的声音。

玛丽·简听了她说话的语气笑了。

"其实，"她狡黠地说，"他倒是非常殷勤。"

"整个圣诞节期间，"凯特姨妈以同样的语气说，"他就像煤气一样被装在这里。"

这次她自己开心地笑了，然后很快地补充说：

"不过，叫他进来吧，玛丽·简，把门关上。但愿他没有听见我说他的话。"

就在这时，过厅的门开了，布朗先生从门口的台阶上走了进来，笑得心都要炸了。他穿着一件绿色的长外套，上面镶着仿阿斯特拉罕羔皮的袖口和领子，头上戴着一顶椭圆形的皮帽。他用手指着白雪覆盖的码头，从那里传来汽笛长长的尖叫声。

"泰迪会把都柏林所有的出租马车喊了来。"他说。

加布里埃尔从办公室后面的餐具室走出，费力地穿着大衣，他望望大厅的四周说道：

"格丽塔还没有下来？"

"她正在穿衣服，加布里埃尔。"凯特姨妈说。

"谁在上面弹钢琴呢？"加布里埃尔问。

"没人呀。他们全都走了。"

"啊，不，凯特姨妈，"玛丽·简说，"巴特尔·达尔西和奥卜拉汉小姐还没走。"

"反正有人在上面玩钢琴，"加布里埃尔说。

玛丽·简瞥了一眼加布里埃尔和布朗先生，打了个寒战说：

"看你们两位男士裹得那个样子，我也觉得冷了。我真不想看你们在这个时候回家。"

"这时候我最想，"布朗先生豪迈地说，"咯吱咯吱地踏着雪在乡间散散步，或者驱马驾车飞速奔驰。"

"从前我们家里有一匹好马和一辆轻便双轮车，"朱丽娅姨妈感伤地说。

"那个令人难忘的乔尼，"玛丽·简笑着说。

凯特姨妈和加布里埃尔也笑了。

"怎么回事，关于乔尼有什么惊奇的事？"布朗先生问。

"我们是说去世的帕特里克·莫根，我们的外公，"加布里埃尔解释说，"晚年时人们都叫他老绅士，他是个胶糊商。"

"啊，我说，加布里埃尔，"凯特姨妈笑着说，"他有个粉坊。"

"好吧，不论胶糊还是淀粉，"加布里埃尔说，"反正老先生有匹马名叫乔尼。乔尼常在老先生的粉坊里干活，一圈圈转着拉磨。一切都很好；但现在要说的是乔尼不幸的一面。一天，天气晴好，老先生想驾车出去，到公园摆摆军事检阅的派头。"

"上帝怜悯他的灵魂吧，"凯特姨妈动情地说。

"阿门，"加布里埃尔说，"于是，老绅士像我说的那样，驾着乔尼，戴上他最好的高顶礼帽，佩上他最好的硬领，气宇轩昂地驾车驶出了他的祖宅，我想那房子在后巷附近。"

加布里埃尔的样子使大家都笑了起来，甚至马林斯太太也笑了，这时凯特姨妈说：

"我说，加布里埃尔，实际上他不住在后巷，只有粉坊在那里。"

"他驱着乔尼驶出了他祖先的宅子，"加布里埃尔继续说，"一切都进行得非常顺利，后来乔尼看见了比利王的雕像，不知它是爱上了比利王的坐骑还是觉得自己又回到了磨坊，它竟开始围着雕像转起了圈子。"

加布里埃尔在其他人的笑声中，穿着他的套鞋绕前厅走了一圈。

"它转了一圈又一圈，"加布里埃尔说，"于是这位老先生，这位非常威武的老先生，表现出极大的愤慨。'往前走，先生！你是什么意思呀，先生？乔尼！乔尼！举止太反常了！这马真让人费解！'"

加布里埃尔模仿那件事所引起的哄堂大笑，突然被前门猛烈的敲门声中断。玛丽·简跑过去把门打开，让弗雷迪·马林斯走进门来。弗雷迪·马林斯的帽子推到脑袋后边，冷得缩着双肩，在外面跑了一圈后呼着一团团哈气。

"我只能找到一辆马车，"他说。

"哦，我们沿着码头会找到另一辆的，"加布里埃尔说。

"是的，"凯特姨妈说，"最好别让马林斯太太总是站在风口上。"

马林斯太太由她儿子和布朗先生扶着走下门前的台阶，几经努力之后才扶上马车。弗雷迪·马林斯随后也爬了进去，在布朗先生的指点帮助下，花了好长时间才把他母亲在座位上安置妥当。最后，她舒舒适适坐好之后，弗雷迪·马林斯请布朗先生也一起上车。经过好一阵混乱的交谈，布朗先生终于上去了。车夫把他的毯子盖在膝上，俯下身问去什么地方。混乱的交谈声更大了，弗雷迪·马林斯和布朗先生分别从一个车窗里探出头来，给车夫指了不同的方向。问题是沿途在什么地方让布朗先生下车，凯特姨妈、朱丽娅姨妈和玛丽·简站在门口的台阶上帮着讨论，七嘴八舌，互相矛盾，弄得大家笑个不停。至于弗雷迪·马林斯，他竟笑得说不出话来。他不断把脑袋从车窗里缩回探出，每次都几乎把帽子碰掉，不时告诉他母亲外面讨论的情况，直到最后，布朗先生才用高出喧闹笑声的大嗓门向被弄糊涂了的车夫喊道：

"你知道三一学院吗？"

"知道，先生，"车夫说。

"那好，一直把车赶到三一学院大门口，"布朗先生说，"然后我会告诉你再去哪里。现在你明白了？"

"明白了，先生，"车夫说。

"那就像鸟一样朝三一学院飞奔。"

"好嘞，先生，"车夫说。

扬鞭催马，车子嘎啦嘎啦在一片笑声和再见声中沿码头驰去。

加布里埃尔没有与其他人一起到门口。他待在前厅的暗处，抬头凝视着楼梯。一个女人站在第一段楼梯的上部，也在阴影里。他看不见她的脸，但能看见她裙子上赤褐色和橙红色的图案，它们在阴影里呈现出黑色和白色。那是他的妻子。她正倚着栏杆聆听什么。加布里埃尔见她一动不动大感惊讶，也竖起耳朵细听。但他却听不见什么，除了门口台阶上的笑声和争论，只依稀听见钢琴上弹出一些和音和一个男声唱歌的片断。

他静静地站在昏暗的前厅里，试图捕捉那声音唱的曲调，并仰头注视着他的妻子。她的神态显得优雅而神秘，仿佛她是某种东西的一个象征。他自己问自己，一个女人站在楼梯上的阴影里，倾听远处的音乐，是什么东西的象征呢？如果他是个画家，他会画下她那种神态。她的蓝色毡帽配以黑暗的背景会突出她那古铜色的头发，而她裙子上的深色图案也会突出浅色的图案。假如他是画家，他会把这幅画称作《远方的音乐》。

前厅的大门关上了；凯特姨妈、朱丽娅姨妈和玛丽·简回到前厅里，仍然在笑着。

"你们说，弗雷迪是不是太不像话？"玛丽·简说，"他真是太不像话了。"

加布里埃尔没有说话，但向楼梯上他妻子站着的地方指了指。现在由于大门已经关上，歌声和琴声都听得更清楚了。加布里埃尔举起一只手让他们安静。歌声唱的好像是古老的爱尔兰曲调，唱者似乎对歌词和自己的声音都没有把握。距离和唱者沙哑的嗓音使歌声显得哀伤，隐隐约约传出的旋律伴随着表现悲愁的歌词：

> 啊，雨点打着我浓密的头发，
> 露水沾湿了我的肌肤，
> 我的孩子冷冷地躺着……

"啊，"玛丽·简叫道，"这是巴特尔·达尔西在唱歌，而他整个晚上都不肯唱。哇，他走之前我得让他唱支歌。"

"哎，对，玛丽·简。"凯特姨妈说。

玛丽·简转过身跑向楼梯，但她还没跑到歌声就停了，钢琴也突然盖上了。

"啊，多遗憾呀！"她嚷道，"他要下来了吗，格丽塔？"

加布里埃尔听到妻子答了一声是，然后看见她下楼向他们走来。她身后几步便是巴特尔·达尔西先生和奥卡拉汉小姐。

"啊，达尔西先生，"玛丽·简叫道，"你真不够意思，我们大家正听得入迷，你竟然就那样停了。"

"整个晚上我都跟着他，"奥卡拉汉小姐说，"康洛伊太太也是，可他告诉我们他患了重感冒，唱不了。"

"哦，达尔西先生，"凯特姨妈说，"原来你撒了个无害的弥天大谎。"

"你听不出我的嗓子哑得像只乌鸦吗？"达尔西先生有些粗鲁地说。

他匆匆走进餐具间，穿上大衣。其他人对他粗鲁的回答感到惊讶，但不知该说什么。凯特姨妈皱起眉头，并示意其他人别再提这个话题。达尔西先生站着仔细地裹他的围脖，也皱着眉头。

"都是这天气闹的，"停了一会儿朱丽娅姨妈说。

"是呀，人人都患了感冒，"凯特姨妈立刻接着说，"无一例外。"

"听人说，"玛丽·简说，"三十年了没下过这样大的雪；今天早晨我看报纸，报上说整个爱尔兰普遍下了雪。"

"我喜欢雪景，"朱丽娅姨妈感伤地说。

"我也喜欢，"奥卡拉汉小姐说，"我觉得圣诞节地上没雪就不是真正的圣诞节。"

"但是可怜的达尔西先生就不喜欢下雪。"凯特姨妈笑着说。

达尔西先生从餐具间出来，裹得严严实实并结好了扣子，歉然地对他们述说自己得感冒的经过。大家都劝他，说是太遗憾了，要他在夜风里特别注意保护自己的嗓子。加布里埃尔望着他的妻子，她没有加入他们的谈话。她正站在满是灰尘的楣窗下面，煤气灯的光焰照亮了她那丰润的古铜色头发，几天前他曾见她在火边把头发烤干。她神态如前，似乎没有意识到她周围的谈话。终于她转向他们，加布里埃尔发现她双颊泛红，眼睛闪闪发光。他心里突然涌起一股愉悦的潮流。

"达尔西先生，"她说，"你刚才唱的那支歌叫什么名字？"

"叫《奥芙里姆的少女》，"达尔西先生说，"可是我记不清楚了。怎么？你知道这支歌？"

"《奥芙里姆的少女》，"她重复说，"我想不起这个歌的名字了。"

"这歌的调子真是太美了，"玛丽·简说，"可惜你今晚嗓子不好。"

"喂，玛丽·简，"凯特姨妈说，"别烦达尔西了。我可不想让他心烦。"

看见大伙都准备走了，她领头带他们走向门口，在那里互相道别：

"好了，凯特姨妈，谢谢您给了我们一个愉快的夜晚。"

"晚安，加布里埃尔。晚安，格丽塔！"

"晚安，凯特姨妈，太谢谢了。晚安，朱丽娅姨妈。"

"哦，晚安，格丽塔，我刚才没看见你。"

"晚安，达尔西先生。晚安，奥卡拉汉小姐。"

"晚安，莫根小姐。"

"晚安，再见。"

"大家晚安。一路平安。"

"晚安，再见。"

凌晨，天仍然很暗。阴沉昏黄的晨光笼罩着房子和河面；天像要垂下来似的。脚下到处是融了的雪水；只有房顶上、码头的栏杆上和空地的围栏上，留着一缕缕、一片片白雪。路灯仍然在灰蒙蒙的空中燃着泛红的灯光，河对面"四院"大厦在低沉的天空下巍然屹立。

她和巴特尔·达尔西先生一起走在他的前面，她的鞋用一块棕色的包袱包着夹在胳膊下面，双手提着裙子唯恐溅上了雪水。她已不再有什么高雅的神态，但加布里埃尔的眼睛仍然幸福得发亮。血液在他的血管里涌动；脑海里思潮激荡，骄傲、快乐、温柔、英勇。

她走在他前面，那么轻盈，那么挺直，他极想悄悄地追上去，抓住她的双肩，在她耳边说些可笑而深情的话儿。他觉得她那么娇弱，他渴望着保护她不受伤害，渴望着与她单独待在一起。一些他俩秘密生活的时刻突然像星星一样在他的记忆中闪现。一个淡紫色的信封放在他早餐的杯子旁边，他用手轻轻地抚弄着它。鸟儿在常春藤上叽叽喳喳，窗帘上网状的阳光在地板上闪烁：他幸福得吃不下东西。他们俩站在拥挤的站台上，他把一张车票塞进她戴着手套的温暖的手心。他和她一起在寒冷里站着，透过花格窗向里观望，看一个男人在烈焰熊熊的火炉边制作瓶子。天气很冷。她的脸在寒冷的空气里散发着芬芳，与他的脸离得很近；突然他朝炉边那个男人喊道：

"火旺不旺，先生？"

那人因为炉子的响声没能听见。这倒也好。否则他可能粗暴地回答。

又一股柔情蜜意之潮从他心中涌出，沿着他的动脉在温暖的血液里流动。他们一起生活的时刻，那些谁也不知道或永远不会有人知道的时刻，宛如柔和的星光，突然闪现出来照亮了他的回忆。他渴望对她回忆那些时刻，使她忘记这些年他们在一起的沉闷生活，只记住他们那些销魂的时刻。因为他觉得，岁月并没有泯灭他或她的激情。他们的孩子，他的写作，她对家务的操劳，并没有完全泯灭他们心灵深处温柔的情焰。他在昔日写给她的一封信上曾这样写道："为什么这样一些词我觉得如此乏味和冷漠？是不是因为没有足够温柔的词来称呼你呢？"

像是遥远的音乐，多年前他写下的这些话又从过去回到了他的记忆之中。他渴望与她单独在一起。当其他人都已离去，当他和她二人在旅馆的房间里的时候，那时他们会单独待在一起。他会温柔地呼唤她：

"格丽塔！"

也许她不会马上听见：她正在脱衣服。然后他的声音里有某种东西会使她激动。她会转过身来看着他。……

在威特佛恩大街的拐弯处他们遇到了一辆马车。他对嘎啦嘎啦的车轮声感到高兴，因为他用不着说话了。她正望着窗外，显得有些疲倦。其他人也只偶尔说上几句，指点外面的某个建筑或街道。在凌晨阴沉的天空下面，马儿疲劳地奔驰，后面拖着嘎嘎响的车厢，加布里埃尔又和她一起坐在一辆车里，奔驰着前去赶船，奔向他们的蜜月。

马车驶过奥康奈尔桥时，奥卡拉汉小姐说：

"人们说，你每次过奥康奈尔桥时都会看到一匹白马。"

"这次我看到了一个白人，"加布里埃尔说。

"在哪里？"巴特尔·达尔西先生问。

加布里埃尔指了指雕像，上面覆盖着片片白雪。然后他亲切地向它点点头，还挥了挥手。

"晚安，丹，"他高兴地说。

车在旅馆前停下，加布里埃尔跳下车，不顾巴特尔·达尔西先生的争执，付了车钱。他多给了车夫一个先令。车夫向他敬个礼说：

"祝您新年如意，先生。"

"祝你也新年如意，"加布里埃尔亲热地说。

下车时，有一会儿她倚着他的胳膊，站在路边的石阶上向其他人道别。她轻轻地倚着他的胳膊，就像她几小时前与他跳舞时那样。那时他感到骄傲而幸福，他为她属于他而幸福，为她的高雅和做妻子的举止而骄傲。但是这时，在又一次激起那么多的回忆之后，他刚一接触到她那富于韵致、奇异而芬芳的身体，便浑身涌动起一阵强烈的情欲。在她沉默的掩饰下，他使她的胳膊紧贴着自己；当他们站在旅馆门口时，他觉得他们已经避开了生活的责任，避开了家庭和朋友，怀着奔放喜悦的心情，共赴一个新奇的境界。

在大厅里，一位老人正坐在一把有椅套的大椅子上打盹。他在办公室里点了一支蜡烛，在他们前面走向楼梯。他们默默地跟着他，双脚踩在铺着厚地毯的楼梯上发出轻轻的噔噔声。她在看门人后面登上楼梯，往上走时低着头，纤弱的双肩弓起，像扛了东西似的，裙子紧紧地裹着她的身躯。他本想用双臂抱住她的臀部，紧紧地搂着她，因为他充满了想抱住她的欲望，双臂在不停地颤抖，只是他的指甲用力扣住手心才阻止了他躯体里这种狂烈的冲动。看门人在楼梯上停住，稳住摇晃的蜡烛。他们也在他下面的楼梯上停了下来。寂静之中，加布里埃尔能听见烛泪滴在托盘上的声音，能听见他的心脏挨着肋骨怦怦跳动的声音。

看门人领着他们穿过楼道，打开一个房间的门。然后他把摇晃的蜡烛放在一张梳妆台上，问他们早上什么时间叫醒他们。

"八点，"加布里埃尔说。

看门人指指电灯的开关，咕咕哝哝开始道歉，但加布里埃尔打断了他：

"我们用不着灯。从街上照进来的灯光就足够了。而且，"他指了指蜡烛补充说，"我说你最好把那个漂亮的东西也拿走，做个好人。"

看门人又拿起他的蜡烛，但非常迟缓，因为这一新奇的念头使他感到惊讶。接着他咕咕哝哝道了个晚安，走了出去。加布里埃尔随即把门锁上。

一道苍白的灯光从街灯上射入屋里，像一条长长的光杆从窗户直抵门上。加布里埃尔把大衣和帽子扔到躺椅上，穿过房间走向窗户。他向街下看看，以便稍微平静一下他激动的情绪。然后他转过身，背着光靠在一个衣柜上。她已经脱掉大衣、帽子和斗篷，正站在一面大的时髦的镜子前面解她的紧身胸衣。加布里埃尔停了一会儿，注视着她，然后说：

"格丽塔！"

她慢慢地离开镜子，顺着光束朝他走去。她的表情显得非常严肃而疲乏，竟使加布里埃尔心里想说的话无法出口。不，还不是时候。

"你看上去累了，"他说。

"是有点累，"她回答。

"你不是不舒服吧？"

"不，只是累了。"

她走到窗前站在那里，向外观看。加布里埃尔又开始等待，后来他唯恐犹豫会使他失去激情，便突然说道：

"听我说，格丽塔！"

"什么事？"

"你认识那个可怜的家伙马林斯吗？"他匆匆地说。

"认识，他怎么啦？"

"啊，可怜的家伙，毕竟他是个正派人，"加布里埃尔言不由衷地继续说。"他还了我借给他的一英镑硬币，其实我没指望他还。可惜他总不肯离开那个布朗，因为他不是个坏人，说实在的。"

这时他因气恼而发抖。为什么她看上去那么无动于衷？他不知道自己如何开始。她也为某件事气恼吗？要是她主动转向他或走向他就好了！像她现在这样就去和她做爱未免有些粗暴。不，他一定要先在她眼里看到同样的激情。他渴望能把握住她奇怪的情绪。

"什么时候你借给他一镑硬币？"她停了一会儿问。

加布里埃尔极力控制自己，避免对苏格兰人马林斯和他那个英镑的事说出粗话。他渴望从内心里对她呼喊，把她紧紧地抱在怀里，将她征服。但是他说：

"哦，在圣诞节，他那个位于亨利大街的圣诞贺卡小店开张的时候。"

他正处于激怒和欲望的狂热之中，以致没有听见她从窗口走来。她在他面前站了一会儿，奇怪地望着他。然后，她突然踮起脚尖，双手轻轻地搭在他的肩上，吻了吻他。

"你是个很慷慨的人，加布里埃尔，"她说。

加布里埃尔因她突如其来的一吻和对他的赞语兴奋得浑身颤抖，他把双手放在她的头发上，开始向后梳理，手指几乎都没有碰到头发。洗过的头发柔润光亮。他心里洋溢着幸福。就在他盼望时她真的自愿地来到了他身边。也许她的思想一直在与他的共鸣。也许她感觉到了他心中的强烈欲望，于是便突然产生出依顺的心情。现在她如此轻易地依顺着他，他竟对自己刚才那么犹豫疑惑起来。

他双手捧着她的头站着。然后，他迅速滑下一只胳膊拢住她的身子，把她拥向怀里，轻轻地说：

"格丽塔，亲爱的，你在想什么?"

她既没有回答也没有完全倒向他的怀里。他再次轻轻地说：

"告诉我你在想什么，格丽塔。我想我知道是什么事。我知道吗?"

她没有立刻回答。接着突然眼泪汪汪地说：

"啊，我在想那支歌，《奥芙里姆的少女》。"

她挣脱他的拥抱，跑到床边，双臂伸出架在床栏上，埋住了她的脸。加布里埃尔一时惊呆了，一动不动地站着，然后才跟了过去。当他经过那面转动式的穿衣镜时，他看见了自己的全身，他那宽而挺括的衬衣领口，他那在镜子里看见时总使他困惑的面部表情，还有他那闪光的金边眼镜。

他在离她几步远的地方停下来说道：

"那歌怎么啦? 为什么使你哭起来了?"

她从胳膊上抬起头来，像孩子一样用手背抹干了眼泪。他自己的声音也意想不到地变得更加温柔。

"怎么啦，格丽塔?"他问。

"我在想很久以前一个常唱那支歌的人。"

"很久以前的那个人是谁?"加布里埃尔笑着问。

"是个我在高尔韦认识的人，当时我和我祖母住在一起，"她说。

加布里埃尔脸上的笑容消失了。一种抑郁的怒气开始在他的心底汇聚，他那被压抑的欲火重又开始在他的血管里愤怒地燃烧。

"是你的旧情人吗？"他讥讽地问。

"是我认识的一个年轻人，"她答道，"名叫迈克尔·福瑞。他常唱那支歌，《奥芙里姆的少女》。他非常文静。"

加布里埃尔一言不发。他不希望她觉得他对这个文静的男孩有什么兴趣。

"我能那么清楚地看见他，"她停顿了一下说，"他有那么一双眼睛：又大又黑的眼睛！眼睛里还有那样一种表情——一种表情！"

"啊，那么，你爱上他了？"加布里埃尔说。

"我在高尔韦的时候，"她说，"我常常和他一起外出散步。"

一种想法闪过加布里埃尔的脑际。

"也许那就是你想和那位爱佛丝姑娘一起去高尔韦的原因吧？"他冷冷地说。

她看看他，惊讶地问：

"为什么？"

她的目光使加布里埃尔感到尴尬。他耸耸肩说：

"我怎么知道呢？或许去看看他。"

她默默地把目光从他移开，沿着光束转向窗子。

"他已经死了，"她终于说，"他死的时候才十七岁。那么年轻就死了不是很可怕吗？"

"他是干什么的？"加布里埃尔问，仍然带有讥讽意味。

"他在煤气厂工作，"她说。

加布里埃尔感到受了羞辱，因为讥讽落了空，也因为从死者引出这么一个人——一个在煤气厂工作的男孩。就在他全心回忆他们在一起的私生活，心里充满柔情、欢乐和欲望时，她却一直在心里把他和另一个人比较。一种对自我人格的羞辱意识袭上了他的心头。他发现自己成了一个滑稽的人物，扮演一个为姨妈跑腿挣小钱的人，一个神经质的、自作多情的感伤主义者，一个对一群庸俗的人大肆演讲并把自己小丑般的欲望理想化，一个他在镜子里瞥见的那种可怜而愚蠢的家伙。他本能地转身背向光线，以免她会看见他额上燃烧着羞辱。

他极力保持他那冷冰冰的诘问语调，但他说话时声音却显得谦卑而冷漠。

"我想那时你爱上了这位迈克尔·福瑞，格丽塔，"他说。

"那时我和他非常亲密，"她说。

她的声音模糊而悲哀。加布里埃尔觉得现在若想把她引向自己原来设想的境地一定是徒劳无望，于是便抚摸着她的一只手，也不无悲伤地说：

"他那样年轻是怎么死的，格丽塔？痨病，是吗？"

"我想他是为我死的，"她答道。

这回答使加布里埃尔心中涌起一种朦朦胧胧的恐惧，仿佛在他希望获胜的时刻，某个无形的、蓄意报复的幽灵跟他作对，在它那个朦胧的世界里正纠集力量与他对抗。但他凭借理智的作用摆脱了那种恐惧，继续抚摸她的手。他不再问她，因为他觉得她会自己告诉他的。她的手温暖而潮湿：它没有对他的触摸作出反应，但他仍然抚摸它，就像那个春天的早晨他抚摸她给他的第一封信一样。

"那是在冬天，"她说，"大约是初冬时节，当时我正要离开祖母家到这里的修道院来。那时他在高尔韦的住所里病了，不能出门，并已写信告诉了他在奥特拉德的家人。人家说，他的病每况愈下，或者说大致是那样。我一直不十分清楚。"

她停了一会儿，叹了口气。

"可怜的人，"她说，"他非常喜欢我，而且是这么文静的一个男孩。我们常一块出去，散步，你知道，加布里埃尔，像在乡下人们常做的那样。要不是他身体不好，他就去学唱歌了。他有一副极好的嗓子，可怜的迈克尔·福瑞。"

"那么，后来呢？"加布里埃尔问。

"后来，等到我离开高尔韦来这里修道院的时候，他的病情更加恶化，人家不让我见他，于是我便给他写了一封信，说我就要去都柏林了，夏天会回来，希望那时他会好起来。"她停了一会儿控制住自己的声音，然后继续说：

"后来在我离开的前一天晚上，我正在修女岛上我祖母家的房子里收拾东西，听到有扔石子打窗户的声音。窗玻璃全湿了，什么都看不见，于是我就那样跑下楼去，从后面溜进花园，在花园的尽头站着那个可怜的人，正浑身颤抖。"

"你没有叫他回去吗?"加布里埃尔问。

"我求他赶快回家去,告诉他淋在雨里会要了他的命。可是他说他不想活了。我能清清楚楚地看见他的眼睛,清清楚楚!他站在墙的尽头,那里有一棵树。"

"他回家去了吗?"加布里埃尔问。

"是的,他回去了。然而我到修道院刚一个星期他就死了,他埋在奥特拉德他老家那里。唉,我听说这事那天,他死的那天!"

她停下来,呜咽得说不出话,再也抑制不住自己的情绪,脸朝下扑在床上,埋在被子里哭泣。加布里埃尔犹犹豫豫地又把她的手握了一会儿,由于害怕在她伤心的时候打扰她,后来便轻轻地放下她的手,默默地走向窗户。

她睡熟了。

加布里埃尔斜倚着臂肘,心平气和地看了一会她那蓬乱的头发和半启的嘴唇,听着她深沉的呼吸。原来她生活中有过那么一段浪漫故事:一个男人因为她而死去。现在想到他这个丈夫在她生活里扮演了多么可怜的角色,他几乎不再感到痛苦。他注视着正在熟睡的她,仿佛他和她从未像夫妻一样在一起生活过似的。他好奇的眼睛久久地望着她的脸庞和她的头发:当他想着她蓓蕾初绽之际该是什么样子时,一种奇怪的、对她友善的怜悯在他的心灵里升起。他甚至不愿对自己说她的脸庞已不再漂亮,但他知道那不再是迈克尔·福瑞为之慨然殉情的脸庞。

也许她没有把所有的事情都告诉他。他把目光移向椅子,上面扔着她的一些衣服。一条衬裙的带子垂到地板上。一只靴子直立着,但软靴筒塌了下去;另一只靴子躺在它的旁边。他对自己一小时前的情绪骚动感到奇怪。是什么引起的呢?是他姨妈的晚宴,他自己愚蠢的演讲,饮酒和跳舞,在前厅告别时的欢闹,或者沿河边在雪中散步的愉悦?可怜的朱丽娅姨妈!不久她也会成为一个幽灵,和帕特里克·莫肯以及他的马的幽灵在一起的幽灵。她唱《盛装待嫁》时,他曾在瞬间看见过她脸上憔悴的面容。或许不久他就会坐在那同一个客厅里,穿着黑色的衣服,丝帽放在膝上。窗帘被放下来,凯特姨妈坐在他身边,痛哭流涕地告诉他朱丽娅姨妈是如何死的。他会搜索枯肠地寻找一些可以安慰她的话,而结果却只是找出了一些不着边际的无用字句。是的,是的,那种情况很快就会发生。

房间的空气使他的肩膀觉得寒冷。他小心地钻进被子里,在他妻子的身边躺下。一个接一个,他们全都要变成幽灵。最好在某种激情全盛时期勇敢地进入那另一个世界，切莫随着年龄增长而凄凉地衰败枯萎。他想到躺在他身边的妻子，想到她多年来如何在心里深锁着她的情人告诉她不想活下去时的眼神。

大量的泪水充溢着加布里埃尔的眼睛。他从未觉得自己对任何女人有那样的感情，但他知道，这样一种感情一定是爱情。他眼里积聚了更多的泪水，在半昏半睡中，他想象自己看见了一个年轻人的身影，正站在一棵雨水嘀嗒的树下。附近是其他一些身影。他的灵魂已经接近了那个居住着大量死者的领域。他意识到他们扑朔迷离、忽隐忽现的存在，却不能理解。他自己本身也在逐渐消失到一个灰色的无形世界：这个实在的世界本身，这些死者曾一度在这里养育生息的世界，正在渐渐消解和缩小。

几声轻轻拍打玻璃的声音使他转过身面向窗户。又开始下雪了。他睡意蒙眬地望着雪花，银白和灰暗的雪花在灯光的衬托下斜斜地飘落。时间已到他出发西行的时候。是的，报纸是对的：整个爱尔兰都在下雪。雪落在阴晦的中部平原的每一片土地上，落在没有树木的山丘上，轻轻地落在艾伦沼地上，再往西，轻轻地落进山农河面汹涌澎湃的黑浪之中。它也落在山丘上孤零零的教堂墓地的每一个角落，迈克尔·福瑞就埋葬在那里。它飘落下来，厚厚地堆积在歪斜的十字架和墓碑上，堆积在小门一根根栅栏的尖顶上，堆积在光秃秃的荆棘丛上。他听着雪花隐隐约约地飘落，慢慢地睡着了，雪花穿过宇宙轻轻地落下，就像他们的结局似的，落到所有的生者和死者身上。

骑马出走的女人

[英国] 戴·赫·劳伦斯　著

冯季庆　译

戴·赫·劳伦斯（David Herbert Lawrence，1885—1930）英国现代著名小说家、诗人。生于诺丁汉郡一个矿工之家，毕业于诺丁汉大学师范专科。曾做过职员和教师，后专事文学创作。主要的创作年代都在英伦中部和国外漂泊。一生共创作了十部长篇小说，其中《虹》（1915）和《恋爱中的女人》（1921）代表了劳伦斯创作的最高成就，作家用诗意的笔触描述了他全部的哲学观念、社会梦想和对生命个体及两性关系的深入探讨。《恋爱中的女人》两对男女主人公伯金和厄休拉、杰拉尔德和古德伦纠结于情欲的狂喜与精神的毁灭，他们对世界纯粹的爱与醉心死亡的双重性是一种痛苦，也是某种自得的情调，或许透露的是反现代性的焦虑。《骑马出走的女人》（1924）源于劳伦斯 1923 年的墨西哥游历，表现了作者指望寻找一种原始宗教来替代堕落的欧洲文明的思想。一个长着一双大大的蓝眼睛、精神恍惚的白人妇女对空虚沉闷的西方文明生活感到厌倦，骑马独闯印第安人部落，把自己作为血的献祭、文明的必要祭品，赤裸而完整地奉献在印第安人的古老神坛上。

一

她原以为自己这桩婚事会比所有人的婚事都刺激，并不是那个男人真迷她。那家伙身材瘦小结实，脾气古怪，比她年长二十岁。他一双褐色眼睛，头发灰白。多年前，他刚从荷兰来美国那会儿就是个小废物，小屁孩儿，然后从金矿被贬到南方，进入了墨西哥。现在他多少算是有钱的，在墨西哥的马德雷山脉的荒地拥有几个银矿。明摆着，让人刺激的是他有点儿传奇的境况，而不是他这个人本身。可他也还算精力充沛，遇上好几次事故，都能从中逃生。他独自一人发的家，是那些说不清的怪人之一。

当她真的看见了他所创下的家业，她胆怯了。巨大的绿地，山峦绵延，毫无人气的地界当中孤零零地冒着尖尖的浅桃色土石堆，那都是从银矿工程出土的东西。光溜溜的矿场下面是一幢带围墙的泥砖平房，房子有内花园，里面深深的游廊两侧种着热带爬藤。从鲜花环绕的庭院往上望去，就只见到银矿的巨大废料堆，浅桃色圆锥形的，还有朝天放着的冶炼厂的机器。就没有别的了。

那些大大的木门当然是经常开着，她能站在巨大开敞的天地之间，眺望那些不知起于哪里又消逝在哪里的丘陵，巨大空旷的山地丘陵层峦叠嶂，树木葱茏，秋时一派绿色，别的时候都是光秃秃干巴巴的浅桃色山景，让人毫无感觉。

她丈夫总会开着那辆老旧的福特车，带她去那个被遗忘在山间的西班牙小镇。小镇上全是死气：一个被太阳晒干的死气沉沉的大教堂，死气沉沉的大门，一个让人颇感绝望的带屋顶的市场，她第一次去就看见一条死去的狗横在肉摊和蔬菜排挡之间，那狗就像永远横在那儿一样，没人想费事扔掉它。那是死气中的死亡。

每个人都在无精打采地说银子，在那显摆一小块儿一小块儿的矿石。但是白银已经滞涨，大战爆发，跟着又结束，白银市场已经沉寂，她丈夫的几个矿也关闭了。可她和他还住在矿场下那幢泥砖房屋里，在她并不觉得怎么样的花丛间的房屋里住着。

她有一双儿女，在她长子快十岁时，她才从不时受到惊诧的恍惚中给唤醒。她现在三十三岁，已开始发胖，一双大大的蓝眼睛，一脸茫然。她丈夫五十三岁，矮小精壮，结结实实，脾气古怪，长着一双褐色眼睛。他是个硬汉，顽强得像钢铁，精力还很充沛，但是市场上银价的跌落和他妻子稀奇古怪的难以接近，让他领会不了，显出迟钝。

他是个有原则的人，也是个好丈夫。在某种意义上说，他是溺爱她的。他从没有走出让他目眩的那种对她的爱慕。但是，从本质上说，他还是个单身汉。十岁时被抛到市面上是个小单身汉，当他结婚时年已超过四十，已有足够的钱步入婚姻。可他的全部资本却还是一个单身汉的资本。他是自己矿场的老板，婚姻是他产业中仅有的一点点私密关系。

他欣赏他的妻子到极点，爱她的身体，她的每一点。她对他永远都是那个第一次相识、让他目眩的来自加利福尼亚伯克利的姑娘。就像那些族长，他把她小心守护在墨西哥奇瓦瓦的群山里。他珍视她就像珍视他的银矿，真是没得说。

她三十三岁了，除了体型，别的真的都还是从伯克利来的那个姑娘。随着她结婚，她的意识发展就神秘地停止了，给完全遏制了。她的丈夫对她来说从来就不是真实的，不管在内心里，还是在肉体上。不论他最近对她有何种激情，她从没觉得对她的身体有什么意义。他只是从道义上拿下了她，支配她，保有一个不可征服的奴隶。

一年年的就这么过去了，就在洒满阳光的一溜儿泥砖房的庭院里，那上方是矿场。她丈夫从不消停，当银价走入清淡，他就在二十多英里外的一片低地开了一个饲养场，养纯种猪，很棒的家伙。可同时他又憎恶猪，他是个理想主义的流浪者，很多事都让他恶心，确实憎恶生活中物质的那一面。他热爱的就是工作、工作、工作，还有创造物。他的婚姻、他的孩子都是他的重要创造物，是他事业的一部分，不过这回收入的是情感上的。

渐渐地，她的神经开始错乱：她非得出去，她非得出去。所以，他带她去厄尔巴索①待了三个月。那起码是美国。

不过他还一直在镇唬着她。三个月结束了，她回去了，一切如故，还是置于永恒绿色或是浅红褐色丘陵中的泥砖房，那种空虚是未被发现的空虚。她教养孩子，管理她的仆人——那些墨西哥人的男孩子。有时，她丈夫会带来西班牙人、墨西哥人的客人，偶尔也有白人。

他是真喜欢白人待在他们家，可他们在那儿他又一刻不得安宁。那情景就好像他妻子是他矿上的某种特别秘密的矿脉，而除了他自己别人一定都没有意识到。她着迷于那些青年绅士，矿业工程师，他们不时地会去拜访他。他也一样，也会为真正的绅士着迷。可他是个有妻子的老式矿主，假如哪位绅士老注视他妻子，他就觉得似乎是他的矿被抢了，矿里的秘密被人窥视了。

---

① 厄尔巴索：美国得克萨斯州一城市。

这里面有一个青年绅士让她动了心思。那会儿，他们所有人都站在庭院的大木门外，望着外面的世界。雨季后的九月，那一动不动的永恒的群山绿色尽染。除了荒芜的矿山、荒芜的矿场和一溜荒了一半儿的矿工住房外，别无任何迹象。

"我纳闷，"那年轻人说道，"那些单调的大山后面是什么。"

"更多的山，"莱德曼说，"如果你走那条路，那边是索诺拉①和海岸线；从这边走看到的是沙漠，你就从那儿来的；另外一条路过去是丘陵和群山。"

"是啊，可是那丘陵和群山中可有什么活物吗？肯定有什么精彩的东西吧？那儿似乎实在不像地球上的任何地方，倒像活在月球上。"

"要是你想打猎，那倒是有很多猎物，还有印第安人——如果你也称他们是精彩的东西的话。"

"那些野人？"

"十足的野人。"

"他们友善吗？"

"这要分什么事。他们有些人相当野蛮，不让任何人靠近他们。他们一看见传教士就杀，那些传教士去不了的地方，就没人能去了。"

"那他们政府什么个说法？"

"他们距离所有的地方都很远，政府就听其自然。他们诡计多端的，只要他们觉得会有什么麻烦，就会派代表团去奇瓦瓦，做出正式归顺的样子。政府乐得暂时停止争论。"

"这么说，他们确实活得相当野蛮，再偕同上他们的野蛮习俗和宗教？"

"哦，真的。他们什么都不用，就用弓和箭。我在镇里见过他们，就在广场上，他们的帽子很有趣，上面还有一圈儿鲜花，他们一只手拿着弓，身上除了一件什么衬衫，几乎光着身子，连冷天也一样，赤裸着他们野蛮的大腿，来来回回地大步走。"

"可你不觉得到他们神秘的山村那儿，就会有精彩的事吗？"

"不觉得。在那儿怎么就会精彩了？野蛮人还是野蛮人，所有野蛮人的行为多少都相似：下作，肮脏，不卫生，带有几分狡猾的计谋，为足够的食物而奋斗。"

"可他们一定有古而又古的宗教，有神秘的宗教仪式，那一定十分精彩，

---

① 索诺拉：墨西哥北部一省，濒临加利福尼亚湾。

肯定是那样。"

"我不懂什么神秘的宗教仪式，嚎叫的异教徒的操练，多少是下流。不，我不觉得那种东西有什么可精彩的。而且，我纳闷的是，既然你在伦敦或者巴黎或者纽约居住过，还会——"

"哎，人人都住过伦敦或巴黎或纽约——"那年轻人说道，好像这就是理由。

这种对未知的印第安人的特别又模糊不清的狂热在这个女人心中引发了巨大的共鸣。她这人怀有的愚笨的浪漫空想，不切实际，比小姑娘都过分。她觉得她命定要进入群山中印第安人的秘密栖息地，去那永恒、神秘又不可思议的印第安人的巢穴游荡。

她守着自己的秘密。那个年轻人要走了，她丈夫要随他去托雷翁①办业务，得离开一些日子。在他们动身前，她非要丈夫告诉她有关印第安人的事——那些流浪的部族、就像还在流浪的自由的纳瓦伙族印第安人，还有索诺拉的亚基人，以及奇瓦瓦省里各个山谷里的不同的部族。

据信那儿还有一个奇尔朱人部落，居住在南面一个高高的谷地，他们正是所有印第安人中最神圣的部族。蒙特朱马②和古老的阿兹特克人③或托托奈克族国王的后代仍旧生活在他们之中，而年长的祭司也还在沿用古代的宗教法典，据说仍拿活人献祭。有几个科学家去过奇尔朱人的地界，回来时精疲力竭、憔悴不堪，就因为受饥饿和贫困之苦。他们从那儿带回了各种粗蛮、稀奇古怪的拜神物件，但在那个饥饿荒凉的野蛮人的山村没见到一点儿离奇的东西。

虽然莱德曼就是顺嘴一说，但是很明显，对古老、神秘的野蛮人的概念让他自己感到某种庸常的兴奋。

"他们离得有多远？"她问道。

"噢，骑马需要三天，要经过库奇提和一个不大的湖，就在那儿的上方。"

她丈夫和年轻人走了。这女人开始她的疯狂的计划。最近为了打破单调无味的生活，她死缠着丈夫让她跟他偶尔出去骑骑马。可她从来不允许单独出去，那些地界确实不安全，粗野，无法无天。

---

① 托雷翁：墨西哥中部一城市。

② 阿兹特克人的王族。

③ 阿兹特克人：是墨西哥人数最多的一支印第安人。中心在墨西哥的特诺奇。多信天主教和众神，如太阳神、月亮神等。

可她有自己的马，一直梦想像她小姑娘的时候一样，能自由自在地待在加利福尼亚的山间。

她九岁的女儿这会儿在五英里远的一个小小的女修道院里，在荒凉的西班牙矿镇上。

"曼纽尔，"这女人对她的仆人说，"我要骑马去修道院看玛格丽特，给她带些东西。今晚我可能在修道院过夜。你照顾好弗雷迪和家里所有的事，等着我回来。"

"要我骑老爷的马跟您去，还是要胡安跟您去？"仆人问道。

"谁也不用，我自己去。"

那男孩儿拿眼睛看着她，不同意。这女人要独自骑马外出是绝对不可能的。

"我要自己去，"那个身材高大、皮肤白皙又平静温和的女人用特别专横的语气又说了一遍。那个男孩儿沉默了，不高兴地服从了。

"您为什么要自己去呀，妈妈？"她儿子问道，她正在包要带的食品。

"我就永远不能一个人待会儿？一刻也不能过我自己的日子？"她叫道，突然发起火来。孩子像仆人一样默不作声了。

她出发了，一点儿都没担心，骑在她那匹健硕的红棕色花毛马上，穿着粗亚麻布的骑装，骑装裙内是亚麻布裤子，白衬衫上戴了猩红色的领带，头上是一顶毡帽。她的食品都在鞍囊里，还有一军用水壶的水，马鞍后面还搭着本地产的一条大毯子。她凝视着远方，从家里出发了，曼纽尔和小男孩儿站在门口看着她走，她甚至都没有转身挥手和他们再见。

当她骑了约莫一英里后，便经过了那条荒无人烟的路，往右蹬上荒野中被人踏出的一条小道，它通往另一个山谷，沿途穿越悬崖峭壁和参天大树，还穿过一个荒芜的矿区居住地。那是九月，那条为废弃矿山供水的小溪水流潺潺，她下马喝水，也让马饮了水。

她看到几个土著从树丛里走出来，往斜坡上去了。他们看见了她，盯着她看，她也看着他们。那是三个人，两个妇女，一个青年男子，他们远远地绕着道，这样就不会走得离她太近，她并不介意。她骑上马，马儿跑上了前面静静的山谷，穿越了银矿矿场，穿越了所有还有采矿痕迹的地方。眼前还有一条踩出来的高低不平的小路通向更远处的那个山谷，小路从头到尾都是岩石和四散的石头。这小路她和她丈夫骑马来过，再往后，她知道必须得往南走。

说也奇怪，她并不害怕。尽管这是个吓人的地方：那些寂静无声、像是致人死命的倾斜的山，偶尔远远的树林里会现出可疑的、很隐蔽的土著的身影，偶尔也会有大个的食尸鸟在头上盘旋，就像一只只的大苍蝇。远处，有好些腐尸，还有牧场主住的低矮的平房或是一堆简陋的窝棚。

她往上爬着，树木变少了，小道穿过长满荆棘的矮树丛，蓝色的爬藤花四下蔓生，偶尔也有桃红色的。然后，这些花也走过去了，她已接近那个松林了。

她越过山顶，眼前是又一个绿色铺天盖地的山谷，沉寂，空落。已经过了正午时分，她的马为了水转向一条小溪，她也就下马吃午饭。她坐在静默里，看着静止的死气沉沉的山谷，还有南面高起来的尖顶山，遍布岩石和松林。正午酷暑，她休息了两个小时，马儿在她旁边吃草。

说也奇怪，她既不害怕，也不觉得孤独。的确，这种孤独有如一个焦渴难耐的人喝到了凉水，她内心还一直不可思议地兴高采烈的。

她又上路了，夜里，在山谷灌木丛深处的一条溪流边露营。白天，她看到过牛，还穿过了几条野路，想必附近是有牧场，她听见了一头美洲狮奇怪的号啕尖啸，还有狗群的吠声回应。但她坐在小小的营火旁，在一个隐秘、空洞的地方，却没有真的害怕，内心一直被莫名其妙的兴高采烈撑着。

拂晓前非常冷，她裹着毯子躺着。望着星星，听着她的马在那儿冷得发抖，那感觉就像一个已经死去的女人已经过到了那边。她不能确定在这个夜里她是否听到了她自己身体中的一声爆裂，那是她自己死亡的爆裂。否则，那就是地球中心的爆裂，意味着某种重大而不可思议的事情。

天微微亮，她就起来了，冻得都麻木了，她点了火。她匆匆吃了东西，又给马喂了几块儿油籽饼，又再次出发了。她避免遇见什么人，到现在她谁也没遇见，很明显，反过来别人也避免遇见她。她终于来到能看见库奇提山村的地方，那边黑色的房子上是淡红的屋顶，是一个昏暗阴郁的小群居点儿，在另一个久已弃置的寂静的矿场下方。再往远处去，就是一个巨大冗长的山坡，耸立着的更粗粝、老绿的松树林泛着暗暗的绿光。松树林再往前，对天横陈着光秃秃的岩石，岩石久经磨砺，上面落着斑纹似的白雪。在高处新雪已经落下。

现在，当她差不多快要接近目的地的时候，她却开始想不明白了，开始沮丧了。她走过了正在变黄的山杨树环绕的小湖，山杨浑圆平滑的树干就像女人白胖胖的手臂。多美的地方！要是在加利福尼亚，她就会狂叫了。可在这里，她不过是望着这儿，看出了她的美，可是却上不了她的心。两夜的露宿让她非常疲倦，衰弱，让她害怕即将来临的夜晚。她不知道要往哪儿走，或是要到那儿干什么去。她的马沮丧地迈着沉重步伐，沿着一条石子小路，朝着无边无际让人望而生畏的山坡前行。如果她还有丝毫意志力，她就会打道回府，回到山村，她就会被护送回家，回到丈夫身边。

可她已经没有意志力了。她的马过了一条溪流，溅起了水花，然后眼前出现了一个山谷，山谷里正变黄的三角叶杨树无边无际。她现在的高度没准儿接近海拔九千英尺了，由于海拔高度和疲倦的原因，她的头在晕眩。三角叶杨树林再往前，能看到两边陡峭的山坡包围了她，披挂着尖厉枝叶的山杨密布交叠，而再往高处，就是尖头的云杉幼苗和松树了。她的马不由自主地往前走着。在这个密封的山谷，在这条细长的小道上，没有其他的路可走，只有向上登攀。

突然，她的马跳起来了，她的前方三个身裹深色毯子的男人立在小道上。

"上帝祝福你！"传来了印第安人的问候，那声音浑厚又有控制。

"上帝祝福你！"她回答道，是美国妇女自信的语气。

"你上哪儿去？"西班牙语又轻声问道。

那个身披深色瑟拉佩①的男人走得更近了，朝上打量着她。

"往前，"她冷冷地答道，用生硬的撒克逊人腔调的西班牙语。

面对着她的正是土著：黝黑的脸，硕健的体格，戴着草帽，披着毛毯。他们总会和为她丈夫干活儿的那些男人差不多，除了他们微黑的披肩发模样怪异以外。她有些厌恶地看到了黑长发。这一定就是她前来探望的粗野的印第安人。

"你从哪儿来？"还是那个男人在问。总是这一个人讲话。这是个青年，敏捷明亮、又黑又大的眼睛斜视着她。他黝黑的脸上生着软软的黑胡髭，下巴蓄着一撮儿稀疏的山羊胡，松散地遮在下巴上。他的又黑又长的头发很有活力，胡乱垂在肩膀上。虽然他原本就黑，看上去也不像最近洗过澡的。

他的两个年长些的同伴和他一个模样，他们强壮，沉默。有一个也蓄着很有线条的黑胡髭，但下巴上没有胡须。另一个面颊光滑，稀疏的黑毛勾出了下巴的线条，配着典型的印第安人的山羊胡。

---

① 瑟拉佩：中南美国家用作披肩的毛毯。

"我从很远的地方来，"她半打趣、半闪避地答道。

这话得到的是沉默。

"可你住在哪儿的?"那个青年又执意问道，还是轻声轻气的。

"在北面。"她轻快地说。

又是一阵沉默。那个青年与他的两个同伴用印第安语在轻声交谈。

"你想去哪儿呢，走上这条路?"他突然用主事人的语调盘问道，朝小道前方指指。

"去奇尔朱印第安人的地方。"那女人简单答道。

那个青年看着她。他敏捷、微黑的眼睛不像是人的眼睛。

在傍晚的光线下，他看到她的大脸盘上自信的隐隐的微笑，气色很好的面容上镇定从容，还有蓝色的大眼睛下疲倦、黛青的皱纹。当她往下望着他时，在她具有女性力量的身上，她眼睛里半是稚气、半是傲慢的自信。但是她的眼里也有一种奇怪的恍恍惚惚的神情。

"你是个夫人吗?"那个印第安人问她。

"是的，我是个夫人。"她得意地说。

"和家人在一起?"

"和丈夫和两个孩子在一起，一个男孩儿，一个女孩儿，"她说道。

那个印第安人转过身翻译给他的同伴，声音低得像汩汩流水的潜流。显然，他们现在不知如何是好。

"你丈夫在哪儿?"那个青年问。

"谁知道呢，"她轻快地答道，"他出门办业务，要走一个星期。"

那双微黑的眼睛机灵地看着她。尽管她很疲倦，她还是微微笑了，为自己的冒险自豪，也确信自己的女人气和疯狂的魔力。

"那你想要干什么呢?"那个印第安人问道。

"我想去探访奇尔朱印第安人，去看看他们的住宅，去了解他们的神。"她回答道。

那个青年转过去快速翻译，跟着简直是让人惊恐的沉默。那两个严肃的年长男人眼色很奇怪，从他们带有装饰的帽檐底下斜眼瞥着她，然后压低声音和青年人说了点什么。

青年人还在犹豫，然后他转向那女人。

"好的!"他说，"我们走，可我们要到明早才能到。今夜我们得搭帐篷。"

"好的！"她说，"我可以搭个帐篷。"

没有再啰唆，他们顺着那条石子小路快速出发了。那个年轻的印第安人与她的马头并排紧走，另两个人在后面。其中有一个拿着一根粗棍子，偶尔带响地击打一下她的马屁股，赶着它往前跑。这时马就会跳起来，把她从鞍子上往后甩，这让疲乏的她很不高兴。

"不能这样！"她叫道，回头生气地望着那个家伙。她遇上了他那双微黑明亮的大眼睛，她的心第一次真的胆怯了。那个男人看她的眼光根本就不是人的眼光，他们并不把她看做一个美丽的白种女人。他那微黑明亮的眼睛望着她的眼光就不是人的眼光，根本就没把她当女人看。就好像她是什么莫名其妙、不可理解的东西，而他不能理解，就一定是带有敌意的。她坐在马鞍上，心里纳闷儿，又一次感觉到似乎她已经死了。那个家伙又击打她的马，让她在马鞍上猛地晃动。

这扫兴的白种女人激起了全部怒火。她拉住了马，眼睛闪着怒火，朝马勒边上的那个人叫道：

"告诉那个家伙，再也别碰我的马。"

她遇到了那个青年的眼睛，和他们一样的微黑明亮、不可理解的眼光里，她看到了蛇一样的细微可怕的嘲笑眼光，在闪闪发光。那青年用低低的印第安语和后面的同伴说了，那个拿棍子的看也不看地听着。然后，压低了声音对马发出一声奇怪的喊叫，他又抽了马屁股，那马一跃而起，像什么发作了似的往前奔，石子小路上，飞石散落。疲惫不堪的女人在马鞍上前后颠簸。

她眼里掠过狂怒，脸都白了。她凶猛地勒住了马，可她还没调转过方向，那个年轻的印第安人就抓住了马勒下的缰绳，猛地一拉，让马向前一溜儿小跑。

这女人无能为力。极度愤怒外，也生出了一丝狂喜的兴奋。她知道她已经死了。

太阳要落下了，美妙的黄色光芒洒满了最后经过的山杨树，照耀着松树干、直立着的松针，引人注目的岩石闪着超自然魅力的暗光。落日的光辉里，她马勒旁边的印第安人一路小跑，不知疲倦，他的深色披毯摆动着，赤裸的双腿在强烈的光线下闪着奇怪的变了形的润红色，他那可笑的用花和羽毛装饰的草帽引人注目地闪着光，遮着那满头的黑长发。他时不时地会低声吆喝她的马，跟着那后面的印第安人就会拿棍子猛击她的马。

山里奇妙的光线渐渐暗淡下来，这个世界开始变暗，冷空气降临了。天空中，月牙正对着西边的光辉挣扎。陡峭的山岩坡地带来了巨大的阴影，溪水激流。那女人唯一能意识到的就是疲劳，无法言说的疲劳，还有那从高处袭来的冷风。她意识不到月光是如何取代日光的，太多行程的劳顿让她失去了意识。

有几个小时，他们行走在月光下。然后突然他们停了下来。那几个男人低声谈了一会儿。

"我们在这儿宿营，"那青年说。

她等着他帮她下马，可他只是拽住马勒。她疲倦得几乎是从马鞍上掉下来的。

他们挑了一块岩石脚下的地方，这儿还能凑上点太阳的余温。一个男人砍下粗大的松树枝，另一个男人把用来遮掩的松树枝贴着权当遮蔽处外围的岩石插进地里，还用胶枞松的树枝搭了床。还有另一个男人生了点儿火，烤烤墨西哥面饼。他们都默默地干活儿。

那女人喝了点儿水，她什么也不想吃，就想躺下。

"我睡在哪儿？"她问。

那个青年指指一个掩蔽处，她钻了进去，躺下，一动不动。她都不在乎她自己发生了什么事，她是太累了，累得超脱了一切事。从云杉的树枝缝儿，她能看到三个男人围着火撅着屁股蹲着，用他们的黑爪子从火的灰烬里扒拉面饼啃，又喝水瓢里的水。他们低声咕哝着聊聊，然后又是长时间的沉默。她的马鞍、鞍囊就在离火不远的地方，没有打开，没人碰。这些男人对她和她的东西都没兴趣。他们就在那儿蹲着，头上戴着帽子，呆呆地吃，吃，像动物一样，深色披毯的穗穗前前后后都耷拉在地上，强壮、微黑的双腿赤裸着蹲在那儿就像一个动物，露出了肮脏的白衬衣和缠腰布，这就是里面仅有的衣着。他们显得对她没有一点儿兴趣，就好像她是他们打猎带回来的一块鹿肉，已经挂进了窝棚。

过了一会儿，他们小心地熄灭了火，进了他们的掩蔽处。从粗树枝的遮帘缝儿，看着这些微黑形状的东西在月光下默默地来回走，她忽然一阵毛骨悚然，恐惧，焦虑。现在，他们会不会袭击她？

但是没有！他们似乎已经忘了她。她的马被拴起来了，她能听见它在厌烦地蹦跶。完全的静默，山的静默，寒冷，像死了一样。寒冷和疲劳让她在没有感觉的半意识半清醒的状态下睡睡醒醒。那一夜好长，好长，冰冷的，永恒的，她知道她已经死了。

二

总算又有人在忙活儿，打火石和铁块儿撞击的叮当声，一个像狗啃骨头的人形蜷伏在劈劈啪啪响着的红色营火前。她知道天就要亮了，对她来说，这个夜晚过去得太快了。

当营火要烧尽的时候，她出了她的栖身处，就只剩下一个真正的欲望：要喝咖啡。那几个男人又在热面饼。

"我能弄点儿咖啡吗？"她问道。

那个青年望着她，她想象得出他的眼睛里又闪出那种一模一样的细微的嘲笑，他摇摇头。

"我们不喝那个，"他说，"没时间。"

那两个年长的男人，撅着屁股蹲着的，在吓人的苍白晨曦中抬眼看着她，眼里闪着冷冷的非人的目光，那目光里连嘲弄都没有，真吓人。他们是不可接近的。他们根本就不把她当女人看，好像她原本就不是个女人。好像，或许是她的白皮肤带走了她的所有女人气，只落得一只巨大白色的雌性蚂蚁，这就是他们看到她的全部。

太阳升起之前，她就又坐到了马鞍上，冷冰冰的空气中，他们在险峻的山地攀爬。太阳出来了，在刺眼的阳光下，走在光秃秃的山路，很快她就觉得很热了。对她来说，他们似乎在爬世界屋脊，那个远处有着斧削积雪的天空。

经过一早上的路程，他们来到了一个地方，那地方马不能再往前走了。他们休息了一会儿。他们的面前是一块儿巨大的倾斜着的活生生的岩石，像是什么人间野兽的胸部。要穿过这块儿岩石，他们非得沿着摇摇晃晃的岩石裂缝前行。她觉得得有几个小时的工夫，她手脚并用，在这个折磨人的纯粹的山岩斜面爬行，从裂缝爬到裂缝。一个印第安人走在前面，一个印第安人走在后面，都是直着身子慢慢在走，脚上是带镶缀的皮凉鞋。她可是穿着马靴也不敢挺直身子。

可又让她奇怪的是，这么长时间里，她为什么要在长达一英里的岩石上这么执著地慢慢爬行，为什么不让自己猛地坠下去，做到底！世界在她的身下。

当他们最终来到一个石子坡面，她回过头去，看到那第三个印第安人驮着她的马鞍、马囊走过来，所有的东西都用带子挂在他的前额上，他的帽子在手上，他一步步地慢慢走着，迈着印第安人柔性、沉重的步子在岩石缝儿里四平八稳地走着，就像沿着山岩上有抓痕的铁挡板上在走。

沿着石子斜坡向下，印第安人似乎兴奋起来。一个在前面一路小跑，绕过弯弯曲曲的岩石，没了踪影。那条小道弯曲向下，直到在约莫十点钟的刺眼阳光照射下，他们可以看到身下岩石障壁之间的一个山谷，就像山中放进来一个巨大的裂口。那是一个绿色的山谷，有河流、树木，有一片低矮的生气勃勃的平房。山谷在三千英尺下方，狭小而完美。甚至溪流上还有平直的桥，有房屋环绕的广场，而更大点儿的建筑在广场两端面对着面，还有高高的三角叶杨树、牧草地、黄色干枯的玉米地在绵延，远处山坡溪流旁有一片片褐色的绵羊或是山羊，用围栏圈着。这就是这个狭小而完美，富有魔力样子的地方，从山上俯视，就像任何地方都会显出神秘。低矮的房屋也不一般，都是白色的，白光闪闪，看上去像盐的晶体，或是白银。这让她害怕。

他们又开始了长途跋涉，从峡谷的顶部顺着倾泻的溪流蜿蜒而下。开始沿路都是岩石，然后见到松树了，很快又有了银色树干的山杨树。到处是秋天的花儿，有像雏菊的大朵花儿，有一种白色的，还有许多黄色的花儿。不过，她太累了，非得坐下休息休息。然后她看到了幽灵般的亮丽花朵，像是在那儿转悠的苍白色的影子，人死了之后一定会见到这些花儿。

终于，出现了草地，还有坡地的放牧场，在混杂的山杨树和松树之间。阳光下一个牧羊人赶着褐色羊群而过，他身上光溜溜的只戴着缠腰布和帽子。在一个树丛下，她和那个年轻的印第安人坐下等一等，那个驮着马鞍的印第安人也走到前面去了。

他们听到有人走过来的动静，是三个男人，身披精细的红橙黄黑四种颜色的毛披毯，头上是亮丽的羽毛头饰。其中最年长的那个人，灰白色的头发和毛皮一起编成辫子，身上红、橙黄两色毛披毯的表面是稀奇古怪的黑色斑纹，就像一张豹皮。另两个人头发倒没有花白，但也一把年纪了。他们披着条纹的毯子，头饰没有那么精巧。

那个年轻的印第安人朝那几个长者低声说了几句，他们不搭腔地听着，看也不看他或是那个女人，他们的脸一直避开着，眼睛盯着地，只是听着。最后，他们转过来，望了望那女人。

那个年老的酋长或是巫医，不管他是什么吧，长着一张深古铜色的脸，上面是深深的皱纹，嘴角周围是稀疏的灰色胡须，两条灰白头发的长辫子是用毛皮和彩色羽毛一起编的，搭在肩上。不过，要紧的是他的眼睛，那是一双惊人锐利的有力度的黑色眼睛，具有权势的恶魔般的无畏眼神绝无疑虑不安之色。他那锐利的双眼久久地观察那个白种女人的眼睛，寻觅她所不懂的什么事物。她振作全力对视他的目光，一直保持戒备。可这没有用。他看她的眼色就不像是一个人看着另一个人的眼色。他甚至绝不去觉察她的抵制和挑战的眼神，而是越过这些，进入到她所不懂的什么事物里。

她能明白，别指望和这个老人做什么人类的交流。

他转过身和那个年轻的印第安人说了几句。

"他问你来这儿找什么？"那个青年用西班牙语说。

"我？什么也不找！我只是来看看这儿什么样。"

那青年翻译了这话，那老男人又转过眼睛看着她。然后他又和年轻的印第安人低声咕哝。

"他说，她为什么离开她白人的住所？她是要把白人的上帝带到奇尔朱人这里来吗？"

"不，"她莽撞地答道，"我自己就离开了白人的上帝，我来寻找奇尔朱人的上帝。"

这话翻译过去，跟着是全然的沉默。然后，那个老男人又说话了，声音小得就像是疲弱之声。

"这个白种女人来寻找奇尔朱人的神，是因为她厌倦了她自己的上帝吗？"问题来了。

"是的，她是这样。她厌倦了白人的上帝。"她回答道，以为这就是他们想听她说的。她想要服侍奇尔朱人的神。

这话翻译过去，跟着是变得紧张的沉默，她觉察得到一种大胜的异常的兴奋、欣喜若狂掠过了印第安人。接着，他们都看着她，锐利的黑眼睛里钢铁般贪婪的热切在闪闪发光，实在不可思议。让她更加迷惑的是，他们看她的眼睛里没有任何感官或是性的神情，那里面闪烁的是可怕的超越她的纯粹。她害怕了，倘若不是她内心里的某种东西已经死亡，她只剩下一种冷淡的怀有戒备的好奇心的话，她会被吓瘫的。

几个年长的说了几句，然后那两个人走了，剩下她、那个青年和那个最年长的酋长。那个老者这会儿带点儿关切地望着她。

"他问你累了吗？"那青年问道。

"很累。"她说。

"那些人会给你送来一辆车的。"印第安青年说。

那辆车来了，原来不过是个吊床，是一种深色羊毛粗呢做的，吊挂在一根杆子上，有两个长头发的印第安人用肩膀扛着。羊毛吊床在地上展开，她坐上去，那两个男人把杆子抬到他们的肩膀上。她就像装在麻袋里，摇摇摆摆地被带出了那一片树林子，一路跟在那个年长的酋长之后，他的豹纹毛毯在阳光下稀奇古怪地移动着。

他们在山谷头上露面了，玉米地就在前面，玉米穗沉甸甸的。在这个海拔高地，玉米长得并不很高。一条多年的小路穿过玉米地，在那儿她只看得见老酋长直直的身影，身着通红漆黑双色毛披毯，迈着柔韧、沉重又迅疾的步子，他的头向前倾着，绝不左顾右盼。抬着她的人跟在他后面，有节奏地走着，走在前面的那个男人赤裸的肩膀上披着的黑蓝黑蓝的头发像河流一样闪闪发光。

他们穿过了玉米地，来到了一个巨大的土石方围墙前，围墙是用泥土和干砖坯砌成的。木门都开着，他们穿过门去，就来到了一个个网状的小花园里，花园里鲜花、芳草、果树繁茂，每个小花园还有小水渠的长流水浇灌。每一簇鲜花树木丛中是一座亮闪闪的白色房屋，房屋没有窗户，关着门。在这鲜花盛开的四四方方的花园里，网状的小道、小溪、小桥连成一片。

往下最宽的路是落叶和草地间的一条柔软狭窄的小道，多少世纪的人类足迹把它磨得滑溜溜的，没有经受过马匹的踩踏或是任何车轮的损毁。他们来到了小河旁，从原木桥上穿过明亮湍急的河水。一切都寂静无声，哪儿也不见一个人影。小道通向壮观的棉木树林下，然后又出乎意料地通往村落中心的广场旁。

这里是一长溜长方形的低矮房屋，是白色的平顶房，还有两座大点儿的建筑，这大点儿的建筑看上去就是把一个个方形小屋堆积到一长溜大一点儿的屋顶上，歪歪扭扭地在两串儿长方形的房屋尽头面对着面。每个小房子，除了从平顶屋檐儿下伸出的大圆梁木的末端和平屋顶外，都是炫目的白色。围绕着每座大建筑，在广场外边，是畜牧场的围栏。围栏内有满目鲜花树木的花园和各种各样的小房子。

一个人也看不见。他们默不作声地穿过那些房屋，进入中心广场。广场光秃秃的，一代代人过往穿行的足迹把泥土地踩踏得光溜溜的，人们门对门地穿行来往。所有没有窗户的房屋的门都向着这个空洞的广场，但所有的门都是关着的。柴火堆在他们的门槛边，土灶还在冒烟，可就是看不见走动的人。

那个老者挺得直直的，穿过广场，朝着那头的大屋子走过去。那大屋子上面的两层楼就跟搭玩具积木似的，往上一层比一层小，外面的石头楼梯通到一层的屋顶。

在楼梯脚下，抬吊床的停住了，把女人放到地上。

"你会上来的，"那个印第安青年用西班牙语说。

她从石头楼梯爬上第一所房子的泥屋顶，而屋顶就形成了二层楼的露台，还有围墙围住。她随人绕过露台，来到大房子的后面。他们从那儿又下了楼，进到后花园。

直到现在他们都没有看到一个人。不过，这会儿有两个男人露面了，他们光着脑袋，梳着长发辫，穿着一种白衬衣，束进了缠腰布。这两个人和新来的三个人一起穿过开着红花和黄花的花园，来到一所狭长低矮的白色房子前，到了那儿，他们没敲门就进去了。

房子里面很黑，有男人在低声咕哝。昏暗中显出在场的几个男人的白衬衣，他们的黑脸盘可看不见。他们坐在沿着对面墙摆放的一根古老光滑的大原木上。好像除了这根原木，这屋子是空的。可又不是，在另一头的昏暗中，还有一个卧榻，是一种床，有个人躺在那儿，盖着毛皮。

那个身着斑点纹饰披毯的印第安老者，就是一路陪着那个女人的老人，这会儿拿下了他的帽子、披毯，脱了凉鞋，把东西放到一边，凑到卧榻前，低声说着。有一会儿，没人搭腔。然后，像一个幻影，一个披着满头雪白头发的老人被惊起了，昏暗中可见到一张黑黑的脸，他倚着胳膊，面无表情地望着同伴和客人，极度紧张，沉默着。

灰白头发的印第安人又说了话，接着，那个印第安青年牵着那个女人的手，将她引到前面。她穿着亚麻布骑装，黑色的靴子和帽子，还戴了可怜兮兮的小红领带。她站在那个很老很老的男人的床边，床上遮着毛皮。那个老人坐了起来，倚着一只胳膊，疏远得像个鬼魂。他的白头发胡乱飘动，他的脸几乎是漆黑的，往前倾着望着她，那遥远而热切的神情不是这个世界的神情。

他那张脸实在太老了，就像一块漆黑的玻璃，而嘴边和下巴上生出来的稀疏卷曲的胡须，是白色的，简直不可思议，长长的两绺白头发散开着，胡乱地垂在玻璃似的黑脸两旁。在模糊的白眉毛下，那老酋长的黑眼睛望着她，就像从遥远、遥远的死界看着什么从没看过的东西。

终于，他开口了。那低沉、空洞的声音好像是朝着黑暗的空气在说。

"他说，你是不是把你的心带给奇尔朱人的神的?"印第安青年翻译道。

"告诉他，是的。"她下意识地说。

一阵沉默。那个印第安老者又像对着空气开口了。屋里的一个男人出去了。屋里似乎是永恒的沉默，屋里光线昏暗，只靠打开的门透过亮光。

那女人四下望望，看到有四个灰白头发的老男人在对面墙边的原木上坐着，另两个强壮的男人冷冷地站在门边。他们都是长头发，穿着的白衬衣束进缠腰布，赤裸着强壮漆黑的双腿。那就像一阵永恒的沉默。

那出去的男人总算回来了，胳膊上搭着白黑两色的衣物。那个印第安青年拿过衣物，递到那女人面前，说:

"你必须脱掉你的衣服，穿上这些。"

"要是你们所有男人都出去的话，"她说。

"没有人会伤害你。"他静静地说道。

"你们男人不能在这儿。"她说。

他往门边上的两个男人望了一眼，他们快速上前，猛地抓住她的胳膊，她站在那儿，没有弄伤她，但他们出手的力量很大。跟着，两个年长的人过来了，用一把锋利的小刀划开了她的靴子，手法稀奇古怪，他们扒了她的靴子，又划开她的衣服，衣服就脱落下来。一会儿，她就光着身子白花花的站在那儿了。床上的老人发话了，他们把她转过去，给他看。他又说话了，跟着那个印第安青年灵巧地从她的金发上取下了饰针和梳子。她的头发便一束束乱糟糟地搭到了肩膀上。

这会儿，那个老者再次发话。那个印第安人就把她引到床边。那个白头发、皮肤黑亮的老者把他的指尖放到嘴里弄湿，然后很讲究地用手指触碰了她的双乳，她的身体，然后是她的后背。每每那指尖顺着她的皮肤划过，她都奇怪地退缩着，仿佛是死神自己在触碰她。

接着，她迷惑了，简直是悲哀，她为什么赤身裸体而不感到羞耻。她只觉得悲伤和迷失，因为没人觉得羞耻。那些年长的男人都是漆黑漆黑的，为某种隐秘、阴郁、不能理解的感情弄得紧紧张张的。这些让她搁下了所有的焦虑，同时，那个印第安青年脸上现出一种奇怪的心醉神迷。可是她，她只是完全的不可思议，超越了自己，似乎她的身体已经不是她自己的了。

他们给了她新衣服:一件白棉布直筒的大袍子，长到膝盖，一件蓝色羊毛束腰厚外衣，上面绣着猩红色和绿色的花朵。外衣只在一侧肩膀扣住，用猩红和黑两色的带穗羊毛腰带系着。

当她如此穿戴完毕，他们把她带了出去，光着脚来到用栅栏围起的花园中的一所小房子里。那个印第安青年告诉她想要什么都可以。她要了水要洗洗自己。他拿来了一罐水，还有长长的木舀子，然后他拴上了小屋的栅栏门，把她关在里面。透过房子的栅栏门的横杠，她能看见花园里红色的花朵，还有一只蜂鸟。跟着，她听到从那所大房子的屋顶传来了冗长沉重的鼓声，那是超自然的声声召唤，同时，'屋顶上传来振奋人的召唤声，用的是一种奇怪的语言，那么遥远、冷漠的语调，在发布什么演说或是消息。她仿佛在听着死界之声。

可她实在太累了，躺倒在皮睡榻上，拉过深色羊毛毯子盖上，就睡着了，顾不得任何事。

她醒来时已是傍晚了，那个印第安青年进来了，带来一篮食品，里面有墨西哥面饼、玉米碎肉粥，或许还有羊肉，有蜂蜜水，还有一些新鲜的李子。他还带给她一个红黄两色花的长花环，末尾用蓝色花蕾打着花结。他用水罐的水喷了花环，然后微微一笑，递给她。他看来非常温柔，考虑周到，他的脸上和微黑的眼睛里有一种奇怪的胜利的狂喜之色，这让她有点儿害怕。他弯弯的黑睫毛下的黑眼睛里的闪烁不定的光不见了，现在总是用这种奇怪的温柔和心醉神迷的激情神色望着她，而那种表情完全不是人的表情，那种没有人情味道的可怕，让她心神不安。

"你还需要什么吗？"他压低了声音，用缓缓的悦耳动听的声音说道，那声音总觉得很克制，似乎他也正说给旁边的什么别的人听着，或者似乎是他就不想对她出声说话。

"我老要关在这儿吗？"她问。

"不，明天你可以在花园里散步，"他轻柔地说——他总是这么奇怪地关心人。

"你喜欢那种饮料吗？"他说着，递给她一个陶器的小杯子，"这非常提神。"

她好奇地呡了一小口那种饮料，那是用草药和蜂蜜做的甜水，让嘴里留有一种奇怪的风味。那个青年满意地望着她。

"这有一种特别的味道。"她说。

"它非常提神。"他答道，他的黑眼睛在她身上停留时，总带着狂喜的满足之色。跟着，他出去了。不一会儿，她就开始觉得恶心，接着是剧烈的呕吐，好像她都控制不了自己了。

后来，她觉得有一种强力的镇静功效袭来，掠过让她顿感怠倦的身体。她的四肢感觉既有力又放松，身体就只有疲倦的感觉。她躺在她的卧榻上，听着村子里的声音，看着发黄的天空，闻着烧杉木或是松木的味道。她听得出小狗的叫嚷，远处拖沓行走的脚步声，咕哝的低语，她也是那么敏锐地闻得出烟的味道，花的香气，还有夜晚降临的气息，那么生动，她看到落日的上方一颗无限遥远的星星在晃动，她觉得似乎她所有的感觉都散布到了空气中，她能分辨出夜晚鲜花开放的声音，还有当大气从一处到另一处大幅流动时，苍穹中发出的那切实的水晶般的声音，还有空气中的潮气上升和下降发出的回响，就像天地间在弹着什么竖琴。

她是她屋子的囚徒，圈在带栅栏的花园中，可她不很在意。直到几天后，她才意识到，她在这儿从没看见过别的女人。这里只有男人，大房子里的那些年长的男人。她猜想那大房子该是什么神庙，那些男人是一种什么祭司，因为他们总是身着相同的红橙黄黑四色服装，神情也总是相同的严肃和出神。

有时候，会有一个老人到她房间里来和她坐坐，绝对一言不发。除了那个青年，没人会说印第安语以外的话。每次会有一个老者过来，微笑着和她坐着，待一个小时，有时她说西班牙语的时候，他们也会朝她笑，但是绝不搭腔，就只是缓缓的貌似仁慈的微笑。他们给她的感觉简直是父亲般的牵挂。然而，他们漆黑的眼睛在她身上流连时，那眼神深处也还有某种令人惊惧的凶残和无情。假如他们觉察到她的目光，就会马上用微笑来遮掩。可她已经发现了。

他们总是用这种奇怪的，并非出自个人的挂念，完全没有人情味儿的和善来对待她，就像一位老人对待一个孩子。但是在这下面，她觉得还有某种东西，某种可怕的东西。当她的年长的访客走了以后，静静地阴险地又像父亲般的样子走了以后，她都会受到恐惧的冲击，尽管她也不知道害怕的是什么。

那个印第安青年会比较自由地和她坐着说说话，看似极真诚。但是对于他，她也觉得他并不说真正的事情。或许那是不可言说的。他的大黑眼睛在她身上停留的时候，触碰的简直就是珍视、狂喜的眼神，他美妙、缓慢、倦怠的声音磕磕巴巴地说着简单的不合语法的西班牙语。他告诉她，他是那个很老很老的人的孙子，是那个身着斑纹披毯的人的儿子，他们两位都是酋长，在很久很久以前，甚至是西班牙人到来之前的君主。他自己去过墨西哥城，也去过美国。他在洛杉矶是干活儿，在那儿修公路。芝加哥那么远的地方他也旅行过。

"那你说英语吗？"她问。

他的眼光停留在她的脸上，露出一种奇怪的口是心非和矛盾的神色，他默默地摇了摇头。

"你在美国的时候，你的长头发怎么弄，"她问道，"你剪了？"

他眼神里又是那种痛苦表情，他摇了摇头。

"没有，"他低声顺从地说，"我戴帽子，再用围巾绑着头。"

他又陷入了沉默，似乎进入了痛苦的回忆。

"你是你们之中唯一去过美国的吗？"她问他。

"是的。我是唯一长期离开过这里的人。其他人都是很快回来，一个星期之内。他们不在外面待着，老人不让。"

"那你为什么走？"

"老人们想要我去——因为我会当酋长——"

他说话总是这样纯真，简直是孩子般的直率。但是她觉得这可能只是他说的西班牙语的效果，或许对他来说，讲的话全都是不真实的。无论如何，她觉得所有的真实事情都被隐瞒了。

他老过来陪她坐着，有时比她希望的还要多，似乎他想要接近她。她问他是否结婚了，他说已经结婚了，有两个孩子。

"我该看看你的孩子。"她说。

可他的回答就只是微笑，甜甜的，着了迷的微笑，可那双微黑的眼睛里还是不改他那像谜一般的出神。

真是奇怪，他会和她一坐一小时，却不会让她不自然，或是觉得自己是女性。他似乎没有性别，当他那么静静地，温和地，表面上似乎那么柔顺地坐在那儿的时候，头微微前倾，河流一样的黑发闪着光，就像处女那样垂在肩上。

可她再向他望望，就看到了他宽阔有力的肩膀，黑黑的笔直的眉毛，那卷曲、倔强的黑睫毛，短短的，遮在他现出愁容的双眼上，软毛胡髭勾勒出带黑色的忧郁的嘴唇和有力度的下巴，这让她知道，从其他的什么不可思议的方面说，他也是个阴郁而有力量的男人。而他只要觉得她在看他，就会用那双阴郁、打着埋伏的眼睛飞快地瞥她一眼，然后马上就会用那有些悲哀的微笑掩饰过去。

日子一周周地过去，她在一种模糊不清可又心满意足的心境下过着。有时，她也觉得不安，感觉她已经失去了自己的权利。她没有自己的权利，她被什么其他的魔力所控制。有时，瞬间她也会害怕，惊恐，但那时那些印第安人会过来和她坐着，就用他们那种沉默的存在，他们沉默的，无性的，强有力的肉体存在来播撒他们隐匿的魔力。只要他们坐在那儿，他们似乎就夺去了她的意志力，使她处在丧失意志的状态，对自己的牺牲漠不关心。而且，那个年轻人会给她拿来甜饮料，通常是那种相同的让人呕吐的饮料，但有时也有其他种类的。那些饮料喝下去后，她沉重的四肢就会充满了怠倦，她的感觉似乎都飘在了空中，倾听着，听取着。他们还给她带来了一只小母狗，她叫它弗洛拉。有一次，在她催眠状态的感觉下，她觉得她听到了小狗怀胎，用它小小的子宫，就要添丁了。另有一天，她能听到地球自转的巨大声响，就像一支巨大的弓弦在嗖嗖作响。

但是，当白天越来越短，天气冷起来的时候，在她觉得冷的时候，她的意志力就会突然恢复，就会有一种走出去，离开这儿的渴望。于是就一再和那个年轻人说，她想出去。

就这样，有一天，他们让她爬到那个大房子的屋顶，从那儿可以俯视广场。那天是舞蹈的大日子，但并不是每个人都在跳舞，妇女怀抱宝宝，站在自家的门道里，望着。对面，在广场的另一头，还有一小群人在另一个大房子前，色彩艳丽地待在一楼的屋顶平台，在二层楼一个个洞开的门口前。透过洞开的门口，她能看到黑暗中火光闪闪，头上戴着黑黄红羽毛头饰的祭司，身着黑红黄三色的长袍样的毛毯，毛毯还加了长长的绿穗子，在那儿转来转去。在浓厚的印第安人的沉默中，一面大鼓缓缓地有规律地击打着，楼底下的人群在等待着。

然后，一面鼓开始了高声击打，接着，爆出了男人低沉有力的歌唱声，一种沉重、野蛮的音乐，像永恒的森林中轰鸣的野风，众多成年男人齐声唱着，像风一样，舞蹈的长队列也从大房子底下步出。男人舞者赤裸着金铜色的身体，黑发飘飘，手臂上是束束红黄两色的羽毛，下着白粗呢褶皱短裙，腰上围着红黑绿三色刺绣的沉甸甸的腰带，个个前倾着身子，全神贯注地跺着脚，单调地跺着点儿，狐狸皮悬挂在他们的后腰带上，从狐狸鼻子上挂住，随着舞者的摇摆，美丽的狐狸皮奢侈地摆动着，狐狸皮尾巴在人后脚跟扭动着。每个男人后面都有一个女人，她们戴着一种奇妙的用羽毛和贝壳精心制作的头饰，身着黑色短款束腰外衣，直直地移动着，手里秉着束束羽毛，手腕随节奏起伏，赤裸的双脚灵巧地踏着地。

就像这样，舞蹈的长队列从对面的大房子下展开。而从她待着的大房子里，飘出一种奇怪的焚香味儿，沉默中一阵奇异的紧张，接着，迸发出男人的应唱，那是非人的歌声，长长的舞蹈队列应声展开。

持续了整整一天，那连续不断的鼓声，那种男性歌声瓦气的瓷声，暴风雨般的吼叫，那些男人踩踏着地面的强有力的金铜色双腿，那后面的狐狸皮永远在摆动，秋日的阳光从蓝蓝的天空洒向男男女女河川般的黑发，那静默无声的山谷，那远处的岩壁，那纯净天空下的可怕的巨大群山，积雪闪得白花花一片。

她几小时几小时地看着，入了迷，像是麻醉了。在所有这一切的可怕的持续中，在那鼓声阵阵，冲天的低沉原始的男性歌声里，在那狐狸尾巴下男人舞者无止境的踩踏中，身着黑色束腰外衣的小鸟般直立的女人走着的沉重舞步里，她似乎真的感觉到了自己的死亡，她自己已经被抹去了。似乎她要在生命的大地被再一次抹去。在那些看似单调的全神贯注的女人头上高耸的头饰符号中，她好像又一次读到了"弥尼，弥尼，提克勒，乌法珥新"①。她强烈的个人化的女性气质和独特的个体要被再次抹除，而那些伟大的原始符号将再次高耸在跌落了个体独立的女性身上。她高等白种女人的敏锐和微微颤动的不安的个人意识就要再次被毁灭，女性气质就要再次被扔进不带个人色彩的性别和激情的巨流。奇怪的是，她似乎有超人的洞察力，看到了那出极大的有备而来的献祭。她在极度痛苦的恍惚之中回到了她的小屋。

这以后，只要她在夜晚听到鼓声，听到男人围着鼓发出的那种高涨的怪怪的野蛮歌声，就一定万分痛苦；那些男人就像野人对着月亮和消逝的太阳号叫，那是他们看不见的神。那可说是暗自得意的土狼呜咽的哭喊，是狐狸欢腾的叫声，是狼的遥远野性的欢腾和令人沮丧的号叫，也是美洲狮痛苦折磨人的尖叫，那体现的是一种古老的凶猛男性人种的执拗，他们跌落了柔性，永远不变地凶猛。

有时，黄昏后她会爬上高屋顶，看一群模模糊糊的年轻男人围着鼓唱

---

① "弥尼，弥尼，提克勒，乌法珥新"：出自《旧约·但以理书》。但以理说的是神的旨意。弥尼——神已算出你的王位已告完结；提克勒——你在天秤里的分量无足轻重；乌法珥新——你的国家就要分裂，归于玛代人和波斯人。

歌，就在广场那边的桥上，整小时的唱。有时还会有篝火，火光中男人穿着白衬衣，或是赤裸着身体，只着缠腰布，像幽灵一样跳着舞，踩着点儿，在黑暗寒冷的天气里，一小时接一小时地跳着，火光中像火鸡一样永远在跳着，踩着，要不就是停下蜷在地上歇会儿，随手裹上毛毯。

"为什么你们都用一种颜色的衣物？"她问那个印第安青年。"为什么你们的白衬衣外面都印有红黄黑三色？而女人都是黑束腰外套？"

他奇怪地注视着她的眼睛，脸上隐隐现出躲躲闪闪的微笑，微笑后面有些微奇怪的恶意。

"因为我们男人是火和白昼，而我们的女人是夜晚星辰之间的空地。"他说。

"女人连星星都不是吗？"她问道。

"不是，我们说她们是星辰间的空白，保持星辰间的彼此分离。"

他有些古怪地看着她，她的眼睛又碰到了他那嘲笑的眼神。

"白人，"他说道，"他们什么都不懂。他们就像孩子，总和玩具在一起。我们懂得太阳，我们也懂得月亮。而且，我们说，当一个白种女人为我们的神牺牲自己的时候，我们的神就会开始重新赢得这个世界，白种人的神就会跌得粉碎。"

"她怎么牺牲自己？"她飞快地问。

而他呢，也同样飞快地掩饰，用他微妙的微笑来掩饰。

"她牺牲她自己的神，信奉我们的神，我是这个意思，"他安抚她说。

但她疑虑未消，她的心凉了，为恐惧和某种必然而剧痛。

"那个太阳在天空的一头活动，"他接着说道，"月亮是在另一头活动。而男人始终要使那个太阳在天空的他这一边感到高兴，女人则要始终让月亮在天空她的那一边保持安宁。女人始终要起这个作用。但是天上这个太阳从来就进不去月宫，而月亮也从来不能进入太阳之所。所以，女人就请求月亮进入她的洞穴，进到她身体里。于是男人呢，男人就可以提取这个太阳的能量，一直到他拥有太阳的能量。这是男人始终要做的。到那时，什么时候男人得到了一个女人，太阳就得以进入月亮的洞穴，这也就是世界万物的开端。"

她听着，紧紧盯着他，就像一个敌对者盯着对手在说些双重意思的话。

"那么，"她说，"为什么你们印第安人不是白种人的主人呢？"

"因为，"他说，"印第安人衰落了，失去了他们对太阳的权力，于是白人偷走了太阳。但是他们不能保有他——他们不懂得如何保有。他们得到了他，但是不懂得如何与他相处，就像一个小男孩儿捉住一头大灰熊，杀不了它，也逃不掉。等他想逃开了，灰熊倒把捉住它的男孩儿吃了。白种男人不知道要怎样与太阳相处，白种女人也不知道要怎样去与月亮相处。那月亮，她对白种女人来了气，就像一头被人杀了幼崽儿的美洲狮。月亮咬住了白种女人——咬这里面，"他压压自己的肋部。"那月亮，她待在一个白种女人的洞穴里很生气，印第安人能看到这点。所以很快，"他又说道，"印第安女人要重新得到月亮，同时要在她们的居所保有她的安宁。而印第安男人要获得太阳，他们的力量将覆盖全世界。白种男人不懂得太阳是什么，他们永远都不会懂。"

他沉入了一种奇怪的欣喜的沉默。

"可是，"她结结巴巴地说，"你们为什么那么恨我们？为什么你们要恨我？"

他很快望了她一眼，微笑着，脸上露出让人吃惊的光辉。

"不，我们不仇恨，"他轻声说道，眼睛望着她，奇怪地闪闪发光。

"你们仇恨——"她落寞又绝望地说道。

一阵沉默后，他起身离开了。

<h1 style="text-align:center">三</h1>

冬天来了，高高的山谷里，白天积雪在阳光下消融，夜晚严寒刺骨。她就这么过着，恍恍惚惚的，感觉力量离她越来越远，似乎她的意志力就要离她而去。她总觉得处于被弄得很松弛、很困惑、要被牺牲这种状态，除非那种发甜的草药饮料能麻木她的所有心智，把她释放进一种更高极的神秘而敏锐的知觉形态，感觉到她似乎正在美美地四散，然后就进入了理想的和睦之中。而这最终变成了她唯一真正的有意识认识的状态了——这种精美的往外渗透、进入更美好更理想的和谐的感觉。在那时，她真的能听到天空中巨大星辰的声响，透过她的门，她看见它们一边闪闪发光地运行，在完美地轻声行走，一边对着宇宙说着什么事情，做着完美的交谈，就像天地间的铃声，星星彼此流经，又永恒相聚，在黑暗的空间手舞足蹈。在那阴冷的日子她能听到雪的声响，鸟语啁啾般的声音，在天上微微呼啸，就像秋天的鸟儿成群飞过，忽然呼叫着向不露面的月亮告别，在平坦的空中滑过，释放着安宁和

温暖。她自己就会呼唤被滞留在山川的白雪从更高的空中飘落，会呼唤看不见的月亮息怒，与看不见的太阳重修旧好，像一个屋里的女人一样不再发怒。她能闻到冬日的天空中月亮轻松面对太阳时发出的香甜气息，而白雪也正带着微微的冷香轻松飘落，在那个和睦的太阳与月亮再次和谐地汇合之时。

她也意识到了山谷里的印第安人面对的那种阴霾，那是一种深深的坚忍的悲伤，几乎到了信教的程度。

所以，"我们已经失去了对太阳的权力，我们现在正努力把他弄回来。但是我们很难驾驭他，他像一匹逃跑的马容易被惊退，我们还有很长的路要走。"那印第安青年这样对她说，窥视她的眼睛里带着紧张的意味。而她呢，就像被施了魔法，应声道：

"我希望你们能再获得他。"

他的脸上掠过得胜的微笑。

"你真的希望这样?"他问。

"我希望。"她命中注定地回答。

"那就行，"他说道，"我们一定会获得他。"

他走了，高兴得发狂。

她觉得她正在往某种极点上漂流，而她没有意志去躲避，这最终想必极端可怕。

准是快到十二月了，白天更短了，然后她又给带到那个老者面前，脱了衣服，任老者的手指尖触摸身体。

老酋长看着她，专心致志的漆黑眼睛里神色孤寂、遥远，嘴里喃喃地对她说着什么。

"他要你做个和平的手势，"那个青年翻译着，做了个手势示意给她，"对他道和平，道别。"

她被老酋长黑亮专注的眼睛震慑得呆住了，那眼睛定定地望着她，像是蜥蜴的眼睛，不可抗拒，在眼睛的深处，她也看到了父亲般的怜悯和祈愿。她把手放在脸前，照他们需要的方式，做了"和平"和"告别"的手势。他又以"和平"和"告别"的手势作答，然后躺到了他的毛皮里。她觉得他就要死了，而他自己也知道。

接着是一天的仪式，她身披蓝色白流苏边的毛毯，手秉蓝色羽毛，被带到所有人的面前。在一所房子的祭坛前面，她被焚香熏了，撒上灰末。在对面那所房子的祭坛前，她又被香熏了一次，那些祭司身着黄红黑三色服装，脸上涂了猩红色，既华丽又吓人。然后，他们又给她身上撒了水。在这期间，她只是模模糊糊地意识到祭坛里的火，有一面鼓的沉重又沉重的敲击声，男人开唱的那强有力的深沉、野性的歌声，那沉重的歌声，还有下面那广场上人群的面影摇摇晃晃，摆着祭祀舞蹈的队形。

但是，此时此刻她平常的意识麻木了，她觉得当时周围环境都像是影子，几乎是无形的。在修炼过和强化过的感觉下，她能听到地球沿着自己的行程飞行的声响，就像射出的箭，永远在空中发出轻柔的起伏声，还有巨大的弓弦在嗖嗖作响。对她来说，上天似乎有两大影响力，一种金色影响力面向太阳，而另一种银色影响力是看不见的，前者像雨水移动，朝着太阳的金色存在上行，而后者则像雨水面向徘徊和躲藏在积雪山顶的云朵，顺着空间的阶梯银色般地下行。在两者之间，是另一种存在，他在等着把自己从湿气、从四周神秘积成的沉重白雪中抖搂出来。而在夏日里，他就像烤焦了的鹰等着摆脱束束阳光的重压。他永远像鹰一样沙沙作响地抖落自己，抖掉冬雪或是暑热。

这里还有一种更奇异的存在，他永远在留神观察，从常驻的蓝色的远方注视着。他有时在风上奔跑，有时在热浪中闪闪发光。蓝风自己冲来涌去，好像是在从为难的处境中冲入天空，冲破天空又涌向地面。蓝风是看不见的幻影，是两个世界的媒介，他调节着上行和下行的雨水的和弦。

她平常的自我意识离她越来越远，像一个被麻醉的人进入了另外一个热情宇宙的意识状态。那些印第安人用他们深重的宗教性质使她屈服于他们的愿景。

她只问了印第安青年一个个人问题：

"为什么只有我一个人穿蓝色衣服？"

"这是风的颜色，这是一去不回的颜色，但它又永远存在，在等待我们之中的死亡。这是死亡的颜色。它也是远离人的颜色，它从远方望着我们，不能靠近我们。当我们走近它，它就会走得更远。它不可靠近。我们都长着褐、黄、黑颜色的头发，白牙齿，通红的血液。我们这儿的都是同一种人。你有蓝眼睛，你是来自远方的使者，你不能久留，现在是你回去的时候了。"

"去哪里？"她问。

"去远离这儿，情况像那个太阳和那个雨水的蓝色妈妈的地方，告诉他们，我们再次成为世界的人民，而且又能把太阳带到月亮那儿了，就像把一匹红色的公马带给一匹蓝色的母马，我们就是这样的民族。是那些白种女人驱赶了天上的那个月亮，不让她去太阳那儿。所以太阳很生气，印第安人必须把月亮献给太阳。"

"怎么献呢？"她问。

"有白种女人去赴死，而且走得像一阵风似的趋向太阳，告诉他，印第安人会为他打开大门。而印第安女人会为月亮打开大门。那些白种女人不让月亮下界走出蓝色的珊瑚。月亮过去常常下界来到印第安女人之间，就像一只白山羊待在群花中。而太阳也想到达印第安男人之中，就像一只鹰要落到松树林上。太阳，他现在被关在白种男人后面，月亮，她被关在白种女人后面，他们都无法逃脱。他们发怒了，世界万物更恼怒。印第安人说要把白种女人献给太阳，太阳就能越过白种男人，再次来到印第安人这里。这时月亮就会很吃惊，她会看到那扇门已经打开，可她不知道该走哪条路。不过，印第安女人会召唤月亮：来吧，来吧，回到我的草地上。邪恶的白种女人再也不能伤害你。然后，太阳从白种男人的头顶望过去，看见月亮正在我们女人的牧草地上，红种男人环绕而立，就像是松树林。那时，太阳他就会越过白种男人的头顶，穿过云杉树，冲向印第安人。我们，那些身着红黑黄三色服装的人，我们待在那儿的人会让太阳挂在我们右边，让月亮挂在我们左边。这样，我们就能从蓝色牧草地引出雨来，在黑暗中上行，我们还能召唤风，风叫庄稼随我们的时间成长，我们也能划开乌云，让羊生下双胞的小羊羔。然后，我们就会像春日充满力量。可白人就要度过一个无雪的寒冬——"

"可是，"那个白种女人说，"我并没有把月亮关在外面——我怎么能关得住？"

"你关了，"他说，"你关了门，然后还笑，觉得你全是用你自己的方式做的。"

她从来都不是很理解他看她的方式。他总是出奇地温和，他的微笑是如此轻柔。可他的眼里还是闪烁不定的，而且他的话语里也带出一种无情的仇恨，那是一种深深的非个人的仇恨，很奇怪。从他个人而言，她能肯定他是喜欢她的。他很温和地待她，很注意她，那样子有几分奇怪、轻柔和冷静，但是客观上不带个人色彩而论，他又不可思议地憎恨她。他朝她动人地微笑，可瞬间她无意地扫他一眼，就能碰到他眼里一闪而过的纯粹的仇恨。

"我就得死，然后被献给太阳吗？"她问。

"到时，"他笑着推脱道，"到时我们都得死。"

他们对她非常温和、体贴。这些奇怪的男人，年长的祭司和年轻的酋长，他们像女人似的看护她，照料她。在他们温情、隐匿着什么的通情达理中有一种女人气。然而他们眼睛里奇怪的闪烁不定的眼光，他们能裂到宽下巴去的微黑紧闭的大嘴，细小结实的雪白牙齿，都是残忍的原始男性的长相。

在一个冬日，雪花飘飘，他们把她带进那个大房子里的一间黑黑的屋子，房屋一角的一个高台上烧着火，高台上面有晒干的泥砖砌的顶或是龛檐。她看见通红的火中祭司们都几乎赤裸着通红的身体，屋子房顶和四壁是些奇怪的符号。这间屋子没有门窗，他们是从屋顶上的梯子下来的。松木点燃的火焰不停地舞动着，显露出墙上涂画的她不能理解的奇怪的图案，顶棚上弄了黑红黄三色奇怪图案的柱子，还有凹室、壁龛，都是她看不清楚的奇怪物件。

在靠近火的地方，年长的祭司正在举行某种仪式，现场一片沉默，印第安人那种紧张的沉默。她被安排坐在火的对面，墙脚的一个凸出的地方，两个男人坐在她旁边，不一会儿，他们递给她一杯饮料，她欢喜地喝下，因为那饮料能让她进入半昏睡状态。

在黑暗和沉默中，她清楚地知道发生在她身上的所有事情：他们怎样脱的她的衣服，还有，让她面对涂了蓝白黑颜色巨大图案的墙站着，图案跟鬼怪似的，把她用水和皂用植物浸泡液冲洗一遍，还小心轻柔地洗了她的头发，用白布擦干，擦得柔软发光。然后他们让她躺在睡榻上，在另一个巨大的难以领悟的红黑黄图像下面，开始用甜味香油擦满她全身，又按摩她的四肢、后背和两肋，按摩了很长很长时间，很奇异，很催眠。他们黑乎乎的手具有不可思议的力量，可又水样温柔得让她不能理解。他们的黑脸前倾着靠近她雪白的身体，她看见他们的脸用红颜料涂深了，脸颊上还用黄颜料画了轮廓。他们漆黑的眼睛闪闪发亮，专注地用双手在雪白柔软的女人身体上按摩着。

他们是那么不带个人感情，那么专注，在某种意义上是超脱了她。他们从没有把她看做一个女人，她能看出来。她对他们就是一个神秘的人，某种激情的载体，那激情对她遥远得没法儿领会。她自己处在催眠状态，看到他们俯身望着她的脸，黑漆漆的，脸上透明的红颜料和黄杠条的轮廓奇异地闪闪发光。这鬼怪似的化了装的脸黑亮亮、活生生的，那双眼睛固定不变地闪着坚定的光，紧闭的画得发紫的嘴角充满不详的悲伤和严酷无情。那是无尽的根本的悲伤，是严酷无情的最终决定，固有的复仇意识，还有就要得胜触发的那种狂喜——这一切，她能从他们脸上读出来。她就躺在那儿，被那漆黑怪异的双手按摩得目迷五色。她的肢体，她的肉体，甚至她的骨骼最终似乎都被发散了，进入了一片玫瑰色的迷雾，在那里，她的知觉徘徊着，就像一丝丝的阳光徘徊在发红的乌云中。

她知道那丝丝的光会消退，那乌云会变得阴暗。可是现在她却不相信这个。她知道她是一个牺牲者，所有这些在她身上做的精细活儿都是要牺牲她而做的功课。可她并不介意。她愿意这样。

之后，他们给她穿了一件蓝色的短款束腰外衣，把她带到屋顶平台上，呈现给那里的人们。她看见底下的广场上挤满了黝黑的面孔和闪闪发光的眼睛。他们没有怜悯，有的只是那种奇怪的冷酷无情的狂喜。人们一看到她就发出了一声低低的叫喊，让她战栗。可她几乎不在意。

第二天是最后的一天了。她是睡在那个大房子的一间屋子里的，拂晓时，他们给她披上一条蓝色的带有流苏的大毛毯，然后把她领到广场上一大群人中间，那些人都披着深色毯子，沉默不语。广场地上是纯净的白雪，那些深褐色毛毯里的黑乎乎的人像是另一个世界上的居民。

一面大鼓缓缓地、重重地敲击着，一个年长的祭司正在屋顶上慷慨陈词。但是一直到正午送来了担架，人群才发出了那种低沉、兽性的叫喊，那么动人。麻袋模样的担架上坐着那个最老最老的酋长，他的白头发和黑色的辫带、大块的绿松石一起编成发辫，脸庞像是一片黑曜石。他一抬手，那担架就停在了她跟前。他那昏老的双眼盯着她，用空洞的声音对她说了些话，没有人翻译。

另一副担架抬来了，她被放了进去。四个祭司走在前面，身着他们的猩红、黄、黑三色服装，头戴羽毛头饰。接下来走着的是老酋长的担架。然后，开始了轻轻的鼓声，两群歌者同时响起了野性的雄性歌声。而那些金红肤色的男人几乎赤裸着身体，装饰着正式仪式用的羽毛和下身的褶皱短裙，河水般的黑发披在肩上，排成两个纵列，也开始踩着点儿跳舞。他们就这样通过了多雪的广场，两个长长的华丽的队列，那里深深的金红色、黑色和毛皮随着小贝壳、小火石摇动着，发出微微的叮当声，弯弯曲曲地穿过环绕大鼓歌唱的两大群男人，穿过积雪的广场。

他们缓缓地走了出去，她的担架后面还有到场的祭司压后，他们装饰着羽毛，浑身火红火红的，在一路舞蹈。他们每个人都踩着舞步，甚至抬担架的人也精巧地踩着点儿。他们走出了广场，经过了冒着烟气的炉灶，从那条小路走向大片的三角叶杨树，蓝蓝的天空下伫立的三角叶杨就像银灰色的蕾丝，在雪地上方赤裸而精致。那条河流的水位在下降，河水在坚冰中奔流。那些带围栏的网状的四四方方的花园全都被雪覆盖着，那些白色的房屋现在看上去都有点儿发黄。

整个山谷被纯粹的白雪晃得忍无可忍，一直到远去的壁立岩面都是雪光闪烁。在雪的发源地平坦的雪床上，长长的舞蹈队列弯弯曲曲地穿过，一路缓缓地摇动着，显摆着，一派橘黄和黑色在移动。重重的鼓声急急地高声落下，在水晶般冰冻的空气里，那些野蛮人高亢地吼着他们的曲子，就像着了魔似的。

她坐在担架上往外看，蓝色的大眼睛呆呆地望着，眼睛下是用了麻醉药后的苍白倦容。她知道她就要死了，就在这闪烁的白雪中，在这些奢侈的野蛮人的手里。她盯着上苍蓝色的火焰，在那之下是被刀削过的沉重的山体，她想着："我已经死了。把已经死去的我过渡到很快又要死去，这有什么区别呢？"可她心里还是觉得心烦意乱，觉得不舒服。

那个奇怪的队列拖拖拉拉地走着，不断地跳着舞，慢慢地穿过了平坦的雪地，然后进入了松树林中的山坡。她看到那些铜黑色的男人在踩着舞步往前走，穿行在铜灰色的树干之间。最后，她自己也在晃晃荡荡的担架上进入了松林。

他们往上走啊走啊，穿过了林中雪地，经过那些一流的发暗的竖井，竖井的红铜皮已经剥落。那个舞蹈队列一路踩着舞步沙沙作响地摇晃着，向前移动着，踏入了森林深处，踏入了大山深处。他们沿着一个河床行走，水的源头结了冰，小河是干的，就像夏天那样。这儿有着昏暗、红铜色的柳树丛，柳树枝条像蓬乱的头发，也有苍白的山杨树林，在雪地上看着冰冷吓人。然后就是一块块凸出来的深色岩石。

最后，她看出跳舞的人不再往前走了。鼓声离她越来越近，好像到了一个野兽的秘密藏身处。跟着，穿过树丛，她眼前出现了一块奇异的四面环山的平地。那里迎面就是一块巨大的凹陷进去的岩石壁，在它前方的尽头挂着巨大的长牙一般滴水的冰柱。冰柱是从上面的悬崖上倾泻而下，它就竖在那儿，定定地在那儿，从上天滴着水，往下差不多够到那块凹陷进去的岩石下必有的河水的小水潭了，可小水潭里是干的。

跳舞的人已经在枯水的小水潭两边站成了两行，继续不间歇地跳舞，以那些树丛当背景。

然而，她所感觉到的就是那根从上面昏暗的悬崖边上倒悬下来的冰峰尖牙，她看到，在这个巨大的绞索似的冰柱后面，祭司们豹子一样的身影正在那个凹进去的悬崖壁面上爬着，往峭壁半腰上的一个洞口上爬，那儿有一个像是钻出来的空洞，一个昏暗的凹口洞穴。

她还没反应上来，抬她担架的人就东倒西歪地找着踏脚的地方，爬上了那块岩石。她也到了那个冰柱的后面。那冰柱吊在那儿，像没有摊开的水帘，悬挂着巨大的长牙。离她不远的上方，就是那个凹陷在岩石深处的洞穴口。她摇摇晃晃地往那儿上走，留神看着那个洞口。

那些祭司都在洞穴平台上站着，等在那儿，穿着他们饰有绚丽羽毛和穗穗的袍子，看着她给抬上来，还有两个人俯身为抬担架的搭了把手。最终，她来到了洞穴的平台上，在倒悬的冰柱之后，四面环山的平地上方，在他们底下，平地的树丛中，男人们在跳着舞，全村人都静静地聚集在那儿。

太阳正在午后的天空斜斜地落下，在左手边。她知道，这是一年中最短的一天，也是她人生的最后一天。他们让她面对灿烂光辉的冰柱站着，那冰柱绝妙地悬挂而下，定定的，在她面前，与她相望。

有某种信号发出，下面的舞蹈终止了。现场一片肃静。她喝了一点儿给她准备的饮料，接着，两个祭司脱去了她的斗篷和小束腰外衣，她苍白得不可思议，站在那儿，在那些祭司火红的长袍之间，离冰柱和下面那些黑漆漆面孔的人更往后的地方。下面的人群发出了低沉、野性的叫喊，然后祭司就把她转过身去，她就背朝空旷的世界站着，长长的金发对着下面的人群，他们又发出了喊叫。

她面朝着洞穴，里面有一堆燃烧的火，洞穴深处火光闪烁。四个祭司已经脱去了长袍，几乎和她一样赤裸着身体。他们都是血气方刚的壮汉，一直垂着他们黑漆漆的着了色的脸。

那个最老最老的祭司带着熏香盆从火那边走过来，他赤裸着身体，露着粗野的狂喜劲儿。他用香熏了他手中的祭品，同时用空洞的声音吟诵着什么。从他后面又过来了一个脱了长袍的祭司，手里拿着两把燧石刀。

她用香熏好之后，他们把她放在一块巨大平整的石头上，四个壮汉抓住她伸开的胳膊和双腿。那个老人站在后面，像一个骷髅披着昏暗的亮皮，手上拿着一把刀，眼睛呆呆地盯着太阳，在他身后还有另一个赤裸身体的祭司，手里也拿着刀。

她没什么感觉，尽管她知道所有要发生的事。她转过脸朝着天空，看着那黄黄的太阳，太阳还在下落。那倒悬的冰柱在她和太阳之间像一个阴魂。她意识到，那黄色的光线还只洒满一半的洞穴，还没有射到漏斗形状的洞穴那头儿有火的祭坛那边。

　　是的，那太阳的光线正一点点的不知不觉的挨着转过来，光线变得越红，就刺人得越深。当火红的太阳就要落下时，光线就会完全刺穿倒悬的冰柱，射入洞穴的最深处。

　　她现在知道这就是那些男人所要等待的时辰。甚至那些弯腰往下按住她的那些人也转过身去，他们的黑眼睛注视着太阳，闪闪发光，敬畏又热切，满怀着渴望。那个年长的酋长的黑眼睛像黑玻璃球似的呆呆地盯着太阳，好像什么也看不见，可又露出对那个正在变红的冬日行星的某种可怕的回应。所有的祭司的眼睛都闪闪发光，盯着那个正在下沉的星球，在冰冷的沉默之中，在那个染红了天的冬日的下午。

　　他们很焦急，非常焦急，也很凶残。他们的凶残里想望着什么，他们在等待那个时辰。他们的凶残就要立即跃入一种神秘的胜利的狂欢。可他们就是焦急。

　　只有那个最年长的人眼里没有流露焦虑。那双漆黑的眼睛在那儿呆呆地盯着，就像什么也看不见，注视着太阳，察看远处的那个太阳。而在这双漆黑、空洞而又专注的眼睛里存有一种力量——一种极为抽象、遥远的力量，但是，这种力量高深，能进入地球心脏的深处，也能进入太阳心脏的深处。他一动不动地望着，一直要到那个红彤彤的太阳将他的光线穿透那根冰柱。到那时，这个老者就会动手了结，刺入要害，完成对神的献祭，获得权力和力量。

　　这想必是人所掌握的、人种延续的控制力。

图书在版编目（CIP）数据

英国·爱尔兰经典中篇小说/冯季庆选编．—北京：
文化艺术出版社，2012.1
（世界经典中篇小说系列/盛宁主编）
ISBN 978 - 7 - 5039 - 5297 - 5

Ⅰ.①英… Ⅱ.①冯… Ⅲ.①中篇小说—小说集—
英国—近代 Ⅳ.①I561.44

中国版本图书馆 CIP 数据核字（2011）第 273457 号

英国·爱尔兰经典中篇小说

主　　编	盛　宁
选　　编	冯季庆
责任编辑	陶　玮
封面设计	姚雪媛
出版发行	文化艺术出版社
地　　址	北京市东城区东四八条 52 号　100700
网　　址	www.whyscbs.com
电子邮箱	whysbooks@263.net
电　　话	（010）84057666（总编室）　84057667（办公室）
	84057691—84057699（发行部）
传　　真	（010）84057660（总编室）　84057670（办公室）
	（010）84057690（发行部）
经　　销	新华书店
印　　刷	国英印务有限公司
版　　次	2012 年 3 月第 1 版
	2012 年 3 月第 1 次印刷
开　　本	700×1000 毫米　1/16
印　　张	21
字　　数	300 千字
书　　号	ISBN 978 - 7 - 5039 - 5297 - 5
定　　价	39.80 元